초대받지 못한 자

휴머니스트 세계문학 005

초대받지 못한 자

THE UNINVITED

도러시 매카들 | 이나경 옮김

차례

일러두기

1. 번역 대본으로는 Dorothy Macardle, *The Uninvited*(Tramp Press, 2015)를 사용했다.
2. 주석은 모두 옮긴이 주다.
3. 본문 중 굵은 글씨는 원서에서 이탤릭체로 강조한 부분이다.

개리에게

이 책을 받아주게. 나더러 쓰라고 한 건 자네니까. 집요하게 재촉한 건 이해해. 그해 여름 일어난 기이한 일들을 아무도 믿어주지 않을 테니. 사실을 곧바로 기록하지 않는다면 우리도 기억을 의심하겠지.

내 망설임을 이해한다고 알고 있어. "증거로서, 그리고 과학적으로 중요하다"고 말한 일들이 사적인 문제와 복잡하게 얽혀 있기 때문이지. 이 내밀한 이야기에서 사적인 사항은 분리하려고 갖은 노력을 다했지만 실패했네. 이 이야기를 누군가 읽으리라는 사실을 잊으려고 노력해야 쓸 수 있었어.

자네도 나도 여기에 등장해. 자네가 법조인으로서 지키는 회의주의도, 내 섣부른 행동과 둔한 거절, 진실을 마주하라는 말을 아둔하게 거절한 것까지 다 기록했네.

이 이야기를 다 읽고 나면 자네도 나처럼 다음 글귀에 동감할 것 같아.

깊이 생각해 꾸민 음모가 힘을 잃을 때
경솔한 행동이 도움이 될 수도 있다.

패멀라와 내가 클리프 엔드를 처음 본 그해 4월, 무모한 분위기의 아침과 함께 참으로 기이한 운명의 장난이 시작됐으니!

로더릭

제1장 클리프 엔드

그날 아침의 들뜬 분위기는 황야를 가로지르는 길을 따라 구불구불한 산들을 향해 달리는 자동차도 함께 느끼는 것 같았다.

자동차 덮개를 내리길 잘했다 싶었다. 대기 가운데 활기가 충만했다. 안개가 살짝 긴 하늘이 드높았다. 나무와 산울타리에 연둣빛 새싹이 돋았다. 새들은 바삐 날아다니고 양들은 느릿느릿 언덕을 돌아다니며 매 울었다. 패멀라는 바람에 날릴까봐 모자를 벗었다. 아침 9시 전에 출발해 바다로 향하자고 한 건 패멀라였다.

그것만으로도 무모한 짓이었다. 우리는 이미 런던에서 300킬로미터나 벗어나 있었고, 다음 날 12시에는 다시 일을 시작해야 했다. 《내일》처럼 매끄럽게 운영되는 신문사에서 매리엇처럼 편한 주간과 일한다 해도 주말을 금요일 오후 4시부터 화요일 정오 이상으로 늘릴 수는 없었다. 나는 그 유명한 노스 데번의 절벽에서 대서양에 경의를 표하고 돌아갈 생각이었으나 패멀라가 그 집을 꼭 봐야 한다고 우겼다.

패멀라는 봄날 아침이 좋아서 어쩔 줄 몰랐고 말이 많았다. "날씨가 따뜻할 거야. 오빠, 저 산사나무 좀 봐. 눈부시다! 오늘 아침엔 운이 좋을 것 같아. 어때? '마라톤'이라니 근사한 이름 아냐?"

내가 대답했다. "그 이름 때문에 거길 보려는 거지. 지금쯤이면 여관 주인들의 추천이 얼마나 못 미더운지 알아야 해. 좋은 곳이라면 부동산 중개업자의 매물 목록에 있었을 텐데."

"중개업자의 매물 목록!" 패멀라가 무시하는 투로 말했다. 그 목록도 소용없긴 매한가지였다. "여기가 그 마을일 거야. 우회전해."

넓은 길에서 가파르고 좁은 길로 접어들었다. 힐먼●은 오르막을 쉽게 올랐고, 그 집과 바다가 동시에 시야에 들어왔다. 대문 옆에 '마라톤'이라고 적혀 있어서 차를 세우기는 했지만 운전석에서 꼼짝도 하지 않았다. 동북향이라 수려한 경치를 등진 삭막한 판잣집이었다.

패멀라는 환희에 차 "어머나!"를 외치더니 잠시 후 같은 소리를 신음처럼 되풀이했다. "마라톤은 바다를 내다본다고!" 패멀라가 화를 내며 말했다. "전혀 그렇지 않잖아. 이런 곳에 저런 집을 지은 사람은 죽어서도 영영 여길 벗어나지

● 1900년대 초에 생산된 영국의 자동차 브랜드.

못해야 해."

나는 도로가 사라지고 절벽 가장자리까지 이어지는 오솔길이 시작되는 곳으로 차를 몰았다. 거기 바다가 펼쳐져 있었다. 여기도 브리스틀 해협인가? 어차피 집에서 안 보이는데 아무려면 어떠랴. 풀밭 위를 걸었다. 패멀라는 나보다 앞서 달려갔다. 그 애는 위험한 곳을 보면 그냥 지나치지 못한다. 나는 따라가서 그 애의 팔꿈치를 붙잡고는 강풍에 맞서 발에 힘을 줬다.

바다는 놀란 우리의 모습을 신나게 비웃는 것 같았다. 파도가 바람에 맞춰 춤을 추며 반짝였다. 파도는 해안가 양쪽으로 호를 그리며 부서졌고, 동굴과 아치, 작은 섬에 자갈이 굴러들었으며, 노란 가시금작화가 절벽을 뒤덮고 있었다. 근처에는 초록의 곶이, 그 너머에는 은빛 연무가 낀 곶들이 있었고, 런디 섬은 거인의 배처럼 저 멀리 보였다. 날마다 그곳 풍경이 시시각각 새로운 색채와 형태로 변할 것 같았다. 어린 시절부터 그런 풍경을 보고 싶었고, 남은 평생 그런 풍경을 간절히 바라며 살 것 같았다.

패멀라가 아쉬운 듯 말했다. "여기 집이 없었다면 얼마나 좋을까."

차로 돌아온 우리는 큰 도로를 달리며 지도에서 런던으로 가는 지름길을 찾았다. 아침의 황금빛 분위기는 사라지고 없었다.

우리는 말없이 앉아 머릿속으로 똑같은 결론을 내렸다. 그런 희망은 터무니없는 것이었고, 우린 어리석었다는.

한참 만에 내가 입을 열었다. "우리가 원하는 건 존재하지 않는다는 사실을 인정해야겠어."

패멀라는 한동안 대꾸하지 않더니 작은 목소리로 말했다. "길 브리지 농장으로 어떻게 해볼 수 있었는데."

"패멀라, 넌 온종일 등잔에 기름을 따르고 욕조에 물을 채우며 지내고, 나는 책을 쓰는 대신 나무를 베고 물을 길어야 했을 거야. 그게 현명한 결정이었을까? 아니야." 나는 가차 없이 우겼다. "슬리피 홀로의 다 쓰러져가는 낡은 방앗간이나 밝은 '링가-롱가'나 좀 외딴 '코타-번가'는 우리 돈으로 구할 수 있었겠지. 하지만 영국은 이제 널찍하고 밝고 통풍이 잘되며 전기와 물이 있고 사생활이 보장되는, 평범하고 살기 적당한 집을 너나 나 같은 사람에게 주지 않나봐."

"리틀우드에서 3년은 살 수 있어."

"그리고 짬 날 때마다 다른 사람을 위해서 칠하고 목공 일을 하고 정원을 가꿔야 하지. 말했잖아. 세는 들지 않을 거라고."

패멀라는 아무 말이 없었고 나는 당황했다. 패멀라가 아랫입술을 깨물었다. 어렸을 때는 그런 뒤에 꼭 울었었으니까. 다행히 패멀라는 웃었다. "유령 나오는 집을 산다고 광고라도 내야겠어."

안타까웠다. 패멀라가 마음을 정한 것이 고마웠는데, 둘이 함께 도시를 탈출해 새로운 모험을 하기로 한 계획은 실패로 예정된 듯했다.

6년 동안 아버지를 돌본 패멀라는 많이 변했다. 아버지가 돌아가신 뒤, 나는 패멀라에게 블룸즈버리에서 함께 살자고 제안하며 그 애가 내 활기찬 집에서 새로운 관심거리를 찾고 기력을 다시 얻기를 바랐다. 계획이 이뤄지는 줄 알았는데 별로 효과가 없었다. 사실 주위에 모여드는 사람들은 패멀라나 내게 다정하지 않았다. 그리고 로렛과의 일이 있었다. 로렛이 내가 줄 수 있는 어떤 것보다 조니 메이휴와 누릴 수 있는 남들의 관심을 더 좋아하리라는 사실을 나만 빼고 모두 알았던 모양이다. 패멀라는 로렛이 나와 결혼하지 않을까봐 걱정하다가, 나와 결혼할까봐 걱정하느라 순수함과 활발한 상상력, 조소할 줄 아는 성격의 도움을 받지 못한 채 지나치게 예민하고 겸손해졌다. 패멀라는 도서관 일에 관한 공부를 시작했지만, 그러면 다시 갇혀 지내는 생활로 돌아가게 된다는 점을 깨닫고는 그만뒀다. 결국 패멀라는 내게 말했다. 시골 생활을 원하며 질리언 롱과 함께 작은 집을 사서 라즈베리를 키우고 싶다고.

당장 몇 가지를 깨달았다. 런던은 실망스러웠다. 로렛의 활동 반경 안에서 빨리 벗어날수록 좋겠지만, 패멀라가 그리울 터였다. 영국의 검열을 폭로하고 폐지하고자 쓰는 책에는 진전이 없었고, 프리랜서 작가로도 《내일》의 기자로서 버는 것만큼 벌 수 있을 듯했다. 내가 말했다. "나랑 같이 사는 건 어때?"

기뻐하는 패멀라의 얼굴을 보니 기분이 좋았다. 의욕이 타올랐다. 계획이 커졌다. 우리에게는 도시에서 완전히 벗어나 바람을 쐬고 넓은 곳에서 성장하는 삶이 필요했다. 그 깨달음을 얻고 집을 찾기 시작했다. 이번 주말에만 다섯 번째 실패가 거듭됐다.

이제 바다는 보이지 않았다. 도로는 소나무 사이를 지나 황야 쪽으로 향했다. 노면의 상태는 나아졌다. 교차로의 '비들컴'이라는 표지판이 데번 구릉에서 바다로 곧장 이어지는 곳에 자리 잡은 마을 한곳을 가리켰다. 마을 어귀의 여인숙이 좋아 보였다. 그곳의 사과주를 마셔보고 싶었지만 아직 너무 이른 시각이었다.

패멀라가 조잘거리기 시작했다. "서쪽을 등지니 참 우울하네. 옛날 사람들이 왜 모두 서쪽으로 향했겠어? 요정들이 사는 섬은 전부 서쪽 바다에 있지. 서쪽 사람들이 마법도 더 많이 알잖아? 그리고 음악도. 와, 오빠, 저 길이 오라고 손짓하잖아. 그냥 달려가자! 꼭대기에서 보면 전망이 굉장할 거야."

"그래봤자 같은 전망인걸." 내가 중얼거렸다. "하지만 가보면 서쪽에 대한 선망이 사라지겠지!"

나는 패멀라가 좋아하도록 후진해서 가시금작화가 줄지어 자라는 작은 길로 달렸다. 길은 바위와 낙엽송 사이를 구불구불 올라가더니 오른쪽으로 갈라지는 울퉁불퉁한 농장 도로를 지나 꽃봉오리가 피어나는 진달래 숲을 통과해 절벽 높이 바람이 거센 작은 들판에 닿았다. 전망은 같았지만 작은 곳이 끝나고, 서쪽뿐 아니라 남쪽으로도 바다가 펼쳐져 있어서 더 잘 보였다.

패멀라가 먼저 차에서 내렸다. 왼쪽 나무들을 돌아가더니 전망을 등지고 섰다. 나도 그 애 곁으로 가서 빈집을 봤다.

수수하게 지은 2층 석조 주택은 참 아름다운 균형감을 지녀서 어디서든 걸음을 멈추고 바라볼 만한 건물이었다. 그런 집이 바다를 마주하고 있었다. 동쪽으로는 나무가 자라는 언덕이 바람을 막아줬고 북쪽으로는 방풍림이 있었다.

패멀라가 말했다. "오빠, 집이야!"

"그런 것 같네."

집을 한 바퀴 돌아봤다. 구조가 탄탄했다. 문 양옆에 커다란 창문이 하나씩, 위층에는 창문이 셋 있는 게 조지 왕조 시대 양식의 주택 같았다. 위는 납작하고 기둥이 딸린 포치에는 채광창이 있었고, 1층의 창문은 그 채광창 곡선을 따라 얕은 아치 모양을 이뤘다. 남향이었다. 양옆이 정면보다 훨씬 길고 1층은 납작한 지붕과 함께 뒤로 튀어나와 있어서 형태가 특이했다. 그 집을 지은 사람은 2층에 방을 증축할 생각이었던 듯했다. 별채가 딸린 마당과 길 쪽으로 열린 마구간도 있었다. 오랫동안 방치된 집이었다. 1층 창문을 보호하는 덧창은 칠이 벗겨졌고, 비스듬히 떨어진 것도 있었다. 서쪽에 있는 작은 온실은 유리가 다 깨지고 없었다. 그러나 벽은 튼튼해 보였다. 튀어나온 바위가 없는 곳에 만든 화단에는 잡초와 분홍색 나뭇잎이 가득했다. 절벽 가장자리 두 면에서 비스듬히 내려와 헤더 밭으로 연결되는 잔디밭은 전혀 손질이 안 돼 있었다. 키 작고 통통한 수선화가 자랐고 개나리가 창틀 위로 노란 꽃송이를 늘어뜨리고 있었다. 나는 가장자리로 걸어갔다. 왼쪽 멀리 등대와 해안경비대 초소 말고 다른 건물은 보이지 않았다. 귀를 기울이니 바닷소리와 갈매기 소리, 멀리서 양 우는 소리만 들렸다. 절벽은 바다로 뚝 떨어졌다. 서쪽 절벽 끝까지는 집에서 100미터도 안 됐다. 그곳에는 작은 만이 있고, 안쪽 끝에는 죽은 나무가 비틀어져 있었다. 거기 서서 내려다보니 튀어나온 바위 너머 자그마한 해변이 붉게 반짝였다. 욕심이 났다. 바위 사이 지그재그로 난 길을 달려 내려가 해수욕도 할 수 있었다. 이런 곳을 소유할 수 있는 사람이 있다니……

"오빠, 오빠." 패멀라가 불렀다. "파는 집이래!"

패멀라는 마구간 근처 길에 서 있었다. 덤불에 가려진 빛바랜 표지판을 발견한 모양이다.

"버려진 곳이지만 우리 예산의 두 배는 할 거야. 꿈 깨." 내가 말했다.

"비들컴, 디 애비뉴, 윌름코트, 브룩 중령." 패멀라가 읽었다. "오빠, 어서 가보자!"

이젠 골든 하인드에 갈 좋은 이유가 생겼다. 사과주를 마시기는 이른 시각이었지만 영국에서 무슨 상관이랴. 그 집 커피

맞은 지독했다. 우리를 맞이한 아주머니는 윌름코트로 가는 길을 묻자 깊은 관심을 보이더니 문까지 나와 배웅했다. 패멀라가 웃었다. "오빠가 단골이 될 것처럼 보이나봐."

디 애비뉴를 포함하는 숲이 우거진 윌름코트 땅은 클리프엔드의 마을 반대편 북쪽 산비탈에서 보였다. 마을을 가로질러 걸어가 오른쪽의 가파른 길을 오르거나 큰 도로를 따라 차를 몰아 산을 빙빙 돌아서 갈 수 있는 곳이었다.

마을이 유혹했다. 가파르게 멋대로 뻗어 있는 거리에서는 어부들이 배와 그물을 다루느라 바쁜 끄트머리의 작은 부두까지 보였다. 마을 전체에서 기분 좋은 바다 냄새가 풍겼다. 하지만 우리는 초조한 마음으로 차를 몰았다.

깔끔하게 손질한 울타리, 회양목, 고리에 달린 모슬린 커튼, 반짝이는 문고리로 아주 단정하게 가꾼 배 모양의 윌름코트가 나타났다.

초인종을 누르고서야 10시도 채 안 됐다는 것을 깨닫고 당황했다. 문은 곧바로 열렸지만 예상처럼 깔끔한 차림새의 하녀가 나오진 않았다. 놀란 눈으로 우리를 보는 소녀는 머리카락을 분홍색 수건으로 터번처럼 감싸고 양 뺨이 온기로 달아올라 있었다. 귀여워서 미소가 떠올랐다. 소녀는 얼굴이 더욱 빨개지더니 들어오라고 말했다. 우리는 너무 이른 시간이라 죄송하다고 중얼거렸고, 소녀는 근엄하게 고개를 숙이며 사과를 받았다.

"하녀가 온 줄 알았네요. 죄송하지만 실례하겠습니다." 소녀가 말했다.

생김새는 아이 같은데, 서른 살 여주인에게나 어울리는 태도였다.

"우연히 '클리프 엔드'라는 집을 봤어요. 열쇠를 받을 수 있다면 실내를 보고 싶어요." 패멀라가 말했다.

"할아버지는 외출 중이세요. 죄송합니다." 소녀는 예의 바르게 대답했다. 그러더니 믿을 수 없을 만큼 흥분한 표정을 지었다.

"아." 소녀가 나와 패멀라를 번갈아 보며 숨을 들이쉬었다. "그 집을 보시려고요?"

"가능하다면요." 패멀라가 대답했다.

"열쇠가 어디 있는지 모르겠네." 소녀는 풀 죽은 듯 말하고는 잠시 생각하더니 덧붙였다. "하지만 찾아볼게요. 시간이 좀 걸려도 이해해주세요. 여기서 기다리시겠어요?"

소녀는 작지만 격식을 갖춘 식당에 우리를 앉혀두고 나가더니 곧 열쇠를 가지고 돌아왔다. 크고 녹슨 열쇠였다.

"이 열쇠가 맞을 거예요. 이걸 쓰시면 돼요. 혹시 할아버지를 기다리실 건가요?"

소녀는 조금 염려스러운 표정이었다. 나는 갈 길이 멀어 시간이 없다고 했다. 소녀는 심각한 얼굴로 내게 열쇠를 건넸다.

"가져가세요. 제가 말씀드릴게요."

소녀는 한숨을 푹 내쉬었다. "방금 머리를 감아서 함께 갈 수는 없어요. 참 아쉽네요."

"우리 때문에 차가운 바람을 쐬면 안 되죠." 패멀라가 걱정스러운 목소리로 말했다. 소녀는 다시 놀란 표정으로 작게 웃더니 수줍지만 솔직한 눈빛으로 패멀라를 마주 봤다. 문을 닫고 나오자 소녀가 따라오고 싶어 한다는 느낌이 들었다. 방금 머리 감은 것을 아쉬워하면서.

열쇠는 현관문에 맞지 않았다. 집 동쪽, 창문 가까이 솟아 있는 산기슭 아래를 따라가니 작은 문이 나왔고, 그 문에 열쇠를 꽂으니 한참 뻑뻑하게 끼익하다가 열렸다. 우리는 부엌방을 통해 판석을 간 큰 주방으로 들어갔다. 창문이 언덕으로 가로막히고 먼지가 잔뜩 앉아 있어서 실내가 어두웠다. 조리대, 수도꼭지, 배관마다 먼지 앉은 거미줄이 가득했다. 하지만 실내에는 전기 시설과 널찍한 조리대, 보일러가 있었다. 패멀라는 그 정도면 적당하다고 했다.

"일하기 효율적인 구조는 아니지만 넓잖아. 리지랑 고양이가 지낼 공간도 있고." 패멀라가 말했다.

일리 있는 말이었다. 리지 플린은 내가 열일곱, 패멀라가 열한 살 때부터 우리가 웜블던 집을 포기하던 때까지 식사 준비를 맡아준 사람이다. 어머니가 돌아가셨을 때 리지는 패멀라를 위로하고, 여주인 역할을 하도록 가르쳐주고, 아버지의 짜증을 막아줬다. 야심 차게 만든 요리를 아버지가 맛도 보지 않고 물렸을 때 두 사람이 주방에서 함께 우는 모습을 본 적도 있었다. 헤어지던 때에 리지는 언제든지, 어디든지 패멀라에게 돌아오겠다고 했다. 붉은 털의 고양이도 함께 올 수만 있다면. 그러니 리지가 지낼 곳도 필요했다.

"리지 마음에 들 거야." 패멀라는 찬장과 식료품 저장실, 버터와 치즈 제조실, 세탁실, 주방 뒤의 통로와 연결돼 납작한 지붕 아래 공간을 차지하는 두세 곳의 창고를 살폈다.

그곳과 가사도우미 방을 훑어보면서 집 앞쪽으로 서둘러 갔다. 널찍한 복도를 지나니 바로 현관문이 나왔다. 문을 등지고 서서 본 복도와 층계도 마음에 들었다. 집이 작은데도 유난히 널찍하고 균형 잡힌, 넉넉해서 좋은 입구였다. 층계는 낮고 위층의 계단참에 우아한 조각이 새겨진 마호가니 난간이 있었다. 거기서 다시 왼쪽 복도로 연결됐다.

계단 아래, 오른쪽에는 보기 좋은 단순한 줄무늬가 그어진 문이 있었다. 그 문과 똑같은 또 하나의 문이 복도 맞은편에도 있었다.

"우아해!" 패멀라가 오른쪽 문을 열며 감탄했다.

식당이었다. 덧창 때문에 엷은 빛만 들어와 캄캄했지만 아름다운 대리석 벽난로 선반이 딸리고 천장이 높으며 기다란 구조라는 것은 알 수 있었다. 남쪽 창밖으로는 바다가 보일 것이고, 동쪽엔 둔덕의 그늘을 피해 낸 창문이 있었다. 여기서 아침을 먹으면 얼마나 좋을까.

"두툼한 실크 커튼에 상아색 칠." 패멀라가 중얼거렸다. "웨지우드 띠 장식, 오래된 식탁, 워터퍼드 유리."

널찍한 복도를 지나가 반대편 문을 열자마자 말문이 턱 막혔다. 그렇게 아름다운 방은 처음이었다. 바닷속처럼 어두웠지만 완벽한 방의 형태, 아름다운 돌림띠 장식과 벽난로 선반이 보였다. 창문을 열어 아름답게 반짝이는 바다와 들판이 보이면 어떨지 상상됐다.

패멀라는 내 옆에 서서 숨을 크게 들이쉬었다. "정말 잘 지은 집이지?" 패멀라가 중얼거렸다.

실내는 고요하고 평화로웠다. 마룻바닥을 디디는 우리 발소리가 그곳의 오랜 고요를 깼다. 여기서는 마음속의 창의적인 충동을 방해하거나 가로막는 그 무엇도 없을 것 같았다. 여기서 살 수 있다면 거지가 돼도 좋다고 생각했지만 패멀라에게 말하지는 않았다.

패멀라는 흥분해서 말없이 위층으로 달려 올라갔고 나도 뒤따랐다. 패멀라는 빛나는 바다가 내다보이는 계단참 창가에 섰다. 나는 오른쪽 문을 열었다. 응접실 바로 위에는 문으로 연결된 두 개의 방이 있었다. 뜻밖에도 앞쪽 방이 더 작았다. 뒤쪽 방은 거의 정사각형이었다. 그 창문으로 아름다운 해안과 탁 트인 바다가 보였다. 앞마당에는 가지가 안으로 전부 굽은 죽은 나무가 파란 바다를 배경으로 환상적인 검은 형상을 하고 있었다. 나는 돌아보지 않고 말했다. "이 전망을 갖고 싶어."

"가질 수 있어. 난 이 방을 갖고 싶어!" 패멀라가 신나서 외쳤다.

패멀라는 식당처럼 동쪽과 남쪽에 창을 낸 반대편 방에 가 있었다. 햇빛과 바다가 반사하는 빛이 천장과 벽에서 어른거리며 춤췄다.

"안녕히, 그대는 내가 갖기에는 너무 값지도다!"● 패멀라가 한숨을 쉬었다.

계단 쪽에 문이 달린 방을 들여다보고 패멀라에게 말했다. "실망하지 마. 여기 흠이 있네."

동쪽 창문과 마당 쪽으로 낸 납작한 지붕을 내다보는 북쪽 벽의 아주 큰 창문이 막혀 있었다. 벽돌 난로는 너무 작았고, 붙박이 옷장들은 너무 좁고 깊었다. 그리고 방이 싸늘했다. 침침하고 꾸미지 않아 전혀 매력이 없었다.

"화가의 작업실이네." 패멀라가 말했다. "화가인데 햇볕 없이 지내는 건 싫을 것 같아. 거미들이 좋아하잖아? 그냥 손님 방으로 써야겠다."

나는 손님 초대를 너무 좋아하는 패멀라를 놀렸다.

"내게 중요한 건 오빠랑 나, 그리고 리지야." 패멀라가 반박했다. "그리고 오빠에겐 서재가 필요하잖아. 리지는 아래층에서 자야 하고."

침실은 그게 전부였다. 다른 문들은 커다란 욕실, 세탁실, 다락으로 올라가는 사다리가 딸린 일종의 창고였다.

"정말 작은 집이네. 그렇지?" 패멀라가 아쉽다는 듯 말했다. 배고픈 사람처럼 긴장한 얼굴이었다. 패멀라는 그 집을

● 셰익스피어의 《소네트》 87번의 첫 행.

원했다. 나도 그랬다.

"전문 건축가가 설계한 집이야." 내가 정리해서 말했다. "전기, 상하수도 시설은 있고 상태도 매우 좋아. 테니스장은 없고 한 사람 방이 부족해. 전화는 어디서부터 끌어올 수 있을지 모르겠고. 보통 사람들의 취향과는 다른 너무 외딴곳이야. 하지만 우리 예산에 맞을 가능성은 거의 없어."

패멀라는 내 말을 들으며 잠시 우뚝 서 있었다.

패멀라가 말했다. "우린 여기서 살게 될 거야. 두고 봐."

중령이 귀가했다. 내 명함을 가지고 들어간 하녀가 곧바로 나와 집무실 같은 방으로 안내했다. 중령이 우리를 기다리고 있었다. 백발에 흰 수염을 기른, 일흔이 머지않아 보이는 사람이지만 고개를 꼿꼿이 세우고 파란 눈을 반짝였다. 흡사 전장에 나가는 분위기였다. "안녕하십니까, 피츠제럴드 씨." 그는 내게 인사를 건네며 패멀라에게는 고개를 숙인 뒤 가죽 안락의자에 앉으라고 손짓했다. 그러곤 회전의자에 앉아 내가 입을 열기를 기다렸다.

그는 내 질문을 찬찬히 듣더니 정확하게 대답했다. 그렇다. 짧은 기간을 제외하면 그 집은 한동안, 정확히는 15년간 비어 있었다. 그렇다. 지붕과 바깥채들은 수리가 필요하다. 그러나 잘 지은 집이다. 건축가가 지은 집이다. 직접 살기 위해 설계한 곳이다.

"내 가족 다섯 세대가 그곳에서 건강하고 편안하게 살았소." 브룩 중령은 거의 도전적인 말투였다. "24년 전쯤 개보수에 상당한 돈을 썼소."

집의 자유 보유권을 팔기 위해 내놓았다. 동쪽의 언덕과 낙엽송 숲 일부, 썰물 때는 물놀이하기에 안전한 모래 해변까지 거기에 포함됐다.

"그럼 가격은요?"

"현재 상태로 1400파운드요."

나는 고개를 저었다. 패멀라의 표정이 바뀌었고 노인도 이마 밑에 쑥 들어간 두 눈으로 그 애에게 예리한 시선을 던졌다. 패멀라를 살피는 듯했다.

"저희가 제시하는 가격을 고려해주실 수 있을까요?" 패멀라가 말했다.

나는 수리에 큰돈이 들 거라고 하면서 1000파운드를 제시했다. 중령은 생각에 잠겨 잠시 아무 말도 하지 않더니 시선을 올리며 말했다. "뭐라고 했소?" 나는 다시 대답했고, 그는 답답하다는 듯 중얼거렸다. "그렇군. 그래요. 그건 됐고……."

그가 말끝을 흐리는 이유가 궁금했다. 패멀라나 내가 마음에 안 드는 것인가?

"1000파운드에 파실 의향이 있습니까?" 내 말을 알아들었는지 확인하기 위해 재차 물었다. 중령은 잠시 굳은 표정으로 가만히 있더니 힘겹게 답했다. "그러겠소."

패멀라는 믿을 수 없다는 표정으로 눈을 동그랗게 뜨더니 한숨을 푹 내쉬었다. 나는 있는 힘을 다해 무표정을 유지한 채 건축가를 데려다가 집을 꼼꼼히 살펴보고 보고서를 받고 싶다는 말을 잊지 않았다. 중령은 여전히 모호한 태도로 반스터플에 좋은 사람이 있다고 했고, 그곳 은행에 전화를 걸어 주소를 구해줬다. 당장 약속을 잡고 싶다면 전화를 써도 좋다고 했다. "보고서에는 아무 구속력이 없소." 중령은 마치 소리 내 생각하는 사람처럼 덧붙였다.

나는 건축가에게도 비용이 들 거란 생각이 들었지만 동의했다. 노인이 마음을 바꾸기 전에 집을 확보하고 싶어 초조해졌다. 거래 자체가 그에게 손해이고 우리의 문의도 불쾌한 침범이었다. 그는 집이 싫은 것인지 집을 떠나보내는 게 싫은 것인지 알 수 없었다.

나는 전화를 걸었다. 다행히 리처즈 씨가 반스터플에서 올 수 있다고 했다. 오후 3시에 클리프 엔드에 도착한다고. 그보다 빨리는 안 된다고 했다. 패멀라에게 야간 자동차 여행이 어떠냐고 물었다. 패멀라가 즐거울 거라고 대답해서 리처즈 씨와 약속을 잡았다.

수화기를 내려놓는 나를 찬찬히 살피는 중령과 눈이 마주쳤다. 그 새파랗고 형형한 시선에 위축되는 느낌이었다. 매처럼 좁다랗고 경험과 권위가 느껴지는 그의 얼굴에 의심스러운 표정이 드물게 드러났다. 그 집에 건축가가 밝혀낼 결함이 있는 걸까? 아니, 중령은 여러모로 정직한 사람이었다. 그런 문제는 아니었다. 거래 상대가 마음에 들지 않는 걸까? 나도 솔직하게 흥미롭다는 표정으로 그의 시선을 마주했고, 그는 결심이 섰다는 듯 패멀라에게 예의를 갖췄다. "셰리주를 한 잔 권해도 되겠소?"

그는 하녀를 불러 셰리주를 내오라고 하고는 잠시 생각하더니 메러디스 양을 불렀다. 하녀는 호기심 어린 눈으로 우리를 살피며 나갔다. 윌름코트에 오전 손님은 드문 모양이었다.

기다리는 동안 중령은 자동차 운전 즐기는 법을 배우지 못했다면서 청년 시절 타던 차 이야기를 했다. 패멀라는 쾌활하게 대답했고 나는 그사이 방 안을 둘러봤다. 흥미로운 곳은 아니었다. 서류장과 오래된 책들이 선반에 가득했다. 난로는 꺼져 있었다. 꽃도 없고, 사진도 배 사진뿐이었다. 새 책도, 항해 저널과 《더 타임스》 이외의 신문도 없었다. 방 안에 예술 작품은 단 한 점 있었다. 벽난로 위에 걸린 커다란 유화 초상화로, 그다지 잘 그린 건 아니었다.

하지만 다시 생각해보니 품위 있는 그림으로, 기억할 만한 것이었다. 소녀의 초상이었다. 화가는 손과 머리카락, 하얀 모슬린 드레스에는 공을 들이지 않았지만 얼굴을 생생하게 그려냈다.

소녀는 아름다웠다. 금발에 하얀 피부, 크고 새파란 눈을 가진 아이였다. 귀족적인 이마 위에 머리카락을 높다랗게 올렸고, 수녀처럼 양손을 모아 가슴에 올리고 있었다. 머리 주위에 후광과 함께 성당의 스테인드글라스 창문을 배경으로 하는 그림이 쉽게 떠올랐다.

내 시선을 알아차린 중령은 입을 꾹 다물었다. 그 그림 이야기를 꺼낼까 말까 망설이는 사이에 어색한 침묵이 흘렀다. 다행히 터번을 두른 듯한 소녀가 병과 잔을 쟁반에 받쳐 들고 들어왔다. 노인이 우리를 소개했다.

"패멀라 피츠제럴드 양과 로더릭 피츠제럴드 씨란다. 클리프 엔드를 살까 생각 중이시다." 중령이 우리에게 설명했다. "내 손녀 메러디스요. 그 집은 사실 이 아이 것이오."

소녀는 작고 침착한 얼굴에 흥분하는 기색을 떠올렸지만 정중히 고개를 숙이더니 쟁반을 내려놓았다. 잔을 건네는 손이 살짝 떨렸다. 소녀는 패멀라와 나를 진지하게 바라봤다.

"그 집에서 행운이 함께하길 바라겠어요." 소녀가 말했다.

참 특이하고 예의 바른 아이였다. 아니, 아이는 아니지. 크림색 옷깃과 소맷부리가 달린 갈색 드레스를 입고 곱슬머리를 최대한 매끈하게 빗질해 가르마를 타고 있으니 열일곱 살은 족히 돼 보였다. 행동거지는 서른 살 이상 돼 보였지만 늘 그렇지는 않았다. 소녀는 다시 호기심 어린 눈빛으로 패멀라와 나를 바라보고는 미소 지었다.

"그렇게 되실 거예요!" 소녀는 이렇게 외치고 살짝 고개를 숙이더니 잔을 들었다.

우리는 볕이 잘 드는 방들과 전망에 반했다고 했다. 소녀는 열심히 귀를 기울였다.

"근사할 거예요." 소녀는 한숨을 쉬었다.

중령이 말했다. "식량은 어떠니, 스텔라? 손님들을 점심 식사에 초대해도 되겠니?"

"네, 그럼요." 소녀는 신이 나서 대답했다. "초대에 응해주신다면 굉장히 기쁠 거예요." 보호자의 압박하는 눈초리에 소녀가 덧붙였다. "아주 소박한 식사라도 괜찮으시다면요."

우리는 초대에 응했고 패멀라는 스텔라의 방으로 안내받았다.

중령은 내게 담배를 권했다. 단둘이 하고 싶은 이야기가 있는 게 틀림없었다. 그가 어색하게 입을 열었다.

"피츠제럴드 양이 조금 허약해 보이는데, 이곳 공기가 도움이 될 거요."

그래서 런던을 떠나기로 했다고 내가 말했다.

"그렇지. 섬세하고 예민한 유형……." 중령은 생각에 잠겨 말했다.

"예민하지는 않습니다." 내가 대꾸했다.

"실례했소." 중령은 진심으로 미안한 표정이었다. 고의로 무례를 저지르는 사람 같지는 않았다.

"클리프 엔드의 공기가 아주 좋을 것 같습니다." 내가 말했다.

중령은 딴 데 정신이 팔려 곧바로 대답하지 않았다. "바람에 영향을 많이 받는 체질인가요?"

"별로 그렇지 않습니다. 저희 둘 다 폭풍우를 좋아하는 편이죠."

"우울한 소리를 내지. 바람이 들판 위로 불 때면." 그가 중얼거렸다.

"그런 건 걱정하지 않습니다."

"물론, 고적한 곳이고……."

"작가는 혼자 있을 줄 알아야 하고, 패멀라는 친구를 사귀면……."

나는 말을 끊었다. 노인은 무슨 말을 하고 싶은 걸까? 그의 말을 끝까지 들어야 한다는 생각에 기다렸다. 그는 명령 신호라도 하는 것처럼 상아로 만든 종이칼로 압지를 톡톡 두드렸다. 그러더니 한참 만에 불쑥 말했다.

"내겐 확실한 의무가 있소."

"네?"

"6년 전, 그 집에 몇 달간 누가 살았었소. 그들이 거기서 오래 살지 못했다는 걸 알려야겠소. 소란을 경험했지."

"경험했다고요?" 나는 그의 말에 미소를 지었다. 그 같은 위치에 있는 사람이 그런 문제를 언급할 필요를 느꼈다면 대부분 '상상했다'나 '공상했다'는 표현을 썼을 것이다.

"쥐 때문이 아니라면 괜찮습니다." 나는 가볍게 대답했다.

"쥐 때문은 아니오."

나는 기다렸다. 더 이야기할 것인가? 아닌 것 같았다. 그는 정원의 돌담 위에 앉은 고양이를 쳐다보며 입을 꾹 다물었다.

"그 말을 해야 할 것 같았소." 중령이 말했다.

그렇다면 나는 그 말을 듣거나 그만두어야 했다.

"그런 이야기라면 동생이 굉장히 매력적이라고 여길 겁니다." 내가 답했다.

"그렇소?"

그는 책상으로 돌아가 그 집에 관한 모든 일을 담당하는 런던의 변호사 주소를 적어줬다. 중령은 그 집과 관련된 모든 것을 넘기길 원하는 듯했고, 나는 '소란'에 관해 미리 알려준 것이나 패멀라 앞에서 그런 이야기를 하지 않으려고 내키지 않는 점심 초대를 하는 등 섬세하게 신경 쓰는 그의 성품을 더욱 높이 평가하게 됐다. 그는 스스로에게 엄격하고 복잡한 성격이었다. 그 소녀에게도 엄격했을까?

이런 분위기에서는 그와 계속 대화하기 어려웠는데, 스텔라가 식사하라고 부르는 소리에 반가운 마음으로 일어났다.

맛있는 식사였다. 아스파라거스와 닭고기, 감자크로켓에 이어 따뜻한 커스터드에 비스킷을 듬뿍 올린 후식이 나왔다. 중령이 훌륭한 백포도주를 따라줬다. 식탁에서 그는 상냥하게 행동하려고 애쓰며 데번셔 남자들의 행동거지와 성품에 관한 이야기로 우리를 즐겁게 했다. 그의 건조하고 이따금 신랄한 말투에서 그 남자들에 대한 강한 호감이 느껴졌다. 몹시 들뜬 패멀라는 깊은 흥미를 느끼며 중령에게 이런저런 질문을 했다.

"노스 데번에 켈트족의 혈통이 있나요? 콘월과 웨일스 사이의 이곳이라면 그렇다고 예상할 수 있겠죠?" 패멀라가 물었다.

"없소!" 중령은 조금 날카롭게 대답했다. "웨일스인은 전혀 다른 족속이지."

그것도 열등한 족속. 중령의 어조가 그렇게 전했다.

내 오른쪽에 앉은 스텔라는 접시만 보면서 딴생각을 하는 듯했다. 내성적인 성격인가, 투명한 성격인가? 짐작할 수 없었다. 섬세한 골격에 탄탄한 피부, 넓고 매끈한 이마와 쑥 들어간 관자놀이의 얼굴은 말이 없어 보였다. 하지만 계속해서 움직이는 작은 그림자와 근육이 입술과 눈이 감추는 것을 드러냈다. 스텔라는 우리에게 예의를 갖추기 위해 머리에 꽂았던 빗을 벨벳 리본으로 바꾸고 목에는 얇은 금줄의 로켓 목걸이를 걸었다. 우리의 방문은 흥미진진한 일이었고 집을 파는 건 굉장한 사건이었다. 예의에 어긋나는 일이 아니라면 스텔라는 질문을 천 번은 했을 것이다. 그때, 스텔라가 어렴풋한 기억을 더듬는 것처럼 살며시 눈을 감았다가 반짝 뜨더니 외쳤다. "패멀라 피츠제럴드!"•

"스텔라!"

중령이 경악했다. 소녀는 중령의 냉혹한 눈길 아래 하얗게 질렸다. 눈에 눈물이 차오르고 목이 메었다. 입도 벙끗 못 했다. 패멀라는 미소를 지으며 중령에게 시선을 돌렸다.

"중령님께선 제 유명한 선조의 이야기를 듣지 못하신 모양이네요. 그분은 오를레앙 공작의 딸이었죠. 훌륭한 분이었어요. 1798년의 아일랜드 봉기를 이끈 에드워드 피츠제럴드 공과 결혼했죠. 그분이 실제로 제 조상은 아니지만 제 이름을 그분 이름에서 따온 것은 기뻐요. 그보다 더 영웅적이고 낭만

• 아일랜드의 독립운동가인 패멀라 피츠제럴드(1773~1831)를 가리킨다.

적인 이야기는 듣지 못했거든요."

"글쎄올시다. 아일랜드의 반역 역사는 잘 몰라서." 중령이 뻣뻣하게 대답했다.

패멀라는 아일랜드인의 혈기가 한번 발동하면 쉽게 기죽지 않는다. 내가 기자로서 겪은 일을 늘어놓아 주인장의 관심을 돌리려는데, 패멀라는 스텔라에게 얼마 전 대낮 가든파티 중에 더블린 근처 패멀라 피츠제럴드의 예전 집인 프래스카티에서 그녀를 본 사람이 있었다는 이야기를 했다.

스텔라는 패멀라의 이야기에 빠져들었다.

"사실 놀랍지 않아요." 패멀라가 말했다. "그분은 프래스카티에서 행복하게 지냈거든요. 영혼이 돌아다닌다면 좋아하던 곳에서 나타날 것 같아요. 그러니 영혼을 두려워하는 건 어리석은 짓이라고 생각해요."

패멀라는 가볍게 말했지만 그 효과는 놀라웠다. 스텔라는 먹던 것을 멈추곤 놀라고 안도한 듯 얼굴을 환히 밝혔다.

"정말로 그렇게 생각하시나요?" 스텔라가 나직이 물었다. "정말로 그렇게……."

스텔라의 할아버지가 어찌나 불쾌하다는 표정으로 패멀라를 쳐다보며 말을 막던지 나는 분노로 온몸이 뜨거워졌다. "그런 생각은……." 중령이 경멸하는 투로 말했다. "그런 터무니없는 생각을! 사람들은 그런 소리를 어찌 그리도 경망스럽게, 무모하게 해대는지!"

패멀라가 중령을 봤다. 비꼬려는 걸까? 그럴 수 있었다. 하지만 패멀라는 생각에 잠겨 천천히 말했다. "옳은 말씀이에요. 사람들은 정말 그렇죠."

침묵이 흘렀다. 패멀라의 화제 선택이 몹시 좋지 못했다. 웨일스인, 유령, 반역은 노인이 좋아하는 주제가 아닌 듯했다. 스텔라는 초조한 기색으로 손수건을 구겼다. 거기서 강한 꽃향기가 흘러나왔다. 중령은 그걸 알아차리고 콧잔등을 찡그렸다. 스텔라는 당황해서 급히 손수건을 치우곤 부드럽게 말했다. "죄송해요, 할아버지. 제 향을 얼마나 싫어하시는지 잊었어요."

"그런 것 같구나." 중령이 대답했다.

스텔라는 일어나 패멀라를 향해 살짝 고개를 숙이고는 "실례할게요"라고 말하며 나갔다.

아무도 입을 열지 않았고, 침묵은 스텔라가 돌아올 때까지 계속됐다. 우리는 이웃과 그곳의 여흥거리로 화제를 바꾸려고 무도회나 아마추어 연극이 있는지, 음악은 어디서 들을 수 있는지 물었다. 테니스 클럽과 ('좀 우스운 영화'를 상영하는) 극장은 있지만 연주회나 연극 공연은 없다고 했다.

"손녀는 브뤼셀의 학교에서 최근에 돌아왔소." 중령이 말했다. "훌륭한 학교라 학생들을 연주회와 미술관에 보낸다고 들었소. 그렇게 지내다간 여기서 재미를 느낄 만한 것이 없을 것 같소."

스텔라는 그 신호가 떨어지자마자 브뤼셀에서 지낸 이야기를 했다. 커피가 나왔고, 우리가 클리프 엔드로 돌아갈 시각이 됐다. 스텔라가 어찌나 간절한 표정인지, 나갈 준비를 하다가 함께 갈 수 있는지 살짝 물어봤다. 스텔라는 슬픈 표정으로 미소를 짓더니 고개를 저었다.

"당신이 물어봐주세요." 스텔라가 속삭였다.

패멀라에게 눈짓을 했고, 이미 같은 생각이었던 그 애는 노인에게 가볍게 물었다. "함께 가시겠어요? 두 분 다."

"고맙지만 나는 차 타는 것을 좋아하지 않고, 걸어서는 한 시간이나 걸리는 길이오." 중령이 대답했다.

"그럼 손녀분은요?"

중령은 간절히 바라는 소녀의 눈빛을 보지 않아도 분명히 느끼지 않았을까?

"미안하오. 오늘 오후엔 스텔라를 내보낼 수 없소."

그는 구식 열쇠 꾸러미를 꺼냈다. 우리가 그 열쇠를 돌려주러 올 때쯤 자신과 손녀에겐 할 일이 있다고 했다. 두 사람은 정중히 작별 인사를 했다.

스텔라는 실망한 내색을 하진 않았지만 체념으로 슬픈 표정을 짓고 있었다. 그 초상화 속 얼굴이 짓고 있던 표정이었고, 나는 그걸 보는 게 싫었다. 흥분되는 일이 기다리고 있었지만 그 표정을 오랫동안 머릿속에서 지울 수 없었다.

패멀라는 차에서 즐겁게 열쇠 꾸러미를 짤랑거리고는 거기 붙여놓은 이름표를 읽으며 말했다. "마구간, 작업실, 화장실……. 이걸 보니 지주가 된 기분이야."

"우리가 좀 성급했어." 내가 경고했다. "바닥이 튼튼한지도 확인하지 않았고, 찬장을 열어보지도, 목공을 살피지도 않았어. 말라 부스러진 곳이 많을 거야."

"말라 부스러진 곳!" 패멀라는 욕설이라도 들은 듯 외쳤다. "그 늙은이의 문제가 바로 그거야."

"네 말에 발끈하더라. 괴팍한 늙은이 같으니." 내가 말했다.

"괴상해. 우리한테 그 집을 팔고 싶은 거야, 아닌 거야?"

"팔아야 하는데 팔고 싶지 않은 거지."

"그런가봐. 우리가 도와주자."

"그 노인네 상황을 그렇게 이용하다니 너도 참 대단해."

"음, 다섯 세대가 지나는 동안 아무도 그 노인네에게 맞선 적이 없는 것 같아. 그리고 그 귀여운 애를 그렇게 괴롭히다니 참을 수 없었어."

"애라고? 나이 차가 얼마나 된다고. 다섯 살?" 내가 놀랐다.

"그 정도야. 열여덟이라던데."

"그렇게 안 보이던데."

"성장하게 놔두질 않아서 그래."

"그렇게 말했어?"

"설마. 그 애는 자기 현실을 아직 깨닫지도 못했어. 알고 나면 무슨 일이 생길 거야."

"집 때문에 굉장히 흥분한 것 같던데."

"응, 세 살 때 떠난 후로 거기서 살아본 적 없대."

"이상하네. 이유가 궁금하다."

"어머니가 거기서 돌아가셨대."

"그렇다고 그럴 건 없지."

"그러게……. 어머니가 그 그림 속의 여인이래. 아름다운 만큼 좋은 분 같은데. 스텔라의 아버지가 그리셨대. 루엘린 메러디스, 아는 사람이야?"

"몰라. 하, 웨일스 사람이네!"

"전혀 다른 족속이지." 패멀라가 짓궂게 흉내 냈다.

"네 편견을 발동시키지 마." 내가 간청했다.

집 앞에 도착했다.

"오빠, 여기 진달래꽃이 피면 어떨지 생각해봐!"

"여기서 정원을 제대로 가꿀 수 없다는 거 알잖아. 흙이 별로 없는걸."

"내가 어떻게든 가꿔볼 거야."

"집이 감추는 곳이 많으니 정원도 호기심을 자극하겠네."

마구간 앞에 차를 세우고 나무가 자란 곳을 돌아서 걸어갔다. 들판과 바다의 방종과 자유 속에서 금욕적으로 꿋꿋이 서 있는 집은 훌륭했다.

"이렇게 외진 곳에 사는 데 만족하겠어?" 내가 물었다.

"만족?" 패멀라는 첫눈에 반한 진심을 제대로 표현하지 못했다.

"이제 현실적으로 판단해봐." 집으로 들어가면서 내가 말했다.

"찬장이다!" 패멀라는 층계 아래 벽감으로 다가가며 대답했다. "다행이야, 오빠. 들어가서 전화를 걸어도 될 만큼 커!"

벽감 뒤에는 작은 옷장이 있었다. 반대편에는 하녀 방이 있어서 그 안을 다시 들여다봤다. 수풀이 창을 가렸다. 그것들을 베어내면 서쪽 전망이 보일 것 같았다. 그 옆은 철제 다리가 달린 녹슨 욕조가 놓인 오래된 욕실이었다.

"어머나, 방 하나를 빠뜨렸네!"

패멀라는 응접실과 욕실 사이의 문 앞에 서서 열쇠를 차례로 꽂아봤다. 이름표 없는 열쇠로 문을 열었다. 햇살 가득한 공간을 통과해 정면으로 구부러진 나무가 보였다.

예쁘장하고 특이한 작은 방이었다. 그 방에서 연결된 공간이 있었고, 패멀라는 거기 서서 햇살을 가득 받았다. 오른쪽에는 소파가 들어갈 만큼 큰 벽감이 있었고, 그 반대편에는 노란 타일을 붙인 벽난로가 있었다. 빛바랜 벽지의 노란 화환 무늬가 여전히 희미하게 보였다.

"깜짝 선물 같은 방이네!" 패멀라가 황홀해하면서 말했다. "무슨 용도로 썼던 방일까?"

"흡연실이나 재봉실, 창고, 화장실." 나는 이렇게 말했지만 패멀라는 듣지 않았다. 위쪽 절반이 유리로 된, 정원으로 나가는 문을 살피고 있었다. 패멀라가 문을 당기자 유리판만 안쪽으로 열리고 나머지 절반은 그대로 잠겨 있었다.

"밖에서 빗장으로 잠가놨어!" 패멀라가 외쳤다. "계단은 판자로 덮어놨고. 이건 통로야. 아, 유아차가 다니는 통로! 아기 방이구나. 스텔라의 방이야."

그 말이 옳다는 생각이 들었다. 아마 잠가놨을 것 같지만, 밖에도 튼튼한 방충망이 있었고, 걸쇠가 녹슬어 떨어졌고, 잡초가 자라 방충망이 벌어져 있었다. 그렇다. 스텔라의 방이었다.

"이 집에서 제일 예쁜 방이야. 스텔라가 여기서 하룻밤 지내면 참 좋아하겠다." 패멀라가 말했다.

"어? 너 지금 지나치게 앞서가고 있어."

빗장이 움직이지 않았다. 나는 낮은 문을 뛰어넘어 잔디밭을 가로지른 뒤 다시 나무 옆에 서서 빛나는 초승달 모양의 모래사장을 내려다봤다. 거길 가지면 바다를 가지는 셈이었다. 당장 물에 뛰어들고 싶어 온몸이 근질거렸다. 한 시간 뒤 목을 매달린다 해도 바다에 들어가고 싶었다. 문득 여기 사는 로렛의 모습이 떠올라 웃음이 났다. 일주일도 안 돼 지루해서 미쳐버리겠지. 이 산들바람에 로렛과의 기억도 날아가버릴 것 같았다. 뭐, 내가 원하는 바였다.

"오빠." 패멀라가 말했다. "생각해봐. 흙과 돌과 나무와 해변을 갖게 되는 거야."

"생각하고 있지. 이리 와서 차고 한번 봐." 내가 대답했다.

마구간은 차 두 대를 세울 차고가 될 것 같았다. 창문이 있는 곳과 없는 곳, 마당으로 열려 있는 작은 방들을 활용할 방법은 무궁무진했다. 석재와 인건비가 비싸지 않던 시절에 가족이 늘어날 것을 고려해 지은 집이었다. 그 가족 중에서 스텔라가 마지막인 듯했다.

우리는 아기방으로 돌아갔다.

"여기까지 다시 올 순 없어." 나는 패멀라에게 말했다. "혹시 모르니 치수를 재두는 게 낫겠다. 공책 있어?"

"이 방은 모두 노란색이었을 거야." 패멀라가 말했다. "가구도, 주전자에 꽂은 민들레도. 아마 침대 옆에는 녹색 매트를 깔았을 테고……."

나는 인도인들이 눈속임하듯이 꼿꼿이 세울 수 있는 근사한 줄자로 치수를 쟀다. 대화가 두서없었다.

"벽감은 198센티미터. 적고 있어?"

"응, 리버티 백화점에서 커튼 재료를 팔아. 노란색과 초록색으로 짠 거……."

"창문은 208센티미터……. 응접실로 가자. 거기가 더 중요해."

응접실 바닥은 내 카펫을 깔기에는 너무 넓었고, 마룻바닥에는 카펫이 필요 없었다.

"창문." 내가 불렀다. "285센티미터. 예전에 쓰던 벨벳 커튼이면 되겠어. 건축가가 늦네. 루엘린 메러디스, 들어본 적 있는 이름이야. 실력 있는 사람이면 맥스도 알 거야."

"고용인이었을 거야." 패멀라가 대답했다. "커튼 덮개는 일직선, 창문은 아치형. 그렇지 않을까? 안됐지만 스텔라는 아버지를 닮았고, 노인은 그것 때문에 늘 슬플 거야. 스텔라가 무책임한 성품을 물려받았다고 생각해서……."

"대체 어디서 그런 걸 다 캐냈지?" 내가 외쳤다.

"심리학적 추론이지! ……계단 카펫은 돈이 많이 들 텐데."

"그럼 계단엔 카펫을 깔지 말자."

"닦기 성가신데."

"리놀륨은 깔지 않을 거야."

"윽, 당연하지. 이렇게 고급스러운 계단에."

"오랫동안 쓸 물건만 사들일 거야. 잠시 쓸 물건에 지출할 여유는 없어." 내가 잘라 말했다.

"동감이야." 패멀라가 말했다.

"물론 아직 집을 산 건 아니지만."

"물론이지." 패멀라가 웃고 있었다. "노인은 엄격하게 훈육하면 스텔라가 똑바로 살 수 있을 거라고 생각해. 하지만 그 앨 좋아하고 나름대로 잘해주고 있지."

"계단은 스물두 단."

"다만 가끔 그 애에게서 아들의 성격이 드러나 매처럼 달려드는 거야. 그 미모사 향을 어디서 찾았는지 궁금하다. 노인은 의식하지 못하지만 스텔라가 자라지 못하게 막고, 그 애의 자연스러운 모습을 망치고 있어."

"망할 건축가 같으니! 우린 앞으로 300킬로미터를 가야 하는데."

"망할 사람 같으니! ……그 노인이 스텔라를 불안하게 만들고 있어. 조심하지 않으면 스텔라에게 콤플렉스가 생길 거야."

"세상에, 패멀라!" 나는 허리를 펴고 패멀라를 봤다. 패멀라가 이런 식으로 떠드는 건 몇 년 만에 처음이었다. "어느새 스텔라에게 그런 이야기를 들은 거야?"

"글쎄." 패멀라가 웃었다. "그렇게 내성적인 아이가 말을 했을까? 오빠, 생각 좀 해."

"아, 그럼 다 짐작인 거야?"

"다 옳다는 데 내기라도 하겠어."

"넌 공공의 적이야."

클리프 엔드의 공기에서는 와인 향이 났다. 나는 그걸 축복했다. 패멀라는 다시 본래 모습으로 돌아왔다.

제3장 마을

런던에서 퇴각하는 데는 필사적인 노력이 필요했다. 거대한 문어와 싸우는 느낌이었다. 촉수 하나에서 벗어나면 또 하나에 붙잡혔다. 우선 매리엇. 늘 점잖은 그를 실망시킬 수 없었다. 그는 해외에서의 온천 치료 지시를 받았고, 나는 5월 내내 그의 자리를 대신해야 했다. 그리고 내 후임으로 문학 기사를 담당할 클레멘트 포스터는 긴 휴가를 쓰겠다고 했다. 책을 집필하기 위해 영국 박물관에서 방대한 자료를 필사해야 하는데, 거기서 일할 시간이 저녁때뿐이라서 저녁 늦게까지 계속 일했다.

4월 19일, 클리프 엔드는 공동 명의로 영영 집세를 낼 필요 없는 우리 집이 됐다. "땅속부터 하늘까지." 패멀라가 덧붙였다. 요즘처럼 비행기가 다니는 시대에 하늘도 포함인지는 모르겠지만.

짜증스럽게도 결국 7월이 될 때까지는 탈출할 희망이 없었다. 패멀라는 자신의 말대로 "런던을 바다에 던져버리고" 가버렸다. 그 애는 골든 하인드에서 묵었다. 나도 며칠 짬을 내거기서 함께 지내며 집수리를 맡을 인부들을 모으고는 패멀라에게 감독을 맡겼다. 패멀라의 보고는 조금 격앙돼 있었지만 일이 잘돼간다고 만족해했다. 삼 주간 주말마다 가보고는 패멀라가 일을 대단히 잘해내며 즐기고 있음을 알았다. 그 즐거움을 놓치다니 분하기까지 했다. 윌름코트에선 도움을 제안하거나 관심을 보이지 않는 것 같았지만, 그게 놀랍지도 신경 쓰이지도 않았다. 까다로운 노인이 참견하지 않는 편이 나았고, 어쨌든 패멀라가 그의 손녀와 조만간 친구 사이가 될 것은 분명했다.

이상한 아이였다. 그 애를 생각하면 막 피어난 수선화가 떠올랐다.

포스터가 떠난 뒤 나는 그의 집으로 들어갔고, 가구를 보냈다. 일주일 뒤 갖가지 바구니와 고양이를 챙겨 온 리지를 패딩턴역에서 배웅했다.

"그건 제 위스키예요." 짐꾼이 고양이가 든 바구니를 건네자 리지가 웃으며 말했다. "어딜 가나 밤낮 위스키가 있어야 하거든요." 리지는 그 농담이 질리지 않는 모양이었다. 짐꾼도 똑같았다. "그렇고말고요, 손님." 짐꾼이 눈을 반짝이며 대답했다. "무슨 일이 있어도 잘 간수하세요."

리지가 얼마나 웃어댔는지! 통통한 온몸을 흔들어대고, 눈물을 흘리고 뺨을 붉히면서. 그러면 주위 모두가 웃게 된다.

아마 그 짐꾼 이야기를 몇 주 동안 계속할 것 같았다.

"위스키랑 남 이야기 하는 게 리지의 유일한 단점이에요." 기차가 출발할 때 내가 말했다. 리지는 그때까지도 웃느라 겨우 인사했다. "잘 지내요, 로더릭 도련님! 몸 건강히!"

내 스물한 살 생일부터 리지는 잊지 않고 나를 '피츠제럴드 씨'라고 불렀다. 작별 인사를 하려니 그걸 잊은 모양이었다. 리지의 보살핌을 다시 받으면 참 좋을 것 같았다. 그리고 여행도 아닌데 집이 아닌 곳에서 보내는 이 몇 주가 정말 싫었다! 게다가 맥스도 없다니.

그러나 공원에는 그늘이, 거리에는 햇볕과 산들바람이 있는 7월은 이상하게 유쾌했다. 나처럼 정직한 근로자들만 남은 런던이 진정한 집처럼 느껴지기 시작했다. 런던을 포기하고 싶은지에 대한 확신이 사라졌다. 신문사가 그리울 것 같았다. 사내 정치, 희한하고 재미있는 기고자들과 함께 펍에서 서둘러 먹는 점심 식사, 매주 마감 때의 난리. 매리엇은 독재자처럼 굴어 나를 화나게 하지만 훌륭한 사람이었고, 사무실 직원들도 보기 드물게 좋은 사람들이었다. 톰린은 내가 떠나는 것이 진심으로 속상한 듯했다. "이제 누가 '높스 전하'를 관리하겠어요?" 톰린이 짜증을 냈다. 그러더니 완충장치가 사라진 높스 전하가 자신을 억누를 거라고 했다. 나는 완충장치라 불리는 게 싫었지만, 따지고 보면 좋은 뜻으로 붙인 별명이었다. 어디서 그런 소리를 다시 들을 수 있을까?

매리엇이 헤어지기 전에 차를 마시자며 불렀다. 그는 내 결정이 자신에게는 꽤 큰 타격이라고 했다. "자네 이름은 독자들에게 큰 의미가 있네. 아주 큰 의미가 있지. 글을 많이 보내줘야 하네. 우릴 실망시키지 말게. 언제든지 연재를 제안해준다면 기쁠 걸세. 아주 기쁠 거야. 너무 고상한 글 말고. 음, '시골 생활'은 어떤가? '데번셔의 글쟁이'는? 그런 거 어때?"

나는 그런 가벼운 글쓰기에서 벗어나고 싶은 속내를 애써 감추면서 아직 제대로 된 시골 사람이 아니라는 사실을 지적했다.

"'첫 공연 날 밤의 추억'은 어떤가?" 매리엇이 또다시 제안했다. 은퇴한 70대에게나 어울리는 주제였지만 수락했다. 무엇보다 극장이 그리울 것 같았다. 오, 맙소사. 런던을 떠나는 건 실수일까?

로렛이 그 질문에 대답을 주었다. 다행스럽게도 로렛은 도시를 떠나 있었지만, 서식스에서 전화를 걸어와 감상에 젖은 음성으로 불평하고 슬퍼했다. 그녀의 졸린 고양이 같은 얼굴이 눈에 선하고, 보드랍고 작고 미련 많은 손길이 떠올랐다. 로렛은 조니가 상냥하지 않다고 불평했다. 오랫동안 견딜 수 없을 것 같다고 했다. 어떻게 하지? 로렛은 나와 즐겁고 긴 대화를 나눠야겠다며 런던으로 오겠다고 했다. 내가 너무 후련한 목소리로 곧 떠난다고 하자 로렛은 화를 내며 전화를 끊어버렸다.

음, 그 통화는 효과가 있었다! 바람과 바다, 데번셔의 절벽을 간절히 원하게 됐다! 약속을 지키고 자기 마음을 제대로 아는 사람들과 어울리고 싶었다.

그레이트 웨스트 로드•라는 이름이 강장제다. 무더운 하루가 끝날 무렵 먼지 가득한 도시에서 차를 몰아, 기울어가는 교외를 떠나 석양이 지는 드넓은 전원을 향해 달려갈 때 아쉬운 건 별로 없었다. 다음 날 아침, 말버러 구릉 끄트머리 여인숙에서 지저귀는 새와 샘물 흐르는 소리에 깨어나자 미련은 조금도 남아 있지 않았다.

잠을 푹 자고 늦게 출발했다. 해가 내리쬐는 무더운 아침이었지만 고지대로 가니 바람이 불었고 한낮엔 바람결에 바다 기운이 느껴졌다. 머리부터 발끝까지 목이 말랐다. 숲이 우거진 골짜기로 들어갔다가 높은 둑 뒤로 돌아가는 길에선 내내 바다가 보이지 않았지만, 드디어 만의 풍경이 눈앞에 나타났다. 환희에 사로잡혀 마구 속력을 내 클리프 엔드 앞에 섰다.

한동안 그 모든 광경이 흐릿했지만, 곧 나이 든 사람의 눈을 가리는 베일이 찢어진 것처럼 어린 시절에나 보았던 순수하고 강렬한 빛깔의 풍경이 또렷이 보였다. 집이 살아 있었다. 새로 칠한 페인트가 빛났고, 잘 닦인 유리창이 반짝였다. 위층에서는 흰 커튼이 물결쳤다. 안에서 리지가 부르는 소리가 들려왔다.

패멀라는 볕에 그을린 뺨을 붉히고 잿빛 눈을 반짝이며 집에서 날듯이 튀어나왔다. 바지에 흰색 스웨터를 입은 모습이

• 런던과 브리스틀을 잇는 간선도로.

열여덟 살 같았다.

"회춘했네!"내가 외쳤다.

패멀라는 나를 빤히 보면서 웃었다. 리지 역시 내 손을 꼭 쥐고 따뜻하게 맞으면서도 고개를 저었다.

"저런. 왜 이렇게 얼굴이 상했을까."리지가 한숨을 쉬며 말했다.

"불쌍하기도 하지. 도시에서 시달리다 죽은 사형수 유령의 아들 꼴이네!"패멀라가 말했다. "딱 맞춰 왔어. 리지, 어서 차 먼저요! 아직 식사는 부엌에서 하고 있어. 해수욕부터 하고 싶겠지만, 안 돼. 파도가 너무 높아."

"그래, 차부터 마시자. 세상에, 패멀라. 너 정말 좋아 보인다!"

"모든 게 다 좋아!"

패멀라는 내게 위층 방부터 보여주면서 내내 떠들었다.

"많이 고친 것처럼 보이진 않아. 전문가의 손길을 기다리는 일이 아직 잔뜩이야. 카펫도 못 깔고 커튼도 못 달았어. 하지만 전등은 켜지고, 보일러도 돌아가고, 조리대도 쓸 수 있고, 오빠의 소중한 전화도 드디어 돼."

놀랍게도 방들은 비어 있을 때보다 더 넓어 보였다. 대부분은 연두색으로 칠하고 복도는 상아색으로 칠했다. 마음에 들었다. 런던에서는 거대하게 느껴지던 조부모의 가구들이 제자리를 찾은 느낌이었다. 패멀라는 자기 방에 침대와 소파, 서랍장, 높이보다 너비가 더 긴 옷장을 두었다. 그 방에서는 풍요롭고 영원한 느낌이 났고, 한쪽 끝이 어둡고 창가는 환해

극적인 분위기였다. 내 방 창문 사이에 높은 서랍장이 있었다. 방이 그렇게 평화로우면서 경쾌한 느낌을 줄 수 있다니 믿을 수 없었다. 침대 위치는 바꾸기로 했다. 전망을 마주 보며 일어나고 싶었다. 방 입구 쪽에 내 책상이 있었다. 햇빛이 그 위로 쏟아졌다. 분홍색 병에서 좋은 향기가 새어 나왔다. 내 서류 꾸러미들은 저마다 들어 있던 서랍을 표시해 책상 위에 정리해놓았다. 십 분만 애쓰면 내 집처럼 느껴질 것 같았다.

"애 많이 썼네." 내가 말했다.

"작업실은 아직 도배를 못 했어." 패멀라가 말했다. "회벽 상태가 너무 나빠서 칠을 할 수 없었어. 그리고 당분간 식당은 닫아둬야 해. 거만한 방이라서 임시변통을 참지 않아. 우리가 부자가 될 때까지 기다려야 할 거야."

아름다운 응접실은 일반적인 거실의 역할을 우아하게 받아들였다. 연한 색의 자작나무 서랍장, 식탁, 의자들, 안락의자와 소파의 빛바랜 장미들, 초록으로 칠한 내 책장은 보기 좋게 어울렸다. 창가 자리에는 쿠션이 가득했다. 방 반대편의 난롯가, 내가 서평 기사를 쓸 자리는 깊숙한 의자, 낮은 탁자, 스탠드, 라디오로 완성돼 있었다. 패멀라의 스탠드와 재봉 탁자는 반대편에 있었다. 패멀라가 이따금 하루 정도 법석을 떠는 것 이외에 바느질을 제대로 하는 건 아니었지만. 이 방 물건 중에는 새로 사들인 것이 없었고, 예전 물건들을 보니 과거와 미래가 충돌을 일으킨 듯 잠시 어지러웠다. 이내 미래가 자리를 잡더니 오늘이 실감났다. 벽난로 선반 위에는 장미가 커다란 꽃을 늘어뜨리고 있었고, 깨진 온실에는 근사한 진달래 한 그루가 그곳이 얼마나 꽃으로 가득한, 섬세한 빛깔에 실크를 두른 듯 우아하게 장식한 곳이 돼야 하는지 주장하듯 빛을 발하고 있었다.

"오빠 책이 팔리면 돈을 얼마나 쓸 수 있을까." 패멀라가 말했다.

내 책으로 이 방에 들일 물건을 살 만큼 큰돈을 벌 수 없다는 말은 하지 않았다.

"아직 찾아온 사람은 없어?" 내가 물었다.

"응, 다행히. 리지가 커튼을 달 때까지는 안전하대."

"중령에게선 아무 소식도 없고?"

"응."

"'소란'도 없었고?"

패멀라는 머뭇거렸다. "이런저런 걸 상상하긴 어렵지 않았어."

"넌 언제나 그러지 않았니?" 내가 대답하는데 리지가 차를 마시러 오라고 불렀다.

체크무늬 식탁보 위에 엄청난 간식이 차려져 있었다. 리지는 내가 학교 다니던 시절보다 더 듬뿍 빵에 잼을 바르고 그 위에 클로티드 크림을 얹었다. 가난한 시절이 멀어져갔다.

"내일 거실 커튼을 달고, 책을 정리하고, 샹들리에를 올릴 거야. 찰리 제섭이 오후에 도와주러 온대. 큰 도움을 주는 이웃이야. 무슨 일이든지 맡아주려고 해. 하루는 '토마토도 좀 키울 줄 알죠'라더니 다음 날엔 '대장장이 일을 좀 하거든요' 라고 해. 문제는, 일을 하다가 도중에 새로운 일을 시작한다는 거지만. 그 사람이랑 그 사람 아주머니가 집 관리와 청소를 맡으려고 했는데, 정리가 안 돼."

놀라운 일이었다. 브룩 중령은 그런 문제에 꼼꼼할 줄 알았다.

"어쨌든 그 사람은 빈둥거리기 좋아하고 보수를 받든 말든 신경 쓰지 않는 것 같아. 아무래도 리지에게 반한 거 같아." 패멀라가 계속 말했다.

"내가 끓이는 아이리시 스튜에 반했겠지." 리지가 웃었다.

"이해 못 할 건 아니네." 고기를 푸짐하게 넣어 풍미 좋게 끓인 뜨끈한 그 요리를 떠올리며 내가 말했다. 하지만 7월에 어울리는 음식은 아니었다.

패멀라에게 중령에게서 도와주겠다는 말이 전혀 없었는지 물었다.

"거의 안 했어." 패멀라가 말했다. "그저 형식적으로 아무 문제 없는지 알려달라고만 했지. 그리고 내가 물어본 이곳 사람들 주소만 알려줬어. 그 밖엔 한마디도 없었어."

"손녀도?"

"살아 있는지도 모르겠어."

"기회만 생기면 달려올 줄 알았더니."

"그러고 싶지 않아서는 아닐 거야. 그건 확실해. 심술쟁이 때문이지."

살짝 기운이 빠졌다. 패멀라와 스텔라는 친구 사이가 될 줄 알았는데. 그리고 내가 스텔라와 드라이브도 하고 소풍도 가고 헤엄치러 가고도 싶었단 것을 깨달았다. 한마디로 그 애를 즐겁게 해주고 싶었다.

"그렇지." 패멀라에겐 내 생각을 읽고 소리 내 말하는 좋지 않은 버릇이 있었다. "기사도 정신이 필요한 곳인데 말이야."

"시끄러워." 내가 대답했다.

리지가 커다란 갈색 찻주전자를 들고 와 내 잔을 채운 뒤 크림과 각설탕 두 개를 넣었다.

"바보!" 패멀라는 반사적으로 받아치더니 내게 진저브레드를 건넸다.

리지가 야단치듯 말했다. "고운 말을 써야죠!"

명치가 떨리는 느낌이 들었다. 내가 몇 살이지? 열일곱?

패멀라는 웃지 않았다. 생각에 잠겨 있었다. 패멀라가 우울한 표정을 지을 때면 눈썹이 짙고 평평해지고 눈은 짙은 회색이 되며 턱선이 팽팽해지고 어깨는 각진다.

"더 참지 않을 거야." 패멀라가 말했다.

"중령과 싸우자는 건 아니지?" 내가 물었다. "나라면 안 그러겠어. 무서운 늙은이라고."

"스텔라랑 친구가 될 거야."

결의에 찬 목소리였다.

"리지는 데번서 크림 만드는 법을 배우고 있어." 패멀라가 덧붙였다.

그건 두서없이 말하는 패멀라의 습관 탓에 덧붙여진 말이 아니라 전투 계획의 일부였다. 웃음이 터지는 바람에 케이크 조각이 목에 걸렸다. 리지가 능숙하게 내 등을 쳤다. 패멀라와 리지의 웃음소리가 바이올린과 바순 소리처럼 울려 퍼졌다. 기침이 멎자 나는 차로 달려가 수영복과 새로 산 커다란 가운이 든 가방을 꺼냈다. 위층으로 올라가 이 분 만에 갈아입었지만 자갈길을 떠올리고 샌들 사기를 잊은 것에 욕설을 내뱉었다. 패멀라는 거실에서 지나치게 화려한 장식이 달린 오래된 축음기에 레코드를 얹어놓았다. 〈수 레 투아 드 파리〉.●

"가서 수영하자." 내가 외쳤다.

"오빠 벽장에 에스파드리유●●가 있어." 패멀라가 방으로 달려가며 말했다.

둔덕에서 해변으로 이어지는 울퉁불퉁하고 구불구불한 길에 꼭 맞는 신발이었다. 그때까지도 모래사장은 드러나지 않았다. 우리의 발판 역할을 하는 매끈하고 납작한 바위 위로 잔파도가 천천히 치고 있었다. 우리 둘 다 수영을 잘했다. 패멀라는 절벽을 돌아오려고 출발했고 나는 만 쪽으로 향했다. 헤엄을 치다 지치자 물 위에 누워 배영으로 절벽과 하늘을 바라봤다. 시원하고 맑은 물이 나를 떠받쳐줬다. 원하던 곳이었다.

바위에서 손을 마구 내젓으며 환호하는 패멀라의 모습이

● '파리의 지붕 밑'이라는 뜻의 프랑스어로, 1930년에 제작된 동명의 영화에 주제가로 쓰였다.

●● 삼베를 엮은 밑창에 천으로 된 발등 부분을 이어서 만든 가벼운 신발.

초대받지 못한 자 | 53

보였다. 나도 헤엄쳐나가서 패멀라의 뒤를 따라갔다. 할 일이 있었으니까.

잠시 후, 나는 돌바닥이 깔린 버터 제조실에서 책 정리를 시작했다.

저녁 식사 후 패멀라는 계속 수다를 떨면서도 횡설수설하며 하품을 했다. 상상력이 풍부하고 꿈을 많이 꾸는 사람들이 대개 그렇듯 패멀라는 아침에 잘 일어나지 못해 아침 식사를 자기 방에서 하는 편이었다. 나는 목욕하다가 좋은 생각이 많이 떠오르고, 메모하며 아침 먹기를 좋아하므로 패멀라의 그런 면과 잘 맞았다. 다음 날 아침, 패멀라와 리지는 "집주인에게 인사하러" 7시에 일어났다. 나는 둘 다 침대로 돌려보냈다.

나도 졸렸지만 경비를 계산해보려고 일어나 앉았다. 정신 나간 낭비를 하는 게 아닐까 싶은 염려를 떨칠 수 없었다. 꼼꼼히 계산했지만, 우리가 이런 식으로 살 수 있다는 사실을 믿을 수 없어 식탁에 앉아 회계장부를 한 번 더 점검했다.

절대적인 정적이 내려앉아 있었다. 블룸즈버리의 소음에 익숙한 내게는 두려울 정도였다. 바닷소리도 들리지 않았다. 위스키도 고요함을 느꼈는지 바구니에서 일어나 기지개를 켜더니 조심스레 내 무릎에 뛰어올라 묵직하고 따뜻한 몸을 엎드린 채 갸르릉거렸다. 페르시아종과 적갈색 종이 적당히 섞여 몸이 유연하고, 길고 섬세한 털을 가진 멋진 고양이였다. 위스키는 새집이 마음에 드는 모양이었다.

나도 그렇단다, 위스키. 하지만 쫄딱 망하는 건 아닐까?

패멀라는 집수리를 현명하고 경제적으로 해냈다. 패멀라는 이동식 가구를 제공했고, 내가 수리비를 부담했다. 언젠가 패멀라만의 집을 사주고 싶어서였다. 살림 비용은 리지가 자기 몫인 절반을 벌었다. 생활비는 런던과 비슷할 터였다. 리지는 닭을 몇 마리 키우면 생활비가 줄 거라고 장담했다. 차고는 그대로 두었고, 어쨌든 이번 여름에 여행할 생각은 없었다. 손님 초대에 관해서라면, 집들이는 칵테일파티로 치를 수 있었다. 그렇다. 믿을 수 없지만 파산을 면할 수 있었다. 걱정할 필요가 없었다. 우리는 평소처럼 살아갈 수 있었다. 계단에 카펫도 깔 수 있었다. 다만 내 수입이 늘 때까지는 응접실을 초라하게 두고 온실과 정원도 바꾸지 않고 식당은 잠가놓아야 했다.

상황은 곧 바뀔 것 같았다. 나는 확신했다. 넓은 공간과 고요 속에서 글이 움트는 흥분으로 가득찼다. 런던의 교통체증은 막 태어나려는 생각들을 밤낮으로 얼마나 학살했는가! 여기서 글의 아이디어는 자라나 밝은 빛을 볼 것이고, 공상은 어떤 방해물이나 충격도 없이 더듬이를 펼칠 것이다. 여기에 평화의 자유가 있었다. 위스키가 잠들었다. 똑딱이는 시계 소리와 난로에 불씨 내려앉는 소리뿐 아무 소리도 들리지 않았다.

위스키를 살그머니 바구니에 내려놓고 집을 한 바퀴 돌면서 문에 빗장을 걸었다. 아기방이나 절반은 유리로 된 문으로 거실과 연결된 온실을 통해 도둑이 쉽게 들 수 있었다. 하지만 클리프 엔드에 도둑들이 관심 가질 것은 없었다. 실내 문

을 열쇠로 잠그고 현관문에 체인을 걸고는 만족감에 겨워 위
층으로 자러 갔다.

　　무한한 만족 가운데 들어앉아.

　갈매기 소리에 깨어 창문을 통해 들어오는 바다 공기를 들
이마시고 새로운 하늘과 새로운 땅의 주인이 돼 일어났다.
　수영복을 입고 달려 나가니 잔디밭에서 이슬 앉은 풀을 먹
던 토끼가 놀라 헤더 밭으로 달아났다. 태양이 내리쬐는 금
잔화와 낙엽송과 고사리에서 짙은 향이 났다. 물이 차가웠다.
배가 고플 때까지 헤엄쳤고, 내가 돌아와 먹어치운 아침 식사
를 보고 리지도 만족해했다. 서재에서 서류를 정리하고 있는
데 패멀라가 방에서 나왔다.
　패멀라는 고개만 들이밀고 말했다. "어때? 블룸즈버리에서
좀 벗어난 것 같아? 벌써 훨씬 사람다워졌네."
　"《신나는 휴가 잡지》표지 모델보다는 사람답지 않은 모습
이 나은데. 너야말로 그런 외모로 변하고 있다고. 마을에서
필요한 물건 있어? 산책 갈 건데."
　"남자들은 참 이타적이기도 하지. 나는 커튼 걸 거야. 그리
고 기억해. 비들컴은 스스로를 마을로 여기지 않아. 장이 서
는 소도시라고."
　패멀라는 내게 목록을 만들어주더니 점심 식사에 필요한 달
걀 여섯 개를 제외하면 모두 배달시켜도 된다고 덧붙였다. 달

걀과 버터, 크림은 농장의 제섭 부인에게서 받아 와야 했다.

제섭의 농장은 우유, 버터, 크림, 달걀, 찰리를 제공해주었을 뿐 아니라 클리프 엔드에 통행권도 준다는 걸 알게 됐다. 길이 갈라지는 곳에서 왼쪽으로 돌아 제섭의 목초지를 걸어 마을 학교를 지나고, 가파르고 구불거리는 샛길을 통해 부두로 갈 수 있었다. 나는 오솔길과 큰길, 골든 하인드를 거쳐 농장을 통과해 돌아오겠다고 했다. 그러다보니 여인숙의 로빈스 부인에게 패멀라가 빌려주기로 약속한 안내서도 전달해야 했다. 당연히 담소도 나눠야 했다.

로빈스 부인은 나를 보더니 안도의 한숨을 내쉬고는 사과주를 한잔하자고 청했다. 패멀라를 걱정한 모양이었다. "주위에 아무도 없는 곳에서 그 여자와 혼자 지내다뇨. 정말 용감한 아가씨라니까요. 아무 말썽 없었겠죠?" 부인이 말했다.

"글쎄요. 무슨 말썽이 있어야 하나요?" 내가 웃으며 물었다. "제가 지낸 곳 중에서 가장 평화로운 곳인데요."

"평화롭다니 참 다행이에요." 분한 말투였다. "참 명랑하고 친절한 젊은 아가씨더군요."

유령이나 집시가 위험하다는 말인지 궁금했지만 묻지 않았고, 사과주 잘 마셨다는 인사를 한 뒤 일어섰다.

우체국에서 패멀라의 목록 중 봉투, 향신료, 식초를 구했다. 감초는 못 찾았다. 담배 가게에서는 지역 경관을 찍은 질 낮은 사진엽서를 구했다. 그중 하나는 클리프 엔드의 지붕과 굴뚝 사진이었다. 친구들에게 '새 주소'를 알릴 때 유용할 것 같았다.

"이거 클리프 엔드 맞죠?" 나는 가게를 지키던 류머티즘 환자 노인에게 물었다.

"그럴 거요. 좋은 집이죠." 그가 내 담배를 공들여 포장하며 말했다. "거기 다시 사람이 산다니 다행이군요."

"이거 열두 개 있어요?"

"아마 있을 거요."

그는 서랍을 열고 상자를 꺼내더니 한참 걸려 열 개를 꺼냈다.

"혹시 새 주인이슈? 아이고, 그렇구먼! 두 분이 그곳을 원래대로 돌려놓으면 좋겠어요. 지난번에 산 사람들은 영 아니었거든. 가까운 마을에서 8파운드를 빚지고는 가버렸어. 몹쓸 사람들 같으니. 그러고는 거기 험담을 늘어놓아 시비에서 벗어나려고 했지."

"소문이 그렇게 시작된 건가요? 브룩 중령에게 너무했군요." 내가 말했다.

"나는 그렇게 생각해요. 아니라는 사람들도 있지만, 나는 그렇게 본다우."

노인이 싸울 기세로 말했다. 등 뒤 계산대에서 종이를 탁 치는 소리에 돌아봤다.

"그 말 듣지 마슈, 젊은 양반." 거기 서 있는 흙투성이 코듀로이 바지를 입은 노인네가 갈색 얼굴에 노기를 가득 띠고 말했다. "그런 소리 마슈. 저치는 그런 소릴 할 자격이 없으니 내가 말해주지. 부끄러운 줄을 알아, 뭘 하디. 떠난 사람들을 그런 식으로 모략하다니."

"비들컴의 가게마다 빚을 지고 가버렸단 소리도 모략인가?" 하디가 받아쳤다.

"그래봤자 얼마 안 되잖아." 노인네도 받아쳤다.

둘은 싸울 태세였다. 둘 사이에 계산대가 있어서 다행이었다.

"그럼 기독교인들이 살 수 없는 집의 집세를 열두 달 치나 내느라 빈털터리가 된 사람들을 욕할 수 있겠소, 신사 양반?" 노인네가 내게 호소했다.

"그 사람들 이야기를 믿으니까 그렇지." 하디가 비아냥거렸다. "그 사람들한테서 돈을 받고 도망치게 도와줬으니까."

"헛소리!" 노인네는 더러운 손으로 계산대를 쳤다. "정원 손질이랑 울타리 친 값은 제대로 줬지. 점심 요깃거리도 줬고. 그것 말고 떳떳하지 못한 돈은 내 손에 쥔 적 없어."

"아, 그럼 거기가 지겨워졌나보네! 점잖은 사람들이 바다오리처럼 동그마니 남아 외로우니 떠날 구실을 찾은 거로군. 그게 다였군." 하디는 이상할 정도로 확신에 차 차분하게 잘라 말했다.

늙은 정원사는 화가 나서 어쩔 줄 몰라 했다.

"떠날 생각이었으면 정원을 천국처럼 꾸몄겠나? 꽃 피는 관목으로 보기 좋게 꾸밀 생각이었는데. 그 집을 좋아했다고. 게다가 그 중령 말인데, 그 사람들이 낸 집세 절반을 돌려주지 않았나? 그게 바로 그 중령이 잘못했다는 증거 아니야?"

"그 사람은 정직하고 그자들이 깡패 같은 놈들이란 증거지."

"'기독교인들이 살 수 없는 집'이라고! 요리사가 그렇게 말했어. 듣고 있소, 신사 양반? 그 요리사가 계단에서 하얀 얼굴을 보고 기절했다니까. 메러디스 부인이 거기서 불쌍하게 죽었으니 이상한 노릇도 아니지."

《아마추어 가드닝》 살 거유, 안 살 거유?" 하디가 미소를 지은 채로 물었다.

"달라니까. 아마추어 잡지가 나한테 쓸모 있는 건 아니지만." 늙은 정원사는 내게 설명해야 한다고 느낀 것 같았다. "하지만 새로 오신 마님이 그걸 몰래 읽고는 거기서 읽은 걸로 잘난 척을 하니까. 하지만 그 마님은 정원에 대해 아무것도 모르거든. 지난주엔 이렇게 입을 막았지. '《아마추어 가드닝》에 그렇게 나왔지요, 마님. 그런데 제 생각은 다릅니다.' 그러니까 '어머' 하더니 얼굴이 새빨개져서 집으로 들어가더라고. 그러니 그거 주슈. 2펜스 받고. 그럼, 잘 계슈. 저 사람 말 듣지 마슈, 신사 양반." 그러더니 노인네는 가게에서 나갔다.

"중령님은 저런 작자와 무슨 일로 얽혔는지 모르겠다니까." 하디가 내게 따지듯 말했다.

"그런 이야기는 집에 도움이 안 됩니다." 내가 우울하게 대답했지만 그는 내 견해에 관심이 없었다.

"가엾은 중령님." 하디가 계속했다. "그분 처지가 참 많이 변했어. 그분과 따님은 거기서 보란 듯이 살았는데, 죄다 최고로만 썼거든. 전에는 런던에서 그분 담배를 들여왔지. 이제는 보통 담배를 사 가시지만."

노인은 그 몰락이 안타까워 금방이라도 울 것 같았다.

"음, 파킨슨 씨 가족과 그 이야기에 대해서는 그쪽 생각이 옳겠죠. 어쨌든 우린 그러기를 바랍니다." 내가 말했다.

나는 신문을 주문하고 부두 쪽으로 걸어갔다.

파킨슨 씨네 요리사가 기절한 일은 로빈스 부인의 배려보다 강한 인상을 남겼고 더 신경 쓰였다. 언젠가 여름 한철 클리프 엔드를 세 주고 아일랜드나 해외로 나가고 싶어질 수도 있는데, 이런 소문이 나돌면 집세가 떨어질 것 같았다. 게다가 가격을 정말로 내려주긴 했으니까. 소문을 퍼뜨리는 자들에게 고마워해야 할지도 모르겠다. 리지가 무서워하지 않고 패멀라가 유령의 얼굴을 보지 않는 한……. 패멀라가 그런 이야기를 하지 않는 게 이상했다. 게다가 메러디스 부인의 죽음 이야기는 또 뭘까? 세상에, 가엾은 중령이 그런 이야기를 믿는다면, 집을 파는 걸 그렇게 불편해한 이유를 이해할 수 있을 듯했다.

관광객 몇 명이 수다를 떨며 카페를 드나들고 있었다. 자갈 깔린 작은 장터에서는 이젤을 세운 화가가 비뚤어진 집들과 부두, 배들을 전통적인 양식으로 그리고 있었다.

강한 바닷소금 냄새와 활기찬 소음으로 가득한, 작지만 북적이는 곳이었다. 아래쪽 가장자리에 아주 오래된 집 몇 채가 모여 있었다. 장터는 온갖 작은 배를 끌어다놓은 선창과 부두의 사슬이나 지지대와는 떨어져 있었다. 어부 몇몇이 한낮의 열기에 그물을 말리려고 펼치고 있었고, 여자들은 집에서 나

초대받지 못한 자 | **61**

와 앉아 그걸 수선하고 있었다. 굵직한 목소리로 익살스레 잡담하는 소리가 들렸다. 내가 지나가니 호기심 어린 시선으로 쳐다보고는 곧 고개를 끄덕이며 인사하는 사람들이 있었다. 맥스 힐리어드가 이곳에서 그림을 그리고 싶어 할지 궁금했다. 맥스가 온다면 굉장히 좋을 것 같았다. 부둣가에서 몇 시간이고 빈둥거릴 수 있었지만, 빠르게 걷기엔 더운 날씨였고 오르막을 한참 가야 했다.

자갈 바닥을 가파르게 올랐다. 바람이 부는 들판으로 나와 농장에 다다라서 "시원한 실내에서 버터밀크를 드세요"라는 간판을 보니 반가웠다.

백 살 노인 같은 주름살과 젊은 여자의 날렵함을 동시에 가진 자그마하고 기민한 제섭 부인은 날카로운 갈색 눈으로 나를 살피면서, 거실과 버터 제조실을 오가면서 주문한 물건을 챙겼다. 클리프 엔드의 입주는 그 농장의 큰 사건이었다. 새로운 시대의 시작이랄까. 제섭 부인은 수다를 떨고 싶어 했다.

"다시 이웃이 생기니 참 좋네요." 부인은 따뜻하게 말했다. "그것도 피츠제럴드 양처럼 친절하고 사려 깊은 분이라니요. 토요일마다 빠짐없이 돈을 지불하고, 내가 잊고 셈하지 않은 것까지 알려줬어요. 큰 개를 키워서 양들을 쫓아내고 절벽 아래로 떨어진 세 마리의 값도 지불하지 않은 파킨슨 가족과는 전혀 달라요. 이런 소릴 하면 기독교인답지 않을지 몰라도 그 사람들을 클리프 엔드에서 쫓아낸 게 뭐든 전 축복했어요. 하지만 신사분과 피츠제럴드 양은 평화롭게 사시길 기도해요."

"감사합니다. 그럴 겁니다."

"그래야죠. 동생분처럼 친절한 아가씨가 겁먹기를 누가 바라겠어요? 세상 떠난 선한 영혼은 분명 그러지 않을 거예요."

"중령님 딸 말씀인가요?"

"네, 외동딸이었죠. 메리 메러디스는, 그분은 아무리 악한 적이라도 해치지 않을 거예요. 들고양이 같은 카르멜을 구하려고 자기 목숨을 버렸죠. 다들 그렇다고 믿어요."

그때 카르멜에 대한 이야기를 처음 들었다. 패멀라도 리지도 이 지역의 전설을 언급하지 않은 것이 신기했다. 음, 아무래도 나는 풍부한 정보원에게 온 것이 분명했다. 제섭 부인은 내게 그 이야기를 들려주고 싶어 안달이었다.

"카르멜이 누구죠?" 내가 물었다.

"누구였냐고요? 아무도 몰라요. 화가의 모델이었다고들 하죠. 중령 댁이 외국에 나갔다가 데려왔어요. 메러디스 부인의 하녀인 줄 알았는데, 참 특이했죠. 행동거지가 집시처럼 거칠었어요. 숄을 걸치고, 리본을 달고, 잔디밭에서 춤을 추고, 감정이 폭발해서는 울고, 외국 말로 욕을 하고, 절벽에서 뛰어내릴 거라고 협박을 했죠."

"그런 일이 있었습니까?"

제섭 부인은 의심스러운 눈초리로 나를 살폈다. 더 이야기하고 싶지만 어디까지 말해야 할지 망설이는 듯했다. 부인은 버터 제조실로 가더니 접시에 버터를 얹어 나왔다. 식탁 옆에 서서 나무틀로 버터 모양을 만들던 부인이 한참 만에 대답했다.

"무슨 일이 있었는지는 아무도 몰라요, 피츠제럴드 씨. 앞으로도 그럴 거예요. 유모가 감추고 있는 게 없다면 말이죠." 부인은 버터에 시선을 꽂은 채 낮은 소리로 말했다.

나는 궁금한 척 장단을 맞췄다. "유모가 뭐라던가요?"

"절벽 *끄트머리*에서 그 사람들을 봤다고 했어요. 카르멜이 내달리고 메러디스 부인이 뒤쫓는 걸. 카르멜이 바람에 날려 나무에 부딪힌 것 같았대요. 검정 드레스를 입은 카르멜이 나무를 꽉 잡고 있는 걸 봤다고 홀러웨이 씨가 말했어요. 메러디스 부인은 비탈에서 멈추지 못했다고. 거기가 가파르거든요. 옆으로 굴러떨어지다가 나무를 잡았지만 결국 추락했대요. 유모가 그렇게 말했지만 눈치를 보니 더 할 말이 있는 것 같았어요."

"메러디스 부인이 살해된 거라고요?"

"그거 몰랐어요?" 갈색 눈에 놀란 기색이 떠올랐다. 제섭 부인은 고개를 저었다. "등이 부러졌어요. 가련한 부인 같으니. 예쁜 얼굴에는 상처 하나 없었지만 옆머리에 멍 자국이 있었대요."

"끔찍한 비극이군요."

"그 아버지가 크게 상심했죠."

"메러디스 부인이 살리려던 여자가 카르멜이라고 하셨죠? 그 여자는 무사했나요?"

"그럼요. 하지만 오래가진 못했어요. 일주일 만에 죽었죠. 클리프 엔드의 자기 침대에서 죽었어요. 그날 밤 폭풍우 속에서 도망을 쳤는데, 아무도 찾지 못했어요. 제이컵 숙부가 이틀 뒤에 하틀리의 헛간에서 병에 걸려 헛소리를 하는 그 여자를 발견했어요. 하틀리 부인이 그 여자를 받아주지 않으려고 해서 농장 수레에 실어 집으로 보냈죠. 그 여잔 홀러웨이 씨의 간호를 받다가 죽었어요."

"그럼 메러디스는, 그 사람은 어떻게 됐습니까?"

"그 사람이요?" 버터를 탁 치는 제섭 부인의 동작이 말보다 더 많은 걸 드러냈다. "찢어질 마음도 없는 작자예요! 그림을 완성하곤 외국으로 가버렸죠. 한 3년 동안 아무 소식도 없더니 어디 바다에 빠져 죽었다고 하더군요. 비들컴에서 그 작자 때문에 흘린 눈물은 한 방울도 없었어요."

나를 내내 기다리게 해놓고도 제섭 부인은 물건을 바구니에 단단히 싸더니 찰리가 저녁을 먹은 뒤에 배달할 거라고 했다.

"달걀 여섯 개는 가져가겠습니다. 점심에 필요하거든요." 내가 말했다. "음, 그 일이 있은 지 15년쯤 지난 것 같네요. 하지만 외딴곳에선 그런 이야기가 아주 오래 머물죠."

"그럼요. 머물고말고요." 부인은 왠지 우울하고 불길한 어조로 맞장구를 치며 달걀을 꺼내 종이봉투에 넣었다.

"흠…… 플린 부인은 그곳에 이상한 건 하나도 없다더군요. 착한 사람이죠. 그 사람이 드나드는 게 찰리와 내겐 좋은 일이에요. 잘 가세요, 신사 양반. 모두 잘 지내길 바랄게요." 부인은 한숨을 지으며 말을 맺었다.

제섭 부인은 문가에 서서 나를 배웅했다. 어리둥절하기도 하고 흥미롭기도 한 기분으로 울퉁불퉁한 땅을 걷는 동안 부인의 선의와 불길한 예감이 나를 뒤쫓는 것 같았다.

클리프 엔드와 마을, 농장 사이에 거미줄처럼 섬세한 이야기가 펼쳐져 있었다. 브룩 중령이 그걸 얼마나 진지하게 받아들이는지 궁금했다. 스텔라는 얼마큼 알고 있는지? 게다가 대화하고 이야기 꾸미기를 좋아하는 패멀라는 대체 왜 이 모든 이야기를 비밀로 삼았는지? 이 이야기를 다 들은 리지가 한마디도 빠짐없이 전하지 않았을 리 없는데 말이다.

집 쪽으로 오솔길이 구불구불 나 있는 들판을 가로질렀다. 오른쪽 아래 바위틈에는 파도가 부딪치고, 정면에는 클리프 엔드의 박공이 보이고, 발에는 폭신한 헤더가 밟히는 걷기에 근사한 곳이었다. 울타리나 방책도 없어 어디까지가 제섭의 땅이고 어디서부터가 우리 땅인지 궁금했다. 패멀라가 지도로 살펴봤었다. 그 애와 함께 경계를 따라 걸어봐야겠다.

오솔길을 따라가니 우리 진달래 숲 사이를 지나 마당 문 바로 맞은편 진입로에 접어들었다. 패멀라가 아기방에서 나를 부르고 달걀을 받아다 리지에게 전한 뒤 잔디밭으로 나왔다.

"마을에서 장보기 재미있지 않아? 전부 다 샀어?" 패멀라가 말했다.

"다 샀어. 뒷소문도 한 꾸러미 샀네."

패멀라가 끄덕였다. "그럴 줄 알았어."

"온통 그 이야기로 난리던데." 내가 말했다. "자살 시도, 살인, 유령 등등! 우리가 전설의 중심에 살고 있나봐. 그래서 중령이 그렇게 어색하게 군 거야. 많은 게 이해돼. 그런데 대체 왜 나한테는 한마디도 안 하고 원주민들 사이에서 듣도록 내보낸 거야?"

패멀라가 내 팔을 잡았고, 우리는 구부러진 나무 쪽으로 걸어갔다. 죽어 구부러지고 절벽 가장자리에 아슬아슬하게 걸려 뗏장이 떨어진 곳에서는 뿌리가 드러나 있는 낙엽송이었다.

"여기가 그 여자가 떨어진 곳이야." 패멀라가 말했다.

"그럼 저 바위에 걸렸겠네?"

"찰리 말로는 그래. 그래서 저기 쓰러져 죽어갔대……."

"넌 참 이상한 애야. 그 얘길 한마디도 안 하다니."

"오빠, 너무 무서운 이야기, 정말 비극적인 이야기잖아. 그냥 낭만적이고 슬픈 이야기가 아니라. 처음에는 그 이야기를 머릿속에서 떨칠 수 없었어. 어쩐지 너무 가깝게 느껴져서."

"하지만 들어봐. 스텔라는 아기 때 여길 떠났다고 했잖아. 15년쯤 지난 일일 거야. 그건 가까운 건 아니지."

"알아. 내가 바보 같은 거. 이제 괜찮아. 그 얘길 불쑥 꺼내서 오빠의 첫날을 망치고 싶지 않았어. 리지한테도 말하지 말라고 했지."

"세상에, 내가 알지도 못하는 여자 때문에 슬퍼할 줄 알았니? 헤카베•가 내게 무엇이기에?"

패멀라는 한숨을 쉬고 웃었다. "아, 오빠는 변함없네. 오빠가 와서 정말 좋다!"

"많이 외로웠구나."

"사실 그렇진 않았어. 적어도 내 생각엔 그래."

"참, 그 '소란'은 계약에서 빠져나갈 핑계로 '파킨슨 가족'이 꾸며낸 모양이더라. 빚도 안 갚고 가버렸대."

"반가운 의견이네. 리지에게 알려줘야겠다."

"리지는 뭐래?"

"그 중심에 있는 걸 즐기고 이야깃거리가 있어서 좋아하지. 하지만 진짜 유령은 견딜 수 없대. 가톨릭교인들은 그런 거 혐오하잖아."

우리는 아기방 쪽으로 걸어갔다. 망가진 걸쇠는 아직 대롱거렸고, 나는 그걸 고쳐야겠다고 생각했다. 반쪽짜리 문에 기대서서 정원 의자와 함께 그 방에 놓인 간이침대에서 자고 있는 위스키를 봤다.

"위스키는 이 방을 좋아해." 패멀라가 말했다.

"고양이들은 확실히 심리적인 위안이 되는 곳을 찾는 재주가 있어. 민네하하가 어머니 털 코트에서 겨울을 지낸 거 기억해?"

"응." 패멀라는 미소를 지었지만 얼굴을 살짝 찡그렸다. 아직 메러디스의 이야기를 생각하는 게 분명했다.

● 트로이의 왕 프리아모스의 아내를 가리킨다. 햄릿이 "헤카베가 그에게 무엇이며, 그는 헤카베에게 무엇이기에 울어야 하지?"라는 대사로 비극의 영향력에 대해 질문한 바 있다.

"아이가 그런 어머니를 잃다니 정말 끔찍해. 그래서 상심해 있는 노인 곁에서 자라다니. 그 애가 행복이 뭔지 알까?"

그래서 패멀라가 집착하는 거로군! 패멀라의 소녀 시절도 노인의 우울 때문에 망가지고 그늘졌고, 신경과민과 감정적인 부담을 너무 심하게 겪은 나머지 스텔라가 똑같은 고통을 겪는다고 생각해 견디기 힘든 거였다.

"음, 그 일은 어떻게 해볼 수도 있겠지." 내가 말을 꺼냈다.

패멀라가 건조하게 대답했다. "장애물이 있는 것 같아."

나는 위클로 주에서 있었던 마술경기를 기억하며 씩 웃었다.

"너는 장애물 경기에서 늘 이겼잖아."

"'아기방'이라니 말도 안 되지." 패멀라가 말했다. "이 방은 '노란 방'이라고 불러야겠어."

"그러자."

하지만 '아기방'으로 굳어버리는 데 돈이라도 걸 수 있었다.

리지가 김이 모락모락 나는 요리를 들고 복도를 걸어왔다. 코를 킁킁대보니 오래전 흥겹게 즐기던 명절의 냄새가 났다. "치즈 수플레!" 내가 외쳤다.

"맞아요." 리지가 기뻐하며 답했다. "무너지기 전에 어서 와서 들어요."

점심은 응접실에서 먹었다. 커튼이 걷혀 있었다. 햇볕이 가득 내리쬐는 식탁에 앉자 리지가 환하게 웃었다. 리지가 보란 듯이 접시를 내보였다. "이제 피츠제럴드 씨 남매가 모두 모였네요."

작가에게는 뇌를 갈아 넣어야 하는 작가 일 외의 작업은 모두 즐거운 휴식으로 느껴진다. 나는 온실을 내 작업실로 정하고 톱, 대패, 망치, 유리칼, 솔, 페인트를 가지고 수리하면서 먹고, 자고, 씻을 때만 쉬었다. 아기방에선 패멀라의 재봉틀이 드르륵거렸다. 벽감과 구석 선반과 찬장이 생겼다. 그때처럼 즐거웠던 적은 없었다. 내가 도착한 지 열흘째 되던 날, 클리프 엔드는 갑자기 고향 집이 됐다. 마지막으로 카펫의 누르개를 설치하고 나자 전환기가 끝났다. 그 효과를 온전히 느끼기 위해 우리는 집 밖으로 나갔다가 현관으로 다시 들어왔다. 그렇게 매혹적인 곳은 없었다. 카펫은 파란색이었고, 계단참과 복도의 상아색을 배경으로 델피늄이 초록, 자주, 파랑으로 빛났다. 채광창을 통해 쏟아지는 햇볕이 괘종시계와 구리 그릇, 대대로 내려오는 침대 데우는 다리미를 비쳤다.

"어떻게 이 집이 그렇게 오래 비어 있었을까?" 패멀라가 허공에 대고 물었다.

내가 대답했다. "제섭 씨네 사람들이 여길 팔거나 세놓지 못하게 할 거야. 우리가 내놓으려고 한다면."

패멀라가 목재에 손을 댔다. "오빠, 그런 소린 하지 마!"

"용기를 잃었어?" 내가 물었다.

"완전히. 오빠가 이제 와서 내 용기를 뽑아내려고 한다면 맨드레이크●처럼 비명을 지를 거야."

저녁때가 되자 처음으로 거실에 불을 피워도 될 만큼 선선했다. 우리 나무를 베어 장만한 땔감으로 불을 피웠고, 실내에는 시골의 좋은 냄새가 가득했다. 책을 제자리에 꽂고, 오래된 금색 벨벳 커튼을 친 뒤 등잔에 불을 켜고서 우리는 느긋하게 각자 할 일을 하는 저녁을 맞이했다. 평소처럼 패멀라의 재봉 탁자는 파일에 붙일 신문과 잡지에서 오려낸 기사로 가득했다. 기자의 누이에게 유용하다며 내가 권한 취미였다. 나는 데라메어의 단편을 검토해야 했다. 우리에게 부족한 건 고양이뿐이었지만, 밤에 위스키를 부엌에서 꾀어낼 방법이 없었다. 리지가 '제섭하러'(농장을 자주 찾아가는 걸 패멀라는 이렇게 말했다) 갈 때도 위스키는 자신의 아성을 떠나지 않았다.

한 시간쯤 지나 파이프에 다시 불을 붙이는데 패멀라가 무심결에 물었다. "다음다음 주말 어떨까?"

● 둘로 나누어진 뿌리가 사람의 하반신을 닮은 식물. 뽑을 때 비명을 지른다는 전설이 있다.

"뭐가?"

"말했잖아. 집들이."

"말했다고? 좋아. 하지만 누가 오는데?"

패멀라는 미소를 지었다. 모두 계획해둔 것이었다.

"우선 웬디."

"웬디 플라워! 지금 어디 살지?"

"브리스틀에서 연극을 해."

"그리고 케리도?"

"물론이지."

"아고시 극단이야?"

"응, 명함이 있어. 웬디는 펍을 돌아다니고 있는데, 주말에 골든 하인드에 와보고 싶대. 월요일 밤에는 쉰다니 우리가 식사에 초대하자. 둘이 여기 오면 재미있을 거야."

"그럴까? 아마도……."

그 둘이 클리프 엔드에 온다면 얼마나 흥미로울까! 그들을 보통 사람으로 생각할 수는 없었다. 그들은 처음 만난 때부터 피에로와 피에레트●였다. 마티네 클럽에서 〈프루넬라〉를 공연하던 때였다. 아주 어렸던 그 둘은 나를 놀라게 했다. 그들의 작품에는 시와 일종의 광기가 있었고, 둘이 주고받는 연기는 작품을 하나의 서정시로 만들었다. 내가 관람 후기에 그렇게 적은 뒤 둘은 운 좋게 하산 극장의 일자리를 얻었다. 그들

● 17세기 프랑스 연극에서 유래한 우스꽝스러운 캐릭터.

은 기쁨과 감사로 가득한 편지를 보내왔고, 급작스러운 우정이 싹텄다. 그들은 내 숙소에 자주 찾아왔다. 패멀라는 그들이 먹을 것이 모자랄 거라고 여겨 가끔 식사에 초대했다. 나는 그들이 재능에 비해 가벼운 사람들이라고 여겼으나 그들은 나를 놀라게 했다. 내가 가혹한 평을 써도 웬디는 아주 상냥하게 반응했고, 피터는 갚기까지 한참 걸리리라 여기고 빌려준 돈을 금세 갚았다. 게다가 피터는 무대 디자인을 하느라 춤을 포기하는 위태로운 모험을 했다.

"또 누구?" 내가 물었다.

"맥스랑 주디스." 패멀라의 대답은 놀라웠다.

"세상에, 너 정말 무모하구나."

"오빠도 좋아하잖아. 안 그래?"

"그렇고말고. 하지만 두 사람이 어디 사는데? 수백 킬로미터나 되는 길을 오라고 할 순 없잖아."

"아직 치핑에 있을 거야. 맥스는 늘 뭐든 하려고 하니까. 올 거야."

"나도 그럴 거라고 믿어. 하지만 너무 서두르는 거 아니야? 아직 작업실도 다 못 고쳤는데."

"도배만 하면 되잖아. 찰리가 도와줄 수 있어. 서둘러서 마치지 않으면 몇 달 더 걸릴 거야."

"음, 네가 판 무덤이야."

"좋았어! 오빠가 맥스에게 편지를 보내. 토요일에 와서 며칠 지내라고 해."

"음, 그러면 제대로 집들이가 되겠다. 똑똑한 녀석. 이 동네 신사들은? 초대 안 하니?"

"스콧 선생님." 패멀라가 대답했다. "그분도 이곳에 산 지 얼마 안 된 거 같아. 내게 클럽에서 테니스를 치자고 권하는데 빠져나왔어. 아직은 차려입고 테니스 클럽에 나가서 사람들을 만나고 집에 초대할 수 없으니까. 리지가 손을 데었을 때 친절하게 치료해주셨고, 집에 관해 호기심을 드러내지 않아서 언젠가 초대하기로 마음먹었어."

"좋아……. 그리고?"

"그리고 당연히 스텔라."

당연히 스텔라도. 그렇다면 집들이는 패멀라의 전투에서 첫 교전이 될 것 같았다. 재미있는 스텔라! 초대장이 도착하면 그 두 뺨을 붉게 물들이고 검은 눈을 반짝이겠지. 그러면 어떻게 될까? 할아버지에게서 '그날 저녁 네가 없으면 안 되겠구나'라는 말을 들을까?

"스텔라가 초대에 '당연하다'는 듯 응할 수는 없을 거야." 내가 말했다.

"나도 알아. 신경 써서 편지를 써야겠지만, 어떻게 하면 될지 알 것 같아."

"너라면 충분히 할 수 있겠지."

나는 맥스에게 편지를 써서 부치러 나갔다. 우체통은 제섭의 농장 근처에 있었지만 어두워서 지름길을 찾을 수 없었기 때문에 진입로와 농장 도로를 따라서 이십 분은 족히 걸어갔다. 이슬비가 내렸고 날씨가 따뜻했다. 바다의 낮은 파도 소리가 졸음을 불러왔다.

맥스가 오길 바랐다. 여길 좋아할 것 같았다. 맥스에게 이 집을 보여주고, 산책하고 이야기하고 헤엄을 칠 수 있다면 멋질 것 같았다. 결혼은 어떻게 되는지도 궁금했다. 맥스는 첫 결혼으로 많은 걸 빼앗겼다. 그의 작품에서 흥미로운 공격성과 진솔함이 많이 사라졌다. 그 사기꾼 미치와 어떻게 결혼하게 된 건진 친구들 사이에서 수수께끼였다. 나는 로렛의 집에서 이혼 직전인 그를 처음 만났다. 로렛과 미치는 같은 부류였다. 둘은 그날 밤 심술궂게 굴었다. 미치는 맥스를 대놓고 무시했고 로렛은 사람들 앞에서 내게 빈정댔다. 조니는 요란하게 웃어댔다. 그 자식의 목을 졸라버리고 싶었다. 맥스가 유명하지도 않고 훨씬 젊은 남자에게 유난히 친절한 건 무슨 마음인지 모르겠다. 그 후로 우리는 자주 만났다. 대체로 말이 없고 조언도 거의 안 하는 사람이었지만 맥스는 자신의 문제점을 몇 가지 이야기했고, 그러자 내 문제가 뭔지도 알 수 있었다. 나는 아슬아슬하게 멈췄다. 런던을 떠나기로 했다고 말하자 맥스는 매우 기쁘다고 힘주어 대답했지만, 이유는 설명하지 않았다. 맥스를 다시 만나면 반가울 것 같았다.

집에 돌아오니 패멀라는 잠자리에 든 뒤였다. 나는 늦도록 작업을 했고, 수습 기자 시절 이후 가장 호의로 가득한 서평을 썼다. 아마 내가 쓴 서평 중 최고였을 것이다. 그 책과 어울리는 시각이었다. 비는 멎었다. 마지막으로 탄 땔감은 하얀 잿더미가 됐다. 데라메어가 작품 속에서 창조해낸 기묘하고 생생한 고요가 그 속에 감춘 떨림과 함께 새집을 감쌌다. 바닷소리는 잠든 자연의 숨소리일 뿐이었다. 불 켜진 내 방이 홀로 우주에 떠다녔다. 나는 몸을 떨고 웃었다. 기이한 이야기를 읽다가 신경이 예민해진 것이다. 잠자리에 들었다.

이틀 뒤 오전, 맥스에게서 전보가 왔다. "둘 다 기쁨." 신속, 간결, 다정한 메시지는 맥스와 닮아 있었다. 우리는 갑자기 흥분했다. 패멀라와 나는 사교적이었고, 나처럼 내 동생도 고립된 느낌이 내심 두려웠던 모양이다. 이렇게 친구들을 불러 모을 수 있다니 근사했다. 나는 브리스틀의 극장에 전화했고, 패멀라는 스텔라와 스콧 선생에게 편지를 보냈다.

케리 씨는 리허설 중이라고 소녀 같은 목소리가 말했다. "케리 부인이 받으셔도 될까요?"

이게 무슨 소리지?

"잠시만 기다려주세요." 나는 수화기를 손으로 막고 패멀라를 불렀다. "피터가 결혼한 거 알고 있었어?"

"그럴 리가! 빈털터리잖아."

"그러게 말야. 웬디인 걸까. 뭐지?"

"웬디일 수밖에 없지. 물어봐."

방법은 그것뿐이었다.

"여보세요? 저기, 케리 부인이 누구시죠? 아니, 누구셨죠? 아, 그렇군요. 네, 전화 좀 받아달라고 부탁해주세요."

웬디의 가벼운 음성에 웃음이 가득했다.

"맞아요. 우리 결혼했어요! 몇 달 동안 죽을 뻔했거든요. 몰랐어요? 하지만 무시무시한 딜레마에 빠져서 벗어날 수가 없었죠……. 어머나, 아뇨! 피터와 나는 돈 같은 건 신경도 안 써요. 아뇨, 하지만 우리 이름 때문이잖아요? 우리의 형편없고 처참한 이름 때문에! 둘 다 이름이 겨우 조금 알려지기 시작했으니 그이는 자기 이름을 바꿀 생각이 없었고 나도 마찬가지였죠. 하지만 피터와 웬디로 살아가기란 힘들잖아요? 그래서 결국 내 명예를 걸고 그이를 피터라고 부르지 않기로 맹세했죠. 그래서 결혼했어요. 그리고 꼭 가고 싶어요. 골든 하인드에 들르고 싶어 죽을 것 같아요."

나는 이 모든 내용을 내 능력이 닿는 데까지 패멀라에게 전달했다. 패멀라도 나처럼 그 소식에 기뻐했다. 그 둘은 명랑하고 화려한 조합이었다. 공연만 정기적으로 할 수 있다면 모든 게 잘될 터지만, 각자의 재능과 좀 특이한 외모 이외에는 아무 자원이 없었다.

"행운을 빌어." 패멀라가 말했다. "정말 샴쌍둥이 같은 사람들이잖아. 좀 지나치게 그렇지. 와서 내 편지 좀 봐줘!"

아주 좋은 편지였다. 패멀라는 할아버지의 권한과 열여덟 살에 필요한 해방감 사이의 균형을 잘 잡았다. "브리스틀에서 젊은 편인 친구가 몇 명 찾아오고 스콧 선생님도 초대했습니다. 메러디스 양도 올 수 있을까요? 브룩 중령님께서 저녁때 메러디스 양을 보내주신다면 굉장히 기쁠 겁니다. 손녀

분은 정해주시는 시각에 언제든지 차로 태워 보내드릴 생각이지만, 12시 이전은 아니기를 바랍니다. 조용한 클리프 엔드에서 잘 지내고 있으며 중령님께 안부를 전합니다."

편지를 확인하고 주소와 우표를 붙였고, 차를 마시고 난 뒤 부치려고 주머니에 넣어두었다.

작업실 개조 작업이 시작됐다. 찰리는 탁자를 고친 뒤 들창코에 덥수룩한 얼굴을 붉힌 채 솔을 휘두르며 도배 중이었다. 벽지는 보기 좋은 담황색이었다. 불그스름한 카펫과 내가 좋아하는 열대의 새가 그려진 커튼, 담황색 배경에 새로 들인 트윈 베드와 커버까지 갖추면 방이 포근해 보일 것 같았다.

"어쨌든 자기 좋은 방이 될 거야." 다시 일하기 시작하면서 패멀라가 말했다.

"민무늬 벽지를 붙이기에는 방이 너무 커." 내가 반대했다.

패멀라도 동의했지만 아마추어는 패턴이나 줄무늬를 잘못 고르기 십상이라고 했다. 우리의 전문가가 주위를 둘러봤다. 찰리는 씩 웃으며 품위를 지켰다.

"이 동네에서 찰리 제섭 같은 사람을 구할 줄 몰랐던 거죠, 아가씨?"

"찰리가 없었으면 어쩔 뻔했어요. 상상도 못 하겠어요." 패멀라는 사다리를 타고 올라 풀을 바른 벽지를 조심스레 붙이며 대답했다.

찰리는 그걸로 만족하지 못했다. 앞으로 나서더니 그 벽지를 깔끔하게 떼어냈다. "가장자리가 겹치잖아요." 나무라는 말투였다. "자, 자, 이러면 안 돼요."

세상에, 얼마나 느려터진 친구인지! 내 몫의 벽에는 빠르게 벽지를 다 발랐다. 우리가 화창한 하루를 내내 이 우울한 방에서 보낼 운명이란 말인가? 바다에 나가 수영하고 싶었다. 그러나 패멀라는 그만둘 생각이 없어 보여서 나도 계속 일했다.

"이 안에서는 밖이 화창한 7월 날씨라는 걸 믿을 수 없어. 언젠가는 동쪽 창문을 다시 열 거야." 내가 투덜거렸다.

"산기슭이 너무 가까워." 패멀라가 대답했다. "그래서 별 소용은 없을 거야. 낮엔 뭘 어떻게 해도 이 방이 매력을 발휘하기 어려워."

"저 파킨슨 가족이 걸어 잠근 방이 바로 여기였죠." 찰리가 말했다.

나는 패멀라가 놀라 일손을 멈추는 걸 봤다. 하지만 잠시였다. 패멀라가 가볍게 말했다.

"그래요. 그리고 벽장에 쓰레기를 잔뜩 버리고 갔죠! 벽장을 닫고 그 위에다 벽지를 발랐다니까요. 게을러빠진 사람들!"

찰리가 아무 말도 하지 않자 패멀라가 덧붙였다.

"아니면 이 집에 그 사람들을 맞이할 준비를 했을 때, 찰리가 그런 건가요?"

"방을 걸어 잠그고 한 발짝도 들이지 않았어요." 그가 대답했다.

또 그 소리! 이런 헛소리와 도배의 지겨움, 찰리의 느린 속도에 대한 짜증이 돌아가며 몰아치는 사이 나는 아주 작은 도발에도 발끈할 준비가 돼 있었다.

"그 사람들 나름대로 이 방을 안 쓸 이유가 있었겠지." 내가 말했다.

찰리는 기죽지 않고 음침한 목소리로 대답했다. "뭔지는 몰라도 분명 있었을 거예요."

이런 소리를 더 청할 생각은 없었다. 내가 말했다. "풀을 너무 많이 쓰는 것 같은데요."

찰리는 기분이 상했는지 리지에게 내려가 저녁 식사를 하라고 말할 때까지 보란 듯이 입을 다물고 있었다.

"이상한 사람이야." 나는 탁자에서 작업하며 말했다. "몇 살이라고 했지? 얼굴이 레프러콘처럼 생겨서 스물이든 쉰이든 믿겠어."

패멀라는 대답하지 않았다. 창가에 서서 아무것도 하지 않고 나를 보고 있었다. 심란한 표정이었다. 잠시 후 패멀라가 좀 진지한 목소리로 물었다. "여기서 잘 자?"

"겨울잠 자는 쥐처럼 잘 자. 너는?"

패멀라는 곧바로 대답하지 않았다. "오빠를 걱정시키고 싶지 않았어. 어쩌면 그게 다시 오지 않을지도 모른다고 생각했거든. 하지만 다시 와. 오빠, 밤에 뭐가 나타나."

나는 돌아서서 패멀라를 마주 봤다. 패멀라는 이맛살을 찡그리고 괴로운 듯한 눈빛으로 나를 보고 있었다.

"뭐가? 무슨 말이야?" 쉰 소리로 물었다.

"아무 소리도 못 들었어?"

"당연하지."

"어젯밤에도, 오빠가 늦게까지 깨어 있던 그저께 밤에도? 불을 피웠던 밤에도?"

"바닷소리는 들었지만 그게 다야. 집 안에선 아무 소리도 안 났어."

"소리가 났어, 오빠. 오빠가 올라오기 직전에 들었어."

"무슨 소리?"

"한숨 소리. 누가 놀라서 내는 것 같은, 날카롭게 흐느끼는 것 같은 숨소리."

"바람 소리야, 패멀라. 산과 집 사이에서 바람이 불면 이상한 소리가 나는 법이지."

"바람이 불지 않은 날들이었어."

"그렇지……. 전에도 소리가 들렸니?"

"응."

"밤마다?"

"응, 하지만 지난 이틀 밤 동안은 훨씬 더 실감났달까. 오빠, 들으면 가슴이 찢어지는 소리야."

패멀라의 음성이 떨렸다. 나는 가만히 선 채 당황스러워서 아무 말도 하지 못했다. 사실이든 환상이든 패멀라 마음의 평화를 산산조각 낸 일이었다. 미신 따위를 좋아하는 망할 인간들! 무슨 말을, 어떤 행동을 해야 할까. 패멀라는 매우 이성적인 사람이었다. 그 애의 생각을 일축할 수는 없었다.

"암시 때문에 일어난 일이라는 걸 너도 알잖아?" 내가 천천히 말했다. "그런 이야기들을 들었으니까. 네 머릿속에 자리 잡은 거지."

"응, 처음에는 나도 그렇게 여겼어. 하지만 그렇지 않아."

"그 소리가 어디서 나는 것 같아?"

"나도 모르겠어."

"이 방에서 나는 것 같아?"

"어쩌면."

"왜 나를 깨우지 않았어?"

"그럴 작정이었어, 오빠. 그랬을 거야. 어젯밤에는 그러려고 했어. 침대에서 일어나려고 했는데, 움직일 수 없었어."

"꿈을 꾼 거야." 내가 잘라 말했다. "무서워서 꼼짝도 못 하는 꿈. 흔한 거야. 깨어 있을 때는 전혀 못 느꼈을 거야."

패멀라는 고개를 저었다. "꿈은 아니었어. 오빠도 그 소리를 들었으면 좋겠어."

"이성적으로 판단해봐, 패멀라. 왜 그런 걸 바라는 거야? 정말로 무슨 문제가 있다고 생각할 수 있게?"

"아니, 오빠. 나만 그 소릴 듣는 게 싫으니까."

나는 말을 멈췄다. 패멀라는 몹시 진지했다. 그래서 물었다. "오래 계속돼?"

"몇 분 정도야."

"집에서 나는 소리야, 패멀라. 굴뚝에 새가 들어왔거나. 쥐라든가 박쥐."

"그럴지도 모르지."

패멀라의 동조에 안도한 나는 가볍게 말했다.

"위스키를 데려오자! 여기 가둬놓자. 녀석이 네 **망령들**을 쫓아낼 거야."

"위스키는 이 방에 안 들어와."

"현명한 녀석. 나도 그랬으면 좋겠다."

패멀라는 기회를 잡았다. "찰리가 일을 잘하잖아, 오빠. 찰리에게 맡겨두고 바닷가에 내려가서 차 마실까?"

내가 모범을 보일 차례였다.

"찰리가 일을 마무리 안 한다면서. 끝까지 지켜보는 게 낫지." 내가 대답했다. 몇 분 뒤, 리지가 식사 시간을 알리는 종을 쳤을 때 아쉽지는 않았다.

패멀라는 우울을 벗어던지면 붕붕 떠서 말이 많아지고 활기로 가득해졌다. 그 애가 점심을 먹으면서 집들이 계획을 열심히 세우는 걸 보고는 안심이 됐다. 밤중에 이상한 소리를 내는 것이 무엇이든 무해한 존재가 분명하다고 생각했다. 그 애가 받은 영향을 그렇게 빠르게 털어낼 수 있었으니까.

"리버티에 주문한 커튼이 왔어." 패멀라가 말했다. "예뻐. 아기방은 옷방으로 쓸 거야. 페티코트로 화장대를 꾸며야지. 오빠의 긴 거울 좀 빌려줘, 응? 주디스에게 내 아름다운 화장대 거울을 빌려줘야 할 테니까. 주디스는 화장품을 세심하게 많이 쓰거든. 서른 살 정도로 보이지 않아? 그런데 맥스보다 최소한 여섯 살은 많다니까."

"그건 상관없지." 내가 대답했다. "맥스는 자기 나이보다 더 들어 보이고, 질풍노도의 젊은 시절을 지나치게 오래 보냈어. 주디스를 보고 상당히 아름답다고 생각했는데, 심지어 대부분의 여자가 촌스러워 보이는 퀸스 홀에서 그런 인상을 받았거든. 주디스랑 웬디가 잘 지낼지 궁금한데?"

우리가 얼마나 다양한 사람들을 초대한 것인지, 그들이 어떻게 어울릴 것인지 생각하면 재미있었다. 맥스는 스텔라를 좋아할 것 같았다. 스텔라가 오지 않으면 실망스러울 터였다.

찰리는 식사를 마치고 기분이 좋아져 돌아왔다. 패멀라와 나는 그의 조수 자리를 온순히 받아들였고, 작업의 진행이 좀 나아졌다. 그러나 삼십 분이 길게만 느껴졌다. 패멀라의 말대로 해변에 내려가지 않은 것이 후회돼 점점 더 화가 났다. 이 방에서 보내는 일 분 일 분이 짜증났고, 4시가 돼 리지가 등장하자 패멀라와 나는 한목소리로 외쳤다. "차 마시자!"

"휴." 리지가 우리에게 손짓했다. 숨이 차고 흥분한 목소리였다. "메러디스 양이 왔어요."

"데번셔 크림 주세요!" 패멀라가 작업복을 벗으면서 외쳤다.

십 분 뒤에 내려가니 패멀라는 창가 자리에, 스텔라는 등받이가 높은 태피스트리 의자에 앉아 있었다. 두 사람 사이에는 과일과 잼, 크림이 가득한 탁자와 차를 나르는 트롤리가 놓였다. 스텔라가 내게 손을 내밀며 말했다. "어떻게 지내세요?" 특별한 관심은 느껴지지 않지만 반가운 미소를 띤 얼굴이었다. 스텔라는 승마 모자와 보닛을 합친 것 같은 작은 갈색 실크 모자를 썼는데, 가장자리의 곡선이 굉장히 멋들어졌다. 외투는 학생들용이었지만, 기쁠 때 드러나는 홍조와 똑같은 빛깔의 장미를 꽂고 있었다. 스텔라는 스콘에 크림을 살짝 발랐다.

"나처럼 듬뿍 발라봐요." 패멀라가 권했다. "이 크림 때문에 데번에 왔다니까요. 혹시 크림 안 좋아해요? 여기 사는 사람들은 어떤지 알 수 없으니."

스텔라는 웃으며 한 스푼을 더 얹었다.

"좋아해요. 학교에 있었을 때는 생일 때마다 할아버지께서 늘 보내주셨어요."

"브뤼셀에서 학교생활은 즐거웠어요?" 내가 물었다.

"아주 좋은 학교이긴 하지만, 엄밀히 말해 즐거운 학교는 없는 것 같아요." 스텔라가 대답했다.

스텔라는 미리 준비해 온 적절한 화젯거리를 찾는 듯했다. 표정이 밝아졌다.

"시골 생활이 마음에 들 거 같으세요?"

"좋아할 거라고 확신해요." 패멀라가 따뜻한 목소리로 말했다. "이 예쁜 집을 팔게 돼서 많이 아쉽지는 않길 바라요."

패멀라는 어색한 문제가 있을 때는 주로 정면으로 돌파했다. 성공이었다. 소녀는 기다렸다는 듯 클리프 엔드 이야기를 꺼냈다.

"누가 산다면 아쉬울 것 같았는데, 지금은 기뻐요."

스텔라의 수줍은 미소에 우리를 마음에 들어 하는 표정이 섞여 있었다.

"하지만 많이 궁금하긴 해요. 사실 클리프 엔드를 집으로,

사람들이 사는 곳으로 생각하지 않았거든요. 제겐 추억일 뿐이었어요. 추억이랑 돌담뿐……." 스텔라가 찬찬히 덧붙였다.

"여기서 살던 때 이후로는 처음 온 건가요?" 내가 물었고, 스텔라는 끄덕였다.

"할아버지는……. 아시겠지만 당연한 일이었어요. 할아버지는 제가 여기 오고 싶어 하는 걸 이해하지 못하셨어요." 스텔라가 머뭇머뭇 말했다.

"그렇군요."

스텔라는 스콘을 다 먹고는 기다리거나 허락을 구하지 않고 실내를 돌아보기 시작했다. 창밖을 내다보더니 온실로 들어갔다. 그러고는 불쑥 돌아와서 앉았다.

"정말 죄송해요." 스텔라가 말했다.

"괜찮아요. 차 좀 더 들겠어요? 말해봐요. 기억나는 일이 있나요?" 패멀라는 차를 더 따르며 물었다.

"새로운 건 없어요." 스텔라가 무릎에 손을 얹고 집중하며 대답했다. "늘 기억나는 게 한 가지 있어요. 꿈에서 자꾸 보니까요. 저, 세 살도 되기 전에 할아버지 댁에서 살기 시작했거든요."

"우울한 이야기가 아니면 어떤 기억인지 들어보고 싶네요." 내가 말했다.

"다 우울한 기억은 아니에요. 전 어두운 방에 혼자 있어요. 밖에서 시커먼 것들이 제게 손아귀를 뻗고 있어요. 저 나무인지도 모르겠어요. 어둠 속에서 무서워 울어요. 오랫동안 울고 있으면 누가 들어와요. 그분이 다가와서 뭐라고 예쁜 말을 속삭여요. 무슨 말인지는 몰라요. 그리고 그분이 불을 켜요. 아름답고 행복해지지만 또 누가 들어와서 그 불을 꺼요."

"그럼 다시 울어요?" 패멀라가 물었다.

"그럼 너무 겁이 나서 울지도 못해요."

"다음에도 그 꿈을 꾸면 기억해요." 패멀라가 단호하게 말했다. "내가 가서 불을 다시 켜줄 거예요."

스텔라는 패멀라를 진지한 표정으로 봤다. "고마워요."

우리는 꿈에 관해 이야기했고, 나는 꿈이 낮에 일어난 일에서 빌린 상징으로, 감춰지고 억눌린 갈등을 표현하는 것이라는 의견을 전보다 더 힘주어 주장했다. 스텔라는 단순히 기분을 맞춰주는 것이 아니라 시계태엽의 작동 원리를 처음 배운 아이처럼 열심히 경청했다. 하늘을 나는 흔한 꿈 이야기를 하자 스텔라가 외쳤다. "어머, 저는 늘 그런 꿈을 꿔요!"

"꿈에서 바라보는 사람들이 있어요?" 패멀라가 물었다.

"아뇨." 스텔라가 웃었다. "없어서 다행이죠. 조금 날다가 뚝 떨어지니까요."

"나도 떨어진 적 있어요." 패멀라가 웃었다. "언젠가는 멀리 날 거예요."

우리는 스텔라에게 파티 이야기를 하고는 꼭 와주면 좋겠다고 했다.

"그때가 되면 식당 말고는 집 전체 공사가 끝났을 거예요. 그럼 모두 보여줄게요." 내가 약속했다.

스텔라는 간절한 표정으로 한숨을 쉬었다. "아, 꼭 오고 싶어요."

"필요하면 적당한 시간에 집까지 데려다줄게요."

"부탁이에요. 몇 시쯤이죠?"

"8시에 시작할 거예요." 패멀라가 말했다.

스텔라는 고개를 저었다. "안 될 것 같아요."

"참 아쉽군요. 그럼 오후에 와요. 그러면 간식을 싸서 당신이 말한 곳으로 소풍을 갈 수 있잖아요. 우린 클로벨리에도 아직 못 가봤거든요." 패멀라가 스텔라에게 그렇게 권한 다음 나를 보며 덧붙였다. "이렇게 매혹적인 이름 들어봤어, 오빠? '망자의 바위'와 '약탈자의 동굴', '용맹의 그늘'이라니."

"이 해안을 잘 알겠죠?" 내가 스텔라에게 물었다.

"방학 때 여기저기 찾아다녔어요." 스텔라가 신나서 말했다. "버스랑 기차 값을 모을 수 있으면요. 하지만 할아버지께서는 제가 이제 시골 마을을 그렇게 돌아다닐 나이가 아니라고 하세요. 자랐기 때문에 자유가 줄어들다니 이상해요."

스텔라는 곧 입을 다물었다. 자기 할아버지를 비난한 것 같아서 후회되는 모양이었다. 스텔라는 패멀라와 나를 번갈아 보며 머뭇거렸다. 말을 꺼내기가 좀 어려운 것 같았다.

"부탁이에요, 피츠제럴드 양, 피츠제럴드 씨. 할아버지께서 찾아오지 않는 것에 괘념치 말아주시겠어요?" 스텔라는 걱정스러운 표정이었다.

"기대도 안 했어요." 패멀라가 재빨리 말했다. "끔찍한 사고 얘기를 들었어요. 이 집을 생각만 해도 그분은 고통스러울 거예요."

스텔라는 거기 만족할 수 없는 듯 계속했다. "어머니는…… 어머니는 할아버지의 외동딸이었고, 참 아름답고 착했대요. 그 초상화 보셨죠?"

"천사 같은 얼굴이었어요." 내가 대답했다.

"그런데 할아버지께서 미처 구하기 전에 돌아가셨어요."

스텔라는 말을 멈추더니 의지에 반해 말이 튀어나온 것처럼 충동적으로 덧붙였다. "여기 오고 싶다면 제가 불효하는 걸까요? 그럼 제가 비정상적이고 몹쓸 사람이 되는 건가요?"

어찌나 슬픈 표정이었는지. 스텔라는 분명 그 노인이 한 말을 그대로 옮긴 것이었다. 패멀라는 곰곰이 생각하고 말했다.

"오히려 안 온다면 몹쓸 사람인 것 같네요. 노인들과는 다르죠. 젊은이들은 옛일을 잊고 나아가야 해요."

"그렇군요." 스텔라가 간절한 표정으로 답했다. 그러더니 고맙다고 말하곤 일어났다. "이제 정말 가봐야 할 것 같아요."

나는 부칠 편지가 있으니 농장까지 바래다주겠다고 했다.

"고맙습니다." 스텔라가 말했다.

나는 갈매기들에게 줄 스콘을 하나 집었다. 갈매기들이 날아와 스콘을 받아먹는 광경은 도무지 질리지 않았다.

스텔라는 문 앞에서 패멀라에게 작별 인사를 하고 집 모서리를 돌아갈 때는 돌아서서 고개를 조금 숙여 인사하기도 했다. 학교에서 예절을 배운 모양이었고, 스텔라는 습관적으로 프랑스어를 썼다. 요즘 영국의 젊은 여성에게서는 찾아보기 힘든 행동거지와 말버릇이었다.

절벽 가장자리로 걸어가는데 스텔라의 슬픈 눈길이 죽은 나무에 꽂혔다.

"언젠가 잘라낼 생각이에요." 내가 말했다.

하지만 다시 생각해보니 바람이 불 때 《맥베스》의 모든 등장인물을 돌아가며 연기하는 그 기괴한 나무가 전경에 없으면 허전할 것 같았다.

갈매기가 공중에서 스콘 조각을 받아먹었다. 또 한 마리, 또 한 마리가 날아들었다. 스텔라가 욕심 사나운 그들을 보고 웃으며 남은 조각을 던졌다.

"동틀 무렵 배에서 갈매기들을 본 적 있어요. 태양을 배경으로 날아오르니 까마귀처럼 새카맣게 보였는데, 반대편으로 날아가니 금빛으로 변했어요. 마법 같았죠."

"그 초상화는 누가 그렸어요?" 헤더 밭을 걸어가며 내가 물었다.

"아버지가요. 루엘린 메러디스라는 분이셨어요. 아버지 그림을 보신 적 있으세요? 아버지 작품을 아세요?"

내가 그렇다고 대답하면 좋아했을 테다.

"아뇨." 내가 말했다. "부모님 세대에 관해 부끄러울 만큼 무지한 세대이기 때문이죠. 회화를 공부해요?"

"학교에선 공부했는데, 앞으로도 언젠간 하고 싶어요."

우리는 농장 도로에 다다랐다. 스텔라는 부끄러운 표정으로 걸음을 멈추더니 나를 올려다봤다.

"괜찮으시다면 부탁이 있어요. 죄송해요. 함께 가주시면 좋겠지만, 그러지 않는 게 좋겠어요."

"부칠 편지가 있어요."

"제가 가져가서 부쳐드릴까요?" 스텔라가 말했다.

"걷고 싶었어요."

"그럼 뜻대로 하세요."

부끄러운 짓이었다! 나는 스텔라를 놀리고, 아이처럼 취급하고 있었다. 알고 보니 나는 동행을 원하지 않는 여성에게 억지로 따라붙고 있었던 것이다. 가만히 서서 진지하게 말했다. "내가 함께 가면 좋겠지만, 그러지 않는 게 좋겠다는 게 무슨 뜻인가요?"

"아무것도 아니에요."

내가 아둔한 멍청이처럼 굴었구나! 당연한 것을! 스텔라의 방문은 소문이 퍼지면 안 되는 비밀이었는데, 이 길은 제섭 부인의 집 앞을 지나게 돼 있었다.

"미안해요, 메러디스 양." 나는 진심으로 말했다. "지금 돌아갈게요."

스텔라는 뻣뻣하게 굳어 무뚝뚝하게 군 것이 속상해 얼굴을 붉힌 채 어떻게 말하거나 행동해야 할지 궁리했고, 나는 이런 식으로 스텔라의 즐거운 방문을 망친 것이 괴로웠다. 우리는 상황을 이해하고 서로의 어려움을 깨달았지만, 둘 다 어찌할 바를 모르고 마주 보기만 했다. 문득 한 가지 생각이 떠올라 미소를 지었다.

"괜찮다면 이걸 우체통에 넣어주세요. 보시다시피 맨 위의 것이 중요해요."

나는 편지를 건넸고, 스텔라는 자기도 모르게 편지들을 한 번 봤다. 스텔라는 무슨 영문인가 하는 표정으로 고개를 들더니 표정을 밝히며 웃었다가 다시 새침한 표정이 됐다.

"물론이죠, 피츠제럴드 씨."

"그럼 곧 다시 만날 수 있겠죠?"

얼굴에 그늘이 내려앉은 스텔라는 확신 없는 표정으로 편지를 봤다. 곧장 금지당할까봐 두려웠던 걸까? 스텔라는 자기 생각을 밝히지 않고 그저 부드럽게 말했다. "그러면 기쁘겠네요. 안녕히 가세요."

스텔라는 뒤돌아보지 않고 빠르게 걸어갔고, 곧 헤더가 자라는 작은 언덕을 돌아 사라졌다. 솔직하면서도 내성적인 스텔라가 명랑함을 드러냈다 숨기는 걸 보고, 그곳에서 어떤 아이였을까 생각하며 집으로 돌아오는 사이에 웃음이 났다. 바위처럼 꿋꿋한 면도 있었다. 스텔라는 그 집에 깊이 끌리면서도 동네에 떠도는 소문에 관해서는 아는 기색이 없었고, 호기심 역시 드러내지 않았다.

스텔라를 곧 만나게 될 것 같았다. 할아버지가 방해할 수는 있어도 성공할 수 없으리라 믿었다. 스텔라와 패멀라는 서로 친해졌고, 패멀라는 한번 맺은 우정을 지켜냈다. 노인이 포기할 수밖에 없었다.

제5장 작업실

나는 훌륭한 작업 시간표를 짰다. 집과 정원 관련 작업은 여가 활동으로 치고 점심 식사와 오후 티타임 사이에만 했다. 늦은 오후와 저녁 시간은 기사와 서평 집필에 썼고, 매일 아침 10시부터 오후 1시까지는 철저히 책을 쓰는 데 할애했다.

전망이 밝은데도 《영국 검열의 역사》는 진전이 없었다. 무엇이 문제였을까? 서재는 편안하고 볕이 잘 들고 조용했다. 자료는 제자리에, 책들은 책장에 자리 잡고 있었고, 희곡 연맹 도서관에서 빌린 마지막 분량의 희곡은 창가 자리에 펼쳐져 있었다. 차분히 일할 모든 준비가 됐다. 하지만 '입센 히스테리아'라는 제목을 붙인 챕터는 엉망이 된 페이지에서 나를 빤히 바라보고 있었다. 한때는 마치 십자군처럼 조롱을 검 삼아 이 작업에 달려들었지만, 오래전 저지른 어리석은 짓보다는 다른 모든 것이 더 흥미롭게 느껴졌다. 나는 어슬렁거리고 빈둥거리고 앓는 소리를 냈다.

패멀라의 처방은 단순했다. 여름날 아침은 클리프 엔드를 즐기고 9월이 되면 책에 집중하라는 것이었다. 그럴듯했지만 나는 휴식이 길수록 일을 새로 시작하기가 더 괴롭다는 걸 잘 알았다. 이 책을 다시 시작할 수 없을 것 같았다. 클레멘트 포스터가 설명하던 전환기를 겪고 있는 게 아닐까 두려웠다. 그는 인생에 대한 전체적인 시각이 바뀌었다고 말했다. 새로운 정신이 생겨나면 예전의 문체와 생각은 작아진 옷처럼 쓸모없어진다고. 그러면 내 안에서 새로운 작가의 자아를 발견해야 한다고. 나는 실제로 그에게서 그런 일이 일어나는 것을 목격했고, 그에게는 유익한 일이었다. 감상주의가 많이 없어졌고 현실주의, 유머, 절제가 자라났다. 저널리즘에서는 모두 좋은 일이었지만, 책을 쓰는 도중에 그런 일이 일어나면 어색할 것 같았다.

정체를 알 수 없는 과정이 진행 중이라서 뭐라고 설명할 수 없었다. 그것을 거부하고 버티니 구겨버린 종이가 바구니에 가득해지고 짜증이 났다. 나는 타협하기로 했다. 이 주 정도 책 집필을 쉬면서 어떻게 되는지 지켜보기로 했다. 패멀라도 찬성했다.

"오빠가 할 일이 아직 많잖아." 패멀라가 말했다.

실제로 그랬다.

오래전 크리스마스에 할머니로부터 스페인에서 구한 장난감 극장을 받았다. 배경들과 판지로 만든 인물들이 대여섯 편의 멋진 연극을 할 수 있도록 돼 있었다. 살면서 다시는 그렇게 호화로운 느낌을 주는 작품을 볼 수 없으리라 생각했다. 하지만 우리 집의 경계를 살피고 별채의 용도를 계획하면서 그 선물을 받았을 때와 비슷한 느낌을 받았다. 마침내 사진 암실과 목공실을 갖게 됐다. 도자기 물레와 가마를 설치해 주변의 흙으로 도자기를 만드는 건 어떨까? 배는 어떻게 만들 수 있을까?

집 안의 전기 배선도 살펴봐야 했다. 예산만 마련되면 새로운 배선을 설치할 생각이었다. 책상용 스탠드와 복도와 계단참의 양방향 스위치, 계단의 전등을 더 설치하고 싶었다. 당분간은 어댑터와 긴 전선을 활용했고, 패멀라는 파티에 쓸 분홍색 전등갓을 만들었다.

"장밋빛 조명 속에서 사람들이 말을 더 잘하는 건 과학적으로 증명된 사실이라고." 패멀라가 잘라 말했다.

스텔라도 오기로 했다. 스텔라는 격식을 잘 갖춘 짧은 편지로 할아버지가 초대에 감사해하고 있으며 자신도 응하겠다고 전했다. 고맙게도 스콧 선생이 스텔라를 데리고 와서 집까지 바래다주겠다고 했다.

"스콧 선생님이 도와주셨어요." 추신에 적혀 있었다.

맥스는 "일요일 날씨, 미루게 돼 아쉽"이라고 전보를 보냈다. 구름을 그리는 중이라 상황을 봐야 한다는 뜻이었다. 내 의견을 말하자면, 영국 화가 중에 그보다 하늘을 잘 그리는 사람은 없었다. 이 변경으로 인해 우리의 손님 접대는 옛 친구 네 명과 함께 일요일 저녁 식사부터 시작하게 됐다. 정식

집들이는 월요일 9시에 시작할 예정이었다.

토요일, 패멀라와 리지가 새우와 오리, 버섯으로 여러 음식을 준비를 하는 동안 나는 조명 배치를 마쳤다. 응접실에는 조그맣고 예쁜 샹들리에와 스탠드를 설치했다. 침대마다 스탠드를 설치하고 화장대에는 화사한 전등을 달았다. 해가 진 뒤 등을 전부 켜고 효과를 확인했다. 패멀라는 허니셋의 아기방 정원에 다녀와 온 집 안을 꽃으로 꾸몄다. 방에는 장미와 스톡, 계단참과 복도에는 글라디올러스를 꽂았다. 집 전체가 부드러운 빛으로 가득했다. 그 어떤 집도 부럽지 않았다. 작업실마저 적갈색 벽돌 난로에 불을 피우자 아늑해졌다.

"오늘 밤이랑 내일 내내 불을 피워서 실내를 말려야 해." 패멀라가 말했지만 말처럼 쉬운 일이 아니었다. 패멀라와 리지와 나는 이십 분 동안 풀무를 휘두르고 신문지를 대고 기름을 뿌리고, 심지어 설탕까지 넣어가며 불을 지피려고 했다. 드디어 석탄에 불이 붙자 리지가 앓는 소리를 내며 일어나더니 주위를 둘러봤다.

"예쁜 방이에요." 리지가 인정했다. "하지만 도저히 이해가 안 되는 건 누구더러 이 방에서 자라고 하다니 양심이 있냐는 거죠. 나라면 차라리 바닷가 자갈밭에서 자겠어요."

"어휴, 리지." 패멀라가 놀라서 외쳤지만 내가 끼어들었다.

"파킨슨 씨 가족이 여길 닫아놓았다는 것 말고는 아무것도 모르는 찰리 말을 들어서 그래. 그 가족은 멍청이였고, 찰리를 속였어요. 제발, 리지. 찰리에게 속지 말아요."

"그 얼간이 말은 듣지 않아요." 리지가 끈질기게 말했다. "하지만 이건 제섭 부인 이야기라니까요."

"메러디스 부인의 유령이 돌아다닌다는 거?"

"그래요, 로더릭 씨. 신께서 그분 영혼에 안식을 주시길!"

"당연히 그러겠죠, 리지. 왜 안 그러겠어요? 외딴집, 아름다운 여인, 갑작스러운 죽음! 그걸로 이야기를 지어내지 않을 사람이 어디 있겠어요?" 패멀라가 나를 거들었다.

"우린 아무것도 못 봤잖아요, 리지? 걱정할 것 없어요." 패멀라가 말했다.

"음, 해로운 일을 당한다면 두 사람 영혼이지 난 아니에요. 저 불이 또 꺼지면 가구 닦는 약을 넣을래요. 그러고말고." 리지는 이렇게 말을 맺더니 일어나서 나갔다.

패멀라는 잠시 후 천천히 말했다. "내 방을 내줄 수 있어. 침대가 크니까. 그리고 내가 여기서 자도 돼."

"리지와 찰리에게 지는 거야? 너까지 그런 소릴 믿는 건 아니면 좋겠다." 내가 건조한 말투로 대꾸했다.

"물론 아니지."

"여긴 멀쩡한 방이야."

"그래, 사실 나쁘진 않아."

나는 아무렇지도 않게 물었다. "잠은 푹 자니?"

"아주 잘 자. 고마워."

"한밤중에 한숨 소리는 안 들리고?"

"아무 소리도 안 들려."

"잘됐네."

"응, 그렇지."

패멀라에게 그런 말을 할 생각은 없었지만, 나도 그 애가 말한 신음을 들은 것 같았다. 스텔라가 찾아온 날 밤이었다. 스텔라가 나오는 기괴하고 불편한 꿈을 꿨다. 나는 스텔라를 데리고 동물원에 갔었다. 새들이 가득한 큰 새장이 있었다. 어쩌다 그 새장 안에 들어간 스텔라가 겁이 나서 울고 있었다. 나는 스텔라를 꺼내주려다 잠에서 깼는데, 울음소리가 계속되는 것 같았다. 하지만 소리는 곧바로 멈췄다. 분명 꿈 때문에 일어난 환청이었을 것이다. 패멀라의 경험도 비슷한 것이 분명했다. 드디어 거기서 벗어났다니 기뻤다.

일요일 오후, 맥스와 주디스를 마중하러 비디퍼드역까지 차를 가지고 갔다.

구릿빛 피부의 유연하게 흐트러진 맥스는 건강과 만족감으로 가득한 느낌이었다. 주디스를 보며 내심 감탄했다. 매끄러운 검은 머리, 절제된 동작, 나직한 음성에 차분하고 평온한 그녀는 미치와는 다른, 그러나 맥스와도 다른 세상 사람 같았다.

이렇게 고요한 여인들을 만나면 나는 좀 어쩔 줄 모르겠다. 웅덩이가 그렇게 잔잔하면 얕은지 깊은지 어떻게 알 수 있을까? 어떤 감정도 그 수면을 뒤흔들 수 없다면 삶 속에 더 강렬한 경험이 있을 수 있을까? 그렇게 존경스러울 정도로 평정심을 지닌 사람에게는 맥스의 바위 같은 자질이 낭비가 아닐까 싶었다.

"맥스는 적운과 사랑에 빠졌어요." 주디스가 변명하듯 말했다. "내가 영향을 준 건 아니에요. 이럴 때면 나는 이 사람에게 존재하지 않는 셈이죠. 다행히 외도는 짧게 끝나요."

"맥스가 연인을 작품으로 영원히 남겼나요?" 내가 물었다.

주디스가 낮은 소리로 대답했다. "아름다운 그림을 그리고 있어요."

맥스가 미소 지었다. "주디스는 편견을 갖고 있지."

다행이라고 생각했다. 주디스는 맥스의 작품을 소중히 여긴다.

"적어도 오늘은 경쟁자가 없네요." 내가 말했다.

늦은 오후는 주디스의 눈처럼 평온했다.

차를 타고 가는 동안 맥스는 말없이 주위만 살폈다.

"내려서 걸어도 될까?" 맥스가 물었다. "멀어? 걸어서 제시간에 도착할 수 있을까?"

나는 그를 비들컴 교차로에서 내려주고 클리프 엔드로 가는 지름길을 설명하고는 케리 부부를 데리러 여인숙으로 향했다.

"새사람이 됐네요." 둘만 있을 때 주디스에게 말했다. "만족하고 느긋해하는 것 같아요. 처음 만난 때보다 젊어진 모습이고."

주디스가 평화로운 미소를 지었다.

"그렇게 말해주니 고맙네요, 로더릭. 우리 서로 이름을 불러도 되겠죠? 물어보고 싶었어요. 맥스를 행복하게 해주는 비결은 간단하지 않아요? 자신이 행복해지면 되는 것 아닐까요?"

나는 곰곰이 생각했다. 아마 그런 것 같았다. 미치는 늘 자신의 건강이나 인간관계, 무대 경력이 잘못될 거라는 강박에 사로잡혀 있었다. 한 가지가 잘돼버리면 다른 일이라도 잘못돼 멜로드라마의 여주인공이란 꿈을 이루려 했다. 그것 때문에 맥스가 지쳐버린 건가?

내가 말했다. "맞는 말 같아요."

케리 부부가 어딘가 먼 별에서 온 외계인 같은 모습으로 등장했다. 웬디는 청록색 옷에 불붙은 듯한 머리였고, 피터는 흰 실크 셔츠에 진홍색 허리띠를 하고 있었다. 그들은 흥분 상태였고 피터는 희열과 함께 우울을 느끼는 듯했다. 그 어느 때보다도 아름다운, 그러나 죽어가는 피에로 같은 모습이었다.

"30킬로미터나 하이킹을 했어." 차에서 피터가 노래를 부르듯 서글픈 어조로 말했고, 웬디는 에어리얼● 같은 억양으로 말했다. "신혼여행은 막을 내렸네."

주디스는 미소를 지었고, 피터는 무슨 말이냐는 듯 눈썹을 치켜떴다.

"모습은 예술인데 말은 현실적이니까." 내가 설명했다.

"케리, 여보." 웬디가 한숨을 쉬었다. "하이킹이란 말 하지 말라고 부탁했잖아."

● 셰익스피어의 《폭풍》에 등장하는 정령.

"우리는 정처 없이 돌아다녔어. 방황했지. 오, 내 영혼의 계몽이여!" 피터가 그 말에 응수했다.

"동생이 나왔네요!" 차고로 들어갈 때 주디스가 외쳤다. 패멀라가 손님들을 맞이하러 달려 나왔다. 패멀라는 서너 번 정도 만난 적 있는 주디스와 따뜻하게 인사를 나눴고, 웬디에게는 결혼을 축하하는 키스를 했다. 주차를 하고는 집으로 따라 들어가는데, 피터가 온갖 각도에서 구석구석 살피며 느긋하게 걸어오고 있었다. 웬디는 그저 한숨 쉬듯 말했다. "어머, 로디. 대단해요. 대단해!"

"대단한 가능성을 가진 곳이야." 피터가 잘라 말했다. "나라면 실버와 제라늄으로 꾸미겠어. 자줏빛에 옥색을 한 줄만 넣어서."

"지금 이대로가 좋아요." 주디스가 말했다. "맘몬●에게 굴복하기는 거부했지만, 조화와 평화로 가득하잖아요."

패멀라가 기뻐했다.

"완벽한 찬사예요, 주디스. 제 방을 드리고 싶어지네요."

오리들이 통통해서 다행이었다. 친구들은 배가 고팠다. 우리가 그림처럼 화려한 사람들을 모았다는 생각이 들었다. 넬 권●●의 초상화를 참고해서 와인색 드레스를 고쳐 입은 패멀

● 재물의 신.

●● 넬 권(1650~1687). 영국 최초의 여배우 중 한 사람.

라는 대저택의 여주인 같았고, 연갈색 턱수염을 기른 맥스는 갈색 벨벳 외투 차림이 당당하고 편안해 보였다. 주디스는 금사로 패턴을 짜 넣은 얇은 검정 드레스에 기다란 귀고리를 섬세한 귀에 늘어뜨리고 있었다. 매끄럽고 세련된 그녀는 상냥한 눈으로 흥미롭게 바라보는 웬디와 재미있는 대조를 이뤘다.

맥스는 딴 데 정신이 팔려 있었다. 이곳을 그릴 수 있을지 진지하게 물어보자 맥스는 이맛살을 찡그렸다. "생각해봐야겠어."

주디스는 한숨을 쉬었다. "가엾은 맥스! 그림처럼 아름답다는 말은 하지 마."

"들켰네." 맥스가 미소를 지었다. "그게 문제야. 세월과 거친 바람의 흔적이 남은 색색의 집들, 숲이 감싸 안은 교회 첨탑, 바다, 어부들, 작은 배, 그 외에도 여러 가지가 있잖아."

주디스가 끄덕였다. "너무 안됐네."

"그럼 이제 어떻게 할까?" 내가 묻자 패멀라는 맥스를 데려가 악귀들을 보여주겠다고 했다. 남쪽 해안의 기암괴석에 패멀라가 악귀란 이름을 붙였다.

"시간이 있으면." 맥스가 말했다. "하지만 화요일 오후에는 돌아가야 해."

"구름을 그리다가 왔나?" 내가 넘겨짚었다.

"그거지!"

맥스는 걱정거리를 접어두고 피터와 극장에 관해 이야기

했다.

젊은이들은 혈기 왕성했다. 그들의 결혼을 후원해준 우연의 신이 보상도 내렸다. 웬디는 첫 주연을 맡았다. 〈살로메〉●였다. 케리는 의상과 무대 디자인을 맡았다. 그는 우리를 불러 모아 웬디가 어떤 색의 의상을 입어야 완전히 퇴폐적으로 보이면서 오렌지빛 머리카락과 창백한 녹색조의 피부를 상쇄시킬 수 있을지 물었다. 맥스는 그 질문을 진지하게 고민했고, 저녁 식사 후 우리끼리 일곱 겹의 베일을 고안해냈다. 우린 그걸 보면 오스카 와일드가 무덤에서 일어날 거라고 했다.

"내일 스케치를 하자." 맥스가 제안했다. "그걸로 케리가 독창적인 의상을 만들 수 있을 거야."

우리는 흩어졌다가 웬디를 불러 춤을 보여달라고 했지만, 웬디는 항아리를 세례요한의 머리처럼 들고 우스꽝스러운 몸짓을 할 뿐이었다. 아침까지 재미있게 지낼 수 있었을 텐데 맥스가 패멀라는 그만 쉬어야 한다면서 중단시켰다. 주디스는 냉랭하고 나직한 목소리로 좀 피곤하다고 했다. 주디스는 패기만만한 젊음으로 자신을 매료시킨 웬디를 향해 아주 상냥하게 미소 지었다. 주디스는 서른 살로 보였지만 그보다 열두 살 이상 많았다. 아름다움과 품위, 상냥함을 가졌지만 활

● 《신약성서》에 등장하는 헤롯의 의붓딸로, 세례요한의 목을 베어달라고 아버지에게 청하며 일곱 겹의 베일을 벗는 춤을 췄다. 오스카 와일드(1854~1900)가 그녀를 주인공으로 한 동명의 희곡을 썼다.

기찬 기쁨은 없었다.

밤은 따뜻하고 향기로웠다. 높이 뜬 반달 아래 바다는 마법에 걸린 듯했다. 맥스와 나는 케리 부부와 함께 쌍갈랫길까지 걸어갔다가 헤더 들판을 가로질러 절벽가를 따라 집으로 돌아오면서 유럽 전역에 부는 복고풍과 그것이 예술과 문학에 미칠 영향에 관해 이야기했다.

"그것 때문에 전체가 부분에 예속되고 있어." 맥스가 신랄하게 말했다. "이젠 아무도 생명이나 자연을 찬양하지 않아. 조악하고 당파적인 신조나 찬양하지. 그 자체를 위해 뭔가 하는 건 곧 아이들이나 누리는 사치가 될 것 같아. 아니면 자네나 나처럼 별종이나 누리겠지." 맥스는 미소를 지었다.

맥스는 너그러웠다. 그는 상당한 업적을 이룬 예술가였다. 나는 이름도 제대로 알리지 못한 기자였는데. 그는 내 생각을 읽었다.

"놀라지 않을 거야." 맥스가 말했다. "이곳이 자네와 자네 작품을 바꿔준다면 말이지. 이곳이 자네에게 창의적인 작업을 하게 만들지도 모르잖아. 흥미롭군. 이런 변화를 맞이하다니. 기쁘지 않나?"

"굉장히 기쁘지."

"저 둘이 엉망을 만들고 있는데, 그 밖에 다른 건 만들지 못할 것 같군." 맥스가 진지하게 말했다.

"메이휴는 개새끼야."

"그렇지."

로렛에 대해서는 아무 말도 하지 않았지만, 우리 모두에게 같은 말이 떠올랐을 것이다.

나는 절벽 가장자리에 서서 돌 하나를 던졌다. 풍덩 소리가 들렸다. 내게서 로렛이 영영 사라졌음을 알 수 있었다.

맥스가 죽은 나무 옆에 서 있었다. "이거 재미있군."

"여러모로 재미있어." 나는 그곳에 얽힌 사연을 이야기해주었다. 맥스는 메러디스라는 이름을 어렴풋이 기억했다.

"기억날 거야. 불명예스러운 그림이 있었던 것 같아."

"이곳 사람들 이야기를 들어보면 망나니였던 것 같고, 이상한 건 그 사람이 결혼한 여자는 성자 취급을 받고 있어."

우리는 집으로 걸어갔다.

"결혼은 놀라운 일이 될 수도 있지." 맥스가 말을 멈췄다. 그는 물고 있던 파이프를 손에 들더니 벽에 대고 털며 씩 웃었다.

"내 걱정을 했지, 로더릭? 그래서 말해주고 싶어. 주디스는 완벽해. 인생은 근사해질 수 있어."

"주디스도 행복해 보여." 내가 말했다.

"행복하지."

응접실에서 소다수를 넣은 위스키를 마시면서 우리는 또 삼십 분 동안 이야기를 나눴다. 맥스가 갑자기 메러디스를 기억해냈다. "린 메러디스! 그 사람이지. 루엘린인데, 린이라고 불렀어. 세상에, 그림 그리는 사람이었지. 한 시즌 이름을 날렸어. 아니, 악명을 날렸다고나 할까. 그림을 잘 그려서가 아니었어. 엄청난 인기를 끌었던 '이야기 그림'이었어. 주제가 기억나면 좋겠지만 싹 잊어버렸네. 어딘가 로열 아카데미의 사진집이 있을 거야. 찾아볼게. 이상한 건 그 사람의 스타일은 기억난다는 거야. 거친 붓질, 성급하고 과격한 배경 처리, 그런데도 얼굴은 악마처럼 교묘하게 그려냈지."

"그 사람 딸은 아버지가 최고인 줄 아는데."

"아." 맥스가 안됐다는 표정으로 대답했다. "어려서 부모를 잃은 아이들은 그런 편이지. 당연한 거 아닌가? 죽은 아버지가 일급 화가가 아니라는 말을 들을 필요가 없으니. 어떤 아이야?"

"내일 만날 거야."

잘 시간이었다. 우리는 신발을 벗어서 들고 들어갔다. 실내가 너무 고요해 발뒤꿈치를 들고 계단을 올랐다. 카펫이 발소리를 죽여줘서 좋았다. 2층에 다다르기 전에 어떤 소리가 들려 동시에 멈췄다. 숨을 몰아쉬며 길게 흐느끼는 소리가 작업실에서 들려왔다. 맥스는 순식간에 문을 벌컥 열었다. 맥스는 놀라 "주디스!"라고 외치며 들어가더니 문을 닫았다.

그렇다. 주디스가 울며 발작적으로 중얼거리는 소리였다. 대체 무슨 일이었을까? 무시무시했다. 어떻게 해야 할까? 주디스가 다쳤거나 아픈 게 분명했다. 패멀라의 방으로 달려가니 문을 열기도 전에 두려운 표정으로 흰 잠옷을 움켜쥐고 서 있는 패멀라가 보였다.

"이제 들었지, 오빠?" 패멀라가 떨며 속삭였다.

"들었냐고? 세상에, 물론 들었지. 주디스였어!"

패멀라가 깜짝 놀란 표정으로 귀를 기울였다. 쓸쓸한 흐느낌이 계속되고 있었다.

"주디스네! 오, 오빠, 그게 아니라서 정말…… 하지만 주디스는, 괜찮았는데. 내 방에 있었어! 가봐야겠다."

"그러지 마. 맥스가 있어."

맥스가 계단 벽을 돌아서 나타났다.

"부탁이야, 패멀라. 주디스를 데려가줘." 맥스가 호소했다. 하얗게 질려 굳은 모습이었다.

"아무 문제도 없어." 패멀라가 가고 나니 맥스가 말했다. "멀쩡해. 그냥 히스테리야. 우는 모습은 처음 보네."

가엾은 맥스는 복도를 서성거렸다. 히스테리가 어떤 건지 알기에 몹시 심란했다.

"내가 달래도 소용없어." 맥스는 절망한 표정으로 말하더니 그들이 지나갈 때 나를 끌고 내 방으로 들어갔다. 주디스는 어쩔 줄 모른 채 울고 있었고, 패멀라는 주디스에게 조용히 하라고, 리지를 깨우면 안 된다고 화난 목소리로 다그치며 자기 방으로 데리고 들어갔다. 곧 조용해졌고 잠시 후 패멀라가 우리에게 왔다.

"들어가봐요, 맥스. 그리고 혼내줘요." 패멀라가 말했다. 맥스가 패멀라의 방으로 들어갔다.

나는 패멀라에게 담배를 줬다. 패멀라는 떨고 있었다.

"너무 심하게 말하던데." 내가 말했다.

"내가 주디스의 말을 진지하게 받아주면 주디스는 미쳐버렸을 거야."

"유령을 봤대?"

"아니."

"무슨 소리를 들었대?"

"아니, 전혀……. 잠깐만. 말해도 될지 생각 좀 해봐야겠어. 여자들의 문제거든."

패멀라는 앉아서 담배를 피웠고 차츰 혈색이 돌아왔다.

"말하지 않으면 오빠는 뭔가 심각한 문제라고 생각하겠지." 패멀라가 말했다.

"분명 그럴 거야."

"거울 앞에서 얼굴에 크림을 바르다가 자기가 늙어 보인다고 생각했대. 그게 끔찍한 충격이었대."

"하지만 세상에, 그런 일로 주디스 같은 여자가 저렇게 미친 사람처럼 굴 순 없어!"

"무시무시했대. '폭삭 늙은 망자의 얼굴' 같았대. 오빠, 그럼 충격이지."

"하지만 괴상하잖아. 주디스가 그런 모습일 리 없는데."

"알아. 이렇게 충격을 받았어도 참 예쁜 얼굴이잖아. 내 손거울을 보여줬어. 그랬더니 좀 진정하더라."

"믿을 수 없어. 그게 전부가 아닐 거야. 이해할 수 없는 일이잖아."

"나도 마찬가지야, 오빠. 하지만 사람들이 충격을 받으면 어떻게 되는지 알잖아? 주디스가 지금 그런 상태야. 오늘 밤엔 저 방으로 돌아갈 수 없어. 내 방을 주고 내가 거기서 잘게."

"너는 내 방에서 자라, 패멀라. 난 서재에 소파를 밀어 넣고 거기서 잘게."

맥스가 나왔다. 괴로워서 멍한 표정이었다. 내가 한 말을 들은 것이다.

"아냐, 로더릭. 주디스는 돌아와서 그 거울을 다시 봐야 해. 헛것을 봤거나 착시 때문이라는 걸 확인해야지."

"착시가 아니야." 내가 대답했다.

"그리고 거울도 멀쩡해요." 패멀라가 덧붙였다. "맥스, 주디스는 정말로 아파요. 오늘 밤엔 더 부담 주지 마세요. 제 방에서 지내세요. 전 오빠 방에서 잘게요."

"난 아프지 않아요. 그래서가 아니야." 주디스가 눈물을 흘리며 문 앞에 서 있었다. 입술까지 새하얗게 질려 있었다. 문틀에 머리를 기대고 울었다.

"이 일은 절대 잊지 못할 거예요. 오, 불쌍한 맥스! 불쌍해라!"

주디스와 맥스는 망가진 사람들 같았다. 우리 중 그 누구도 이 일을 잊지 못할 것이 분명했다. 나는 다급한 나머지 머리에 떠오르는 대로 말해버렸고, 나 자신도 놀라울 만큼 확신에 찬 어조였다.

"주디스, 당신 탓이 아니에요. 그 방에는 문제가 있어요. 패멀라와 나도 그 방을 수리하는 동안 우울증이 심했어요. 전에 살던 사람들은 그 방을 닫아놨어요. 우리 둘 다 이상한 소리를 들었어요. 거기서 자게 한 게 잘못이었어요."

맥스가 내 말이 사실이길 바라며 빤히 바라봤다. 주디스의 눈물이 그쳤다. 애원하듯 맥스에게 말했다.

"오, 맞아. 나와 상관없는 문제야! 그런 느낌은 처음이었고, 내가 그런 모습일 리 없어. 그렇지, 맥스?"

"한숨 소리." 패멀라가 떨리는 목소리로 말했다. "그 방에서 난 게 분명해요. 그 소리를 들었다고 안 했잖아, 오빠. 아, 저 방엔 유령이 있어. 사라지지 않는 비극이 집 전체에 가득한 거야. 어떻게 하지?"

이번에는 패멀라가 신경쇠약을 일으켰다. 감당하기 어려웠다.

"그 방을 닫아버리고 잊자." 내가 말했다. "두 사람을 거기서 재우다니 미친 짓이었어. 리지 말이 옳았어. 주디스는 끔찍한 충격을 입었는데 우리를 부르는 대신 혼자서 싸운 거야. 유령을 보면 고함을 질러야 해요." 내가 주디스에게 말했다. "당신들처럼 용감한 여자들은 정말 성가시군요."

불빛 사이로 흐느낌을 멈추고 미소 짓는 주디스가 보였다.

"아, 참 착하네요, 로디! 맥스, 로디가 착하지 않아?"

패멀라가 아래층으로 달려가 브랜디를 가져오자 주디스는 아주 조금 홀짝였다. 우리는 소파를 서재로 옮기고 잘 자라는 인사를 했다. 당분간은 할 말이 없었다. 패멀라는 리지에게 우리가 아주 늦게 잠들었으니 깨우지 말고, 종을 울리면 아침 준비를 시작하라는 쪽지를 남겼다. 패멀라가 내 방에 자리를 잡고 문을 닫자 나는 작업실로 갔다. 그날 밤을 그 방에서 보내며 직접 확인할 생각이었다.

아무것도 보이지 않았다. 불빛에도 아무 문제가 없었다. 거울은 보기 좋게 흐릿한 모습을 비췄다. 긴 윗입술과 헝클어진 눈썹을 한 내 얼굴은 평소보다 더 거칠게 보이지 않았다. 나는 불을 *끄*고 잠자리에 든 뒤 괴로운 소동은 모두 마음속에 접어뒀다. 하지만 잠이 오지 않았다.

맥스가 한 말이 신경 쓰였다. 내 글이 변해도 놀라지 않는다니. 그러면 더 창의적인 글이 된다니. 대체 맥스는 무슨 뜻으로 그런 말을 했을까? 지금 내 글이 뭐가 문제라고? 시시한 저널리즘. 기자의 글에 지속적인 속성은 없었다. 관습적이고 안이하며 편안하고 케케묵은 구절? 분명 그는 그렇게 본 것이다. 내가 그걸 몰랐다고 여긴 걸까? 몰랐다면 내가 왜 책을 쓰기 시작했을까? 어쨌든 책이란 잊어버리는 편이 나은 낡은 신문 기사 모음일 뿐 패멀라의 스크랩북보다 더 '창의적인' 구석도 없었다. 게다가 나는 그조차도 끝맺을 능력이 없었다. 그제야 알 수 있었다. 내게는 할 말이 없기 때문에 책을 마저 쓸 수 없었던 것이다. 나는 자기가 잘난 줄 아는 청소년들이 글쓰기를 천직으로 여기게 하는 소위 영감을 재능으로 착각한 것뿐이었다. 그 어리석음 탓에 안정된 직장을 구할 기회를 저버리고, 런던 주간지의 하급 편집자 자리까지 겨우 올랐다가 그나마도 갑자기 때려치웠다. 할 말이 있는 줄 알았는데, 리뷰를 쓸 연극도, 책도, 참견할 논란도 없어지자 나는 텅 비어버렸다. 내 머릿속으로 기어 들어갔지만 아무것도 발견하지 못했다. 젊음의 에너지는 이미 소진돼버렸다. 끝장났다. 서른 살에 끝. 그리고 맥스는 그걸 안 것이다.

복도의 시계가 3시, 4시, 5시를 알리는 소리를 들었다. 잠에서 깼을 때는 9시였다. 수영을 하기에는 너무 늦었다.

패멀라는 씻고 10시쯤 아침을 먹으러 내려왔다. 맥스와 주디스가 푹 잘 잤다면서 나타났다. 거의 멀쩡해 보였다.

"유령을 본 것 같은 사람은 로디 오빠네요." 패멀라가 말했다.

"어디서 잤어?" 맥스가 재빨리 물었다.

나는 그제야 무슨 일이 있었는지 깨달았다.

"작업실에서." 내가 말했다. "주디스와 아주 비슷한 경험을 했어."

맥스도 주디스도 안도감을 감추지 않았다. 어떤 이야기라도 주디스가 이기주의자처럼 히스테리를 부렸다는 생각보다는 더 반가웠을 것이다. 그 시간 동안 나 자신이 어떻게 보였는지 설명하자 주디스가 낭랑한 소리로 웃었다. 맥스 역시 기뻐하며 터뜨린 웃음에 나도 우습다는 느낌이 들었고, 밤이 남긴 거미줄을 웃음의 파도가 쓸어버렸다.

"하지만 이 아름다운 집에 유령이 있다면 웃을 일이 아니죠." 주디스가 말했다. "그렇죠." 패멀라가 동의했다.

"이것 봐요." 내가 세 사람에게 호소했다. "온종일 이 일만 이야기할 수도 있어요. 환영이란 주제는 끝이 없거든. 그럼 우리 파티는 어떻게 되겠어요? 적어도 하룻밤 푹 자고 난 다음엔 이 이야기를 그만두면 좋겠어요."

모두 그러자고 했다.

"그리고 침실에 위장이 좀 필요한 것 같아요. 안 그러면 리지가 냄새를 맡을 거예요." 패멀라가 말했다.

"하하." 내가 말했다. "뭔가 잘못된 느낌이 들어. 유령이 떠다니는 게 보이는 것 같지만, 내 장담컨대 싹을 잘라버리겠어."

우리는 겨우 제때 마칠 수 있었다. 패멀라는 리지를 복도에서 가로막아 주방으로 데리고 갔고, 그사이 우리는 말썽을 부리고 그걸 감추는 아이라도 된 양 위층을 치웠다. 가구 배치가 끝나자마자 패멀라가 달려와서 확인했다. 패멀라는 일급 사기꾼의 솜씨라고 놀리더니 나를 아래층으로 데려가면서 속삭였다. "아기방에서 뭘 찾았는지 한번 봐."

피터가 장식 글씨체로 "로더릭과 패멀라의 파티를 위해"라고 쓴 꾸러미였다. 폭죽 한 상자! 훌륭했다. 나는 불꽃놀이를 아주 좋아했다. 피터가 그걸 언제 알았을까? 한밤중에 절벽에서 불꽃놀이를 하면 근사할 것 같았다.

우리는 온실에 감춰둔 상자에 폭죽을 정돈해두었다. 패멀라는 샌드위치를 만들고, 나는 맥스와 주디스를 데리고 자갈이 깔린 해변으로 갔다.

더위로 축 늘어지는 8월의 낮이었고, 바다는 하늘보다 더 파란색에 보랏빛이 여기저기 감돌았다. 밀물 때였다. 맥스는 암반을 하나 골라 깊은 물속으로 자꾸만 다이빙했고 자신에게서 발견한 활기를 즐겼다. 주디스는 말이 없었고 편안해 보였다. 그녀는 수영을 조금 하더니 매끈한 바위 위에 누워 맥스를 지켜봤다. 살짝 미소를 짓고 있다가 맥스와 눈이 마주치면 미소가 깊어졌다. 주디스는 어제와 달리 더욱 행복하고, 부담감에서 벗어나 안정돼 보였다. 나는 연하의 남자와 결혼하는 여자에게는 용기가 필요할 거라고 생각했다. 그 반대라면 나이 차가 나는 것이 오히려 좋다고 여기지만.

"피곤해?" 맥스가 바위 위에 올라서서 주디스에게 물었다. 주디스는 미소를 지었다.

"아름답게 피곤해."

"아름답게!"

"이제 가서 패멀라를 도와야지." 내가 중얼거렸다. 아무도 내 말을 듣지 않았다. 나는 아무도 없는 하늘을 나는 갈매기만큼 혼자였다.

나는 홀로 자갈길을 따라 돌아왔다.

제6장 집들이

파티는 만조와 함께 시작됐다. 스콧 선생과 친해지는 것 말고는 할 일이 없었다. 그는 좀 늦게 도착했고, 모자 달린 검은 외투를 입은 스텔라는 패멀라와 함께 밖으로 나가버려서 내가 스콧 선생에게 말을 걸어야 했다. 환자를 진찰하고 온 그는 진단 내용을 곱씹는 게 틀림없었다. 이렇게 노는 분위기에 어울리지 않는 느낌을 받았지만, 그는 내색하지 않았다. 호리호리하고 흐느적거리는 동작에다 깔끔하게 면도한 피부가 여름 볕에 탄 그는 내 또래로 보였지만, 더 나이 들어 보이고 싶어 하는 것 같았다. 웬디가 무지갯빛 시폰 드레스를 입고 팔랑팔랑 지나가자 그는 자기 눈을 믿지 못하겠다는 표정으로 봤다. 피터를 소개했다. 둘은 서로를 외계인 보듯이 보더니 바보처럼 웃으면서 멀어졌다. 맥스가 다가오자 고마운 마음이 들었다. 몇 분 만에 맥스는 스콧 선생에게서 개 이야기를 끌어냈다. 주디스와 웬디는 폭스트롯 곡을 틀라고 했고,

피터는 괴로워서 기절할 것 같은 표정이었다. 피터는 나를 도와 춤출 공간을 만들면서 결혼 생활에 지친다고 불평했다. 자신과 아내는 영원히 하나의 영혼으로 합쳐져 떠다닐 위기에 처한 나머지 상대가 싫어하는 일을 열심히 골라서 하는 모양이라고 했다. "서로의 차이점을 더 키워야 하는데, 그게 너무나 피곤하단 말이지." 피터가 신음했다.

"그리고 잊지 마요. 먼저 잊는 사람이 지는 거예요!" 웬디가 음악 소리보다 크게 외쳤다.

피터가 결혼 생활에 관한 철학을 늘어놓자 주디스가 관심을 보이며 몇 가지 질문을 했고, 엄청난 설명이 나왔지만 곧 잦아들었다. 실내에서 주고받던 대화는 잠잠해지고 음악만 끝을 향했다. 패멀라와 스텔라가 함께 들어왔고, 스텔라는 아름다웠다.

곧바로 대화와 웃음소리가 솟아오르긴 했지만 모든 소리가 멈춘 순간이 있었다. 그것은 패멀라 곁에서 약간 뻣뻣한 상아색 상의를 입고 수줍게 움직이는 검은 눈의 소녀에 대한 경의의 표시였다. 스텔라는 바로 내게 다가왔다.

"스콧 선생님이 어떻게 성공하신 거죠?" 내가 물었다.

"아마도 할아버지께서 저를 보내지 않는 건 부당한 행동으로 여기게 만드신 거 같아요. 할아버지는 부당한 행동은 절대 안 하시거든요."

스텔라는 소개를 기다렸고, 패멀라와 내가 소개하는 동안 모두에 관해 속속들이 알고 싶은 사람처럼 한 사람 한 사람의 얼굴을 경탄에 가득한 표정으로 바라봤다. 사람들이 폭스트롯을 추는 동안 나는 스텔라와 온실 문가에 함께 서서 그녀에게 친구들의 이야기를 들려줬다. 그리고 그렇게 대화하는 동안 그들은 참 생생하고 재능 있고 극적인 인물이 됐다! 실제로도 그랬다. 패멀라와 나도 마찬가지였다. 우리는 변화무쌍하고 진보적인 삶을 사는, 자유롭고 영리하고 친절하며 운 좋은 사람들이었다. 이 상상력 풍부한 소녀는 감옥의 창살 사이로 내다보고도 그걸 알았다.

"이번에는 함께 춤을 출까요, 메러디스 양?"

스텔라는 고개를 저었다.

"정말 죄송해요. 저는 왈츠밖에 못 춰요. 오, 정말 아름답네요. 어머, 저것 좀 보세요!"

스텔라의 말이 옳았다. 주디스의 춤은 완벽했고 피터는 디자인이 좋아서 발레를 그만둔 사람이었으니까.

스콧 선생은 패멀라를 성실하게 이끌면서 내내 고개를 숙인 채 진지한 대화 중이었다. 스텔라는 소리 내 웃었고, 웬디는 덩치 큰 남자들이 그러듯 둥실둥실 편안하게 움직이는 맥스와 함께 춤을 췄다. 둘 다 음악에 빠져들어 대화하지 않았다.

"키스를 받은 착한 갈색곰이 왕자로 변하는 동화 속 소녀 같아요."

"맥스가 바로 그 왕자죠." 내가 기쁜 마음으로 말했다. "이제 다른 사람들 이야기도 해봐요. 케리와 주디스는 어때요?"

스텔라는 잠시 생각하더니 말했다. "엔디미온이요. 하지만 힐리어드 부인이 디아나는 아니에요. 동생분이 디아나죠. 그렇지 않아요?"

"맞아요!"

"아니면…… 네, 이 파티가 만약 가장무도회라면……." 스텔라가 말을 멈췄다.

"말해봐요."

"결례가 아닐까요?"

"귀여운 칭찬인걸요."

"음, 잔 다르크요."

"유일한 성녀 패멀라는 용납할 수 있어요. 잘했어요."

"전 잔 다르크를 좋아해요. 그리고 힐리어드 부인은 물론, 왕비요. 마리 앙투아네트."

"완벽해요. 다음 파티는 가장무도회로 해야겠네요! 그럼 스텔라는 뭐가 될래요?"

스텔라가 눈처럼 흰 파블로바의 백조 드레스를 입고 계단을 달려 내려가는 모습을 언뜻 상상했지만, 그녀의 대답을 기다렸다. 보통의 여자들과 이렇게 터놓는 대화를 하려면 많은 것을 걸어야 했을 텐데, 스텔라는 그렇지 않았다.

"누구나 자기 자신이 뭐가 될지 고를 수 없을 거예요. 자신은 상상력을 발휘해서 볼 수 없지 않나요? 그렇죠. 저는 사실 이런 파티가 더 좋아요. 자기 본모습으로 있을 수 있는."

"이제 왈츠군요. 그럼 한 곡 괜찮아요?"

"스콧 선생님과 약속했어요."

"하지만 이번이 첫 사교댄스 아닌가요?"

스텔라가 웃었다. "그렇답니다."

"첫 파티! 첫 댄스는 주최자와 춰야 해요."

"그럼 이번 춤은 **포 파**•가 되겠네요." 스텔라는 자기 말장난이 즐거운 듯 춤을 추며 날아올랐다가 곧 스콧 선생의 근엄한 몸놀림에 땅으로 내려왔다.

"로더릭." 주디스가 함께 왈츠를 추던 중에 물었다. "저 애는 왜 저렇게 즐거워 보이죠? 단순히 '파티' 표정이 아닌데. 정말 눈에 별을 달았네요."

"아름답다고 생각해요, 주디스?"

"네, 깜짝 놀랐어요."

"이 집과 사랑에 빠져서 그래요."

"사랑할 만한 집이죠."

"스텔라에게 이 집은 몇 년이나 꿈의 공간이었는데, 지금 여기에 와 있으니까요."

"어디서 살았어요?"

"브뤼셀의 엄격한 학교와 비들컴이요. 세련된 지역의 작은 저택에서 살아요."

"아, 이제 알겠군요. 로더릭, 저 애를 다시 새장에 가두지 못하게 해요!"

• '실수'라는 뜻의 프랑스어. 로더릭이 '첫 사교댄스를 추는 여성'이라는 뜻의 프랑스어를 쓰자 스텔라도 그에 맞춰 프랑스어로 답한 것이다.

패멀라는 또 다른 폭스트롯 곡을 틀고 맥스와 춤을 췄다. 주디스는 스콧 선생과 함께 차분히 돌았고, 피터는 스텔라에게 스텝을 가르쳤다. 나는 웬디에게 곰과 요정 이야기를 하며 내가 대망을 품은 사람과 비교되지 않게 구해달라고 사정했다.

웬디는 나와 이야기하고 싶어 했다. 내가 피터를 설득해주길 바랐다. 피터가 결혼을 했으니 책임감 있게 살아야 한다면서 극단을 포기하고 가게를 열고 싶어 한다고 했다.

"그럼 저이는 죽을 거예요. 그렇게 되리란 걸 알죠?" 웬디가 슬퍼했다.

내가 안심시켰다. "가게는 안 할 거예요. 하지만 그런 말은 늘 할 거예요. 웬디가 안 된다고 말리는 소릴 들으려고. 계속 그렇게 말해줘요."

"지금은 돈을 거의 못 벌지만, 언젠가 누군가가 저이의 천재성을 알아봐주겠죠. 그러지 않을까요?"

나는 피터가 수많은 무대 디자인의 거장보다 더 독창적이라고 솔직히 말했고, 곧 인정받게 될 거라고 거짓을 약간 섞어 말했다.

이 두 사람의 장래를 생각하는 건 내키지 않았다. 그들은 삶에 너무나 무모한 도전장을 냈다.

춤이 끝나자 내가 축음기를 맡아 〈왈츠로의 초대〉를 틀었다.

스텔라는 춤추는 동안 말하지 않았다. 그녀의 동작은 가볍고 정확했고, 확실히 즐기고 있었지만 조금 불안해서 뻣뻣했다. 그건 바뀔 것이고, 그러면 아름답게 춤출 것 같았다. 무슨 향수를 뿌렸는지 알 수 있었다. 할아버지가 그토록 싫어하는 미모사 향이었다.

주디스는 구석에서 쉬고 있었다. 우리 춤이 끝나자 주디스는 스텔라에게 미소를 지었고, 스텔라는 주디스와 함께 소파에 앉았다. 다른 사람들은 열심히 담소를 주고받았다. 패멀라가 기쁜 소리로 불렀다. "오빠, 피에로와 피에레트 춤을 출거래."

"추고 싶어요. 우리의 행운의 상징 같은 춤이잖아요?" 웬디가 대답했다.

"그렇지. 하지만 곡예에 가까운데." 피터가 말했다. "여기가 엉망이 될 수도 있어. 사과는 준비됐어?"

내 레코드를 뒤져 음악을 찾았다. 오래전 웬디가 맡은 현대극의 배역에 대한 내 비평을 읽고, 내게 몹시 무례하게 굴었던 피터가 사과의 뜻으로 준 레코드였다.

나는 스탠드를 끄고 방 가운데만 조명을 밝혔다.

아름다운 공연이었다. 확실히 그 둘은 함께 춤을 추면 하나의 영혼이 됐다.

"너무 즐거워 힘들 지경이네요." 두 사람이 공연을 마치자 주디스가 한숨을 쉬었다. "이런 공연을 보게 될 줄 누가 알았을까요?"

"완벽했어." 맥스가 말했다.

스콧 선생은 어안이 벙벙한 표정으로 중얼거렸다. "굉장해. 굉장하군요……." 그 옆의 스텔라가 웃었다.

"저분들의 골격을 보고 싶으시죠?" 스텔라가 스콧 선생을 놀렸다. "뼈가 없을 것 같아요."

"아, 맞아요. 그게 우리 비결이죠." 웬디가 의자에 털썩 주저앉으며 힘겹게 외쳤다. 스텔라가 고맙다는 표정으로 웬디를 봤다. "평생 기억에 남을 무대를 선사해주셨어요."

주디스는 즉석에서 나온 우아한 찬사에 미소를 짓더니 내게 다가와서 중얼거렸다. "참 호감 가는 아이로군요."

"열아홉이 다 됐어요. 아이가 아니죠." 나도 모르게 무뚝뚝하게 말했고 주디스가 놀라는 것이 느껴졌다. 참 터무니없고 무례한 소리였다!

"죄송해요, 주디스."

"용서할게요, 로더릭." 주디스가 미소를 지었다.

저녁 식사 때가 됐다. 복도에 바와 뷔페를 차렸고, 리지가 디캔터와 잔, 국자와 찻주전자, 항아리를 가지고 몹시 만족스러운 표정으로 진두지휘에 나섰다. 제섭 부인이 주방을 맡았고, 찰리는 열기와 흥분으로 벌게진 얼굴로 두 곳 사이를 오갔다. 문을 열어놓아 달빛이 비치는 게 보였다. 잔과 접시를 가지고 밖으로 나갔다. 스콧 선생은 패멀라를 꼼꼼하게 챙겼다. 그는 결국 말문을 열었다. 패멀라가 스콧 선생에게 클리프 엔드에 뭔가가 있었으면 좋겠다고 말했다. 여기 뭐가 있었으면 좋겠다는 걸까? 궁금했다. 아, 개!

주디스의 웃음소리가 들렸다. 피터는 주디스와 함께 계단에 앉아 슬프고 환상적인 이야기의 실타래를 풀고 있었다. 맥스는 스텔라와 함께 집 앞에 앉아 그림 이야기를 했다. 스텔라는 그가 아버지의 이름을 알기 때문에 더 환한 얼굴로 이야기를 경청했다. 맥스는 곧 다가와 바를 맡아주겠다고 했다.

"메러디스 양이 공부할 수 있다면 좋겠어." 맥스가 생각에 잠겨 말했다. "화가의 본능을 지닌 것 같은데. 메러디스의 딸이 저런 인격을 지녔을 줄이야."

나는 계단에서 스텔라에게 손짓했고, 스텔라가 다가왔다.

"약속을 잊었네요. 지금이 기회예요." 내가 말했다. "부엌부터 볼래요?"

"아뇨, 아뇨. 다들 너무 바빠요. 방해만 될 거예요. 그냥 어머니 방만 보여주세요. 괜찮으시다면요."

"나는 얼마든지 좋아요. 작업실도 보고 싶지 않아요? 여기예요."

스텔라는 방 한가운데 가만히 서 있었다.

"힐리어드 씨가 아버지 그림을 보셨대요." 스텔라가 기쁜 표정으로 말했다. "아버지에 대해서 더 알고 싶어요. 할아버지는 아버지 이야기를 안 하시고, 홀러웨이 씨도 마찬가지예요. 그분들은 아버지를 싫어하신 것 같아요." 홀러웨이 씨는 스텔라의 유모였다가 가정교사를 맡은 사람이라고 했다.

"그 사람을 좋아했어요?" 내가 물었다.

스텔라는 조금 당황한 표정을 지었다.

"아주 좋은 사람이고, 어머니와 친한 친구였어요. 좋아해야죠. 하지만 가정교사에게 애착을 갖게 되진 않잖아요? 가정교사란 저를 바꾸는 사람이니까요."

"그런가요? 좀 엄격한 이론 같은데."

"이론이요?"스텔라는 무슨 말인지 모르겠다는 표정이었다.

"가정교사를 좋아하고 학교에서 즐거워하는 젊은이들도 있어요."

"그럼 삶은 꿈일 뿐이겠죠."

"사실은 '현실이고 진짜'인데요? 괜찮아요. 전의 세입자들은……." 나는 넌지시 말했다. "이 방을 닫아놨던데요." 스텔라가 고개를 끄덕였다.

"저도 들었어요. 하녀가 말해줬어요. 그런 소릴 전한다고 할아버지가 화를 내셨죠."

"동네 사람들은 파킨슨 씨 가족이 다 꾸며낸 이야기라고 하더군요."

"그게 사실이면 좋겠어요." 스텔라는 고개를 숙인 채 말을 멈추더니 다시 고개를 들어 솔직한 표정으로 나를 봤다.

"이 집에서 아무 일이 없다니 할아버지와 저는 굉장히 기뻤어요." 스텔라가 말했다. "여러분에게 말썽이 있을까봐 진심으로 걱정했어요. 할아버지께서 미리 경고하셨죠."

모두 무사하지 않다는 말은 도저히 할 수 없었다.

"솔직하게 말씀해주셔서 고마웠어요." 내가 대답했다.

"저는 괜찮을 거라고 믿었어요. 피츠제럴드 양은 유령을 무서워하지 않으니까요."

"그걸 어떻게 알았죠?"

"피츠제럴드 양이 그렇다고 말했잖아요. 점심 식사 중에."

"무서워하지 않으면 유령이 안 나타난다고 생각해요?"

스텔라는 잠시 생각하더니 대답했다. "무서워하면 더 많이 나타난다고 생각해요."

"그렇군요."

"성가시게 구는 유령 말이에요. 착한 것들은 해치지 않아요."

"그럼 우리 걱정을 했어요?"

"조금요."

"음, 이젠 걱정하지 말아요. 다른 방도 가서 봐요." 나는 패멀라가 그렇게 좋아하던 세탁실과 내 방, 서재를 보여줬다. 스텔라는 책장 사이에 서서 미소를 지었다.

"멋진 사무실 같네요." 스텔라가 말했다. "열심히 일하세요? 뭐든지 반복해서 고쳐 쓰세요? 수천 명이 읽는 글을 쓴다고 생각하면 계속 고칠 것 같아요."

나는 결국 판단은 본능적으로 하게 되고, 개성이 기본 문체를 개발하는 작가 훈련 과정을 설명해주었다. 스텔라는 어찌나 집중해서 듣는지 내가 한 말을 한마디도 잊지 않을 것 같았다. 나도 기억하고 싶었다. 그냥 버리기 아까운 말이었다.

책을 빌리고 싶은지 물어보자 스텔라는 월터 데라메어의 단편집을 청했다.

나는 그 책을 저널 더미 밑에서 발견했고, 스텔라가 내게 그 책이 있단 걸 알았는지 궁금했다. 중령의 집에 《내일》이 있을 것 같진 않았다.

스텔라는 목판화를 흘깃거리며 중얼거렸다. "말씀하신 내용이 흥미로웠어요. '그는 우리의 감각을 판타지의 베일로 덮는 것이 아니라 그 베일을 치움으로써 보이지 않는 존재들의 세계로 우리를 데려간다.'"

그렇게 기분 좋은 칭찬을 들은 것이 언제였을까? 스텔라는 내 말을 한마디도 빠짐없이 외고 있었고, 그렇게 천천히 듣기 좋게 말하니 음악처럼 감미로웠다.

"어떻게 R. D. F.를 알아본 거죠?" 내가 물었다.

"할아버지께 그 신문 말씀을 하셔서 짐작했어요."

이 대화를 좀 더 즐길 수도 있었지만, 다른 손님들을 버려둘 수 없었다. 스텔라를 데리고 패멀라의 방으로 갔다. "아마여기가 어머님 방이었을 거예요."

스텔라는 머릿속을 스치는 기억이나 귓전에 울리는 목소리를 기다리는 것처럼 고개를 숙이고 서 있더니 작게 한숨을 내쉬며 나를 쳐다봤다. 고개를 움직이는 모습에 아이 같지 않은 우아함이 있었다.

"망각이란 참 안타깝네요." 스텔라가 말했다.

"아뇨." 내가 딱 잘라 말했다. "망각은 자연이 주는 최고의 선물이에요. 미래를 생각하며 살아야죠. 과거가 아니라."

"하지만 아시잖아요. 이 집에서 어머니와 함께 산 시절은 아름다웠어요. 나는 그걸 알아요. '주위를 천국으로 만드는 분이셨어.' 홀러웨이 씨가 말했어요. 하지만 미래는……."

스텔라의 목이 멘다. 미래가 두려웠을까? 노인 말고는 곁에 아무도 없어서?

"집 전체가 꿈속에서 본 것보다 더 예뻐요." 아래층으로 내려가면서 스텔라가 말했다. "하지만 외투를 넣어둔 작은 방이 제일 좋아요. 피츠제럴드 양이 거기가 아기방이었을 거래요."

복도에 사람들이 모여 있었고, 웬디가 패멀라의 녹색 마술 구슬을 들고 점을 치고 있었다. 맥스는 식탁 위에 있는 맛있는 것들로 웬디의 집중을 방해하면서 놀리고 있었다. "먹지 않으면 비눗방울처럼 날아오를 거예요." 맥스가 경고하듯 말하자 웬디가 대답했다. "살로메라면 그래야죠."

웬디는 나를 보더니 웃었다. "와서 후 불어줘, 로디."

나는 시키는 대로 했고, 웬디는 사라지는 안개를 진지하고 엄숙한 표정으로 봤다.

"오, 탁월한 미래가 기다리고 있군요!" 웬디가 외쳤다. 모두 환호했다. "큰 건물이 보여요. 그 위로 눈처럼 종이가 떨어지고 있어. 대본이야! 당신이 뿔피리로 그걸 붓고 있어요. 불붙은 꼬리가 달린 혜성이 보여. 당연히 스타를 뜻하지. 어떤 여배우가 당신의 연극에 전부 출연하고 있어요. 꼬리는 그녀의 오렌지색 머리카락이고……."

깔깔 웃는 소리가 이 예언을 끝냈고, 맥스는 계단에서 잔을 들어 건배사를 하겠다고 외쳤다. 주디스는 피터에게 흥미로운 시선을 던지고는 맥스에게 경고를 속삭였다. 맥스는 웃었다.

"웬디 플라워를 위하여! 그녀의 성공을 위하여! 그녀의 살로메가 비평가들을 흥분시키기를!" 그다음은 피터 케리를 위

해 건배했다. "그의 모든 디자인과 인생과 부인과 극장의 성
공을 위하여!"

피터는 일어나 아쉬운 듯 노래하는 어조로 연극계 종사자
로서 겪는 비극적인 고통과 패멀라와 나의 안정적인 가정생
활에서 느껴지는 씁쓸한 대조에 관해 이야기했다. 그가 웬디
와 우리와 자신의 나이를 대조하는 건 너무 우스꽝스러워 모
두 크게 웃었지만, 그는 그 연설을 지나치게 잘해냈다.

그가 절망에 사로잡힌 사람처럼 풀썩 주저앉자 나는 오늘
사교계에 데뷔한 소녀를 위해 건배를 제안했다. 스텔라는 수
줍고 빠른 어조로 감사 인사를 했다. 상당히 즐거워진 스콧
선생이 스텔라에게 한마디 하라고 했다. 스텔라는 고개를 저
으며 주디스에게 속삭였고, 주디스는 끄덕이더니 일어나 아
주 우아하게 클리프 엔드의 행운을 기원했다.

11시가 넘었다. 12시에 떠나야 하는 스텔라에게 불꽃놀이
와 셔레이드 중에서 무엇이 보고 싶은지 물었다. 스텔라는 망
설이지 않고 불꽃놀이를 선택했고, 나는 피터와 서둘러 온실
로 가서 상자와 랜턴을 챙겼다.

"로더릭, 진심으로 하는 말인데." 잔디밭 끄트머리에서 불
꽃놀이를 준비하던 중에 피터가 강하게 말했다. "진심인데
넌 연극을 써야 해. 극단에선 신작 기근이고, 우리가 마지막
으로 올린 걸작이 어떻게 됐나 봐. 〈저류〉 말이야. 듀크 오브
요크 극장에서 1년 넘게 공연했어. 너도 흥행에 도움을 줬지.
네가 쓴 극이라면 밀로이가 놓치지 않을 거고, 극단도 그 의

견에 따를 거야."

내가 대답했다. "사탄아, 물러나라! 정직한 비평가를 이런 식으로 몇이나 유혹했지? '영원한 불구덩이로 향하는' 정원의 오솔길을 따라간 자가 몇이나 되지?"

따뜻한 밤이었다. 관람객들은 집 앞 계단에 모였다. 열린 문의 불빛을 배경으로 윤곽만 보고도 누가 누군지 구별할 수 있었다. '집들이가 좋구나.' 속으로 생각했다.

불꽃이 만드는 꽃과 분수와 나무 들이 파란 밤하늘에 솟아올라 달에게 인사하고 부서지며 바다에 불똥을 떨어뜨렸다. 마지막 불꽃은 하늘에 빛나는 현수막을 치더니 북극광처럼 떨면서 사라졌다. 잠시 문 앞에 모여 있던 사람들은 가만히 있었다. 그러더니 떠들썩하게 손뼉을 치고는 흩어졌다. 패멀라가 나를 불렀다. 스콧 선생과 스텔라가 차로 갔다.

"신데렐라의 시간이 끝났네." 주디스가 말했다.

스텔라는 모두에게 작별 인사를 했고, 맥스에게는 특별히 작은 미소를 지어주었으며, 내게는 수줍게 고맙다고 인사했다. 스텔라가 차 밖으로 몸을 내밀고 패멀라에게 속삭였다. "평생 이렇게 행복한 적은 없었어요."

"잊지 말아요. 월요일 4시예요!" 패멀라가 외쳤다.

"신데렐라? 아니지." 주디스가 중얼거렸다. "방금 깨어난 잠자는 숲속의 미녀라면 모를까. 이젠 어떻게 될지 궁금하네."

개울가에 모닥불이 타고 있었다. 피터가 내 장작더미를 훔쳐 간 것이다. 그와 웬디는 절벽 너머를 내다보며 손으로 가리키고, 쪼그려 앉았다가 바위에서 바위로 내달리더니 유령선이 다가온다고 했다. 어찌나 실감나게 묘사하는지 마치 진짜 본 것 같았다. 웬디의 비명은 불운한 선원이 죽어가며 내는 비명 같았다. 웬디가 그들의 머리 위에 날아다니는 유령을 쫓고 신이 나서 의기양양하게 춤출 때의 광기를 보고, 주디스는 웬디가 전생에 배들을 난파시키는 사람이었을 거라고 했다.

"맞아요." 웬디는 풀밭에 허리를 꼿꼿이 세우고 무릎을 꿇더니 말했다. "정말이지 대단한 삶이었죠! 바보들을 속이고 아름다운 배들을 유혹하고! 등대의 신호를 가로채 배들이 항로를 바꿔 바위로 향하는 걸 지켜보고. 그렇게 당당히, 집에 다 와, 용감한 항해에 들떠 있던 자들이, 그리고 쾅! 고함과 약탈!"

"입 다물어. 작은 악마 같으니!"

피터는 겁먹은 표정을 지었다. 나머지는 박수를 쳤다. 내가 말했다. "이걸 보고 나니 〈살로메〉가 보고 싶군요."

그들이 떠나기 전 우리도 약속을 했다. 패멀라와 나는 브리스틀에서 하룻밤 지내며 〈살로메〉를 보기로 했다.

그들은 이튿날 3시까지 리허설을 하러 돌아가야 했다. 웬디와 피터는 내키지 않는 표정으로 작별 인사를 했다. 나는 여인숙까지 태워다주겠다고 했지만 둘은 내리막길과 잠든 마을 사이를 걸어가고 싶어 했다. 맥스도 그들과 함께 갔고, 패멀라와 주디스와 나는 조용한 집으로 돌아왔다.

리지는 보이지 않았다. 집 안이 너무 엉망진창이라 밤에 손대긴 어려웠다. 주디스는 위층으로 올라가고 패멀라와 나는 검게 변한 바나나 샌드위치를 먹고 레모네이드를 마셨다. 우리는 현관문 밖에서 재떨이를 비우고 문을 잠근 뒤 1층 창문을 잠그고는 맥스가 들어오도록 아기방을 열어뒀다.

"여기서 자는 게 어때, 오빠?" 패멀라가 아기방의 불을 끄며 물었다. "침대도 그렇게 작지 않잖아." 나는 1층에서 자는 게 싫고 소파면 충분하다고 했다.

"알겠어." 패멀라는 방 안에 서서 멍하니 말하더니 덧붙였다. "참 희한해."

"뭐가 희한해?"

"뿌린 건 알았지만 희미했는데, 이제는 압도적이잖아?"

"뭐가 그렇다는 거야?"

"몰랐어? 스텔라의 미모사 향?"

"모르겠는데."

"아무리 그래도, 오빠! 어떻게 모를 수가?"

"음, 이젠 당연히, 그렇다고 상상하게 되네."

패멀라는 믿을 수 없다는 표정으로 나를 봤다. "음, '남자들이 얼마나 무관심한지 아무도 모른다니까.'"

위층으로 올라가는데 주디스가 방에서 나왔다.

"여러분, 집이 참 예쁘고 정말 즐거운 파티였고 굉장히 매력적인 친구들이었어요. 감사하다는 인사를 드리고 싶어요." 주디스는 패멀라에게 재빨리 따뜻한 키스를 하고 내게 미소를 짓더니 들어갔다.

소파는 편했다. 나는 서재의 책 사이에 눕는 게 좋았다. 파

도 소리가 졸음을 불러왔다. 졸렸다. 부드럽고 따뜻한 밤공기
에 꽃향기가 묻어왔다. 작고 비밀스러운 방……. 맥스가 들어
와 잠자리에 드는 소리가 들렸다.

소리 때문에 잠에서 깬 줄 알았다. 패멀라가 부른 건 아니
었다. 우리 사이에는 문 하나뿐이었다. 귀를 기울였다. 패멀라
의 방에선 아무 소리도 나지 않았다. 주디스가 또 우는 걸까?

나는 곧바로 밖으로 나가 그들의 방에 귀를 기울였지만 아
무 소리도 들리지 않았다. 작업실에서도 아무 인기척이 없었
다. 그 어디에서도. 적막이 온 집 안을 묵직한 외투처럼 뒤덮
고 있었다.

불을 켜지 않고 계단 난간에 기대 아래를 내려다보며 기다
렸다. 창문으로 달빛이 비치지 않았다. 아래층에는 소리도 불
빛도 없었다. 아니, 잠시 그런 줄 알았지만 곧 아기방의 반쯤
열린 문을 통해 아주 흐릿하게, 떨리는 창백한 빛이 보였다.
달빛이 아니었다. 빛이 움직였다.

몹시 불안한 느낌에 몸이 굳었다. 거기서 몰래 귀를 기울이
고 있으니 불편했다. 그건 침입이었다. 오래된 집이었다. 우
리가 태어나기 전부터 여기서 사람들이 살고 죽었다. 우리는
그들이 물려받은 집에 들어온 외부인이자 침입자였다. 그들
이 다시 한번 이 집을 차지했고, 그들의 영원한 존재가 돌멩
이를 덮는 물처럼 우리의 침입을 뒤덮는 것을 알 수 있었다.
아래층, 아기방은 예전과 같았다. 누군가가 움직이며 한숨을
쉬었다. 누군가는 신음을 냈다.

나는 반쯤 넋을 잃고 귀를 기울였다. 불현듯 깨어나자 놀라움과 충격이 왔다. 불빛이 보이고 목소리가 들렸다. 젊은이의 목소리가 신음하고 있었다. 곧 불빛과 소리가 사라졌다. 자연계의 것이 아니었다. 쿵쿵 울리는 내 맥박이 그걸 알려줬다. 누군가 망자의 세상에서 나와 집 안을 돌아다녔다.

떨리는 손으로 전등 스위치를 더듬어 찾았다. 불을 켜고 맨발로 아래층으로 달려 내려갔다. 모든 것이 그대로였다. 흰 천을 덮은 뷔페 탁자가 관 같았다. 아기방은 비어 있었다. 커튼은 닫혀 있었고, 화장대에는 파우더가 흩어져 있었다. 미모사 향이 여전히 강하게 남아 있었다.

나는 벽에 기대서서 심장이 자연스러운 속도로 뛰길 기다렸지만 오싹한 한기가 엄습해 내 방으로 돌아가고 싶었다. 불을 끄고 위층으로 가려고 했다.

하지만 그럴 수 없었다. 무릎이 후들거리고 발작적으로 온몸이 떨리며 한기 때문에 쪼그라든 살갗이 뼈에 달라붙는 듯했다. 가슴이 텅 비었고 심장 위로 누군가의 숨결이 느껴졌다. 기둥을 붙잡고 버티지 않았다면 정신을 놓고 말았을 것이다. 맥스를 부르거나 현관문을 밀어 열고 집 밖으로 뛰쳐나갔을 것이다. 뭔가가 아래층으로 내려오는 것 같았다.

아무것도 보이지 않았다. 아무것도 오지 않았다. 눈에 초점이 맞지 않았고 모든 것이 흐릿했다. 결국 한 걸음 한 걸음 난간을 붙잡고 겨우겨우 위층으로 올라갔다. 계단참에 다다르자 피를 많이 흘린 사람처럼 기력이 다해 어지러웠다. 내 방에 다다르자 진땀을 흘리며 담요 밑으로 기어 들어갔다. 생각할 겨를이 없었다. 맥박이 쿵쿵거리기를 멈추고 온기가 되돌아오자마자 잠들었다.

지금은 그 경험을 억지로나마 떠올릴 수 있지만, 깨어난 날 아침에는 믿을 수 없었다. 창가에 서서 빛나는 아침을 내다보며 간밤의 일을 곱씹으면서도 그랬다. 오늘이 어제와 연결됐고, 그사이 밤은 꿈속이나 다름없었다. 머릿속에는 친구들과 우리가 집에서 즐길 것들만 가득했다. 클리프 엔드에서 멋진 출발을 했다. 좋은 파티였다. 스텔라가 끝까지 함께하지 못해 아쉬웠다. 웬디의 연기를 봤으면 황홀해했을 텐데. 웬디는 좀 마녀 같았다.

목욕 중에 한 가지 생각이 떠올랐고 더운물이 다 식도록 거기 빠져 있었다. 웬디가 보여준, 난파를 일으키는 정령의 이야기가 희곡이 될 것 같았다. 내가 쓸 수 있는 희곡. 정령의 이야기는 아니었다. 그런 이야기는 쓸 수 없다! 어떤 성향, 물려받은 기질, 사람들이 바위로 향하는 모습을 보고 싶어 어쩔 줄 모르는 알 수 없는 욕망, 연약하고 예민한 소녀에 대한 남성의 열정, 로렐라이나 세이렌 이야기가 아니다. 이번만큼은 성별을 모티프나 유혹의 대상으로 만들지 않을 셈이었다. 게임을 위한 게임으로 만들 생각이었다. 범죄 심리극, 성격에 뿌리를 둔 멜로드라마, 실화 스릴러……. 브리스틀이 이 극을 기다리고 있었다. 런던도 기다리고 있었다. 이번만큼은 피터의 말이 일리 있었다. 맥스가 내게 하라던 '창의적인' 일이 바로 이거였다. 극을 열심히 읽고 연극을 비평하고 어린 시절부터 연극에 전념해온 것이 다 이걸 위해서였다. 책은 나중에 써도 될 것 같았다.

주방으로 가서 당장 푸짐한 아침을 차려달라고 했다. 리지는 기분 좋게 곧바로 감자와 소시지를 구워줬다.

"파티라면 이래야죠." 리지가 만족스럽게 말했다. "응접실의 난장판 봤어요? 7시부터 주방을 치우고 있었어요. 거길 해결하는 동안 여기서 점잖게 식사해요. 사람들이 내려오기 전에 준비를 마칠 테니까. 다 드시고 나면 패멀라 아가씨를 좀 깨워줄래요?" 리지가 설득하듯 덧붙였다.

"그럴 수야 있지만 패멀라는 내려올 거예요. 손님들이 있으니까요."

그러고 보니 우리가 바꿔놓은 위층 방을 리지에게 감추기 위해서 패멀라는 내려와야 했다.

"그렇겠죠. 하지만 쉬기도 해야 하니까." 리지가 버텼다.

"좋아요, 리지. 내가 할게요. 가서 응접실을 정리해줘요." 나는 식사를 마친 뒤 시키는 대로 달걀을 사 분 동안 삶고 차와 토스트를 쟁반에 받쳐 들고 위층으로 올라갔다. 위스키가 거침없이 꼬리로 불만을 표현하며 따라왔다. 위스키는 아침마다 패멀라의 달걀 윗부분을 얻어먹는 버릇이 들었다. 그걸 가지고 올라갈 사람은 리지라고 생각했을 테고, 내 방으로 가는 것이 못마땅했던 것이다.

패멀라는 욕실에서 씻고 있었다. 나는 쟁반을 침대 옆 탁자에 올려두고 내 소파를 정리하러 들어갔다. 패멀라가 욕실에서 나오더니 당황한 목소리로 외쳤다. "리지가 일어났네!"

"괜찮아. 내가 혼자서 준비했어." 나는 문틈으로 알렸다.

"들어와서 얘기 좀 해."

패멀라는 위스키를 옆에 끼고 쟁반을 무릎 위에 올려둔 채 침대에 걸터앉았다.

"담배 피우고 싶어? 달걀이 완벽하네. 고마워. 푹 잘 잤어. 오빠는?"

"잘 자기도 했어." 나는 창가 자리에 앉아 파이프에 불을 붙이고는 한 모금 빨면서 생각에 잠겼다. 그렇다. 그 일을 비밀로 삼을 권리는 없었다. "유령을 봤다는 걸 알려야 할 것 같아서."

"오빠!"

"그랬어. 신음을 들었고, 불빛도 봤어."

패멀라는 조금 창백해졌지만 흥미를 느끼며 눈을 반짝였다.

"불빛! 어디서?"

"아기방에서."

패멀라는 천천히 말했다. "스텔라가 한 꿈 이야기 기억해?"

"응, 내려가봤어. 아무것도 없더라."

"기분이 어땠어?"

"좀 흥분됐어."

패멀라가 나를 빤히 봤다. "뭔가 감추는 게 있지."

"무시무시하게 싸늘했어." 내가 털어놨다.

"싸늘해? 그것뿐이었어?"

"그것뿐이었지."

"오빠도 소리를 들어서 너무 안심돼……."

"이해해."

"생각하면 좀 무섭거든……."

"생각하지 마! 적응할 거야. 사람들은 다 적응하게 돼 있어. 커머퍼드 부인의 집 기억나? 근사한 아침이야. 그런 건 잊어! 낮이 되면 썰물이 될 거고, 맥스랑 주디스는 2시 넘어서 떠날 거야. 해변에서 이른 점심을 먹는 게 어떨까?"

남은 파티 음식(주위 모래밭에 늘어놓은 샐러드, 과자, 케이크, 샌드위치)을 보던 맥스가 한숨을 쉬며 아홉 살이면 좋겠다고 했다. 그는 가을에 이곳으로 돌아와 그림을 그리고 싶다는 반가운 말을 전했다.

"멋지네요!" 패멀라가 덧붙였다. "그때가 되면 평화롭게 쉴 수 있는 방이 생기기를 바랄게요."

하지만 맥스는 골든 하인드에서 지낼 생각이었다. "작업할 때는 좋은 손님이 못 되거든." 그가 잘라 말했다.

"작업실에서 자기 전까진 만족하지 못할 거예요." 주디스가 나직이 말했다.

잠시 침묵이 흘렀다. 돌출된 바위와 모래사장 사이, 작은 만은 바람이 통하지 않아 매우 더웠다. 바다가 빛났다. 공기에는 아지랑이가 피었다. 흰 플란넬 셔츠를 입은 맥스, 주디스가 걸친 초록색 숄, 패멀라의 하늘색 수영복, 색색의 천 위에 흩어져 있는 접시와 유리잔들이 눈부셨다. 밤중에 있었던 일을 이야기하고 싶었지만 모두 믿을 수 없게 느껴졌다. 나는 아무렇지 않다는 듯 들었던 소리와 본 것에 대해 이야기했다. 느낀 것에 대해서는 함구했다. 주디스와 맥스가 몹시 걱정하며 괴로워하는 것 같아서 말한 것을 후회했다. 놀라고 근심스러워 입을 다물었던 맥스가 잠시 후 당황스러운 표정으로 물었다.

"대체 어떻게 해야 하지?"

"작업실을 닫아버려야지. 모두 다 잊어버리고." 내가 대답했다.

패멀라가 고개를 저었다. "닫아버릴 순 없어."

"넌 벌써 적응하고 있잖아. 그사이에 푹 잤으니." 내가 말했다.

"하지만 언제든지 또 들릴 수 있잖아, 오빠. 너무 구슬픈 소리야."

"음, 그럼 어떻게 하고 싶어?" 내가 물었다.

"**원인**이 뭔지 알고 싶어. 누가 슬퍼하면서 우는지, 왜 그러는지. 유령이 왜 떠나지 못하는지?"

나는 이 모든 것에 공감하지 못했다. 머릿속에서는 남몰래 연극이 상연되고 있었고, 스텔라가 함께하지 않는다는 사실에 내심 화가 났다. 나는 생각 없이 대답했다. "고전적인 동기는 복수지." 맥스가 의심쩍은 표정으로 말했다. "작업실 분위기는 복수가 아니던데."

패멀라가 이맛살을 찡그렸다. 분홍빛 조개껍질에서 모래를 털어내며 중얼거렸다. "어떻게 하면 멈출 수 있을지 알면 좋겠네."

맥스가 물었다. "그게 누구일지 혹시 짐작이 가나요?" 패멀라가 나와 눈을 마주쳤지만 아무도 대답하지 않았다. 아마 모두 같은 생각을 했지만 이름을 말하기 망설이는 것 같았다.

입을 다물고 있던 주디스가 가만히 말했다.

"편히 눈감지 못하는 영혼이 있다고 생각해야 하는 건가요? 모두 옛일일 수도 있을 것 같은데. 격정이 물질을 만들어내고 바닥과 벽을 뒤덮어서 수용적이고 예민한 사람이 오면 재현된다는 이론이 있지 않나요? 그런 것으로 내가 겪은 일과 로더릭이 겪은 일이 설명되지 않아요?"

그럴지도 모른다고 우리 모두 맞장구쳤다.

"그럼 과거에서 나타난 불행한 존재들을 어떻게 처리할 수 있죠?" 내가 물었다.

주디스가 미소를 지었다.

"지금처럼 살면 되죠."

내가 말했다. "그렇군요." 맥스도 동의한다고 말했지만, 패멀라는 미심쩍은 표정이었다.

"그렇지 않으면 어쩌죠." 패멀라가 한숨을 쉬었다. 그러곤 웃으면서 제멋대로 바꾼 인용문을 읊었다.

때가 왔노라고 바다코끼리가 말했다.

많은 것을 이야기할 때가.

신발과 모래와 수영복에 대해서

기차와 고별에 대해서

주말은 끝끝내 끝나야 하는 이유에 대해서

맥스에게 날개가 있는지에 대해서.●

우리 모두 웃으며 짐을 챙겨 자갈길을 올라갔다. 시원하게 불어온 바람을 타고 타월이 날아갔다.

주디스가 옳다고 생각했다. 클리프 엔드에서의 생활은 활기차고 풍요롭고 자유로웠다. 살아 있는 자들의 활기와 만족감이 망자들이 남긴 슬픔을 쫓아내지 않는다면, 과연 이상할 것 같았다.

● 루이스 캐럴(1832~1898)의《거울 나라의 앨리스》에 나오는 시 〈바다코끼리와 목수〉의 한 구절을 변형한 것이다.

제7장 앤슨 신부

내 연극은 질주했다. 사흘 만에 3막의 설정이 끝났다. 내 바버라의 어두운 욕망이 이야기 전개를 밀어붙였고, 나 역시 휩쓸렸다. 집에 유령이 있다는 우울한 확신조차 집필을 방해하지 못했다.

한숨 소리가 다시 들렸고, 누워서 귀를 기울였다. 과거에서 들리는 소리이며 축음기의 레코드처럼 현재의 슬픔을 전하는 건 아니라고 되뇌었다. 그런 주장을 믿은 건 아니지만 효과는 있었다. 다시 잠들었고 비몽사몽간에 비극적인 분위기를 내 극에 흡수했다. 다행히 패멀라는 화요일 밤에도 수요일 밤에도 아무 소리도 듣지 못했다고 했다.

목요일에는 패멀라에게 좋은 오락거리를 줄 수 있었다. 그날 저녁 7시까지 줄거리를 짜고 결말을 정해 극의 집필 결정을 내렸다. 아래층에 내려가니 패멀라가 저녁을 차리고 있었고, 나는 내가 무슨 일을 했는지 알렸다. 패멀라에게 아이디어를 풀어내지 말라고 한 뒤 줄거리를 이야기했디. 패밀라는 순식간에 이야기를 낚아채 자기 이야기로 만들어버릴 테니까.

패멀라는 몹시 반가워했다.

"오빠가 뭔가 다른 일을 한다고 생각하던 참이었어. 아주 활기차게 보였거든. 그 책이 오빠를 짓누르고 있었어. 정말 멋진 아이디어야! 연극이 성공하면 어떻게 될지 생각해봐!" 패멀라가 감탄했다.

나는 패멀라에게 브리스틀에서 하룻밤을 보내고 오면 어떨지 물었다. 주인공과 중요한 갈등 상황의 대사는 정했지만, 다른 인물들은 아직 유동적이었다. 바버라 역에 웬디를 염두에 두고 있었으므로 나머지 계획을 짜기 전에 그 극단의 공연을 보면 좋을 듯했다. 거기에 대해서는 의심의 여지가 없다. 배우의 개성은 극작가가 인물을 창조하는 데 큰 도움을 줄 수 있다. 이번 주에 그들은 〈명절에 나타난 저승사자〉를 공연할 예정이었다. 우리 둘 다 보고 싶은 극이었다.

"좋지! 내일 가자." 패멀라가 말했다.

"내일은 기사 두 편을 써야 해. 토요일은 어때?"

"스콧 선생님과 테니스 약속이 있어. 세 번째 청한 거지만 취소할게."

"스텔라가 차 마시러 오는 날은 월요일이지?"

"응."

"아주 일찍 출발하면 토요일 공연을 두 번 볼 수 있어. 좋아. 그렇게 하자. 참, 리지는 어쩌지? 여기서 혼자 자기 싫어

할까?"

우리가 그 이야기를 꺼내자 리지는 미심쩍은 표정이었다. 입을 꾹 다물고 평소와 달리 정확한 손놀림으로 커피잔을 내려놓았다.

패멀라가 물었다. "일요일엔 농장에서 저녁 먹을 거죠? 토요일 밤에 거기 가서 자면 어때요?"

"그래서 내가 그 사람들의 유령 이야기에 겁먹었다고 여기면 어쩌게요?"

리지의 갈등이 환히 보였다. 리지가 집에서 혼자 잤다고 하면 제섭의 식탁에서 큰 자랑거리가 될 것이고, 이야깃거리가 생기면 좋을 테니까. 하지만 리지는 불안했다.

"음." 리지가 결론을 내렸다. "집에 유령이 있다면 벌써 나타났겠죠. 좋아요. 여기서 자겠어! 가서 즐겁게 지내고 와요. 새집에 이사하고 놀러 다니기엔 좀 이르지만 말이에요."

"일 때문이라니까요, 리지. 정말이에요. 중요한 일이에요." 내가 받아쳤다.

"물론이겠죠. 엄청 중요한 일이겠지." 리지가 싸늘하게 말했다.

나는 한숨을 쉬었다.

"이 세상 근로자들은 작가를 절대 인정하지 않을 거야. 언젠가는 우리 모두 마루나 닦게 될 거야." 리지가 나간 뒤 내가 불평했다.

하지만 패멀라는 염려스러운 표정이었다.

"오빠, 리지를 속인 거잖아. 정말로 농장에서 자는 편이 나을 텐데."

"알아서 하겠지. 별 탈 없을 거야." 내가 단호하게 대답했다. 깨어 있을 때는 그날 밤 계단에서 겪은 일을 싹 잊어버린 것이다.

브리스틀까지의 긴 여행은 즐거웠다. 우리는 바닷가를 따라 돌아올 계획으로 엑스무어를 넘어서 갔다. 사방이 장려한 풍경이었다. 붐비는 대도시에 다시 들어서니 기분 좋은 흥분이 느껴졌다. 가파른 거리를 지나면 불현듯 계곡의 너른 풍경이 나타나고, 오래된 가옥 뒤에 크레인들이 서 있고 트램 사이로 증기선이 지나다니는 브리스틀이 보이자 유쾌해졌다. 패멀라는 사 갈 물건이 끝없이 많았고, 나는 책이 필요했다. 조지스 서점에서 계좌를 열었다. 위더스•라는 불길한 이름을 가진 꽃집에서 〈살로메〉의 개막일에 웬디에게 보낼 붉은 장미를 주문하고, 점심을 서둘러 먹고는 극장으로 가서 자리를 잡았다. 극이 끝나면 꼭 무대 뒤로 오라는 밀로이의 쪽지를 받았다.

이 섬세하고 세련된 작품의 배우들이 내 혈기 왕성한 극에서 연기하는 모습을 상상하는 일은 희한한 경험이었다. 다행히 웬디가 잘했고, 피터의 무대장치가 굉장히 마음에 들어서

• '시들다'라는 뜻.

무대 뒤로 갔을 때 모두에게 좋은 말을 해줄 수 있었다.

극장 무대 뒤에서 우호적인 비평가는 환영받게 마련이다. 그 환영을 상당 부분 무시해야 할까? 이 엄청난 즐거움의 일부는 정치적인 것일까? 그렇지 않다고 생각한다. 연극계 사람들은 여느 사람들보다 젊은이의 솔직함을 더 오래 유지한다. 나는 그만큼 솔직하지 않았다. 나는 내 작품에 대해 한마디도 하지 않았지만, 밀로이는 피터와 함께 연극을 써달라고 열심히 졸랐다. 카페에서 차를 마시며 극단의 몇몇 사람에 대해, 그들의 최고 배역과 약점에 대해 폭넓고 재치 있게 이야기해달라고 웬디와 피터를 꾀었다.

수확이 많은 오후였다. 우리 둘 다 점심 공연보다 속도가 빠르고 분위기가 고조된 저녁 공연을 즐겼고, 일요일에 집으로 향할 때는 유용한 메모 한 묶음이 생겼다.

폴록 힐의 도전을 거부할 수 없었다. 차는 새처럼 날아올랐다. 패멀라가 아래로 펼쳐지는 황무지를 돌아보며 기쁨의 한숨을 내쉬었다. 나도 조심성 없이 고개를 돌렸다가 차가 둑 위로 올라갔지만 상한 곳은 없었다. 굉장한 곳이었다!

광활한 초록의 땅에 이따금 멀리서 내리는 소나기와 자줏빛 구름의 그림자가 스치고 지나갔다. 낮은 언덕 하나가 파도처럼 솟아 있었다. 환희에 차 그곳을 소유했다는 터무니없는 느낌이 들었다. 데번을 골라 내 것으로 만들었다. 오후 늦게 집에 도착했을 때까지도 새로운 재산을 얻었다는 벅찬 느낌에서 벗어나지 못했다.

문 쪽으로 걸어가는데 제섭 부인과 찰리가 지름길로 돌아가고 있었다. 패멀라가 웃었다. "리지가 혼자 있진 않았네." 패멀라가 열쇠로 문을 열더니 주방으로 곧장 갔다. 잠시 후 나를 부르기에 들어갔다. 패멀라와 리지 둘 다 좀 창백한 얼굴로 식탁에 앉아 있었다.

"오빠, 리지가 유령을 봤대."

나는 자리에 앉았다. 허튼소리가 아니었다. 리지는 변해 있었다. 팔을 식탁 위에 괴고 축 늘어진 자세에 겁먹고 놀라 멍해지고 부은 얼굴이었다. 리지는 몹시 괴로운 표정으로 나를 봤다.

"오, 로디 도련님, 이곳을 사서 이렇게 편하게 고쳤는데! 하지만 두 분은 여기서 살 수 없어요. 절대 살 수 없어요!"

"리지, 말 좀 해봐요. 뭘 봤는지 확실하게 말해봐요." 패멀라가 간청했다.

"말할 수 있을 거예요, 패멀라 아가씨. 내가 죽는 날까지 심장에 새겨져 있을 테니까요. 복도에서 문을 잠그고 있었어요. 맨 위 빗장이 내겐 좀 높잖아요. 의자를 가져와야 했어요. 복도 전등만 켜놓아서 위층은 어두웠어요. 먼저 눈에 띈 건 위스키였어요. 위스키가 매섭게 으르렁거렸어요. 하늘이여, 우릴 지켜주소서. 녀석이 겁에 질려 서랍장 아래 바닥에 납작 엎드려 있었어요. 두 눈을 등잔처럼 밝히고 사나운 눈으로. 어떤 여자였어요, 패멀라 아가씨. 나도 미친 듯이 소리를 질렀어요. 집에 혼자 있는 줄 알았는데 사람이 나타나 너무 놀랐으니까요. 하지만 처음에는 그 여자가 아가씨처럼 진짜 사람인 줄 알았죠. 거기, 아가씨처럼 서서 계단 난간에 몸을 기대고 복도 아래를 내려다보고 있었어요. 흰옷을 입고, 긴 금발을 늘어뜨리고요. 오, 성자들이여, 그 무시무시한 눈빛이라니!"

"어떤 표정이었는데요?" 패멀라가 물었다.

리지가 울기 시작했다.

"묻지 말아요, 아가씨! 잊어버리고 싶으니까. 눈은 파랬는데, 무시무시했어요. 지옥을 내려다보는 것처럼요. 얼음으로 온몸을 꿰뚫는 듯한 눈빛이었어요. 그러더니 순식간에 사라졌어요. 난 거의 쓰러질 뻔했어요. 기절할 뻔했지요. 심장이 하도 뛰어 옆구리가 터지는 줄 알았어요. 내 방까지 돌아가지도 못 할 뻔했다니까요."

"가엾은 리지." 내가 반사적으로 말했다. "큰 충격을 받았군요."

"한숨도 못 잤다니까요, 로디 도련님. 아침에 쉬려고 했는데 그럴 수 없었어요. 일어나서 이른 미사에 갔다가 신부님과 다정한 대화를 나눴어요. 참 대단하고 현명한 분이에요. 앤슨 신부님 말이에요. 다신 혼자 그런 일을 당하지 않을 거래요."

"우리도 리지에게 혼자 있으라고 하지 않을 거예요." 패멀라가 말했다.

리지가 신부에게 모두 말한 것이다.

"그럼 제섭 부인은 뭐라고 하던가요?" 내가 물었다.

"다음에는 농장에서 자라고, 파킨슨 가족도 그걸 봤을 거라고 했어요. 파란 눈이라면 절벽에서 떨어져 죽은 부인이래요."

우리는 가엾은 리지가 일하면서 마음을 진정하도록 남겨두고 언덕 주위를 산책했다. 몹시 더웠고, 바다가 반사하는 빛과 하늘에서 내리쬐는 빛에 눈이 부셨다. 리지의 이야기를 들으면서 느꼈던 당혹감이 사라졌다.

"믿어지지 않아." 패멀라에게 말했다. "너무 전형적인 유령 같잖아. 흰옷을 입고 긴 금발을 늘어뜨린 여자라니. 게다가 리지는 유령을 보고 싶어 했다고. 여기 사는 내내 유령 생각을 했으니까. 여기서 혼자 자면서 아무것도 보지 못했다면 체면이 상했을 거야."

패멀라는 고개를 저었다.

"하지만 오빠, 리지의 상태를 봐! 상상만으론 그럴 수 없어."

"자기암시는 뭐든지 할 수 있어."

"리지의 묘사는 초상화랑 아주 비슷하잖아."

"바로 그거야! 메리 메러디스의 생김새를 들었으니까."

"오빠가 왜 그렇게 회의적인지 모르겠어. 그런다고 좋을 것도 없는데."

"히스테리를 멋대로 부리게 두면 좋을까? 전적으로 회의적인 건 아니야. 뭔가 문제가 있다고는 생각해. 이곳에 영적인 뭔가가 있다고. 하지만 그렇다면, 그것을 잘 받아주는 사람이 있어야 나타나지 않겠어? 뭔가 기대하면 기대할수록 거기 신경을 쓰고 점점 더 집착하게 된다고. 전부 차단해버려야 해."

"오빠, 오빠, 그럴 순 없어!"

"그럼 어떻게 하라고?"

패멀라는 잠시 말없이 걷더니 담배에 불을 붙이고는 멍하니 성냥을 떨어뜨렸다. 헤더가 부싯깃처럼 바짝 말라 있어서 불이 번질 뻔했다. 나는 불을 밟아서 끈 다음 패멀라를 나무랐다.

"그런 거에 정신 팔리니까 이렇게 되잖아!"

우리는 리지가 차를 준비해놓았기를 바라며 돌아왔다.

"있잖아, 오빠." 패멀라가 진지하게 말했다. "리지가 정말로 메리를 본 거 같아서 다행이야. 한 가지 중요한 건 알게 됐잖아. 누구의 유령이 이 집에서 떠나지 못하는지. 이제 이유만 알아내면 돼. 그걸 알아내면 모두 바로잡을 수 있을 거라는 느낌이 들어."

나도 마음이 움직였다.

"그럴 수도 있을 것 같다."

"거기서부터 해결해보자, 오빠. 오빠는 이런 문제를 조사하기에 딱 맞는 사람이야. 상상력도 분석력도 있으니까. 나는 지어내는 걸 너무 좋아해. 여기저기 알아보자. 메러디스 집안에 관해 알아낼 수 있는 건 다 알아낸 다음 해결해보자!"

"하지만 어디서부터 시작하지?"

"맞아. 그게 문제지. 당연히 중령님이니까."

"중령님과 터놓고 이야기하는 게 상상이 돼?"

"아니, 그분은 입을 열지 않을 거야."

"제섭 부인은 아는 대로, 그 이상 이야기했고. 그건 확실해.

메러디스 집안 이야기를 캐묻고 다닐 순 없어.”

“나도 알아, 오빠. 쉬운 일은 아니지만 해본다고 약속해줘.”

“생각해볼게.” 나는 그렇게만 말했다.

하지만 온종일 그 일을 다시 생각하지 않았다. 머릿속에는 생생한 인물 몇 명에 관한 생각뿐이었다. 황홀한 작업 중이었고 날씨는 청명했으며 다음 날엔 스텔라가 오기로 돼 있었다.

그렇게 생각만 해도 기쁜 것이 혼란스러웠고, 나는 혼란을 느끼고 싶지 않았다. 런던을 떠나 이 외딴 시골에 온 건 마음의 평화를 위해서였다. 할 일을 찾았고 계속하고 싶었다. 주디스의 표현대로 이 ‘흥미로운 아이’는 패멀라의 매력적인 친구였…… 매력적인. 그렇다……. 하지만 나는 평정을 지키고 싶었다.

그렇게 다짐했지만, 월요일 점심시간에 갈 수 없게 돼서 참담하다는 전보가 도착했을 때는 차분할 수 없었다.

내가 따졌다. “왜 전보를 보냈지? 왜 전화를 걸지 않은 거야?”

“뭔가 있어. 스텔라가 말하고 싶지 않은 일이.” 패멀라가 천천히 말했다.

패멀라는 전보 종이를 손으로 구기며 식탁에 앉아 있었다. 우울한 목소리였다.

“중령님이 또 스텔라를 우리와 갈라놓으려고 하는 걸까? 여기 오는 걸 금지해서?”

나는 그때 깨달았다. “그런 것 같아. 딸의 유령이 이 집에 나타난다는 얘기가 중령님 귀에 들어간 거지."

"오, 오빠!" 패멀라가 눈물을 글썽거렸다.

나는 온실로 가서 톱질과 망치질을 하며 요란하게 선반을 고쳤다. 자연스러운 소음과 활동을 원했다. 내가 처리하고 정복할 수 있는 것을 원했다. 죽은 자들에게 허를 찔리고 싶지 않았다.

그러나 그날 오후 손님이 찾아왔다.

3시쯤 앤슨 신부가 왔다고 리지가 알렸다. 리지는 자기가 신부를 초대했는데, 어떤 반응이 나올지 모르겠다는 듯 자랑스러워하면서도 멋쩍어했다.

노신부는 약간 소심하게 들어왔지만 곧 편안해했다. 그는 실내를 둘러보더니 이런 집에서 자리 잡는 즐거움을 잘 안다는 태도로 이야기했다. 그도 얼마 전 아주 새 집으로 이사했다. "그 집도 편리하지만, 오래되고 사람 손길이 닿은 집의 매력이 더 좋습니다." 신부가 말했다.

그는 우리가 고친 곳을 살피고 분위기를 느껴본 뒤 칭찬했다. 우리 둘 다 그를 곧바로 좋아하게 됐다. 그도 우리처럼 절반은 아일랜드 사람이었다.

"운이 좋은 분들이군요." 신부가 말했다. "이름 덕을 볼 수 있잖아요. 어느 모로 보나 아주 귀한 이름이죠."

"네, 바꾸고 싶지 않네요." 패멀라가 말했다.

신부는 상냥하게 미소 지었다. "하지만 분명 그렇게 될 겁니다." 신부는 일흔은 돼 보였지만 튼튼했다. 키도 크지 않았지만 몸가짐과 강하고 사려 깊은 음성에서 권위가 느껴졌다. 늙은 얼굴에는 경험과 유머 감각을 드러내는 주름이 져 있었다. 느긋이 이해한다는 듯한 미소와 쑥 들어간 파란 눈으로 여유롭고 올바르게 바라볼 줄 아는 사람이었다.

신부는 젊고 야심 있는 사람들이 런던을 떠날 용기를 낸 것이 반가우며, 정말로 용기가 필요한 일이라고 말했다. "도시에선 자신의 삶을 타인이 살아주죠. 스스로 차지할 공간이 너무 작아요. 하지만 여기서는 영혼이 좀 더 넓은 공간을 차지하게 되고, 영혼이 부유하고 강건하다는 건 좋은 일이지요." 신부는 나를 보고 웃었다. "비평이 흥미롭더군요. 꼼꼼하지만 진보적이고 우리 시대의 미묘한 흐름을 잘 파악하고 있어요. 하지만 이곳에선 비평만으로 만족할 수 없다는 걸 알게 될 겁니다."

맥스의 말과 같았다! 희한한 일이었다. 쓰고 있는 희곡 이야기를 하고 싶었지만 참았다. 뚜껑을 덮어두어야 더 잘 끓는 법이니까.

리지가 차를 내오자 신부는 리지를 향해 미소를 짓더니 자기 가정부에게 소다케이크 만드는 법 좀 가르쳐주지 않겠냐고 물었다. "하지만 소다케이크를 부풀리려면 아일랜드의 공기가 필요하죠. 이쪽 지방에선 제맛이 나지 않아요." 신부가 말했다.

"그럼 이 케이크 맛은 어떤지 한번 보세요, 신부님." 리지가 신이 나서 말했다. "맛있다고 하시면 한번 찾아갈게요."

신부는 소다케이크를 칭찬하곤 푸짐하게 먹었다. 그가 곧 돌아가지 않을까 싶었다. 열심히 일하는 사람일 테니까.

"비들컴에서 25년을 살았습니다." 신부는 이렇게만 말했다. 리지가 겪은 일에 관한 이야기를 꺼내지는 않았지만, 우리가 먼저 말하길 바라는 눈치였다.

"리지가 유령 이야기를 드렸죠, 앤슨 신부님?"

신부는 고개를 끄덕였다.

"정말 유감입니다, 피츠제럴드 양. 모두에게 애석한 일이에요."

나는 시간을 내준다면 그 문제를 의논하고 싶다고 했고, 신부는 미소 지었다.

"신뢰에 감사드립니다."

우리는 모든 걸 이야기했다. 패멀라와 내가 나눈 것보다 더 많은 이야기를. 내가 계단에서 한기와 공포에 사로잡혔던 걸 패멀라는 처음 알게 됐고, 나도 리지와 둘만 지내는 동안에 패멀라가 한숨 소리에 자주 깨어나 집 안을 돌아다녔다는 것을 처음 알게 됐다. 우리는 신부에게 중령의 경고가 있었으며, 리지가 말한 유령의 모습과 메리 메러디스의 초상화가 매우 닮았다고 이야기했다.

신부의 회의가 나와 비슷한 종류라서 만족스러웠다. 신부는 우리의 이야기를 꼼꼼히 견주더니 상당 부분을 무시했다. 하지만 결국 고개를 저었고 음성에서는 동정심이 느껴졌다.

"자취는 남는 법이죠. 설명할 수 없는 일의 자취가 남습니다. 이 집에서 살 수 없다고 여길 수도 있겠군요."

나는 너무 당황해서 아무 말도 못 했고, 패멀라는 떨리는 목소리로 물었다. "신부님, 무슨 방법이 없을까요?"

"우리 모두 기도할 수 있지요."

"하지만 이해해보려고 노력해야 하지 않을까요? 뭔가 해야 하지 않을까요?"

"영혼의 평정을 유지하세요." 신부는 잠시 입을 다물었다. "최후의 수단으로 구마 의식이 있긴 하지요."

나는 강한 반발심을 느꼈다. 미신과 악마, 유황 연기로 가득한 그 일은 생각만 해도 혐오스러웠다.

"상심한 영혼에 안식을 줄 일이 없을까요?" 패멀라가 다그쳤다.

신부는 미소를 지었다. "과연 상심한 영혼이 있고, 믿음과 용기가 있다면요."

"그리고 정보도." 내가 끼어들었다. "메러디스 집안에 관해 아는 게 없거든요. 중령님은 우리와 만나고 싶어 하지 않고 손녀가 우리 집에 오는 것도 허락하지 않아요. 마을 사람들이 퍼뜨리는 소문은 신뢰할 수 없고요."

"궁금한 건 뭐든지 물어보세요. 조금 주의해서 대답해야 할 순 있지만, 그건 이해해주시겠지요." 신부가 대답했다.

패멀라의 첫 질문은 아주 직설적이었다. "메리 메러디스가 사고로 사망했나요?"

"내가 알기론 사고사였습니다." 앤슨 신부가 대답했다.

"의혹이 있었나요?" 패멀라가 계속 물었다.

"홀러웨이 씨의 마음에 의혹이 있었던 걸로 압니다."

"**신부님**은 그 여자, 카르멜이 공격했을 수도 있다고 생각하세요?"

"그럴 가능성은 적지만, 그렇게 무시무시한 순간엔 불가능한 것도 아니겠죠."

신부에게 카르멜을 알았는지 물었다. 신부는 고개를 숙였다. "내 교구 신도였습니다."

가톨릭 신자였던 것이다! 놀라웠다. 이교도 집시라고 생각했는데.

카르멜이 굉장히 매력적이었는지 묻자 앤슨 신부는 망설이더니 말했다. "그런 유형에게 선망을 품는 사람들이 있지요. 반짝이는 눈과 산뜻한 혈색, 예쁜 미소를 가진 여자였습니다."

"메러디스의 모델이었단 소문이 맞나요?"

"네, 댄서였지만 스페인에서 여러 번 메러디스의 그림 모델이 됐다고 해요."

"물론 결혼 전이었겠죠? 다른 관계에 대해서는 모르시는 거죠?" 내가 물었다.

신부는 내 질문의 앞부분에 대해서만 대답했다. "결혼 직전이었어요. 그때 그와 메리가 만났죠. 메리는 건강 때문에 세비야에서 겨울을 보내면서 미술을 공부했어요. 결혼 후에는 영국으로 돌아오겠다고 고집을 부렸죠. 메리는 아버지를 몹시 생각했고, 아버지를 혼자 두지 않으려고 했어요. 중령님이 그들에게 이 집을 줬지요."

"그럼 그 여자를 데리고 온 건가요? 참 특이하군요!" 내가 외쳤다.

"네, 하지만 메러디스가 모델이 꼭 필요하다고 말한 것 같고, 메리는……" 신부는 고개를 저었다. "음, 훌륭한 성품에 세상의 지혜가 함께하는 법은 드물죠. 메리는 베풀기를 좋아했어요."

"메리가 불행했는지 늘 궁금했어요." 패멀라가 말했다.

"메러디스는 부인을 행복하게 해주는 남자가 아니었습니다." 신부가 대답했다.

"그렇군요."

패멀라는 생각에 잠겨 있었다. 우울했다. 이 집에 배신당한 여인의 고통이 서려 있는 것일까? 그렇다면 어떻게 해야 한단 말인가?

패멀라가 물었다. "그 여자, 카르멜이 여기 오래 있었나요?"

"두 번 왔어요. 처음 왔을 때는 6개월쯤 있었어요. 그리고 겨울에 모두 외국으로 갔어요. 메리는 몸이 약한데, 이곳은 겨울 추위가 매서우니까요. 그들은 봄에 돌아왔어요. 그러니까 메러디스와 메리, 프랑스에서 태어난 아기가요."

"스텔라요?"

"아기 스텔라가 왔죠. 메러디스가 자신의 유일한 업적인 그 애를 귀하게 여겼다더군요. 다른 아이는 없었어요."

"카르멜은 어떻게 됐죠?" 내가 물었다.

"메리가 파리에 그 여자의 일자리를 찾아줬어요. 의류 모델 일로 알고 있어요. 보수도 매우 좋고 믿음직한 회사라고 하더군요. 메리가 꼼꼼히 골랐을 거예요. 프로테스탄트 고용주들에겐……." 신부가 후한 말투로 덧붙였다. "우리 종교에서 본받을 책임감이 있으니까요. 카르멜은 거기서 2년쯤 일했어요. 그러더니 그만뒀지요."

"지루했던 모양이네요." 패멀라가 말했다.

"아마도 그럴 겁니다." 앤슨 신부가 대답했다. "하지만 그러고 힘들어졌죠. 가난해서. 극빈자 수준이지 않았을까요. 가없는 여인이 극단적인 유혹을 거부한 건 칭찬할 만한 일이었지요. 그러다 병이 들었어요. 그녀가 돌아왔을 때 보고는 충격을 받았습니다. 참담하게 변해 있었어요."

"그럼 돌아온 건가요?" 내가 물었다.

"네, 거의 거지라고 해도 좋을 상태로 이 집에 왔습니다. 메리가 받아줬죠. 메리가 보살피고 옷을 주고, 몸과 마음의 건강을 되찾도록 최선을 다했어요."

"마음의 평정을 잃었나요?" 패멀라가 물었다.

"지나치게 감정적이 됐죠. 병자들이 그럴 때가 있으니까요."

신부는 잠시 입을 다물고 있더니 말했다. "거기까지 말씀드릴 수 있네요. 결말은 아실 테니."

"하지만 신부님, 어떻게 끝났는지는 몰라요." 패멀라가 말했다. "해결할 희망을 가지려면 알아야 하지 않을까요? 뭘 믿어야 하죠? 메리가 살해됐다는 거요? 살해된 피해자의 영혼이 '복수하러 돌아온' 괴담인가요?"

신부는 충격받은 표정을 지었다.

"패멀라 양, 메리 메러디스는 멜로드라마의 여주인공이 아니었습니다. 메리는 성녀나 다름없었죠. 그녀와 복수는 연결할 수 없어요."

"그럼 자살이었을 가능성도 있나요?" 내가 의견을 내놓았다. "자살은 죄악이라고 가르치시죠?"

"메리는 가톨릭교인이 아니었습니다. 하지만 그런 믿음은 가졌을 거라고 믿습니다. 자살은 아니었어요." 신부는 엄숙히 말했다.

패멀라는 심란한 표정을 지었다.

"그럼 사고였을 텐데, 그렇다면 유령이 나타날 이유가 없어요. 아니면 공격당한 거죠. 그것 역시 동기가 될 수는 없네요. 신부님께서 복수는 아니라고 하시니까요."

앤슨 신부는 아주 엄숙하게 말했다.

"메리 메러디스의 영혼이 안식을 얻지 못했으리라 믿으라고 강요해선 안 됩니다."

패멀라는 단호한 눈빛으로 신부의 비난 어린 표정을 마주 봤다.

"앤슨 신부님, 하지만 전 그걸 거의 확신해요. 메리가 왜 영면에 들지 못했는지 알고 싶어요. 왜일까요!"

"그 생각이 옳지 않다고 느끼지만, 그렇게 생각해서 마음이 편하다면 나도 따르도록 하지요."

"참 친절하시네요, 신부님. 만약, 만약 메리가 무슨 생각이었는지 알 수 있다면, 카르멜과의 마지막을 알 수 있다면."

"혹시 카르멜이 사망했을 때 함께 계셨나요?" 내가 끼어들었다.

신부의 표정이 근엄한 분노로 굳었다.

"불행히도, 불행히도 카르멜이 죽었을 때 함께하지 못했습니다." 그는 낮고 떨리는 어조로 말했다.

"하지만 고해신부님으로서⋯⋯." 패멀라는 재빨리 말했고, 신부의 당혹한 표정을 보고는 얼굴을 붉히며 입을 다물었다. "그 말씀은 하지 않으셨죠, 신부님. 그냥 넘겨짚었어요."

"고해신부로서⋯⋯." 앤슨 신부가 맞장구쳤다. "함께 있어야 했지요. 그렇지만 연락을 받지 못했어요. 카르멜의 의식이 혼미할 때 두 번 봤지만, 그 후론 못 봤어요."

그 일에 대해 신부는 깊이 분노했다. 그 잊을 수 없는 일을 들먹이고 싶지 않은 듯했다. 나는 의사의 잘못인지 물었다.

"카르멜이 사망했을 때 의사도 함께 있지 않았습니다."

패멀라가 물었다. "누가 간호했죠? 홀러웨이 씨란 사람이었나요?"

"카르멜은 폐렴으로 사망했습니다. 홀러웨이 간호사가 담당했죠."

"홀러웨이 씨!" 패멀라가 외쳤다. "그들 모두와 함께 살았던 사람이잖아요. 그 사람을 찾아서 만나볼 수 있을까요?"

앤슨 신부는 입을 꾹 다물고 고민하더니 대답했다. "지금 브리스틀에서 삽니다. 쉽게 다가갈 수 있는 사람은 아니지만 만나보고 싶다면 주소를 구해드릴 수 있어요."

나는 죽어가던 카르멜이 농장 수레에 실려 집으로 갔다는 제섭 부인의 이야기를 기억하고 있었다. 내가 말했다. "카르멜에 대한 마을의 편견이 심한 것 같네요."

"사람들이 카르멜을 죄인으로 여긴 것 같아요." 패멀라가 말했다.

신부가 자리에서 일어났다.

"우리 모두 불쌍한 죄인이지요. 현명해질수록 죄에 빠지는 걸 피하기 어려워집니다. 가끔은 아주 단순한 이들이 부러워요." 신부는 패멀라에게 미소를 짓고는 손을 꼭 잡았다. "염려 마세요. 작은 소란은 적응할 수도 있고, 또 멈출 수도 있으니까요. 밤낮 언제든지 제가 오겠습니다. 그리고 교회는 수 세기 동안 그런 말썽을 잠재운 경험이 있습니다. 이제 괜찮다면 리지를 만나보겠습니다."

우리는 신부에게 고맙다고 인사했다. 참 고마웠다. 나는 집필을 위해 서재로 올라갔다. 한 시간 뒤, 점점 거세지는 바람에 고개를 숙이고 들판을 가로질러 가는 신부의 모습이 보였다.

제8장 장날

"두고 봐요. 이제 조용해질 테니." 앤슨 신부의 방문 후 리지가 자신 있게 말했고, 실제로 그랬다. 아무 일 없이 매일 밤이 지나갔다.

"오빠 말이 옳았고 리지는 환영을 본 거라는 생각이 들어." 패멀라가 말했다. "아니면 주디스 말이 옳았든지. 어쨌든 깃발이라도 올리고 싶네."

"그래, 온 세상에 알리고 싶다."

윌름코트에서 아무 소식도 오지 않았으므로 중령에게 알리고 싶었다. 전보가 도착하고 며칠 지나 패멀라가 스텔라에게 편지를 보냈지만 답장은 없었다. 중령이 스텔라의 답장을 금지한 것이 분명했다. 자기밖에 모르는 폭군 노인네 같으니!

그 상황이 몹시 못마땅했다. 대체로 패멀라 때문이라고 생각했다. 나는 비버처럼 열심히 일하고, 패멀라는 매일 홀로 정원에서 시간을 보냈으니까.

정원을 방치할 수 없다는 것을 알게 됐다. 비록 척박한 모래밭이긴 했으나 이 땅은 우리 것인데 잡초가 최종 소유권을 주장하고 있었다. 어느 날 아침 리지가 제이컵 엡스타인의 우울한 조각상처럼 벽돌담이 에워싼 작은 땅 가운데 서 있었다. "한 해 씨를 뿌리면 일곱 해 동안 잡초를 뽑아야지." 리지는 바람에 흔들리며 날개 달린 씨를 사방으로 흩날리는 개쑥갓과 민들레를 보며 중얼거렸다.

밤에 비가 왔다. 나는 허리를 굽히고 개쑥갓을 두 줌 뽑아냈다. 뿌리가 쑥 뽑혔다. 무릎을 꿇은 채 주위 땅에서 잡초를 모두 뽑았고, 귀농이 시작됐다. 나는 인간 본연의 열정을 발휘했다. 깨끗한 자기 땅을 보면 농작물로 채우지 않고는 못 배기는 것 말이다. 리지는 마음속에서 콩밭과 샐러드용 채소밭, 겨우내 먹을 통통한 호박, 양파와 붉은 열매 절임을 봤다. 패멀라는 상상 속의 꽃을 꺾었고, 나는 탐스러운 라즈베리와 어린 완두콩을 먹었다. "래라 캐슬에서 휴가를 보내는 동안 우리 운명이 정해진 거야." 패멀라가 말했다. "캐슬린 아주머니 말씀이 기억나. '어릴 때 정원을 가꾸면 나이 들어서도 정원을 가꾸게 된단다.'" 캐슬린 아주머니는 사촌 네스타에게 전문가적인 조언을 적어 보냈고, 네스타는 더블린 근처에서 유치원 텃밭을 대단히 성공적으로 운영했다.

내게 정원 가꾸기는 도피였고, 이따금 한 시간 정도만 시간을 냈다. 하지만 패멀라는 종일 일했다. 붉은색 작업복을 만들어 입더니 그걸 벗는 일이 거의 없었다.

"우선 빨간색을 보고 바다오리들이 도망가." 패멀라가 말했다. 유령 나오는 집 이야기가 궁금해 오후에 찾아오는 근방의 여자들을 가리키는 말이었다. 그중 하나는 패멀라의 짧게 자른 곱슬머리와 볕에 그을린 팔, 삽으로 일꾼처럼 일하는 모습을 보고는 정원지기로 착각해 패멀라를 기쁘게 했다. 나는 그런 여자들에 대해서는 도움을 주지 못했다. 당분간은 서재에서 쟁반에 차린 차를 마시는 걸 원칙으로 했다.

나는 '바버라'(내 연극의 임시 제목이었다)에 빠져 있었다. 집필 속도가 무서웠다. 그렇게 매끄럽고 빠르게 쓰는 글이 좋을 리 없었다. 상상의 세계 속에서 모든 걸 잊고 사는 일은 위험하기도 했다. 현실 세계에서는 내 집에서 어떤 일도 일어날 수 있었는데 나는 알지 못했다. 내내 집필에 몰두하고 있었지만 내 의식의 일부는 어떤 사건이 벌어지려고 한다는 것을, 끝내야 하는 상황이 일어날 것임을 강하게 느끼고 있었다.

어느 시원한 바람이 부는 아침, 그 마법이 풀렸다. 나는 희곡을 적은 종이 한 묶음 위에 손을 얹은 채 책상 앞에 앉아 있었다. 마음이 다시 현실 세계에서 움직였고, 도저히 가만있을 수 없었다. 밖으로 나갔다.

모든 게 변함없이 내가 다시 발을 들이기 한두 주 전의 상태 그대로 기다릴 것이라는 환상을 갖고 있었다. 그때 막연한 두려움이 느껴졌다. 부엌 정원이라고 이름 붙인 곳에서 일하는 패멀라에게 갔다. 곧 이름에 어울리는 정원이 될 것 같았다. "있잖아. 이 평화와 고요함이 너무 좋아서 믿을 수 없어.

나한테 뭐 숨기는 거 있니?" 내가 따져 물었다.

"맹세해. 그런 일은 오빠에게 감추지 않을 거야. 유령이 있으면 싸워야 하니까. 브리스틀에서 돌아온 이후로 아무 소리도 못 들었어. 열하루째 조용한 밤이야." 패멀라가 대답했다.

"좋아. 마을까지 산책 갈래?" 내가 제안했다.

패멀라는 고개를 저었다. "이거 마저 해야지." 패멀라가 덧붙였다. "아! 오늘이 목요일, 장날이야. 코니의 크림치즈 좀 사다줄래?"

나는 지름길로 출발했다. 그곳은 바람이 셌다. 스텔라가 혼자 가겠다고 했던 길모퉁이였다. 그날 나는 스텔라를 아이 취급했는데, 스텔라는 참 상냥하고 점잖게 행동했었다. 스텔라에게서 아무 소식도 없는 것이 견딜 수 없었다. 어떻게든 연락받고 싶었다. 마을을 통과해 반대편으로 가기로 했다. 디 애비뉴를 따라 소나무 숲으로 가서 노신사들이 산책하는 잔디 볼링장까지 갈 생각이었다. 거기서 중령을 만날 수도 있었다.

수레와 잔뜩 쌓인 농산물이 언덕부터 이어지는 세 갈래 길에 모일 만큼 비들컴의 장날은 꽤 중요한 행사였다. 바닷가 광장에 가판대가 설치됐고, 뜨겁고 활기 넘치는 곳에는 차양이 그늘을 만들어줬다. 사람들이 붐볐다. 여자들은 수다를 떨고 닭과 오리가 갈매기와 울음소리를 경쟁했고, 아이들은 막대사탕을 빨며 뛰어다니고, 어부들은 반짝이는 고등어를 꿰어 들고 돌아다니면서 육지 친구들과 이야기를 나눴다. 조개 냄새가 풍겼다. 코니의 가판대를 찾아 크림치즈를 구한 뒤 꽃

파는 곳에서 멈췄다. 노인의 얼굴이 익숙했다. 그도 나를 알아보고 입에서 담뱃대를 빼더니 반짝이는 눈을 마주쳤다.

"누구 말이 옳았지요? 누가 거짓말을 한 거지요? 파킨슨 씨네도, 그 집 요리사도 아니었지요? 신사분 집 요리사는 뭐라던가요, 응?"

나는 그가 이 빠진 자리가 드러나게 웃도록 두고 데이지와 패랭이가 쌓인 다음 가판대 쪽으로 피했다. 꽃을 들고 다니기는 싫었지만, 집에는 꽃이 필요했고 패멀라에게도 관심을 주어야 했다. 그러나 꽃들이 축 처져 있었다.

패랭이를 보고 있는데 부드러운 목소리가 "피츠제럴드 씨" 하고 불렀다. 스텔라가 붉어진 뺨과 걱정스러운 눈빛으로 나를 보고 있었다.

"있잖아요. 이거 싱싱한가요? 얼마나 피어 있을까요?" 내가 물었다.

스텔라가 꽃대 끝을 살폈다.

"물에 꽂으면 되살아날 거예요. 아스피린을 넣어주면 좋을 거예요."

내가 놀란 표정을 짓자 스텔라는 소리 내 웃었다. 나는 꽃을 샀다.

"그럼 약국에서 꽃에 필요한 아스피린을 사야 할까요? 또 다른 건 뭐가 필요할까요?"

"피츠제럴드 양에게 아스피린이 있을 거예요."

"왜죠? 두통도 없는데."

"분명히 있을 거예요." 스텔라는 미소를 지으며 다시 말했다.

"그렇군요. 그러고 보니 주디스에게 준 적이 있어요. 음, 여자들끼리는 서로 잘 아는군요."

나는 스텔라가 다시 사라져버리지 않도록 집중하며 근근이 대화를 이어나갔다. 스텔라는 장터 한가운데서 사과나 해명을 할 생각이 없어 보였다.

한 가지 아이디어가 떠올랐다.

"덥고 목이 마르네요." 내가 말했다. "그렇지 않아요? 라벤더 카페에 아이스크림 먹으러 갈까요?"

스텔라는 망설이더니 고개를 끄덕였다.

우리는 불편한 계단과 화려한 참나무 서까래가 있는 어두운 가게로 들어갔다. 스텔라는 꾸러미를 단정히 내려두더니 구석 자리에 앉았다. 스텔라가 투명한 얼굴로 어떤 말은 해도 되고 어떤 말은 하면 안 되는지 고민하는 속내를 드러내는 동안 나는 말없이 앉아 있었다.

"실망했어요." 결국 내가 먼저 말했다.

스텔라가 끄덕였다. "네, 무례했죠. 그것도 친한 친구분들을 소개해주신 다음에."

"그건 상관없어요. 하지만, 이런 아이스크림 좋아해요? 웨이퍼도 함께 먹을래요?"

"편지로 설명드리려고 했는데, 뭐라고 해야 할지 몰랐어요……. 그렇게 끔찍한, 끔찍한 전보를 보내고, 피츠제럴드 양에게 그렇게 다정한 편지를 받은 다음에도 말이에요…….

사실 무슨 일인지 편지로 쓰긴 했었어요. 꽤 상세히 썼죠. 저도 가끔 오싹할 때가 있다고, 저도 그런 적이 있었다고. 하지만 그걸 보낼 수 없었어요. 동생분에게는요."

"설명하려고 하지 말아요. 상관없어요. 하지만 언제 올래요?"

스텔라는 얼굴이 새빨개졌다.

"그것 때문에 너무 속상해요. 할아버지는 제가 가길 바라지 않으세요."

"그러니까, 다시는 말이에요?"

스텔라는 고개를 끄덕이더니 아이스크림을 먹으려고 했다. 속상한 표정이었다.

"왜 이유를 말하지 못하는지 모르겠어요. 알긴 아는 거죠?"

스텔라는 "네"라고 속삭이더니 나를 아주 진지하게 보면서 말했다. "할아버지가 피츠제럴드 씨나 동생분을 못마땅히 여기셔서는 아니라고 약속해요. 두 분과는 사실 아무런 상관도 없어요."

"그렇군요. 나도 알고 있어요. 집 때문이죠." 내가 대답했다.

스텔라는 굉장히 안도하는 표정이었지만, 아무 말도 하지 않았다.

"우리가 걱정할까봐 말하지 않았던 건가요?" 내가 넘겨짚어 물었다.

"네." 스텔라는 간절한 표정으로 기다렸다.

"누군가 중령님께 집에 유령이 나타난다고 했고, 중령님이 믿은 거죠?"

"바로 그거예요. 오, 이해해주셔서 정말 고마워요! 하지만 전 그건 사실이 아니라고 생각했고, 두 분이 소문을 알게 되면 염려할 것 같았어요. 그건 사실이 아니기를 진심으로 바라요." 스텔라가 재빨리 덧붙여 말했다.

나는 말꼬리를 살짝 잡았다. "소문이 뭔지 말해주면 사실인지 알려줄 수 있겠죠."

"별로 들은 것도 없어요." 스텔라가 대답했다. "수지가 할아버지께 소문 이야기를 하자마자 할아버지는 돈을 쥐여주고 보냈으니까요. 수지는 화를 내며 부엌으로 와선 정보를 드린 걸 할아버지가 고마워하셔야 한다고 했어요. 흰옷 입은 수녀가 손을 맞잡은 채 계단을 오르내리는 걸 댁의 하녀가 보고 기절했고, 피츠제럴드 씨가 쓰러진 하녀를 발견했다고 했어요."

나는 씩 웃었다. 괜찮은 이야기였다.

"흰옷 입은 수녀를 본 사람은 아무도 없어요."

"오, 다행이네요."

"할아버지께서 그 이야기를 하셨어요?"

"네, 제가 할아버지께 먼저 얘기를 꺼냈거든요. 집에 유령이 있다 해도 두 분이 크게 신경 쓰지 않을 거라고 말씀드렸어요. 피츠제럴드 양이 유령을 무서워하지 않으니까요. 그리고 아마 증조할머니의 영혼이 클리프 엔드를 가끔 찾아오는 모양이라고 했어요. 그 집은 증조할머니를 위해 지은 것이고,

할머니께서 아주 좋아하셨으니까요."

"증조할머니도 안 나타나셨어요. 할아버지께선 뭐라고 하시던가요?"

"화를 내셨어요. 그런 이야기 자체가 소름 끼치고 혐오스러우니 입 밖에 내지도 말고 클리프 엔드도 찾아가지 말라고 하셨어요." 스텔라의 표정이 굳었다. "그리고 그 끔찍한 전보를 보내게 하셨어요."

"전보는 이제 걱정하지 말아요. 하지만 중요한 건 이거예요. 지금부터 하는 이야기는 비들컴의 누구도 모르게 하고 싶어요. 클리프 엔드에서 이상한 일이 벌어졌고, 유령은 없지만 아마 뭔가 초자연적인 일이 벌어지는 것 같아요." 내가 감화력과 주관적 현상, 감정에 의한 물질의 변화 등을 이야기하는 동안 스텔라는 집중해서 들었다. 완전히 솔직하게 말하지는 않았다. 리지가 희미한 환영을 봤다고는 했지만, 어떤 인물을 봤는지는 설명하지 않았다. 아기방의 불빛에 관해서는 말하지 않고 작업실의 한숨 소리와 우울한 느낌만 이야기했다.

스텔라는 생각에 잠겨 한참 앉아 있었다.

"정말이지 죄송해요. 집을 다 망쳐놓고 있군요. 행복한 영혼은 아니에요." 스텔라가 얼굴을 조금 붉히며 말했다. "증조할아버지 한 분이 술을 너무 드셨던 것 같아요. 그분이 악몽 같은 걸 남기고 가셨을지 몰라요."

나는 웃었다. 죽은 자가 남긴 섬망도 유령만큼 성가실 것이라고 생각했다.

"확실히 증조할머니 편이 낫겠네요." 웃으면서 말했다. "하지만 어쨌든 나 끝난 것 같아요. 그러니 할아버지께 그렇게 말씀드리세요."

스텔라는 고개를 저었다. "그렇다면 참 다행이지만 할아버지께 말씀드려도 소용없을 것 같아요."

"아쉽네요."

"네."

스텔라는 좌절한 젊은이의 모습으로 고개를 푹 숙이고 있었다. 나는 곰곰이 생각했다. 터무니없는 상황 같아서 버티기로 했다.

"말해보세요. 클리프 엔드에 오는 게 두려워요?" 내가 물었다.

"어머나, 아뇨!"

나는 망설였다.

"하지만 할아버지 말씀을 들어야 한다고 생각하는 거죠?"

스텔라는 얼굴을 붉혔다. "음, 할아버지께서 좋아하지 않는 일을 종종 하는 편이지만, 금지하시면 거역하지 않아요."

"그렇군요. 그리고 이번에도 예외를 만들 생각은 없어요?"

"결…… 결정을 내리려던 중이었어요."

"우리가 반길 결정을 내리길 바랄게요."

스텔라의 매끈한 이마에 근심으로 주름이 잡혔다.

"너무 저만 생각하는 짓이겠죠? 그리고 못된 짓이고. 할아버지의 행동이 공정하니까요. 확실히 금지하신 건 아니에요.

처음에는 그러셨지만, 엊그제 피츠제럴드 양의 편지가 왔을 때(제가 그런 짓을 했는데, 가능할 때 놀러 오라고 하다니!), 제가 정말 너무너무 가고 싶다고 말씀드렸더니 할아버지는 한참 동안 아무 말씀도 안 하셨어요. 굉장히 염려스러운 표정이셨죠. 그러더니 말씀하셨어요. '네가 간다면 내 뜻과 판단을 거스르는 일이 될 게다.' 그러더니 저더러 직접 결정하라고 하셨어요. '너는 열여덟 살이고 나는 폭군처럼 굴지 않았다.' 그래서 생각해보겠다고 했어요. 계속 생각 중이고요."

스텔라는 분명 내게 조언을 구하고 있었지만 내가 뭐라고 할 수 있었을까? 내 소망과는 별개로 노인의 공포심이 스텔라에게서 우정과 즐거움을 빼앗는다니 잔인한 일 같았다. 하지만 할아버지와 손녀 사이를 깨어놓을 방법을 내가 감히 조언할 수 있었을까?

"있잖아요. 나는 당사자이니 조언할 수 없어요. 동생과 나는 스텔라를 많이 보고 싶어요." 내가 설명했다.

스텔라의 얼굴이 환해졌다. "정말 진심이세요?"

"정말 진심이죠! 그게 그렇게 이상한가요?"

"좀 그래요. 저, 동생분이 너무나 **사브와르 페르**•가 뛰어난데 전 안 그렇잖아요. 학교에서 저더러 **파루슈**••라고 했어요." 스텔라가 웃었다. "예쁜 단어라고 생각해서 그렇게 말해

• '요령, 노하우'라는 뜻의 프랑스어.
•• '비사교적인, 수줍은'이라는 뜻의 프랑스어.

도 신경 쓰지 않았죠."

"그 학교는 참 답답한 느낌이네요. 학교를 그만둬서 기쁘지 않았어요?"

"기뻤죠. 특히 처음에는요."

"그러다가 비들컴이 너무 외딴곳이라는 생각이 들었어요?"

"맞아요! 어리석은 생각일까요? 왜냐하면, 세상은 대체 어디 있나요? 피츠제럴드 씨의 파티에선 세상을 만났어요. 그렇죠? 피츠제럴드 씨는 가시는 곳마다 세상의 중심이 될 거예요."

"자, 그럼 클리프 엔드에 얼마나 오고 싶어요?"

스텔라는 충동적으로 대답하려다 망설였다. 내 질문은 공정하지 못했다. 스텔라는 조금 자제하며 대답했다. "많이 가고 싶어요."

"왔다가 아무 말도 하지 않을 순 없어요?"

스텔라는 고개를 저었다.

"그런 유혹이 들긴 하지만, 그럼 할아버지께 거짓말을 하게 될 거예요. 무서운 일이죠. 게다가 긴장하면 입에서 거짓말이 그냥 튀어나와요. 그것도 아주 교묘한 거짓말이. 왜 그러는지 모르겠어요. 어머니는 아주 진실한 분이셨으니까요. 수정처럼 맑은 분이셨죠. 평생 거짓말이라곤 안 하셨어요."

"나도 언제나 거짓말보다는 싸움을 선호해요." 내가 말했다.

"제가 할아버지께 거기 간다고 말씀드릴 수 있다고 생각하시는 거죠?"

"그런 것 같아요."

스텔라는 길고 검은 속눈썹이 있는 크고 슬픈 눈으로 먼 곳을 응시했다. 옆모습이 섬세했다. 스텔라는 나이가 들어도 아름다울 것 같았다. 그 상냥한 표정이 얼마나 쉽게 체념으로 바뀌는지도 알 수 있었다. 하지만 스텔라는 고개를 들며 말했다. "저도 할 수 있을 것 같아요."

"훌륭해요!"

"오늘 밤에 결정할게요."

"좋아요! 반가운 결정이라면, 내일 차 마시러 오겠어요?"

"하지만 그러면 피츠제럴드 씨와 동생분이 제가 오는지 알 수 없잖아요."

"작업복 차림의 패멀라와 정원 가꾸는 일을 해도 상관없다면 그건 아무런 문제도 아니에요."

스텔라는 미소를 지었다. "아, 그건 좋아요. 이제 집에 가야겠어요. 아이스크림…… 전부 고마워요."

"패멀라에게 전할게요."

스텔라가 나간 뒤 몇 분 동안 카페에서 남아 있다가 가파른 길을 따라 집으로 돌아왔다.

스텔라와 만난 이야기를 전하자 패멀라는 흥분했다. "그 아이의 인생을 멋대로 바꾸다니 형편없는 짓거리야! 폭군도 그렇게 비열한 폭군이 없다고!"

패멀라는 뿌리가 깊은 질경이를 뽑더니 적을 해치우는 사람처럼 잡초 더미에 던졌다.

나는 아니라고 해야 할 것 같았다. 그 말에 반박하기 위해 내 말까지 취소하고 싶었다.

"있잖아. 중령님이 정말로 딸의 유령이 이 집에 나타난다고 믿는다면, 스텔라 때문에 불안한 게 당연하지 않아?"

"부모들은 불안을 견디고, 젊은이들이 살아가게 내버려둬야 해."

사랑하는 어머니가 여기서 나타났다는 말을 듣는다면, 스텔라가 굉장히 심란할 거라고 지적했다.

패멀라가 쏘아붙였다.

"그럼 왜 오라고 했어?"

"혹시 몰라서. 그건 좀 부도덕한 짓이었지." 내가 대답했다.

"아냐, 그렇지 않았어. 유령이 있다고 해서 당연히 해야 할 일을 피하고 살 순 없어. 스텔라를 위해서도 해야 할 것 같아. 이 일로 스텔라가 중령님 말만 듣는다면 매사 포기하게 되고 시들어갈 거야." 패멀라가 굳게 말했다.

"그건 잘 모르겠다."

패멀라의 활기가 내게 도움이 됐다. 나도 스텔라에게 반기를 들라고 꾀어낼 마음가짐이 됐다.

"오빠, 앞으로 10년 뒤, 스텔라가 자기 엄마처럼 서글프고 상냥한 얼굴로 노인의 휠체어를 밀면서 걸어 다니는 모습이 보이지 않아? 행복에 대한 믿음을 모두 잃고 말이야."

그럴 수 있었고, 그 모습을 떠올리자 가슴이 아팠다.

"마찬가지로 노인도 안됐어. 메리를 무척 사랑한 모양인데,

이제 남은 건 스텔라뿐이잖아." 내가 말했다.

"그래, 그래서 스텔라를 메리처럼 만들려고 해. 스텔라가 될 수 없는 사람으로 바꾸려 든다고. 노년에 메리와 다시 함께하려고! 스텔라는 자기 아버지도 닮았어. 예술가라고. 자식을 난쟁이로 만드는 중세 시대 왕들과 같은 짓이야."

"과장이 심해, 패멀라!"

패멀라는 고개를 들고 쇠스랑을 지팡이처럼 짚고 서 있었다. 화해의 기색은 찾아볼 수 없었다. 화가 나기 시작했다.

"넌 왜 그렇게 편견이 심한지 모르겠다." 내가 말했다. "너랑 중령님 사이가 좋으면 어떻게 될지 생각해봐. 패멀라, 기회가 있다면 중령님을 만나서 착하게 굴어봐. 너도 마음만 먹으면 사근사근하게 굴 수 있잖아."

스텔라는 잠시 골리앗을 만난 다윗처럼 굴더니 긴장을 풀고 진지한 표정으로 나를 보며 말했다. "알았어, 오빠. 최선을 다할게."

제9장 아기방

금요일처럼 들뜨고 긴장한 적은 20대 초반 이후로 처음이었다. 희곡은 결말을 향해 달려갔다. 서재에서 점심으로 커피와 샌드위치를 먹고, 다시 시장기를 느껴 리지에게 위층에서 차를 마시겠다는 신호로 벨을 울렸다.

이런 것이 가능하다니 환희가 느껴졌다. 스텔라가 오기로 했다. 나는 스텔라의 방문을 확신했고, 그 단순한 사실을 지나치게 의식하고 있었다. 내 안의 근로자 자아가 도전을 느꼈다. 이게 전부인가? 스텔라가 온다고 평생 가장 중요한 하루치 작업을 멈췄다가 갈피를 잃고, 다시는 포착할 수 없을지 모르는 에너지를 잃어야 할까? 행동과 감정에 좋은 추진력을 얻고 있었다. 그 힘을 누그러뜨리고 싶지 않았다.

이 결정을 내리고 지키느라 겪은 갈등 덕분에 그 장면에 긴장감이 더해졌다. 꼼짝할 수 없어 미쳐가는 바버라와 냉정하고 흥미로워하는 프램프턴 사이의 대화를 그때 썼다. 한번은 마음이 흔들렸다. 정원에서 스텔라가 웃는 소리가 들려왔고, 노란 상의가 언뜻 보였다. 왔구나! 펜을 내려놓고 창밖을 내다봤다. 스텔라와 패멀라가 언덕 아래쪽에서 잡초를 쌓고 있었다. 스텔라가 밀기에는 수레가 너무 무거워 보였다. 내려가야 했다……

다시 책상 앞에 앉았다. 제니퍼가 등장했다. 어려운 부분이었다. 활기차고 또렷한 시야를 가졌고, 바버라가 고의로 삶을 파멸시킨 소녀. 제니퍼가 마음이 여리거나 바보로 보이지 않도록 하면서 자신을 괴롭힌 사람을 용서하고 그를 위해 싸우게 만들어야 했다. 이 부분에서 초안의 내용은 어울리지 않았다. 더 설득력 있게 만들 수 있을까? 그렇다. 그렇다는 걸 알고 있었다. 젊은이에게는 무모한 동정심이 가득한 경우가 많으니까.

결국 끝났다. 희곡이 완성됐다. 나는 '막이 내리다'를 길게 늘여 쓰고 밖으로 나갔다. 세상에, 6시가 다 됐다! 후회하며 현실로 돌아왔다.

이런 짓을 하다니! 어째서 나는 늘 스텔라에게 예의 없는 놈처럼 구는 걸까? 힘든 시련을 견디고 우리를 만나러 오라고 설득해놓고, 막상 스텔라가 찾아오니 자리를 비웠다. 대체 어떻게 하면 적당한 핑계를 댈 수 있을까?

스텔라는 풀밭에 무릎을 꿇은 채 잡초 뽑기에 몰두하고 있었다. 내가 인사하자 스텔라는 어깨 너머로 미소 짓고는 다시 허리를 숙이고 일하기 시작했다.

"그럼 전투에서 승리했나요?" 내가 경망스럽게 물었다.

"전투는 없었어요." 스텔라가 대답했다.

패멀라가 잡초를 가득 실은 수레를 끌어 모닥불 옆에 쏟자 강한 가을 냄새가 풍겨왔다. 강해지는 바람 때문에 연기는 거의 수평으로 움직였다. 패멀라가 쇠스랑으로 잡초를 밀어 넣었다.

"오빠는 어떻게 생각해?" 패멀라가 물었다.

"그 모닥불에는 구멍이 더 커야겠다." 나는 나뭇가지를 밀어 넣으며 변명하듯 말했다. "두 사람 모두 리치 같은 기분인가요? 내가 '중대한 일'을 하느라 시원한 곳에서 깔끔하게 일하는 동안 더운 데서 흙투성이가 돼 일하니 우월감을 느끼는 거예요?"

스텔라가 러그에 무릎을 대고 허리를 세우곤 날 돌아봤다.

"더운 데서 흙투성이가 된 건 맞아요. 하지만 당신도 그다지 깔끔하진 않은데요." 스텔라가 웃으면서 말했다.

패멀라가 말했다. "머리 모양만 보면 오후에 열심히 일했는지 알 수 있다니까요."

나는 일어나며 씩 웃었다. "음, 그럼 변명이 될 수 있을까?"

스텔라는 내 모습을 찬찬히 보더니 끄덕였다. "그런 것 같네요."

"정말 고마워요." 내가 말했다. "터무니없는 짓이었는데, 위에서 벌은 잘 받았어요. 무엇보다 잡초로 모닥불을 만들고 싶었어요. 두 사람은 간식과 차를 잔뜩 먹고 있을 텐데, 난 샌드위치 하나밖에 못 먹었어요. 크리켓 경기에 출전 못 하는 아이처럼 짜증이 났죠. 하지만 음, 희곡을 완성했어요."

스텔라가 벌떡 일어났다. 나는 극적인 효과를 노렸고, 그걸 얻어냈다. 스텔라는 눈을 동그랗게 떴다. "정말로 방금 희곡을 완성했다고요?"

패멀라 역시 홱 돌아섰다. "완전히 끝냈다고? 초고를 전부? 와, 잘했어!"

"사극인가요, 시극인가요? 제목이 뭐죠?" 스텔라가 열렬히 물었다.

"현대극이고 산문이에요. 우선 제목은 '바버라'라고 붙였어요. 솔직히 오늘 오후에야 끝낸 건 불운한 일이었어요. 도저히 멈추고 나올 수 없었어요."

"물론이죠. 당연해요."

스텔라가 이해했으니 나는 용서를 받은 셈이다.

"'바버라'란 제목 좋은데? 그다음엔 어떻게 해?" 패멀라가 물었다.

"밀로이에게 읽어보게 하고 의견을 들을 거야. 브리스틀에 언제 갈 수 있지? 〈살로메〉가 언제 시작하더라?"

"화요일에 시작해. 그거랑 카워드의 단막극 두 편을 함께 한대. 희한한 조합이지. 다음 주 금요일이면 될까? 잡초들의 포위 공격에 굴복하고, 찰리에게 일주일 동안 정원 관리를 맡겼는데 혼자 둘 순 없어."

"좋아. 그럼 일주일 동안 원고를 다듬을 수 있겠네."

"내겐 언제 읽어줄 거야?"

"네가 원할 때 언제든지."

"오늘 저녁?"

"흐음, 기사를 한 편 써야 하지만 기력이 없네. 좋아."

스텔라는 한숨을 쉬었다. 그 표정을 보니 웃음이 났다. 내 희곡에 대한 강한 흥미와 사교적 행동 사이에서 갈등하는 기색이 역력했다. 후자가 이겼다.

"엄청나게 성공하실 거예요, 피츠제럴드 씨. 이제 전 가봐야겠어요."

"참 아쉽군요." 내가 중얼거렸다. "이제 시간이 났는데."

패멀라는 도구를 정리했고, 스텔라와 함께 창고에 넣었다. 나는 수레를 밀며 뒤따랐다.

"'로더릭'이나 '패멀라'라고 부르기엔 우리 나이가 너무 많은 것 같아요?" 패멀라가 묻는 소리가 들렸다.

"예쁜 이름이니 부르고 싶어요." 스텔라가 대답했다.

"참, 스텔라, 우리 해변에 언제 해수욕하러 올래요? 최고의 해수욕장이에요." 나는 집으로 돌아가면서 말했다.

"그렇죠!" 스텔라가 외쳤다.

"저 바다에 자주 들어갔군요?"

스텔라는 살짝 미소 지으며 털어놨다. "네, 하지만 제섭 부인 말곤 아무도 몰랐어요."

"왜 비밀로 했죠? 스텔라의 땅이었는데."

"할아버지가 위험하다고 하실까요."

"그럼 혼자 갔어요?"

"네."

"그건 좀 위험하네요." 내가 말했다. "저기서 자주 해수욕을 즐기길 바라요. 혼자서는 말고요."

"패멀라가 다음 주 화요일에 오라고 했어요."

"좋아요. 다이빙할 줄 알아요?"

"아뇨."

"내가 가르쳐줄게요."

스텔라가 듣지 못한 줄 알았다. 대답이 없었다.

"불을 피울 거야." 패멀라는 복도에서 이렇게 말하곤 스텔라에게 더 있다 가라고 할지 눈짓으로 물었다. 나는 동의했다.

"스텔라, 함께 저녁을 먹고 희곡을 듣고 가긴 어려울 것 같아요?"

"어머, 어머!"

스텔라는 우뚝 멈춰 서더니 마치 천국의 열쇠를 달랑거리기라도 하는 것처럼 우리를 번갈아 봤다. "그러고 싶어요! 그럴 수 있어요. 할아버지는 금요일엔 10시 반 전에 돌아오시지 않아요."

어떻게 된 걸까? 패멀라와 내 머릿속에 같은 생각이 떠올랐다. 패멀라의 염려스러운 눈빛을 봤다. 이건 정말 위험한 시도였다. 스텔라를 그렇게 늦은 시간까지 데리고 있는 것은.

스텔라가 설명했다. "할아버지는 금요일에 패스코 선장님과 저녁을 드세요. 병약한 그분과 체스를 두시죠. 그래서 우리 가사도우미가 금요일 저녁에 와서 저와 함께 있어줘요. 함께 은식기를 닦는데, 지금은 가사도우미가 없어요. 은식기는 내일 닦으면 되죠. 그것뿐이에요."

"좋아요." 내가 말했다. "일찍 저녁을 먹고 곧바로 희곡을 읽고 나서 10시 전에 데려다줄게요."

"일찍 저녁 먹긴 이미 늦었네." 패멀라는 이렇게 말하곤 스텔라와 서둘러 씻으러 갔고, 나는 응접실에 불을 피웠다.

희곡 낭독이 기대됐지만 브뤼셀의 학교에서 찬성하지 않을 부분은 생략하기로 마음먹었다.

스텔라는 곧바로 단정한 차림으로 내려왔고 패멀라의 의자에 앉았다.

"전투가 없었다니 다행이에요." 내가 벽난로 옆에 서서 말했다. 스텔라는 잠시 침묵했다. 고개를 돌리고, 석양에 불붙고 바람에 흔들려 하늘에 펼쳐진 금빛 양털 같은 구름을 바라보고 있었다. 한참 뒤 스텔라가 조금 서글픈 어조로 말했다. "그래도 뭔가 사라진 느낌이에요."

"아뇨, 아뇨! 중령님도 적응하실 거예요."

"할아버지는 다른 사람 보듯이 저를 한참이나 보시더니 '그럼 이제 내 통제에서 벗어난 게로구나'라고 말씀하셨어요. 그 순간 포기할 뻔했어요. 그리고 점심때 아무 말씀도 안 하셨어요. 노력은 하셨죠. 저도 그랬어요. 절 야단치실 뜻은 없지만 모든 게 변했다는 생각이 들어요."

"버틴 걸 후회하는 건 아니겠죠, 스텔라?"

스텔라는 고개를 저었다. "아뇨, 언젠가는 해야 할 일이었어요. 인간은 성장해야 하니까."

"그렇죠. 그건 중요해요." 내가 대답했다.

리지가 들어와 식탁에 한 사람 몫을 더 차렸다. 스텔라는 미소를 지으며 인사했다. "안녕하세요."

"오후에 일을 했으니 시장하겠어요, 메러디스 양. 저녁을 들고 가는 줄 알았으면 좋았을걸." 리지가 말했다. "감자를 싫어하진 않죠? 부엌 한번 구경할래요? 부엌을 보고 싶어 한다고 패멀라 아가씨에게 들었어요."

"어머, 감사합니다. 굉장히 넓죠?"

둘은 함께 부엌으로 갔고, 나는 서재로 가서 원고를 챙겼다. 패멀라가 머리를 들이밀기에 나는 리지와 스텔라가 함께 있다고 했다.

"참, 오빠." 함께 내려가는데 패멀라가 말했다. "미안하지만 오빠는 우리랑 함께 해수욕할 수 없어."

나는 치를 떨며 외쳤다. "없다고? 이런 망할 청교도 학교 같으니!"

"아니야." 패멀라가 낮은 소리로 속삭였다. "홀러웨이 씨 때문이야. 홀러웨이 씨가 스텔라의 어머니는 혼성 해수욕을 싫어했다고 말했대."

"하지만 말도 안 되는 소리잖아!"

"그렇지?"

"따지고 보면 모든 게 변했다고. 네가 그 편견을 깨뜨려야 해, 패멀라."

패멀라는 고개를 저었다. "좀 시도해봤어, 오빠. 소용없어. 스텔라에겐 아직도 어머니의 행동 방식과 생각이 신성해."

저녁 식사를 시작한 건 7시 반, 리지가 식탁을 치우고 옆의 낮은 탁자에서 커피를 따르고, 패멀라와 스텔라가 의자에 앉고 난 뒤 낭독을 시작한 건 8시가 넘어서였다.

내가 희곡을 읽는 동안 실내가 어두워졌다. 스탠드를 켰다. 밖에서 바람이 낮은 소리로 윙윙거렸다. 땔감이 타닥대며 타는 소리만 들려오는 가운데 나는 1막 끝까지 의도보다 더 극적으로 낭독했다.

패멀라가 외쳤다. "오빠, 걸작이야! 게다가 몇 주 만에. 와, 오빠는 극작가야. 왜 이런 걸 감추고 있었지? 굉장한 인물이야! 대체 그 여자는 어디서 나온 거야?"

"당연히 웬디와 웬디의 즉흥극에서 나왔지."

"웬디가 그 연기를 할 재료가 있을까? 모든 걸 다 태워버릴 세속적인 불길이?"

"웬디는 배우잖아. 지적이고. 해설은 어때?"

"매끄러워!"

"막은?"

"훌륭해!"

"고칠 것이 있을까?"

패멀라는 꽤 정확한 비평가다. 서너 가지를 지적했다. 나는 장단점을 철저히 살피기 위해 모두 반박했다가 두 가지는 받아들였다.

패멀라가 말했다. "바버라가 제니퍼와 프램프턴이 함께 있는 걸 보는 순간, 지문이 하나뿐이야. 바버라의 머릿속에 악마 같은 생각이 처음 떠오를 때, 그때 대사나 동작을 해야 할 것 같아. 아니면 제대로 전달되지 않을지도 몰라."

우리 모두 넋이 빠진 스텔라를 잊고 있었다.

스텔라가 천천히 중얼거렸다. "아, 그 사람이 돌처럼 가만히 서 있는 게 보였어요. 정말 돌처럼."

"그거면 되겠네." 패멀라가 말했다.

"그래, 맞아! 확고한 냉담을 나타내야 해." 내가 잘라 말했다. 스텔라는 "확고한 냉담"이라고 따라 말하곤 한숨을 쉬었다. "아, 계속하세요."

나는 이 극이 극장에서도 이런 관객을 얻기를 바라며 계속했다.

2막은 1막과 달리 패멀라의 마음에 꼭 들지 않았다. 가장 어려운 부분이었다. 파괴를 시작한 바버라는 동시에 젊은 여성의 선망과 지적인 남성의 충성을 얻어야 했다.

"바버라는 스스로를 너무 다 내놓잖아." 패멀라가 반대했다. "바버라를 아끼는 두 사람이 바보라고 생각하게 돼. 그래서 그들에게 공감하지 못하지."

"어떻게 하지?"

"바버라가 스스로를 기만하게 만들 수 없어? 자기 동기가 순수하다고 자신에게 사기를 치도록?"

"그건 주제에서 벗어나는데……."

방법을 찾는 논의가 이어졌다. 나는 패멀라가 제안한 장치가 얼마나 어려운지 생각하며 좀 짜증을 냈다. 부서진 온실 사이로 부는 바람 소리가 신경을 건드렸다. 유령의 신음과 너무 비슷했다.

"저 문에 커튼을 쳐야겠다." 내가 중얼거렸다.

"계속해, 오빠. 읽어줘." 패멀라가 채근했다. "오빠가 원하는 게 3막에서 나오겠지."

"재미있어요?" 내가 스텔라에게 물었다. 스텔라를 위해 몇 부분을 건너뛴다는 것을 깨끗이 잊었고, 스텔라가 그 관계를 어떻게 생각하는지 궁금했다.

스텔라가 대답했다. "너무 흥분돼서 견딜 수 없어요. 하지만 이해 안 되는 부분도 있어요. 그러니까 바버라는 굉장히 자연스러워 보이는 일을 하는데, 그건 분명 사악함 때문이겠죠. 하지만 계속 읽어주세요."

3막은 노래로 시작하고 싶었다. 무대 밖의 어둠침침한 곳에서 바버라의 하녀에게 반했지만 마음을 얻기를 포기한 웨일스 청년이 부를 예정이었다. 내가 원하는 노래(장중하고 부드러우며 종교적인 느낌이 가미된)를 설명하고 스텔라에게 그런 곡을 혹시 아는지 물었다. 스텔라가 잠시 곰곰이 생각하더니 말했다. "혹시 〈밤새도록〉이 어떨까요?" 희미하게 기억나는 곡이라 노래를 부르거나 곡조를 흥얼거릴 수 있는지 물었다.

"전에 배웠는데, 노래 실력은 상관없겠죠?" 그러더니 스텔라는 가사와 그 느낌 외에는 아무것도 신경 쓰지 않은 채 난 롯불을 바라보며 노래했다. 애수 어리고 감동적인 곡조의 그 옛날 노래가 기억났다. 스텔라의 진심 어리고 달콤한 알토가 그 노래에 완벽하게 어울렸다.

스텔라가 노래를 마치자 나는 멍하니 고맙다고 했고, 패멀라가 중얼거린 말은 침묵으로 이어졌다. 그 침묵을 깨고 싶지 않았다. 내 희곡을 계속 읽고 싶지 않았다. 거기서 끊고, 난롯불에서 시선을 들지 않은 채 마치 나처럼 사랑의 위험과 달콤함에 압도된 스텔라를 바라보고 싶었다. 스텔라의 목덜미에서 맥박이 뛰는 게 보였다.

나는 일어나서 창가로 걸어갔다. 하늘이 잔뜩 흐려 있었고 황혼은 밤과 하나가 됐다. 커튼을 치고 내 자리로 돌아가 다시 희곡을 들었다.

우울한 부분은 생략하거나 대충 요약한 뒤 끝까지 3막을 읽었다. 고개를 들자 경악한 스텔라가 나를 뚫어져라 보고 있었다.

"하지만 그 여자는 살인자보다 더 나쁘잖아요! 교수형을 받을 범죄 중에도 바버라가 한 짓보다 더한 건 없어요."

스텔라는 현실에서 일어난 일처럼 충격받은 듯했다. 나는 웃었다. "스텔라가 그렇게 느끼니 기쁘네요."

패멀라는 원고를 달라고 손을 내밀었다. "뺀 부분 보여줘, 오빠. 너무 답답해!"

패멀라는 스탠드 옆에 서서 희곡을 몰입해 읽었고, 나는 그 애의 얼굴을 봤다. 그 부분은 불안했다. 분위기가 급변했고, 선정성의 경계에 있었다. 패멀라는 고개를 저었다. "별론데. 너무 폭력적이야. 이런 충격은 아니야."

"시적 정의를 이룬 거야. 바버라는 그렇게 돼도 싸다고."

"바버라는 어떤 일을 당해도 싸지만, 연극에서 병은 위험하다고 생각해. 극장 밖에서도 연관되는 것이 너무 많잖아. 질병을 암시하면 인간의 비극이 온통 비집고 들어온다고."

"저는 옷을 입을게요." 스텔라는 조금 초조한 듯 말하곤 방에서 나갔다.

"서둘러요!" 나는 그제야 10시가 넘은 것을 보고 당황해서 외쳤다. 무슨 수를 써서라도 스텔라가 늦지 않도록 할 작정이었다. 원고를 던지고 손전등을 집어 들고는 온실을 지나 차고로 달려갔다. 패멀라가 구부러진 낡은 문을 열어주려고 함께 왔다. 이렇게 바람이 불 때 열려면 한참 씨름해야 하는 문이었다. 나는 온실 가까이 차를 후진시켰고, 덮개를 덮었다. 서풍에 비가 실려 왔다.

"외투를 가져와야겠어." 다시 들어가면서 패멀라가 말했다. 패멀라는 문에서 스텔라를 부르고 내게 다시 말했다. "오빠, 뼛속까지 전율이 느껴져. 그런 연극을 언제 봤는지, 언제 읽었는지 모르겠어. 굉장해!"

"잘될 거 같아?"

"당연하지! 모든 게 다 있잖아. 독창적인 인물, 재미있고 건조하고 뻐딱한 유머, 귀에 착착 붙는 대화, 잘 짜인 줄거리까지."

나는 정말 기뻤다. 이 연극으로 세상에 이름을 알릴 수 있을 것 같았다. 그리고…….

패멀라가 위층으로 달려가더니 날카롭게 비명을 질러서 나도 뒤따라 들어갔다. 스텔라가 계단참에 정신을 잃고 쓰러져 있었다.

스텔라를 안고 아래층으로 내려와서 소파에 눕혔다. 얼굴은 밀랍처럼 창백했고 숨소리가 너무 약해 아주 잠시 숨을 쉬지 않는 줄 알았다. 손이 차가웠다. 죽은 아이 같은 모습이었다. 되살려내려고 안간힘을 쓰는 동안 공포심에 심장이 죄었다. 패멀라는 흐느꼈지만, 스텔라의 얼굴에 공포의 흔적은 없었다.

계단참에서 이상한 것을 보거나 느꼈는지 물었더니 패멀라는 고개를 저었다. 패멀라는 후약과 숄을 가지러 자기 방으로 올라가면서 위층은 평소와 다름없다고 했다.

완전히 정신을 잃은 스텔라는 오랫동안 회복할 기미가 없었다. 리지를 깨워 스콧 선생을 불러야겠다고 생각하는데, 스텔라의 숨소리가 깊어지면서 입술에 혈색이 돌아왔다. 스텔라가 눈을 떴다. 내 영혼도 죽음 직전에서 돌아온 느낌이었다.

스텔라가 힘없이 말했다. "왜 그러세요? 무슨 일이죠?"

패멀라가 대답했다. "아무것도 아니에요. 계단에서 기절했었어요. 잠시 가만 누워 있어요." 패멀라의 뺨에 눈물이 흘렀다. 패멀라가 브랜디를 따랐지만 스텔라는 오한 때문에 마실

수 없었다. 끈덕진 노력 끝에야 조금 마셨다. 스텔라는 잠시 눈을 감았다가 뜨더니 우릴 보고 미소 지었다. 그러자 뺨에 생긴 그림자가 더 짙어졌다.

"염려 마세요. 아무것도 못 봤어요." 스텔라가 힘없이 말했다.

크나큰 안도감이 느껴졌고, 패멀라는 길게 한숨을 쉬었다. 패멀라는 스텔라의 머리에 쿠션을 받쳐주고 불을 더 피운 뒤 커피 주전자 밑의 스탠드를 켰다.

"왜 정신을 잃었을까요?" 내가 스텔라에게 말한 뒤 덧붙였다. "아니, 신경 쓰지 말아요."

"저도 모르겠어요." 스텔라는 이렇게 대답하고 시간을 물었다.

10시 40분밖에 안 됐다. 믿을 수 없었다. 스텔라는 할아버지에게 전화해달라고 부탁했다. "잠깐 오한이 난 것뿐이라고 말씀해주세요."

"집에 가도 될까? 뭐라고 하지?" 내가 패멀라에게 물었다.

"밖에 나가면 안 될 것 같아." 패멀라가 불안한 표정으로 대답했다. "다시 기절할지도 몰라. 스텔라, 여기서 자야 할 것 같아요." 패멀라가 말했다.

스텔라가 부탁했다. "네, 여기서 자게 해주세요."

스텔라는 여전히 창백했고, 오한도 계속됐다. 몸을 따뜻하게 하고 최대한 빨리 자는 것이 나을 듯했지만, 이 집에서 지내도 될까? 안전할까? 나는 스텔라를 내려다보며 갈등했다.

괴로움과 수줍음을 담은 검은 눈이 내 눈과 마주쳤다. "부탁이에요. 제발 그렇게 염려스러운 표정을 짓지 마세요." 스텔라가 말했다.

"여기서 자는 편이 낫겠어요?" 내가 물었다.

"오, 네!"

"무서운 걸 못 본 게 확실해요?"

"확실해요."

스텔라의 음성은 작고 떨렸다. 그렇다. 자는 편이 나았다.

브룩 중령이 전화를 받았다. 불안한 음성은 아니었다. 아마 스텔라가 자기 방에 있는 줄 아는 듯했다. 내가 이름을 말하자 그는 놀라움과 불쾌감을 감추지 않고 내 이름을 되풀이해 말했다. 그 어조를 겨우 무시할 수 있었다.

"메러디스 양이 저희와 식사를 했습니다." 나는 그가 당연히 허락해야 하는 일인 것처럼 말하려고 노력했다. "그런데 죄송하지만 몸이 조금 안 좋답니다. 오한 같습니다. 이제 괜찮아져서 쉬고 있습니다. 동생이 메러디스 양을 당장 재우고 싶어 합니다. 허락하신다면요."

침묵이 흐르더니 그가 부자연스러운 음성으로 되물었다. "스텔라가 전화를 받을 수 있소?"

"따뜻하게 있도록 하고 싶은데 전화가 복도에 있습니다."

중령은 천천히 말했다. "스텔라는 오한을 자주 일으키는 편이오. 예민한 기질 때문이라던데. 그 애가 충격을 받았소?"

"아닙니다."

"확실한가?" 굉장히 불안한 어조였다.

"그런 일은 없었다고 했고, 그럴 까닭도 없습니다."

"까닭이라고?"

그의 어조에서 씁쓸하고 경멸에 가까운 회의가 느껴져 나는 단호하게 대답했다.

"네, 브룩 중령님! 그리고 이렇게 말씀드릴 기회가 있어서 기쁩니다. 저희 집에서 일하는 사람이 퍼뜨린 소문을 중령님도 분명히 들으셨을 겁니다. 그것이 사실이라고 믿을 이유는 없습니다."

"장담하겠소?"

"이미 장담했습니다."

"그런 경험도 없었고?"

"희미하고 알 수 없는 소리가 들렸습니다. 불도 반짝였고요. 모종의 우울한 기분도 들었지만 그게 다였습니다."

침묵이 흘렀다. 그는 내 말의 진실을 깊이 의심했다. 음, 그건 나도 어쩔 수 없었다.

"스텔라는 집으로 와야겠소." 중령이 말했다.

나는 스텔라의 창백하고 지친 작은 얼굴을 떠올리며 망설였다.

"자도록 두는 대신 깨워서 집으로 데려가라는 말씀입니까?"

그의 침묵에서 분노가 흘러내리는 것이 느껴졌지만 전화로 화를 내지는 않으리란 걸 알고 있었다. 전투가 계속되는 동안 기다렸다. "상태가 어떻소?"

"기운 없이 떨고 있습니다. 하지만 그것 말고는 평소와 다름없습니다."

"피츠제럴드 양과 통화하고 싶소."

나는 패멀라를 불렀다. 패멀라는 부드럽게 말했다. "브룩 중령님, 스텔라가 아무 일 없다고 말씀드리랍니다. 오한이 나고 살짝 어지러웠을 뿐이라고요. 기운이 없어 전화는 받기 어렵답니다. 오늘 밤 저희와 함께 지내도록 허락해주시기 바랍니다. 그렇다면 제가 잘 보살피겠습니다."

여전히 어려웠다. 패멀라가 더 설득하자 결국 그가 동의했다.

스텔라는 안도의 한숨을 내쉬었지만 불안한 표정으로 할아버지가 불쾌해했는지 물었다. 우리는 그랬다고 털어놓을 수밖에 없었다.

"안됐지만 할아버지께선 제가 뭘 봤다고 생각하실 거예요." 스텔라가 괴로운 표정으로 말했다. "두 분께도 당황스러운 일이죠. 제가 두 분을 굉장히 혼란스럽게 만든 것 같네요."

우리는 스텔라를 안심시키려고 했지만 놀라고 염려돼 제대로 그러지 못했다.

패멀라는 스텔라에게 위층으로 올라갈 수 있는지 물었다. 스텔라가 망설였다.

"부탁인데, 거긴 싫어요." 스텔라가 속삭였다.

"아무것도 없었다면서요!" 내가 외쳤다.

스텔라가 시무룩해졌다. "알아요. 사실이에요. 아무것도 보지 않았고 겁먹지도 않았어요. 하지만 뭔가 저를, 말하자면 압도하는 것 같았어요. 뭔지 모르겠어요. 부탁이니 거긴 올라가지 마세요!"

"난 올라갔어요. 아무 문제 없었어요." 패멀라가 말했다.

"여기서 자도 돼요." 내가 말했다.

스텔라는 애원하듯 패멀라를 올려다봤다.

"많이 어려운 일이 아니라면 저는 작은 방에서 자고 싶어요."

"아기방에서? 스텔라의 방이잖아요. 그럼요. 좋아요!" 패멀라가 미소 지으며 대답했다. "거기 잠자리 준비는 아주 간단해요."

패멀라가 준비하러 올라갔다. 나는 마음이 편치 않았다. 아기방에서 한숨 소리와 불빛을 보았다. 하지만 스텔라는 기쁨으로 눈이 휘둥그레졌고 뺨에는 홍조가 돌아왔다.

"두 분 다 제게 정말 잘해주시네요." 스텔라가 말했다.

내가 말했다. "스텔라, 이 방에서 자면 좋겠는데요."

여전히 기력이 없는 스텔라가 고개를 숙이며 대답했다. "알겠어요, 로더릭." 하지만 눈물을 주르르 흘렸다.

나는 실수를 저질렀다. 스텔라는 위로와 마음의 평화, 깊은 잠이 필요했는데, 나는 이유 없는 두려움 때문에 그 모든 걸 망쳤다. 스텔라를 울게 둘 수 없었다. 상황이 견딜 수 없어졌다.

"울지 마요. 거기서 더 푹 잘 수도 있겠죠. 원하는 대로 해요." 내가 무뚝뚝하게 대꾸했다.

스텔라는 내게 미소 지었지만 나는 반응할 수 없었다. 불길한 예감이 마음을 가득 채웠다. 한 시간 전만 해도 모두 좋았다. 우리는 헤아릴 수 없는 행복 끝에 함께했다. 하지만 이제 뭔가 어둡고 오싹한 것이 우리 사이에 떨어졌다. 과거의 그림자가. 스텔라를 이 집에 부른 것이 잘못이었다.

나는 의자에 앉아서 아무 말도 하지 않았다.

"부탁이에요. 너무 염려하지 마세요." 스텔라는 부드럽게 내 팔에 손을 얹었다.

불안함과 거북함에 가혹하게 대답했다. "알겠어요. 괜찮다면 담배 좀 피울게요."

다행히 패멀라가 들어와 스텔라를 아기방으로 데려가기에 나는 빗속으로 나가 차를 도로 차고에 넣었다.

응접실로 돌아와서도 침착함과 마음의 갈피를 잃고 여기저기를 오갔다. 마음속에 희망과 충동과 두려움이 마구 뒤섞였다.

"지금은 괜찮아." 패멀라가 들어오면서 빠르게 말했다. "불을 피웠으니까 어둡지 않을 거야." 갈라진 목소리로 말한 패멀라는 잠시 소파에 앉아 울었다. 그러더니 고개를 들었다. "여기서 잘래. 부탁인데, 내 담요 좀 가져다줘."

나는 패멀라를 위해 소파에 잠자리를 마련하고 밤새 자주 돌아보겠다고 했다. 아주 작은 소리라도 들리면 서로 알리기로 약속했다.

아무 일도 없었다. 침실 문을 열고 잠시 눈을 붙이면서 서너 차례 아래층에 내려갔다. 밤새 복도와 계단참에 불을 켜두었다. 바람은 차차 잦아들었다. 집 안은 조용했다. 아기방의 반쯤 열어둔 문을 통해 난롯불의 깜빡이는 불빛이 새어 나왔고, 이따금 가볍고 편안한 한숨 소리와 졸음에 겨워 중얼거리는 소리가 들려왔다. 스텔라가 잠을 푹 자지 못하고 이런저런 꿈을 꾸는 것도 당연하게 느껴졌다. 마음이 가벼워졌다. 이 집에 알 수 없는 위협이 있었다면 사라진 것이고, 어쩌면 아예 위협이 없었던 것 같았다. 우리와 함께 저녁을 보내고, 연극 낭독을 듣느라 흥분한 데다가 제시간에 귀가해야 한다는 불안감 탓에 정신을 잃었을 수도 있었다. 모두 잘될 것 같았다. 잘되고말고. "인생은 근사해질 수 있어"라는 맥스의 말뜻을 깨닫고 있었다.

드디어 동쪽 하늘의 어둠이 옅어지고 희미한 빛이 바다 위를 덮었다. 나는 경계심을 늦췄다. 두세 시간 푹 잤다.

리지가 불렀을 때 메러디스 양이 아파 아기방에서 잤다고 알렸다. 자신의 요리 탓인지 놀란 리지는 아래층에서 아주 조용히 일하다 스텔라가 일어난 기척이 들리면 차를 가져가겠다고 약속했다.

나는 평소보다 절반의 시간만 들여 목욕하고 옷을 입고 면도했다. 방에서 나서자 패멀라도 목욕하러 들어갔다. 잘 잤다고 했다.

"스텔라처럼 편안하게 자는 사람은 처음 봤어." 패멀라가 말했다.

우리는 계단에 서서 귀를 기울였다. 스텔라는 차를 마시고 리지는 아기방에서 수다를 떨었다. 스텔라의 음성에서 기쁜 기색이 느껴졌다.

전화가 울렸다. 리지가 받았고, 나를 부르기에 주방으로 갔다. 내가 달려 내려가자 스텔라의 방문이 닫혔다. 브룩 중령이었다. 나는 모두 무사하다고 전하곤 스텔라를 한 시간 안에데려가겠다고 약속했다.

"아침 식사 빨리 주세요, 리지!" 내가 외쳤다.

빗물에 젖어 반짝이는 세상을 해가 비추고 있었다. 패멀라가 내려왔을 때 스텔라는 나오지 않았고, 문을 두드려도 대답하지 않았다. 정원으로 찾으러 나갔다. 스텔라는 죽은 나무옆에 꼼짝 않고 서 있었다. 우리가 오는 소리에 고개를 서서히 돌렸다. 잘 잤는지 몸은 어떤지 물어볼 필요가 없었다. 스텔라는 기쁨에 넘쳐 있었다. 행복해서 눈물을 글썽였다.

"오, 왜 말씀하지 않으셨죠?" 스텔라가 몸을 떨며 물었다. "모르셨어요? 어젯밤 제게 찾아오셨어요. 저와 함께 아기방에 계셨어요. 꿈인 줄 알고 두려웠지만 리지도 봤대요. 계단에 있었던 분, 제 어머니예요. 짐작 못 하셨어요?"

제10장 패멀라의 실험

아침 식탁에 앉을 때까지 아무도 입을 열지 않았다. 패멀라도 나처럼 절망적인 얼굴이었다. 아무도 먹지 못했다. 스텔라는 꿈결 같은 환희에 빠져 있었다. 패멀라와 나는 괴로움에 빠져 있었다. 나는 접시를 옆으로 밀어놓고 스텔라에게 물었다.

"리지가 뭐라고 했는지 알려줘요." 패멀라가 끼어들었다. "리지는 아무 말도 하지 말았어야지!"

"어머, 아니에요!" 스텔라가 반대했다. "제가 기절했었다고 하니까 리지도 비슷한 일을 겪을 뻔했다고 했어요. 조금만 더 있었더라면 어머니를 살아 있는 것처럼 또렷이 봤을 거래요! 오, 전 왜 기절했을까요?"

"리지는 그 유령을 상상한 게 분명해요." 내가 말했다.

스텔라는 고개를 저었다. "진짜였을 거예요."

"그럼 진짜이길 바라나요?" 패멀라가 물었다.

"물론이죠! 그렇게 멋진 일이 또 있겠어요?"

우리는 입을 다물었다. 놀라운 반응이었고 결말을 예측할 수 없는 복잡한 상황을 만들어냈다.

"영혼은 행복했던 곳에서 머물 거라고 했었잖아요." 스텔라가 패멀라에게 애원하듯 말했다. "행복한 유령을 왜 두려워하나요?"

"왜냐하면 그들을 보는 건 부자연스러운 일이니까요!" 내가 외쳤다. "유령은 사람을 압도해요. 아프게 한다고요!"

스텔라가 말했다. "두려울 때만 그렇죠. 이해하지 못할 때만."

내가 재빨리 말했다. "스텔라는 기절했었어요. 그런데도 두렵지 않았다고 하는군요."

스텔라가 고통스러운 표정으로 말했다. "제가 나약해서 그래요. 예상하지 못한 일이었던 것뿐이에요……. 리지도 두려워했죠." 스텔라는 단호하고 화난 어조로 계속했다. "겁을 먹었어요. 리지가 뭔가 악한 영혼을 봤다고 생각하시겠죠. 리지가……." 스텔라는 목이 메었다. 리지가 스텔라를 뒤흔들고 충격을 주었다. "신부님 이야기를 했어요."

"리지는 미신을 많이 믿어요." 패멀라가 부드럽게 말했다. "그래서 오빠랑 난 리지가 유령을 상상했다고 믿죠."

"그런데 이젠 어머니가 거기 계셨고, 절 기절하게 만드셨다고 하는군요." 스텔라가 반박했다.

패멀라는 한숨을 쉬었다. "오, 스텔라, 어떻게 받아들여야 할지 모르겠어요. 아무것도 알 수 없어요. 궁금해하고 짐작할 뿐이죠." 나는 스텔라 옆에 앉아서 간곡히 말했다.

"스텔라, 당신은 아주 합리적인 사람이죠. 맥스 힐리어드가 당신을 칭찬했어요. 정신적으로 성숙한 사람이라고. 그렇다면 스스로를 속이기를 거부하는 용기를 가졌다는 뜻이죠. 어떤 생각을 원한다 해도 말이에요. 부탁이에요. 지금 그런 용기를 가지도록 해요. 이 문제로 자신을 속이지 말아요."

"정신적 성숙이라······." 스텔라는 곰곰이 그 말을 반복했다. "그런 말을 들을 자격이 있다면 좋겠네요. 하지만 저 자신을 속이는 게 아니에요. 이건 사실이에요."

"사실인지 알 수 없어요!" 패멀라가 다그쳤다.

"아, 하지만 아는걸요."

내가 말했다. "그럴 수 없잖아요. 증거가 없으니."

스텔라는 말을 멈추고 숙고했다. 아주 심각한 표정이었다. 빛나는 기쁨은 사라졌다. 우리가 망친 것이었다. 식탁에 팬지를 꽂은 작은 화병이 있었는데, 스텔라가 그걸 자꾸 만지작거리더니 말했다. "드릴 말씀이 있어요."

스텔라는 나를 피해 패멀라를 보며 말했다.

"어머니의 존재를 느낀 건 계단에서가 아니에요. 아기방에서 밤새 함께 있었어요. 그건 의심의 여지가 없어요."

"스텔라, 당신은 잠들어 있었잖아요!" 패멀라가 말했다.

"계속 잔 건 아니에요. 한참 깨어 있었어요. 행복했어요. 너무 행복해서 잘 수 없었어요. 평생 그런 행복은 처음이었어요. 그냥 따스하고 조용하게 누워 불빛을 보고 있었는데, 어머니가 계신 걸 알 수 있었어요."

"무슨 불빛이요?" 내가 날카롭게 물었다.

"처음엔 난로 불빛이었고 나중엔 탁자의 야간 등 불빛이요."

나는 패멀라에게 그 방에 야간 등을 켜두었는지 물었다. 패멀라가 아니라고 답했다.

"그런가요?" 스텔라가 외쳤다. "아기들에게 켜주는 야간 등이 없었나요? 그래요, 패멀라? 희한하네요."

"그렇다면 꿈을 꿨다는 증거가 아닐까요?" 나는 스텔라가 아기방과 불빛 꿈을 자주 꿨다고 말한 것을 상기시키고, 바로 그 방에서 잠드니 그 꿈을 다시 꾸었을 가능성이 크다고 설득하려 했다. 스텔라는 미소를 지었다.

"하지만 두 분이 단 커튼과 두 분의 이불이 있었어요! 맞아요. 전 잠들지 않았어요. 그리고 또 신기한 점이 있었어요. 실내에 제가 가장 좋아하는 미모사 향이 가득했어요. 향수를 뿌리지 않았는데도요."

패멀라가 놀란 표정으로 나를 봤다. 우리 둘 다 아무 말도 하지 않았다. 스텔라가 계속 이야기했다.

"부드럽게 속삭이는 음성이 예뻤고 애정 어린 말을 했어요. 무슨 말인지 알 수 없었지만 기분이 편안해지고 사랑받는 듯한, 소중한 존재가 된 듯한, 위로받는 듯한 느낌이 들었어요."

"가엾은 스텔라." 패멀라가 말했다.

스텔라가 미소를 지으며 말했다. "패멀라는 열여섯 살 때까지 어머니가 계셨죠?"

이 환상을 부수는 건 가혹했지만 스텔라가 그 속에서 살게 두는 건 더 나빴다.

"고집이 세군요." 내가 잘라 말했다.

스텔라는 가만히 내 얼굴을 보면서 실망하고 속상한 표정을 지었다.

"이해가 안 되네요, 로더릭! 어째서 제 어머니가 아니라고 증명하려는 거죠? 왜 그래요? 로더릭과 패멀라는 이제 집에 있는 유령 때문에 속상하지 않아도 되고, 당연히 이해하시겠지만 저로선 상상할 수 없이 행복한 일인데요?"

뭐라고 해야 할지 알 수 없었고, 그건 패멀라도 마찬가지였다. 스텔라가 다음에 한 말로 인해 나는 마음을 굳혔다. 스텔라가 말했다. "다음번엔 어머니를 만날지도 모르죠."

그 말을 듣자 반감이 목구멍에 차올랐다. 이 상황이 끔찍했다. 성녀 같은 어머니에 대한 숭배, 죽은 미덕, 죽은 표준, 죽은 취향에 대한 집착만으로도 이미 충분히 나빴다. 스텔라가 그런 완벽함을 숭배한다면 어느 평범한 인간에게서 흥미를 느낄 수 있을까? 그런데 이젠 망령에 애정을 쏟고 유령 같은 동반자에게 사로잡혀 산다니? 그보다 더 모호한 망상 탓에 마음이 망가진 여자를 본 적 있었다. 그리고 스텔라를 이 모든 것으로 끌어들인 건 무신경한 회의와 정신 나간 몰두에 빠진 나였다! 그러니 그것이 이성을 파괴하기 전에 스텔라를 다시 끌어낼 생각이었다. 그녀의 마음을 두 동강 내야 할지라도!

"여기 다신 오지 마세요, 스텔라." 나는 그렇게 말하고 자리에서 일어났다.

스텔라는 벌떡 일어나더니 패멀라의 어깨를 꼭 잡고 나를 노려봤다.

"설마 진심은 아니죠?"

패멀라는 동정하듯 스텔라의 손을 잡았지만 내 편을 들었다. "오빠 생각이 옳은 것 같네요." 패멀라는 몹시 불행해 보였다.

스텔라가 믿을 수 없다는 표정으로 패멀라를 봤다.

"하지만 제 어머니인걸요."

내가 말했다. "진심입니다. 자, 명심해요, 스텔라. 유령은 없어요. 스텔라의 상상력이 위험할 정도로 발휘된 것이든 유령이 있든 간밤에 스텔라는 계단에서 유령을 마주쳤고, 그 때문에 아팠어요. 아주 심하게 정신을 잃어서 한순간 죽은 줄 알았어요."

목소리가 갈라졌다. 그 순간의 기억이 나를 압도했다. 스텔라가 부드럽게 말했다. "정말 미안해요."

나는 그녀를 다시 봤고, 쓰디쓴 혼란과 당황 속에서 무모하게 말해버렸다.

"당신은 어젯밤에 만난 것이 무엇이든 좋은 것이라고 생각하죠. 난 무섭다고 생각해요. 그리고 스텔라가 다시는 그런 위험을 당하지 않게 할 거예요. 이 집은 스텔라가 있기에 적당하지 않아요. 중령님 말씀이 옳아요. 나는 멍청하기 짝이 없었어요. 하지만 우린 지지 않아요." 나는 스텔라가 아니라

보이지 않는 적을 향해 말했다. "이곳에서 영혼과 소리와 유령을 없애겠어요. 최후의 수단으로 구마 의식이 있어요."

스텔라가 비명을 질렀다. 공포에 질려 외치는 소리였다.

"오빠!" 패멀라가 화를 내며 고함쳤다. 나는 기겁했다. 잔인한 말을 해버린 것이었다.

스텔라는 주먹으로 입을 틀어막고 놀라 휘둥그레진 눈으로 날 보며 굳어 있었다.

"그건 악령에게 하는 거죠. 악령을 지옥으로 쫓아내려고." 스텔라가 더듬거렸다. 떨리는 음성이었다.

"아뇨, 아니에요. 그런 뜻이 아니었어요."

용서해달라고, 진정하라고 사정했지만 스텔라의 굳은 몸이 풀리지도, 공포 어린 표정이 사라지지도 않았다.

"스텔라, 소중한 스텔라, 그런 표정 짓지 말아요!" 패멀라가 애원했다.

스텔라가 말했다. "제게 맹세하세요, 맹세! 그런 짓은 절대 안 한다고."

스텔라가 그런 공포심을 갖고 떠나게 할 수는 없었다. "동의 없이는 절대 하지 않겠다고 약속해요."

"그런 짓을 한다면 전 미쳐버릴 거예요." 스텔라가 낮은 소리로 말했다.

"오빠의 약속을 믿어야 해요." 패멀라가 말했다.

스텔라는 무너졌다.

"아, 믿어요. 믿고말고요…… 오, 패멀라……."

나는 스텔라가 패멀라의 품에서 흐느끼도록 두고 차를 꺼내러 나갔다.

패멀라는 함께 가지 않았고, 나는 넓은 길이 보일 때까지 말없이 달리다 속도를 줄였다.

"용서해요, 스텔라. 날 위해서 이러는 게 아니에요."

스텔라가 힘없는 소리로 대답했다. "알아요."

"내가 잔인하다고 생각하죠?"

"평생 어머니를 그리워했어요. 그런데 어머니가 찾아왔는데, 우릴 갈라놓는군요."

"스텔라, 정말 괴롭네요."

"하지만 그게 최악은 아니에요." 스텔라가 긴장한 목소리로 말했다. "어머니는 행복하지 않아요. 편히 쉬지 못해요. 어머니가 원하는 일이 있는데 제가 할 수 있는 것일지도 몰라요. 그렇다고 믿어요. 그러니까 알아내야 해요. 반드시! 어머니께 안식을 드리기 위해선 뭐든지 마주할 거예요."

그 말을 들으니 가슴이 철렁했다. 어린아이의 정신 나간 희생정신과 헌신, 그것도 유령을 상대로!

"잘 들어요." 내가 말했다. "이건 스텔라만큼이나 내게도 중요한 일이에요. 스텔라는 내 말을 믿지 못하겠죠. 지금의 정신 상태로는 내가 이해시킬 수도 없어요. 더는 말하지 않겠어요. 하지만 클리프 엔드를 스텔라에게 안전한 곳으로 만들고 싶어요. 그 정도는 이해해줄 수 있어요? 스텔라가 다시 올 수 있게 하고 싶어요. 거기서 나타나는 존재가 어머니의 영혼이라면, 선하고 상냥하고 애정으로 가득한 영혼이라면, 두려워할 것이 없다면 와도 좋아요. 하지만 그걸 확인해야 해요. 인내심을 가져요. 시간을 좀 줘요."

스텔라의 표정은 굳어 있었다.

"기다릴 수 없어요. 그럴 수 있을 것 같지 않아요."

윌름코트에 도착했다. 차를 세웠다.

내가 약속했다. "가능한 건 다 해보겠어요. 그동안 우릴 버리지 말아요. 꼭 와서 함께 해수욕해요. 그럴 거죠?"

스텔라는 고개를 저었다.

"집에 갈 수 있을 때까지 기다릴래요."

마음이 아팠다.

"집 때문에 우리와 친해진 건가요, 스텔라? 우리가 좋아서가 아니라?" 내가 물었다.

스텔라의 입술이 떨렸다.

"절 울리지 마세요." 스텔라는 속삭이더니 문 쪽으로 달려갔다. 중령이 문을 열었다. 그는 날카로운 눈초리로 스텔라를 살피더니 낮은 소리로 뭐라고 말하고는 내가 들어가길 기다렸다.

그사이 그는 더 늙어 있었다. 서재의 난로 앞에 서 있는 그의 얼굴이 몹시 지쳐 보였다. 그에게 스텔라는 완전히 건강해졌으며 평화로운 밤을 보냈다고 전하고, 계단 위에서 쓰러진 스텔라를 발견한 경위를 좀 더 자세히 설명했다. 그가 서리처럼 차가운 목소리로 물었다.

"하녀가 유령을 봤다는 곳이 어디였소?"

"미신을 잘 믿는 노파입니다." 나는 리지가 심령적인 분위기를 느끼고 유령을 봤다고 착각하는 것이라 여기는 까닭을 설명했다.

중령은 집중해서 들었다. 내 말을 믿고 싶지만 그럴 수 없는 것 같았다.

"'심령적인 분위기'라니 무슨 뜻이지?" 중령이 따졌다.

"그건…… 과거의 감정이나 사건을 반영해 환상을 만들고 두려운 느낌을 받는 것입니다." 내가 구체적으로 설명했다.

설명을 듣던 중령의 표정이 굳었다. 내게 자리를 권하지도 않았다.

"이 일을 미리 알린 건 기억하고 있을 거요." 중령이 차갑게 말했다.

"감사해하고 있습니다."

"놀라게 해서 유감이오."

"이런 일의 원인을 알게 된다면 끝낼 방법도 찾을 수 있으리라 믿습니다. 적어도 제 동생은 그렇게 느낍니다."

중령의 눈이 번득였다. "동생은 참견하지 않는 게 좋을 거요." 쏘아붙인 중령은 잠시 후 용서를 구했다. "이 '분위기'에 적응해야 할 것 같소. 아무 해가 없을 것으로 믿소."

나는 '참견'이라는 말에 화가 치밀어 흥분했다. 그 집은 우리 소유였으니까.

"도움을 주실 의무가 있다고 생각합니다."

"아무 도움도 줄 수 없소."

나는 거칠게 맞섰다. "한 방에서는 지낼 수 없습니다. 제 친구는 거기서 극심한 우울함을 겪고 병이 났습니다. 제 고용인은 엄청난 충격을 받았고, 저도 계단에서 굉장히 기분 나쁜 경험을 했습니다."

나는 말을 멈췄다. 무슨 소리를 듣게 될지 알았고, 내가 자초한 일이었다. 중령의 음성이 분노로 떨리고 있었다.

"그럼 그걸 다 알면서도 당신과 당신 동생은 내 권위에 도전하고 판단력을 무시하고 스텔라를 클리프 엔드로 부른 것이로군!"

변명의 여지가 없었다.

"다 끝난 줄 알았습니다." 나는 힘없이 대답했다. "이 모든 문제를 해결하기 전까지는 다시 오지 말라고 했습니다."

중령이 대답했다. "지금이든 언제든 거기엔 의심의 여지가 없을 거요. 손녀를 외국으로 보낼 거요."

그의 목소리는 얼굴처럼 무겁게 굳어 있었다. 나는 쫓겨나면서 형식적인 인사만 했다. 스텔라는 내게 인사하러 나오지 않았다.

차를 집 앞에 세워두고 언덕을 올랐다. 거기서 보이는 드넓은 경치, 막힌 데 없이 펼쳐진 바다와 하늘, 황야는 몰아치는 생각을 잠재우는 힘이 있었지만 그때만큼은 아무런 위안도 주지 않았다. 나는 스텔라를 사랑했지만 스텔라에게 돌이킬 수 없는 해를 끼치고 말았다. 우리의 시끄럽고 복잡한 문명사회에서는 찾아볼 수 없는 사랑, 이 변치 않는 땅과 인간의 영혼에서 영원한 모든 것에 속하는 강하고 단순한 사랑을 느꼈다. 그럼에도 그녀의 평화를 부숴놓았다. 내가 할 수 있는 일이 무엇일까? 어제는 스텔라가 나를 사랑하게 할 수 있다고 자신했다. 그녀가 꿈꾸지 못한 행복의 세계를 열어줄 거라고 상상했다. 오늘은 스텔라가 나를 적으로 생각했고, 곧 내가 닿을 수 없는 곳으로 가버릴 것 같았다.

"손녀를 외국으로 보낼 거요……."

패멀라는 응접실에서 얇은 종이에 쓰인 두툼한 편지를 읽고 있었다.

"네스타가 보낸 보고서." 패멀라는 힘없이 미소를 지었다. 편지를 내려놓았다.

리지가 위층에서 흐느끼며 딸꾹질하며 빗자루질하는 소리가 들렸다. 패멀라가 울린 것이었다! 리지도 잘못한 게 많으니까.

나는 패멀라에게 나 때문에 스텔라가 굉장히 불행해졌고, 우리가 클리프 엔드로 부르기 전까지는 우리를 다시 만나지 않겠다고 했다고 말했다. 중령의 말도 전했다. 패멀라는 당혹스러워했다.

"그 학교로 돌려보내려는 거네." 패멀라가 말했다. "학교에서 스텔라에게 학생 교사 일을 맡기려고 했어……. 그 감옥으로 돌려보내다니. 거긴 친구 하나 없어."

나는 창가에 앉아 모든 감정 가운데 가장 척박한 회한에 빠져들었다. 스텔라가 우리에게서 멀어질수록 그녀에게는 좋다. 그때 내게는 그렇게 느껴졌다.

"그러면 스텔라는 무너질 거야." 패멀라가 말했다.

내가 쓰디쓰게 대답했다. "우리가 한 짓과 다를 바 없지. 보내는 게 옳아. 중령이 늘 옳았어."

패멀라는 고개를 저었다.

"이런 일을 겪곤 머릿속에 이 일뿐인데? 스텔라는 잊지 않을 거야. 미친 듯이 초조할 거라고. 병이 날 거야. 오빠, 스텔라를 보낼 순 없어."

"제발, 네가 무슨 하늘이 보낸 스텔라의 보호자쯤 된다고 착각하지 마! 넌 그런 존재가 아니야! 우리는 우리의 만족을 위해 스텔라의 삶을 망친 것뿐이야. 이제 간섭은 그만둬!"

패멀라에게 소리쳤지만, 화가 난 상대는 나 자신이었다.

그 뒤로 이어진 침묵 속에서 내가 얼마나 못된 말을 했는지 깨달았다. 패멀라가 뭐라고 할까? 그 애는 무례한 소리를 그냥 넘기는 법이 없었고, 말이 아니라 행동으로 반응하는 편이었다.

"또 한 가지 방법이 있어." 패멀라가 침착하게 대꾸했다. "이 집을 닫아버리는 거지."

"그럼 어디로 가? 어디서 살아? 그게 어떻게 도움이 되냐고."

"나는 걱정 안 해도 돼. 이걸 읽어봐. 마지막 장."

패멀라는 네스타가 보낸 편지를 건넸다. 토양과 구근, 비료에 관한 내용을 넘기자 마지막 장이 나왔다.

3개월 정도 시간을 낼 수 있다면 여기 와서 나와 함께 일하자. 힘들여 일한 만큼 가치가 있을 거야. 예전의 계획이 무산돼서 늘 미안했는데, 언제든지 여기 와도 좋아. 어머니도 마찬가지 생각이야. 게다가 네 수다와 독설 재능이라면, 더블린이 영혼의 고향처럼 느껴질 거야.

나는 편지를 도로 건넸다.

"음, 이 모든 상황을 견딜 수 없어지면 언제든지 거기로 피신할 수 있겠지."

"오빠는?"

"아, 나는 다락방에서 지내면서 희곡을 쓰면 돼."

우리는 둘 다 입을 다물었다. 복도의 괘종시계 소리가 들렸다. 실내는 장미꽃 향기로 가득했고, 쏟아져 들어오는 햇볕 덕분에 따뜻하고 포근했다. 바다에는 돛단배 두 척이 있었다.

"패멀라, 미안해."

"상황이 아주 나빠. 나보다 오빠에게 더 심해. 하지만……." 패멀라는 천천히 덧붙였다. "지금 당장은 어쩔 수 없는 것 같아. 너무 늦었어. 스텔라에겐 말이야. 그 애 인생은 바뀌었고 예전으로 다시 돌아갈 수 없어. 우리가 옆에서 지켜줘야 할 것 같아."

나는 대답하지 않았다. 패멀라가 책상 앞에 앉아 편지를 쓰도록 내버려두고 선반을 마저 칠하러 작업복을 입고 온실로 향했다. 곧 패멀라가 오더니 내가 일하는 걸 지켜봤다.

"생각해봤어." 패멀라가 말했다.

문득 어린 시절, 케임브리지에서 운동복을 입고 머리를 하나로 묶은 패멀라가 망가진 자전거를 고치는 내 모습을 구경하던 때가 떠올랐다. 패멀라는 조숙한 머리로 고민했던 내용을 "생각해봤어"라는 말로 신중하게 시작하곤 했다.

"메리가 아기방에서 스텔라와 함께 있었을 거라고 생각해?" 패멀라가 물었다.

"아니, 소망일 뿐이지." 내가 대답했다.

"하지만 오빠, 그건 잘 이해할 수 있지. 그리고 그게 사실이라면 메리가 원하는 게 그게 아닐까? 아이가 그리워서 이 집에 머물며 괴로워하는 게 아닐까?"

"그렇다면 이젠 편히 쉬겠지." 내가 말했다.

"그럴지도 모르지."

"별로 큰 희망은 없어. 그럴 것 같지 않아. 스텔라가 유령을 만났다고 생각하지 않아."

"그래? 왜?"

"그 무시무시한 한기를 못 느꼈잖아."

"그건 그래. 따뜻했다고 했지. 안전하고 따뜻했다고."

"난 한기를 느꼈어. 리지도."

"나도 그랬어. 한 번."

"그렇지!"

"아니, 오빠, 모르겠어. 스텔라가 메리의 꿈을 꿨거나 메리를 상상했다고 생각하지 않아. 그 말은 세상에서 가장 그럴듯한 일이라고 생각해. 그리고 스텔라가 말했을 때 나는 확신했어……." 패멀라의 음성이 변했다. "오빠, 혹시 유령이 둘일 수도 있을까?"

나는 패멀라를 봤다. 패멀라의 얼굴이 흥분에 달떠 있었다. 나는 페인트 통에 솔을 넣고 나무 상자에 걸터앉아 생각했다.

내가 대답했다. "가능해. 메러디스는 돌처럼 차가웠지."

패멀라가 말했다. "뱀처럼 차가웠지. 하지만 메러디스는 여기서 죽지 않았어."

"그래."

"그럼 메리와 카르멜일까?"

"다른 사람들도 여기서 죽었어. 잊지 마."

"그래, 그리고 시간대가 뒤섞일 수도 있겠지."

"그들에게 시간은 존재하지 않을 거야."

"카르멜은 여기서 죽었고, 의사도 신부님도 함께하지 않았어. 앤슨 신부님이 물론 장례미사를 드렸겠지만……."

"앤슨 신부님이 간호사 주소를 보내준다고 약속하지 않으셨어?"

"맞아. 그렇지!" 패멀라가 외쳤다. "브리스틀에 산댔어. 금요일에 그 간호사를 만나보자."

"그래야 할 것 같아."

"편지를 써서 리지 편에 신부님께 보낼게. 리지도 좋아할 거야. 너무 심하게 꾸짖었거든."

"리지가 떠나지 않는 게 대단하다."

"리지는 트로이 사람 같아. 바위 같은 충성심을 가졌지. 쓸 데없는 말만 안 하면 얼마나 좋을까!"

"풀이 자라고 물이 흐르는 한 그 버릇은 못 버릴 거야."

"그럴 거야."

지역 버스를 타야 하는 심부름을 하게 된 리지는 기운을 얻었다. 앤슨 신부는 깊은 염려를 표했고 클리프턴에서 '조화를 통한 치유 센터'를 운영하는 홀러웨이 씨 앞으로 쓴 소개장을 보냈다. 신부는 홀러웨이 씨에게 금요일 오후에 우리를 만나달라고 부탁했으며, 우리가 "클리프 엔드에 관련된 일로 불안해"하고 있고, 그녀만이 줄 수 있는 정보를 원한다고 썼다. "내 친구들을 신뢰하고 메리 메러디스의 죽음에 관한 세세한 사실을 알려준다면 도움이 되겠습니다"라고 편지를 끝맺었다.

편지의 어조는 앤슨 신부답지 않게 딱딱했다. 카르멜의 죽음에 관해서는 이야기해주라는 말이 없었다. 그 부탁에 홀러웨이 씨가 겁먹을 거라고 여겼을까? 우리는 신부의 편지에 우리의 소개를 덧붙여 홀러웨이 씨에게 보냈고, 답장이 올지 궁금했다.

클리프 엔드에서 보낸 나날 중 가장 길고 슬픈 하루가 흘러갔다. 패멀라는 자기 일에 정신이 팔려 있었고, 내 일도 잘되지 않아서 오후에 손님이 온 게 반가웠다. 비록 리지 말대로 "겨우 스콧 선생"이었지만 말이다.

가엾은 스콧! 그는 너무나 예의 바르고 조심스러웠으며 궁금해하는 것이 투명하게 드러났지만, 유령의 출몰이나 유령에 관해서는 아무것도 묻지 않았다. 패멀라는 그가 자꾸 테니스에 초대하자 딱 한 번 받아들이곤 가는 걸 잊었는데, 또다시 그를 밀어내고 있었다. 스콧은 패멀라에게 선물을 가져왔다. 작고 검은 개였다.

"스코티입니다." 스콧이 애석한 표정으로 설명했다. "패멀라 씨가 저를 기억할 수 있도록 말이죠."

"너무 후한 답례 아닌가요?" 패멀라가 웃으며 말했다. "얘, 이리 와! 이리 와, 보비! 착하지! 예쁜 강아지야!"

패멀라는 떨고 있는 마른 강아지를 안아 들고 쓰다듬었다. 오, 이런. 패멀라가 스코티에게 반하게 될까? 나는 다리 짧은 테리어에게는 관심이 없었다. 개라면 귀족적으로 키가 커야지. 늑대 개나 셰퍼드, 아프간하운드라면 모를까. 하지만 패멀라는 주위에 살아 있는 무언가를 둬야 했고, 당장은 관심을 기울일 상대가 있는 편이 나았다.

우리는 스콧에게 저녁 식사를 권했다. 리지는 늘 손님을 반겼고 갑작스러운 방문에도 잘 대처했지만, 개를 보고는 좋아하지 않았다. 리지가 식탁을 차릴 때 따라와서 패멀라의 의자에 앉은 보비를 본 위스키도 마찬가지였다. 호랑이처럼 천천히 돌면서 적대적인 눈빛으로 강아지를 노려보던 위스키는 의자 등받이에 뛰어오르더니 겁먹은 보비를 악마처럼 위협했다. 누가 개입하기도 전에 위스키는 보비에게 달려들어 발로 세차게 걷어차곤 뛰쳐나갔다. 보비는 다치지 않았지만 리지의 마음이 크게 상했다.

"저런! 불쌍한 녀석!" 리지는 동정하며 외치고는 구박당한 고양이를 달래러 갔다.

스콧은 미안한 표정으로 웃었다. "저 때문에 이렇게 된 것 같군요." 우리는 괜찮다고, 위스키와 보비의 행동반경이 겹칠 일이 없을 것 같다고 했다. 이렇게 웃어넘길 말도 안 되는 상황이 있어서 좋았다.

스콧은 배 타기, 사진, 개, 이 세 가지 화제에 관해 이야기할 때는 좋은 벗이었다. 그는 작은 보트에 지분이 있다고 했다. 불행히도 그 배의 용골이 부서져 수리 중이긴 하지만 곧 끝날 거라고 했다. 그는 우리를 런디에 데리고 가서 바다오리 사진을 찍고 싶어 했다. "날씨가 좋다면, 일요일 어떠세요?" 그는 이런 계획 세우기를 즐겼다. 우리는 그에게 우리의 고민이나 브룩 중령의 결정에 대해서는 말하지 않고 배 타기가 즐거울 거라고 했다.

스콧은 돌아가기 싫어했다. 하숙집에서 외롭고 지루한 모양이었다. 그는 11시가 넘어서야 돌아갔고, 우리는 탈의실 러그에 보비의 자리를 만들어준 뒤 위층으로 올라갔다. 내가 먼저 올라가 계단 불을 켰다. 스위치는 작업실 문 반대편, 이상한 자리에 있었다. 더 미루지 말고 복도에 이중 스위치를 달기로 했다. 계단참 창문에 커튼이 걷혀 있었다. 리지는 해가 진 후로는 위층에 올라가지 않으려고 했다. 여름 하늘에는 희미한 빛만 남아 있었다. 패멀라는 창백했다. 우울한 하루였다. "잘 자야 할 텐데." 내가 말했다.

"그건 상관없어. 아침에도 잘 수 있으니까." 패멀라는 멍하니 말하더니 내게 초조한 시선을 한번 획 던지고는 방으로 들어갔다.

패멀라가 초조해하는 경우는 드물었지만 그럴 이유는 충분했다. 이제 무시무시한 충격을 당할 거라고 생각하지 않고서는 해가 진 뒤 이 집에서 움직일 수 없었으니까.

스텔라도 가슴 아파하며 잠 못 들고 있을까? 머릿속이 평화롭지 않았다. 한참 지나서야 잠들었다.

끔찍하게 울부짖는 소리에 깼다. 개였다! 패멀라가 달려 내려갈 텐데, 나는 그걸 원하지 않았다. 내 방에서 나가 그 애 방의 문이 닫혀 있는 것을 보고 다행이다 싶었다. 하지만 곧 문이 닫혀 있는 것이 이상했다. 패멀라는 잠을 깊게 자지 않는데. 너무 무서워서 꼼짝 못 한 걸까? 문을 두드려도 대답하지 않아서 이미 내려간 줄 알았다. 개는 무시무시한 소리를 냈다. 괴로움에 떨며 울부짖는 소리였다. 말 그대로 피가 얼어붙는 것 같았다. 그게 아니라면 다른 뭔가가 그렇게 만들었다. 한기로 온몸에 힘이 빠진 채 계단 난간에 기대서서 완전히 용기를 잃어버렸다는 부끄러움에 압도돼 있었다.

계단참은 어두웠다. 달빛도 들어오지 않았다. 작업실 문 앞에서 뭔가 보이기 시작했다. 푸른빛이 감도는 하얀 불빛이 희미하게 보였다. 아래층으로 내려가려면 그 빛을 지나가야 하는데, 그럴 수 없었다. 왼손을 내밀어 내 침실 문 안의 전등

스위치를 찾으려고 했지만 손을 거뒀다. 그 빛나는 흰색이 움직였기 때문이다. 부연 안개가 모여들고 숨소리처럼 고동치는 리듬에 맞추어 빛이 강해지는 모습을 보고 있자니 온몸에서 온기가 빠져나갔다. 그것은 서서히 돌면서 커졌다. 위쪽으로 소용돌이치면서 동시에 계단 쪽으로 미끄러져 나갔다.

아래층에서 울부짖는 소리에 공포가 더 강해졌다. 불을 켜자 그 흐릿한 것은 거의 보이지 않게 됐다. 그래도 거기 있다는 걸 알았으니 지나칠 수는 없었다. 난간을 뛰어넘어 그걸 피해 아래로 내려갔다.

복도 가운데 웅크린 개가 계단을 마주하고는 뒤로 엉금엉금 기어가고 있었다. 미친 듯이 울부짖느라 목을 쭉 뺀 채였다. 현관문을 열자 녀석이 달려 나갔다.

"패멀라, 어디야?" 하고 부르니 아기방에서 힘없는 소리가 들려왔다. 패멀라는 침대 양쪽을 움켜쥔 채 누워 머리부터 발끝까지 떨고 있었다. 멍한 잿빛 눈으로 나를 올려다봤다.

나는 패멀라를 일으켜 세웠다. "부엌으로 가." 우리는 계단을 올려다보지 않고 통로를 내달렸다.

부엌은 따뜻했다. 아늑하고 안전한 느낌이었다. 불을 켰다. 우리는 떨면서 문을 등지고 섰다.

"고양이 좀 봐." 패멀라가 속삭였다. 고양이는 등을 굽히고 온몸의 털을 곤두세우곤 눈을 번득거리며 식탁 위에 올라가 있었다.

"리지!" 패멀라가 놀라 외쳤다. "리지에게 가봐야 해⋯⋯.

심장이 약한데."

나는 허락하지 않았다. 패멀라가 기절하는 건 본 적 없었지만 곧 기절할 것 같았다. 나는 패멀라를 자리에 앉혔다. 그때 복도로 나간다면 그것을 직접 볼 것 같았다. 어떤 모양, 누구의 형태, 어떤 성질의 것인지. 하지만 보고 싶지 않았고, 그것이 나를 건드리는 건 더욱 원하지 않았다. 불을 켜서 그것이 보이지 않게 만드니 더욱 무시무시했다. 그 순간 부엌문을 여는 것보다 더 내키지 않은 일은 없었다.

통로에 안개가 끼어 있었다. 바다 안개가 들이친 것 같았다. 그것이 아기방으로 흘러 들어가더니 다시 나오지 않았다.

"괜찮아요, 리지?" 리지의 방문을 열며 외쳤다.

어둠 속에서 떨리는 목소리가 대답했다. "오, 성자들이여! 오, 로디 도련님! 무서워서 죽을 뻔했네요! 개가 뭘 본 거예요? 그 여자가 또 계단에 왔어요?"

"헛소리 말아요, 리지! 개가 낯선 곳을 무서워해서 그래요. 개들도 신경이 날카로워져요. 그걸 알아야 해요. 이제 가서 자요. 잘 자요."

나는 패멀라에게 돌아갔다. "구름 같은 게 있었어. 그게 계단을 내려와서 형체 없이 아기방으로 흘러 들어갔어."

패멀라는 몸을 떨었다. "거기로 오는 것 같았어."

"거기서 뭘 하고 있었니, 패멀라?"

"알아내고 싶었어."

"일부러 거기서 잔 거야?"

패멀라는 일그러진 미소를 지었다. 불을 다시 지피고 주전자를 올렸고, 우리는 편안한 불빛을 보면서 몸을 녹이려고 했다.

"사실은 어쩔 줄 모르겠더라. 개 때문에 당황했어. 개가 뭔가 본 거라고 확신했거든. 오빠가 오지 않았다면 나는 창문으로 튀어 나갔을 거야." 패멀라가 털어놨다.

패멀라의 무모함은 나를 자주 놀라게 했다. 이번에는 패멀라가 지나쳤다고 여겼다.

"이런 짓을 또 하면!" 내가 화를 냈다.

"스텔라가 어젯밤에 꿈을 꾼 건지 알고 싶었어."

"스텔라가 꿈을 꾼 거야?"

"아니."

"그럼 무슨 소리야?"

"스텔라의 말이 옳았어, 오빠. 모든 것이 평화로웠고, 나는 잘 잤어. 그러다 일어나보니 방 안에, 뭐라고 해야 할지 모르겠네. 아름다운 고요함이 가득했고, 향기롭고 따뜻했어. 부드러운 불빛까지 봤어. 속삭이는 소리도 들었고."

"무슨 소리?"

"알아들을 순 없었어."

"꿈이 아닌 게 확실해?"

"손수건으로 매듭을 지었어. 여기."

"계속 이야기해봐."

"그러다가 불빛이 꺼지고 작은 신음이 시작됐어. 처량한 소리였어. 무섭진 않았지만 뭐라고 말하려고 했는데 갑자기 모든 게 변했어. 개가 울기 전 같아. 변화는 내 마음속에서 일어났어. 끔찍한 두려움이 느껴졌어. 소리를 지르려고 했지. 그것으로부터 도망쳐 정원으로 달려가려고 했지만 움직일 수 없었고, 당황해서 어쩔 줄 몰랐어. 달려 나가면 제정신을 잃고 절벽에서 몸을 던질 거라는 생각이 들어 침대를 붙잡고 버텼어."

나는 아무 말도 하지 않았다. 무서운 이야기였다. 주전자의 물이 끓자 차를 우렸고, 우리는 지쳐 말없이 마셨다.

"너도 떠나야 해." 내가 말했다.

패멀라는 고집스럽고 결연하게 답했다. "아니, 오빠. 드디어 우리가 붙잡았어. 지금 버티면 진실을 알아낼 수 있을 거야."

"그러다가 실성하자고?"

"다시는 저 방에서 안 잘 거야. 다른 사람을 재우지도 않을게."

"우리 모두 곧 문턱에서 자게 될걸." 내가 씁쓸히 말하곤 물었다. "정말 여기 있고 싶어?"

"응."

"리지는?"

"날 두곤 떠나지 않을 거야. 떠난다면 우리가 직접 식사 준비를 하면 되지."

"그럼 끝까지 남을 결심인 거야?"

"응, 오빠. 오빠는 안 그래?"

"당연히 그렇지."

"두 영혼이 있는 게 틀림없어." 패멀라가 말했다.

나도 동의했다. "그렇지. 그 가정에서 출발할 수 있어. 어쨌든 확실한 질문이 생겨나지. 그 두 영혼은 누구이며, 왜 떠나지 못하는지. 뭘 원하는지."

"메리가 있지." 패멀라가 지친 음성으로 말했다. "한숨을 쉬며 울고, 작업실에서 비참한 악몽을 꾸고, 계단을 내려다보고 괴로워하며 딸을 위로하고 불을 켜주는 메리. 그리고 또하나는 무시무시하고 무자비하고 냉혹한 영혼."

"이제 잘 수 있을 거야." 내가 일어나며 말했다.

"피곤해."

"어서 자. 홀러웨이 씨가 실마리를 주길 바랄 뿐이야. 그 사람도 이 집에 유령이 나타난다는 소문을 듣고 생각해봤을 거야. 여러 가지 설명을 해줄 수도 있어."

패멀라가 말했다. "그러길 바라. 그런데 어쩐지 쉽지 않을 것 같아."

계단과 계단참은 정상으로 돌아갔다. 우리는 잠자리에 들었다.

제11장 홀러웨이 씨

    홀러웨이 씨는 금요일 6시에 만나자는 짧은 답장을 보냈다. 나는 밀로이에게 전화해 3시쯤 극장으로 가서 내 희곡을 읽어주겠다고 했다. 내 작업과 관련해서 즐거움을 느낄 수 있었다면 그의 적극적인 태도가 기뻤을 것이다. 하지만 이제는 외부 세계로부터 내 감각을 차단해버렸던 이 희곡과 단절된 느낌이었다. 리뷰와 기사 몇 편을 겨우 쓸 수 있을 뿐이었다.

    밤은 증오스러웠다. 집은 구슬픈 소리가 울리는 텅 빈 동굴 같았다. 내 귀에 그 소리는 소리라기보다 가청주파수에 살짝 못 미치는 진동에 가까웠고, 패멀라는 신음하는 사람의 소리라고 했다. 리지는 다행히 아무 소리도 못 듣는 것 같았다. 패멀라는 피로로 꼼짝하지 못했다. 일요일 밤과 화요일 밤, 우리 둘 다 잠자리에서 나와 여기저기 돌아다니며 귀를 기울였다. 우리의 감각이 내놓는 증거를 믿을 수 없게 되고, 그림자만 봐도 가슴이 철렁했으며, 바람이나 파도 소리가 들릴 때마다 초자연적인 소리로 착각했다.

　개는 돌아오지 않았다. 스콧에게 전화하자 자기 집으로 찾아올 거라고 했다. 나중에 그는 내게 연락해 자기 친구가 보비를 어느 가게에서 발견했다고 전했다. 그 가게에서 길 잃은 불쌍한 개를 주워다 키웠다고 했다. "상태가 안 좋았다더군요." 스콧이 좀 짜증 내며 말했다. "히스테리를 일으키고 신경이 너덜너덜해졌다고." 나는 그 개가 히스테리를 부리며 밤중에 우리를 깨웠다고 했지만, 자세한 설명은 덧붙이지 않았다. 개에게는 불공평한 짓이었지만, 따지고 보면 세상 어딘들 공평한 곳이 있을까?

　수요일, 패멀라는 스텔라에게서 편지 한 통을 받고 몹시 속상해했다. 일부를 내게 읽어줬다. 스텔라는 말보다 글로 자신에 대해 더 조리 있게 밝혔다.

　　할아버지께 외국엔 가지 않겠다고 했어요. 할아버지 건강이 안 좋은데, 어떻게 갈 수 있겠어요? 하지만 그것이 가장 큰 이유라고 한다면 거짓이겠죠. 할아버지 말씀대로 제 고집 때문에 할아버지의 상태가 더 나빠지고 있으니까요. 하지만 패멀라, 전 갈 수 없어요. 전 평생 어머니를 너무나 그리워했어요. 가끔은 어머니가 밤에 절 찾아올 거라고 얼마나 간절히 믿었는지 몰라요. 그건 그저 바람일 뿐이었지만, 아기방에선 어머니가 정말로 오셨어요. 그때 얼마나 큰 천상의 기쁨을 느꼈는지 말하려면 전 시인이 돼야 할 거예요. 어머니도 외로워서 저를 원하시는 것 같아요. 그러니 저를 불러주세요. 친애하고 친애하는 패멀라, 부디 로더릭을 설득해서 제가 가도 된다는 편지를 보내주세요. 당신은 제 친구예요. 제가 상심하는 걸 원하지 않을 거예요.

패멀라는 편지를 내려놓고 떨리는 음성으로 말했다.

"스텔라의 마음이 갈가리 찢어졌어."

나는 마음이 움직였지만 물러설 수 없었다. 스텔라가 적어서 동봉한 우울한 노랫말을 읽고 또 읽었다…… "운명의 거부……"

"스텔라를 위해 우리가 할 수 있는 일은 위험을 없애는 것뿐이야. 그게 어디서 오든지. 최선을 다하고 있다고 전해줘." 내가 말했다.

패멀라는 내가 이미 스텔라에게 설득됐다며, 홀러웨이 씨와 만나기로 약속했고, 모든 일을 해결하겠다고 적은 답장을 보냈다. 우리 둘 다 스텔라를 간절히 그리워하지만 할아버지 말씀을 듣고 잠시 외국에 가 있는 편이 현명한 것 같다는 말도 적었다.

패멀라가 우표를 붙이며 잘라 말했다. "유약하고 비겁한 편지야. 우린 스텔라를 실망시키고 있어."

패멀라는 수척했다. 점심 식사를 들고 온 리지가 패멀라와 나를 번갈아 보더니 고개를 저었다.

"신께서 두 사람을 동정하시길. 둘 다 유령 같은 꼴이군요." 리지가 말했다. "어두운 곳에서 마주칠까 겁나네요. 마음을 정하고 여기서 어서 떠나요. 안 그러면 정할 마음도 없어질 것 같으니까. 문제는, 냉장고가 생기기 전까지는 맛있는 걸 만들어드릴 수 없는데, 여기서 계속 지낼지 정하기 전까지는 냉장고를 들일 수 없다는 거예요. 만들고 싶은 커피크림이 굳질 않아요."

"상황이 정말 심각해지고 있어." 패멀라가 말했다. 나는 리지를 용서하고 싶었다. 리지는 이 으스스한 집에서 지내며 영혼을 위험에 내놓고도 우릴 웃게 했다.

리지는 제섭 가족의 집에 자러 가는 걸 반겼다. 찰리가 와서 위스키의 바구니를 들어주기로 했다.

우리 모두 클리프 엔드에서 하룻밤 벗어나 있는 것이 좋을 것 같았다. 나 역시 브리스틀 방문을 계기로 희곡 집필을 새로 시작할 수 있기를 바랐다. 밀로이가 마음에 들어한다면 유용한 제안을 해줄 것이다. 그러면 수정을 시작하고 두어 달 안에 에이드리언 밸러스터에게 최종 허가를 받을 수 있을 것 같았다. 브리스틀에서 공연한다면 런던의 비평가 한두 명이 찾아와줄 수 있다. 그건 중요했다. 이 치명적인 무기력에서 벗어나야 했다. 하지만 누가 두 개의 세상에서 동시에 살 수 있을까? 〈살로메〉가 연극에 관한 감각을 되살려줄 수 있을 것 같았다. 홀러웨이 씨가 우리 주위에서 미궁처럼 펼쳐지는 모호한 비극을 해결해줄 열쇠를 건넬 수도 있을 것 같았다.

패멀라는 브리스틀 방문에 대해 비이성적으로 낙관했다.

일주일째 제대로 자지 못해 피로한데도 금요일에 출발할 때는 기분이 좋아 보였다.

클로드 밀로이는 극장 내 개인 사무실에서 희희낙락하며 우리를 맞이했다. 그는 엄숙한 천사처럼 보이게 하는 무테안경 뒤로 환히 웃으면서 패멀라의 손을 꼭 잡았다. 그는 내 의자 방향을 고쳐주고, 블라인드를 만져 최적의 빛이 들어오게 하고, 내 오른손 앞에 물 한 잔을 놓았다.

"친애하고 친애하는 R. D. F! 희곡을 우리에게 처음 보여주다니!" 그가 이렇게 중얼거리자 나는 몹시 긴장됐다.

"비평가들은 극을 못 쓰는 게 진리 아닌가요?" 내가 말했다.

"〈녹색의 여신〉이 있었고, 버나드 쇼도 한때는 비평가였죠." 문에서 딱딱한 목소리가 들려왔다.

놀라웠다. 밸러스터가 들어왔다. 그의 말쑥하고 단정한 모습 구석구석과 활기찬 얼굴 주름 하나하나에서 회의적인 태도가 보였다. 밸러스터 앞에서 초고를 낭독하고 싶지 않았다.

하지만 어쩔 수 없었다. 밀로이는 위대한 에이드리언이 직접 찾아온 것을 굉장히 기뻐했다. 나는 영광으로 여기는 척해야 했다.

더듬더듬 세 명의 관객을 상대로 그들과 내 극을 혐오하며 낭독했다. 목이 쉬자 밀로이가 벌떡 일어나 물을 더 따라줬다. 막간에도 입을 여는 사람은 없었고, 패멀라 역시 말없이 앉아 있었다. 패멀라가 지루할 것 같았다. 그러나 스스로 자초한 일이었다. 극 전체를 다시 듣겠다고 했다. 패멀라는 작은 승리를 누렸다. 패멀라가 반대했던 나병에 대한 부분에서 밸러스터가 혀를 찼다. 밀로이는 헛기침을 했다. 나는 낭독을 멈추고 바꿀 생각이라고 말하고는 계속 읽었다.

끝에 다다르자 침묵이 흘렀다. 밀로이는 입을 벌렸다가 이내 다물고는 반짝이는 안경을 밸러스터의 얼굴 쪽으로 향했다. 패멀라는 창백했다. 침묵이 이어졌다. 나는 이디스 그로브의 반지하에서 젖은 장작과 거절당한 원고 종이로 불을 지펴보려고 했다. 누가 입을 열기 전에 불은 다시 꺼졌다.

"현대적이고, 알차고, 좋은 극이 되겠군." 밸러스터가 말했다.

밀로이의 탄성이 터져 나왔다. "오, 이런!" 그의 분홍빛 얼굴이 흥분에 젖어 있었다. "오, 이런! 대단한 연극이로군요!"

그들은 곧바로 캐스팅 논의로 들어갔다. 웬디에 대해서는 견해차가 있었다. 밀로이는 웬디가 할 수 없을 거라고 여겼다. 밸러스터가 말했다. "해보라고 합시다."

나는 안도했다. 내가 개입하는 건 싫지만 이 일에 대해서는 웬디에게 빚이 있었다. 다른 배역에 대한 그들의 시각은 나와 같았다. 날짜, 무대 세트, 홍보(나는 별로 관심 없는 문제들)에 관한 이야기로 십오 분이 더 걸렸고, 그것들이 결정되자 밸러스터가 내게 말했다.

"클라이맥스 부분을 수정해서 다시 보여줄 수 있겠소? 3막의 갈등 해소를 더 극적으로 하고, 2막은 더 강렬하게. 그 여자, 제니퍼를 살려보시오. 그 역할에는 니콜레트가 좋겠소. 마지막 장면에는 유머를 곁들이고. 너무 진지해. 샴페인에 취한 뒤에 다시 써보시오. 내 생각대로 진행된다면, 11월 둘째 주에 올립시다. 언제 원고를 받을 수 있겠소? 열흘 뒤?"

나는 한 달로 미뤘다.

"10월 첫 주? 좋소."

식사를 제안받았지만 나는 빠져나갈 핑계를 댔다. 홀러웨이 씨를 만나기 전에 정신을 차려야 할 것 같았다.

마음이 들떴다. 호텔 라운지에서 급히 차를 마시며 아직 알에서 태어나지도 않은 극장의 병아리를 세고 있자니 패멀라와 내게 클리프 엔드의 문제는 믿을 수 없게 느껴졌다.

홀러웨이 씨는 클리프턴 언덕에 살았다. 그녀의 '조화를 통한 치유 센터'는 숲을 내려다보는 언덕 기슭에 위치한 꽤 큰 석조 건물이었다. 탁 트인 복도에 흰 침대들이 놓여 있었다. 슬픈 얼굴의 여자들이 샌들을 신고, 숱 없는 머리를 늘어뜨린 채 자갈길을 걷고 있었다. 우리는 보티첼리의 복제화와 포대기로 싼 아이들의 부조로 장식한 소박한 응접실에서 십 분 동안 기다렸다. 6시 정각, 여주인이 들어왔다.

홀러웨이 씨는 키가 컸고, 풀 먹인 모자와 진녹색 원피스의 길고 풍성한 치맛자락 덕분에 더욱 인상적인 모습이었다. 핼쑥하고 좌우대칭인 얼굴에 눈은 쑥 들어가 있었다. 그녀는 검은 눈을 거의 깜빡이지 않고 효과적으로 활용했다. 강한 음성을 부드럽고 매끄럽게 조절했다.

"앤슨 신부님은 어떠신가요?"

홀러웨이 씨는 자리에 앉았다. 큰 손을 둥근 탁자에 가만히 올려놓았다. 나는 꼼짝 않는 손에서 묘한 인상을 받았다. 경계하는 듯했다.

내가 대답했다. "만나주셔서 감사합니다. 신부님은 잘 계십니다."

홀러웨이 씨는 고개를 살짝 꺾었다. 저명한 사람이 청중에게 보이는 몸짓이었다.

"사십 분 동안은 시간이 납니다. 시간을 낼 수 있어서 기쁘네요. 고민거리가 있으시죠. 어떻게 도와드릴 수 있을까요?"

그 여자가 드러내는 개성에 빠져든 채 나는 패멀라에게 이야기를 맡겼다. 패멀라는 이야기를 자세히 전했다. 스텔라에 대해서만 다 밝히지 않았다.

홀러웨이 씨의 얼굴에 미소가 번졌다. 마음에 들지 않는 미소였다.

"가엾은 스텔라." 그녀가 말했다. "그렇게 어린 나이에 그런 어머니를 잃다니."

"몇 년 정도 함께 사셨죠?" 패멀라가 물었다.

"10년이요." 홀러웨이 씨가 낭랑한 목소리로 대답했다. "메리가 시작한 일을 마치려고 제 경력의 10년을 희생했어요. 순교한 친구에게 제가 바친 헌신이었죠."

우리는 입을 다물었다.

"후회하지 않아요."

패멀라가 먼저 정신을 차렸다.

"메리 메러디스가 혹시 클리프 엔드에서 무슨 큰 슬픔을 겪었는지 말씀해줄 수 있으신가요? 우는 소리가 너무 자주 들려요." 패멀라가 말했다.

"슬픔은 메리의 몫이었죠. 하지만 울지는 않았어요." 홀러웨이 씨가 대답했다.

패멀라는 당혹한 표정으로 나를 봤다. 우리의 가정이 날아갔다.

"불안한 영혼이 클리프 엔드에 머문다면 메리의 영혼은 아니라고 여기셔도 됩니다. 메리는 더 높은 곳으로 떠났어요." 홀러웨이 씨가 단호하게 말했다.

"여자 목소리예요." 패멀라가 말했다.

"네?" 홀러웨이 씨가 부드럽게 반문했다.

이상하게 질문하기가 어려웠다. 따지고 보면 우리의 임무는 비밀을 캐는 것이었다. 친밀한 우정과 깊고 사적인 슬픔을.

내가 조심스럽게 물었다. "혹시 그 집안에 대해서 말씀 좀 해주실 수 있나요? 메리 메러디스를 아주 잘 아셨죠?"

홀러웨이 씨는 그렇다고 고개를 끄덕였다.

"그 누구보다도 메리를 잘 알았죠."

그다음엔? 아무도 입을 열지 않았다. 홀러웨이 씨는 가만히 앉아 있었다. 한쪽 손끝이 가볍게 다른 손의 손끝에 닿았다. 그것들이 듣고 있는 것 같았다. 우리를 도와주지 않을 셈이었다. 그녀는 우리가 무슨 목적으로 찾아왔는지 확신하지 못하고 굉장히 조심스레 방향을 정하고 있었다.

세상을 떠난 소중한 친구 이야기임을 알기에 패멀라가 아주 부드러운 음성으로 말했다. "저희에겐 부탁할 권리가 없죠. 참견할 권리가 없어요. 하지만 그분의 슬픔, 그분의 감정이 집에 모종의 영향력을 발휘하는 것 같아요. 그걸 이해할수 있다면 지금처럼 불안하지 않을 것 같아요. 아시다시피 그걸 모르니까 굉장히 괴롭네요. 그리고 뭔가 도움이 될 수 있기를 바라기도 했어요. 클리프 엔드에서 그분이 사셨을 때 얘기를 해주시면 큰 도움이 될 것 같아요."

"알겠습니다. 해볼게요." 홀러웨이 씨가 말했다.

이야기를 시작하자 그녀의 음성은 더 차분해졌다. "여기바로 이 방에서 처음 만났어요. 당시 여긴 평범한 요양원이었고, 제 일도 보통의 간호사 일이었어요. 메리는 독감에 걸린 뒤 회복하러 여기 왔어요. 우리는 당장 서로를 알아봤죠. 신체적인 것을 넘어서는 수단을 이용한 치유 센터를 짓겠다는 제 평생의 목표가 그녀의 영혼에서 깊은 반응을 얻었어요. '이 일을 함께해요.' 메리가 말했어요. 메리는 어머니께 물려받은 돈이 조금 있었고, 선한 일에 쓰고 싶어 했어요. 아, 그다음 스페인 여행과 망한 결혼, 메리의 아름다운 삶에 사악한천재의 등장이 이어졌죠."

"카르멜이군요!" 패멀라가 외쳤다.

"카르멜이요."

따로 준비하지는 않아 보이는 이야기가 차근차근 계속됐다.

"요양원장에게 저를 메리의 개인 간호사로 보내달라는 요청이 왔을 때, 그들은 클리프 엔드에 함께 있었어요. 요양원장이 절 보냈죠. 메리는 병으로 황달이 왔지만, 제가 보기엔 슬픔과 충격 탓이 분명했어요. 저는 약이 아닌 방법으로 치료를 시작했어요. 메리에게 절 온전히 신뢰해달라고 했죠. 메리는 한 번도 신뢰를 거두지 않았어요. 병은 나았지만 메리는 상심했어요. '마음이 유리종처럼 산산조각나는 게 느껴져요.' 메리가 말했어요. 다시는 기쁜 소리를 내지 못했죠."

홀러웨이 씨는 말은 했지만 아무것도 알려주지 않았다. 고의가 분명했다. 선을 그었다. 앤슨 신부를 향한 것인지 우리를 향한 것인지는 몰라도 반감이 느껴졌다. 홀러웨이 씨가 그렇게 계속하면 우리는 아무것도 알아내지 못한 채 돌아가야 했다. 아무리 거친 행동을 하게 되더라도 사실을 알아가기로 작정했다. "메러디스는 카르멜과 외도했죠." 내가 불쑥 말했다.

홀러웨이 씨는 몸짓으로 그렇다고 답했다.

내가 외쳤다. "하지만 세상에, 메리는 그걸 알았잖아요. 메리가 그걸 알았는데도 그 여자가 계속 머물렀다고요!"

치유 센터 원장은 부드러운 음성으로 내 고성을 비난했다. "메리는 독특했어요. 인품이 훌륭하기 그지없는 여자였어요."

패멀라는 침묵을 지켰다. 나는 패멀라가 그렇게 당혹스러워하는 것을 처음 봤다. 내가 계속했다.

"카르멜이 계속 그 집에 머물렀다뇨! 메리와 프랑스에 함께 갔고!"

"약한 자에게서 유혹을 없앤다고 죄를 극복하게 돕는 건 아니에요." 홀러웨이 씨가 참을성 있게 설명했다. "꿋꿋이 견디라고 격려해야죠. 그 두 사람처럼 타락한 자들이 아니라면 메리의 빛나는 인품과 신뢰, 상냥하고 세심한 지도가 승리했을 겁니다."

"그러니까…… 메리가 일부러……." 내가 더듬더듬 말했다.

내 말이 마음을 드러냈다. 나는 비판하고 반대하려 들었다. 홀러웨이 씨의 핼쑥한 얼굴이 분노로 어두워졌다. 홀러웨이 씨가 탁자 위의 두 손을 꼭 쥐고, 목멘 소리로 대답했다.

"메리는 젊고 열정적이고 무모한 소녀를 죄 많은 세상으로 쫓아내지 않은 겁니다, 피츠제럴드 씨."

그 여자는 나를 제압하려고 들었고, 나는 버텼다.

"저로선 이해할 수 없군요……."

"메리를 이해할 수 없을 겁니다." 홀러웨이 씨는 경멸로 떨리는 음성으로 말했다.

나는 실수를 저질렀다. 처음부터 반감을 산 것이다. 아무 진전이 없을 것 같았다. 패멀라는 요령 좋게 분노의 흐름을 내게서 다른 쪽으로 돌렸다. "메리는 카르멜에게 아기를 맡기기도 했죠? 끔찍한 배신을 당했네요."

"배신." 홀러웨이 씨가 되풀이했다. "네, 메리는 자비를 베풀고 배신당했지만 오랫동안 그런 건 아니었어요. 카르멜을 위해 자신을 희생했지만 아이는 희생시키지 않았어요. 저를 불렀죠."

"카르멜에게서 아기를 구하려고요? 카르멜이 스텔라에게 해로운 존재였나요?" 패멀라가 물었다.

"제가 파리에 도착했을 때는 이미 너무 늦은 게 아닐까 싶었죠. 젖을 뗀 뒤였어요. 병약했죠. 울기만 했어요. 울면 카르멜이 달려가 어르고 달래고 공갈 젖꼭지를 물려주고 키스를 퍼붓곤 했죠. 무식한 여자들은 배우지를 못해요."

홀러웨이 씨는 혐오스럽다는 표정으로 말을 멈췄다.

패멀라가 재빨리 물었다. "카르멜은 원장님이 자기 자리를 대신하는 걸 싫어했나요?"

입술을 꼭 다물고 짓는 미소가 대답이었다.

"노발대발했죠. 어이없는 소동을 일으켰어요."

"성격이 급했군요?" 내가 말했다.

"제멋대로였어요."

정중한 원장은 사라졌다. 분노한 참견쟁이가 우리에게는 훨씬 더 유용했다. 하지만 정신을 차리고 자제하려는 노력이 보였다. 내가 물었다. "그동안 메러디스는 어디 있었나요?"

"어디 있었겠어요? 메리가 다시 모든 걸 바로잡을 때까지 파리에서 즐겼죠." 경멸로 가득한 대답이었다.

"그럼 카르멜을 모자 가게에 맡기고 영국으로 오셨어요?" 내가 물었다.

"모자 가게가 아니었어요. 그 여자는 턱없이 유명한 디자이너의 전시장에 일자리를 얻었어요."

패멀라가 날 봤다. 이마의 주름살을 보니 패멀라 역시 나만큼이나 홀러웨이 씨에게 공감하지 않는 걸 알 수 있었다. 하지만 놀랍게도 그 애답지 않게 세심하게 반응했다.

"영국으로 돌아와선 카르멜이 없으니 평화롭게 지내셨겠네요. 원장님과 메리와 아이, 셋이서?"

"네."

침묵이 흘렀다. 원장의 얼굴에 침착하고 고상한 표정이 되돌아왔다. 손에서 힘도 빠졌다. 음성은 차분하고 낮아졌다.

"네, 평화였죠. 2년간 완벽한 평화를 누렸어요. 메리는 천국처럼 고요한 분위기를 만들었어요. 우리는 함께 공부했어요. 메리와 저요. 아동심리학과 새로운 치유에 관한 책을 읽었어요. 메리의 아버지가 가끔 찾아왔지만, 메러디스 씨가 출타 중일 때만 왔어요."

"메러디스 씨가 자주 출타했나요?" 내가 물었다.

"외국에 갔어요."

"파리에?"

"아마도요."

그때 패멀라가 물었다. "메리가 그 아이를 많이 좋아했나요?"

"책임감 있는 엄마였죠."

"스텔라는 어디서 잤어요?"

"1층 응접실 옆방에서요. 유리창을 넣은 곳이 있었어요. 물론 날씨 좋은 날에 아이는 야외 놀이터로 나갔죠."

"그럼 밤에는 혼자 잤나요?"

"당연하죠. 심리학자들이 어른 방에서 아이를 재우는 부모를 어떻게 여기는지 아시잖아요."

나는 아동심리학엔 관심이 없었다. 패멀라가 논점에서 벗어난 이야기를 하는 거라고 생각했다. 클리프 엔드에서 운 사람이 누군지 궁금했다. 누가 작업실에서 고통을 겪었는지. 누가 그곳을 아직도 달콤한 향으로 채우고, 누가 무시무시한 냉기로 채우는지. 그 이유는 무엇인지.

"그러다가 카르멜이 돌아왔어요?" 내가 물었다.

"네." 엄격한 목소리였다. "외국에 있겠다는 굳은 약조를 해놓고 카르멜이 돌아왔죠."

"사람들 반응은 어땠어요?" 패멀라가 물었다. "메러디스는 그때 거기 있었나요?"

"있었어요. 그 여자에게 문을 열어준 건 그 사람이었어요. 그 사람 표정을 결코 잊지 못할 거예요. 카르멜은 누더기를 입고 뺨이 움푹 들어간 창녀였어요. 메러디스는 혐오스럽다는 표정을 지었죠. 그 여자를 빤히 보더니 메리를 부르고는 작업실로 들어가서 문을 잠갔어요."

패멀라가 물었다. "그럼 메리는요? 내려와서 카르멜을 만났나요? 그때 전부 보셨어요? 어디 계셨어요?"

"거기 있었어요. 다 봤어요. 카르멜이 우는 소리를 듣고 제 방에서 달려 나왔어요. 메리가 작업실에서 나오더니 계단 난간에 몸을 기대고 내려다보더군요. 남편을 위해 모델이 돼주고 있었거든요. 메리가 그 여자더러 당장 나가라고 했다면 정의가 이루어졌다고 여겼을 거예요. 하지만 메리는 그러지 않았어요. 카르멜의 얼굴을 한참 들여다보더니 고개를 돌렸어요. 저와 눈이 마주쳤죠. 천천히 미소를 짓더군요. 아래층으로 조용히 내려갔어요."

"그리고 카르멜을 받아주던가요?"

"네, 손님방에 난로를 지피고 목욕물을 받고는 자기 옷을 내줬죠. 10월이었어요. 그 여자는 기침하고 흐느끼면서 메러디스 씨에게 욕을 했어요. 다행히 그 여자가 영어를 배우지 못해서 전 그 저질스러운 말을 알아듣지 않을 수 있었죠. 메리는 그 여자에게 아이에게 하듯이 상냥하게 말했어요."

"그렇게 된 거군요." 패멀라가 덧붙였다. "어느 방에서요?"

"메리 방 옆의 작은 전실에서요. 제가 그 방을 내주고 메리의 방으로 들어갔지만 거기서 지내진 않았어요. 카르멜의 기침 소리에 온 집이 시끄러웠죠. 둘째 날 밤에 식당에다 카르멜이 누울 침대를 마련했어요."

"하지만 메러디스는 어떻게 한다던가요?" 나는 터무니없는 이야기에 화가 나서 끼어들었다.

"초상화를 그리겠다고 했죠." 홀러웨이 씨가 대답했다.

"세상에!"

"메리에게 그 이야기를 하는 걸 들었어요. '당신이 참을 수 있다면 지내게 해. 내게 쓸모가 있으니까. 아주 좋은 생각이 있어.' 메러디스는 적어도 메리의 초상화를 완성한 것 같았어요. 뭐든 마무리할 능력이 있었는지 모르겠지만. 그리고 '구식 스토리 그림'을 그리겠다고 했어요. 메러디스는 신이 나서 껄껄 웃어대더니 카르멜이 필요하다고 했어요."

"카르멜도 알았어요? 모델이 돼줬어요? 세상에, 그런 상태로!"

"아뇨, 카르멜이 짐작했는지는 모르겠지만 아무것도 몰랐어요. 메러디스가 작업실로 부르지 않았거든요. 문을 잠가두고 있었어요. 따지고 보면 메러디스는 카르멜의 얼굴을 외고 있었죠. 그래요. 식사 시간에 카르멜을 빤히 보기만 했어요. 식사가 끝난 뒤에도 계속 앉아서 보곤 했죠. 그래서 카르멜이 울었어요. 그때까지도 그 여자는 메러디스를 미친 듯이 사랑했어요. 그러면 메러디스는 한 번에 두 단씩 계단을 올라가곤 했어요. 메러디스가 작업하면서 휘파람 부는 소리가 들렸죠."

"그렇게 얼마나 지냈죠?"

"이 주 가까이. 제 마음대로 할 수 있었다면 더 빨리 끝났을 거예요. 그리고……." 홀러웨이 씨는 낮고 비극적인 어조로 말했다. "다른 결말이었겠죠. 며칠 뒤에 메리에게 카르멜을 보내야 한다고 말했어요. 아이를 망치고 있었으니까요."

"버릇을 망쳤다는 말인가요?" 패멀라가 물었다.

"아주 치명적으로. 그 여자는 모든 규율을 어기고 모든 규칙을 무시했어요. 당연히 제가 그 여자의 아기방 출입을 금지했지만 아주 못 들어가게 할 순 없었어요. 그 여자가 몰래 드나들었으니까요. 밤중에도."

패멀라의 눈이 커졌다.

"그 여자가……? 아기방에 불을 켜는 건 규칙 위반이었나요?" 패멀라가 물었다.

"그럼요."

"메러디스 부인도 동의하셨어요?"

"우리의 마음은 하나였어요."

"그렇군요."

홀러웨이 씨는 패멀라를 찬찬히 봤다. 너무 많은 것을 가르쳐준 건 아닌지 의아해하는 듯했다. 우리는 굉장히 교묘하게 조종당하고 있었다. 이 여자는 더도 덜도 아니고 우리가 믿길 원하는 것만 정확히 이야기하고 있었다. 시간도 완벽하게 정해둔 것이었다. 그녀가 시계를 보더니 만족한 듯 눈을 반짝였다. 피하고 싶은 질문을 할 시간이 없었다. 똑똑하고 강철 같은 의지를 가진 여자였다.

"그런데도 카르멜을 내쫓진 않았군요." 내가 조금 더 박차를 가했다.

"메러디스 씨가 반대했어요. '사흘만 더 있으면 돼.' 그 사람이 메리에게 말했어요. '여기서 사흘만 더 데리고 있으면 다시는 오지 못할 거야. 약속해.' 그가 그렇게 말하면서 짓던 미소가 기억나네요. 그의 뜻대로 했어요. 그의 고집이 메리의 죽음에 직접적인 책임이 있어요."

홀러웨이 씨는 사람을 제대로 증오할 줄 아는 사람이었다.

내가 불쑥 말했다. "말씀해주세요. 마지막 날에 무슨 일이 있었는지."

"그럴 생각이었어요." 높낮이 없이 억누른 어조 자체가 질책이었다. 이런 냉혹한 통제 아래 보냈을 스텔라의 어린 시절을 생각하니 속이 메스꺼웠다.

"직접적인 책임은 그에게 있어요." 홀러웨이 씨가 다시 말했다. "그 여자를 광기에 몰아넣은 것도 그 사람이었고, 일부러 그랬어요. 그는 악마처럼 굴 때가 있었어요. 온종일 폭풍우가 몰아쳤고, 클리프 엔드에 바람이 불면 그는 늘 견딜 수 없어 했어요. 스페인에서 살고 싶어 했죠. 그날 저녁 그가 서재에서 나오더니 메리에게 카르멜을 내보내도 된다고 했어요. 카르멜 없이 끝낼 수 있다고. 웃고 있었어요. '와서 봐.' 그가 말했어요. 메리는 작업실로 함께 갔고, 저는 책을 읽으면서 방에 남아 있었죠. 제게 무시무시한 일이 벌어질 거라는 예감이 들었고, 하늘을 뒤덮은 구름 때문에 드는 느낌이라고 생각했던 기억이 나네요. 책을 더 읽을 수 없어 치워두고 차분한 생각을 하려고 애썼어요. 몇 분 뒤 메리가 카르멜을 작업실로 불렀어요. 그러더니 미친 듯한 고함이 들렸고, 카르멜이 작업실에서 뛰어나와 아래층으로 달려 내려갔어요. 미친 듯이 울면서요. 메리가 창백한 얼굴로 제게 왔어요. 전 카르멜의 히스테리 발작에 익숙했지만, 메리는 마음이 너무 여렸어요."

홀러웨이 씨는 말을 멈췄다. 눈물을 글썽거렸지만 흘러내리지는 않았다. 실내에 음악이 울렸다. 징 같은 것의 소리도 났다. 그녀는 보란 듯이 시계를 확인했다. 7시 이십 분 전이었다. 우리의 시간은 끝났다. 시계 종소리가 계속 반복되더니 구슬프게 잦아들었고, 홀러웨이 씨는 낮고 느긋한 목소리로 다시 말했다.

"카르멜이 식당에 간 줄 알았어요. 그 여자가 아기방으로 간 걸 깨달은 사람은 메리였죠." 홀러웨이 씨는 비극적으로 말했다. "메리가 내려갔어요. 광기 어린 음성을 듣고 뒤따랐어요. 카르멜이 스텔라의 침대 옆에 서 있더군요. 암호랑이처럼 메리에게 덤볐어요. 천사 같은 메리에게! 그들은 스페인어로 말했어요. 저는 카르멜이 어떤 사악한 욕설을 퍼붓는지 짐작만 할 따름이었죠. 메리는 복수의 천사처럼 파란 눈을 번득이며 버티고 서 있었어요. 한 번도 음성을 높이는 일이 없었지만 그 말은 검처럼 떨어졌죠. 그러자 카르멜이 몸을 움츠리고 미친 듯이 고함을 지르고 창문을 열더니 절벽으로 곧장 달려갔어요. 메리도 뒤따랐죠. 아기가 놀라 제게 매달렸지만 저도 아이를 내려놓고 달려갔어요. 카르멜은 연기를 하고 있었다고 봐요. 나무를 꽉 쥐고 절벽 끝에서 멈춘 것을 봤어요. 검은 나무와 검은 옷을 입은 그 여자, 지금도 절벽 끝에서 흔들리던 그들이 눈에 선해요. 메리가 카르멜을 향해 몸을 던졌어요. 고함을 지르면서 나뭇가지에 손을 뻗었고, 그러다……."

홀러웨이 씨의 목소리가 갈라졌다. 미심쩍은 표정으로 패멀라와 나를 번갈아 보더니 내키지 않는 투로 말했다.

"앤슨 신부님이 청하셨으니." 홀러웨이 씨가 천천히 말했다. "그분 이외에는 누구에게도 한 적 없는 이야기를 해드리죠. 메리가 거기, 죽음의 문턱에서 휘청거릴 때 검은 팔이 튀어나와 머리를 치는 것을 봤어요. 메리는 소리도 못 지르고 떨어졌어요."

홀러웨이 씨는 눈을 감았다. 잠시 격한 감정에 말없이 앉아 있더니 우리를 보고 일어났다. 우리도 일어섰다.

"그럼 카르멜은요?" 내가 물었다.

"며칠 뒤 카르멜은 제 품에서 죽었어요. 밤낮 간호했지만 제게 데려왔을 때는 이미 죽은 사람이나 다름없었죠. 갑작스러운 죽음이었지만 그전에도 희망은 없었어요……. 이제 가봐야겠네요. 매일 저녁 환자들을 위해 음악을 준비합니다. 우리 치료법의 핵심이에요. 앤슨 신부님의 부탁대로 하려고 노력했어요. 그렇게 말씀 전해주세요." 그녀는 강한 인상을 남기며 말을 맺었다. "두 분 모두 클리프 엔드에 불길한 영혼이 머물러 있다면 그게 메리가 아니라는 걸 깨달았으리라 믿습니다. 그럼 이만."

우리는 고맙다고 인사했다. 홀러웨이 씨는 종을 울리고 나갔다. 하녀가 들어오더니 우리를 배웅했다.

"막이 내리다!" 나는 시동을 걸면서 말했다. "박수라도 쳐야 할 것 같은데. 너는 어떻게 생각해?"

"저 여자가 우리에게 심어준 생각 그대로야." 패멀라가 지친 음성으로 대답했다. "우는 건 카르멜이네."

"너무 피곤해서 죽을 거 같아." 언덕을 다시 구불구불 내려가는데 패멀라가 말했다.

나 역시 녹초가 됐다. 홀러웨이 씨의 강한 영향력, 과장된 말투, 내킬 때에 터뜨리는 광기 어리고 진정한 감정을 겪고 나니 정신적으로 피폐해졌다. 뇌를 얻어맞은 것 같았다. 패멀라와 나는 말없이 있다가 호텔에서 각자 마티니를 한 잔씩 마시고 급히 식사했다.

카네이션 꽃다발과 피터의 편지가 우리를 맞이했다. 그와 웬디는 우리를 만날 생각에 "기뻐 죽을 것" 같았고, 우리는 〈살로메〉 공연 후에 곧바로 만나 그들의 가게에서 술을 마시기로 했다.

그 두 사람에게 내 희곡 이야기를 하면 재미있을 것 같았다.

"좀 나아졌니?" 패멀라에게 물었다.

"약간……. 오빠, 그 여자는 뭘 원할까? 카르멜 말이야. 혹시……." 패멀라가 비꼬듯이 덧붙였다. "홀러웨이의 목을 매 달길 원했을까."

"그건 나도 같은 생각이야." 내가 잘라 말했다.

패멀라가 웃었다. "오빠의 편견이 또 발동한 거야?"

"무서운 여자였어."

지방 덩어리인 차가운 소고기도 마찬가지였다. 끈적이는 병에 든 어떤 소스를 부어도 도저히 먹을 수 없었다.

우리는 '그랜드'니 '로열'이니 하는 이름에 반감을 느껴 이름 없는 호텔에 묵었었다. 다시는 그러지 않으리라!

"전체적으로 끔찍한 이야기지?"

나는 동의했다. "대단한 집안이야. 메러디스는 냉소주의자에 카르멜은 여우, 홀러웨이는 사람들을 손아귀에 쥐고 흔드는 위선자고 메리는……."

"도덕군자?"

"음, '이 험한 세상을 살기엔 너무 밝고 선한 존재'라고 하자."

"맞아. 메리는 사랑하게 돼. 아기를 저 커다랗고 차가운 손 아귀에 맡긴다고 생각해봐. 두려움에 떠는 가련한 것을."

"물론 도덕군자는 홀러웨이일 수도 있어. 그 여자 눈을 통해 메리를 보고 있으니까. 왜곡이 심한 거울이지."

"맞아. 스텔라는 천상의 상냥함과 따스함을 느꼈다는데……. 진전이 없지 않아? 극장에 안 가도 되면 좋겠다." 패멀라는 한숨을 쉬었다.

"아직 피곤해? 식사가 전혀 도움이 안 되네. 자두랑 커스터드 먹을래?"

"아니, 커피만."

"방에서 잘래? 케리 부부를 실망시킬 수 없으니까 할 수 없이 가는 거야."

"여기서 하룻저녁 지낸다고 낫지 않을 거야." 패멀라가 찡그리며 말했다. "게다가 연극도 보고 싶어⋯⋯. 세상에, 그 여자는 카르멜을 어쩜 그렇게 싫어하지? 아마 그 여자가 목을 졸랐을지도 몰라."

"그럴 필요도 없었을 거야. 폐렴은 조금만 방치해도 심해지는걸."

패멀라가 몸을 떨었다. "살인자에게 예의를 갖췄다니."

"그렇게 믿고 싶어지네. 유령을 법정에 세울 수만 있다면 증명해보고 싶다."

우리 앞의 커피잔에 멀건 회색 액체가 담겨 있었다. 패멀라는 설탕을 넣고 천천히 저으면서 말했다. "카르멜의 유령이라면 할 수 있는 일이 없을 것 같아."

"나도 그렇게 생각하지만 카르멜일 것 같지 않아. 모든 게 감정의 메아리 같고, 차차 사라질 때까지 기다리는 것 말곤 아무것도 할 수 없을 것 같아."

우리는 우울하게 앉아 담배를 피우다가 야회복으로 갈아입기 너무 늦은 시각이 됐음을 깨달았다.

몇 분 동안 차를 몰아 가다가 케리 부부에게 보여주려던 원고를 기억해내곤 그걸 가지러 돌아가야 했다. 막이 오르는 순간 극장에 도착했다.

우리의 대화는 〈살로메〉의 형편없는 서곡에 불과했다. 극이 정말로 탁월하지 않았다면 우릴 둘 다 그렇게 사로잡히지 못했을 것이다. 피터의 무대장치는 대단했다. 원초적인 색상으로 세련된 형태를 만들어냈다. 칠흑 같은 어둠과 화려한 빛. 지나치게 자극적이었고 극에 꼭 맞았다. 웬디의 드레스는 최고였다. 그 드레스가 극장을 웅웅 울려댔다. 연기도 마음에 들었다.

웬디는 불길처럼 예쁘고 위험해 보였다. 유연하고 벨벳 같은 움직임이 순식간에 샴고양이처럼 사악하게 변했다. 그 둘은 내 바버라와 잘 어울릴 것 같았다. 저녁 식사와 그들에게 좋은 소식을 전할 일이 기대됐다. 긴장이 풀리기 시작했다.

막이 내린 뒤 패멀라에게 물었다. "사람으로 돌아온 느낌이야. 너는?"

"훨씬 낫네." 패멀라가 말했다. "하지만 우선 커피를 마시고 싶어. 웬디가 좋아. 오빠는 어때? 바버라가 된 웬디가 보이기 시작했어. 얼마나 황홀해할까!"

케리의 다채로운 스케치와 초현실적인 액자에 강한 조명이 비치는 로비에서 웃어대며 즐기는 사람들에게 이리저리 떠밀렸다. 그리고 바로 거기서 당장 차를 몰아 집으로 가야 한다는 떨칠 수 없는 강박에 휩싸였다.

스텔라. 스텔라에게 위험이 닥치고 있었는데, 그녀는 150킬로미터나 떨어진 곳에 있었다.

잠시 불안에 꼼짝 못 하다가 사람들을 팔꿈치로 마구 밀치고 나와 프로그램 판매 직원에게 케리에게 남기는 말을 전하곤 패멀라를 데리고 차로 달려갔다.

내가 말했다. "미안해. 그런데 집에 가야겠어. 뭔가 일이 생겼다는 예감이 들어."

패멀라가 무슨 소리냐고 할 줄 알았다. 처음 있는 일이었으니까. 패멀라는 내 얼굴을 보더니 그러자고 했다. 우리는 곧장 시내에서 벗어났다.

"대본은 가져왔어?" 패멀라가 한 말은 그게 전부였다.

"응, 참, 호텔을 잊었네."

"거긴 중요한 거 없어. 내일 전화하면 돼."

나는 무모하게 운전하는 법이 없지만 그날 밤은 위험을 감수했다. 엑스무어에 오르자 돌풍이 불었다. 다행히 자동차 덮개를 덮은 상태였고 전조등이 좋았다. 우리는 거의 아무 말도 하지 않았다. 패멀라가 "그 무서운 얘기 탓일 수도 있어"라고 말했고, 나는 "아니야"라고 대답했다.

"아기방 문은 어떻게 했어?" 패멀라가 물었다.

"리지에게 안쪽 문을 잠그라고 했어."

"**뭐가** 문제인지 혹시 감이 와? 무슨 일이라도 벌어질 수 있지. 그렇지?"

"그거야. 무슨 일이라도 가능해."

그렇다. 온갖 일이 가능했다. 강도, 화재……. 하지만 걱정스러운 건 집이 아니었다.

미치광이 도망자 같은 달이 흩어진 구름 사이에서 은신처를 찾아 이리저리 돌아다녔지만 헛수고였다. 그날 밤 사방에 공포가 퍼져 있는 듯했다. 돌풍에서 겨우 벗어나 속도를 올렸다. 자정이 지나고 얼마 후 처음으로 바닷소리가 들렸다.

비들컴 교차로를 지나 작은 길로 접어들었다. 패멀라도 내 공포에 전염돼 외쳤다. "빨리! 빨리!" 도움이 필요한 건 스텔라였는데, 왜 월름코트로 안 갔는지 궁금했다. 알 수 없었다. 내가 하는 모든 행동에 이유는 없었다. 맹목적인 충동에 따르고 있었다. 어쩌면 미쳐가는 것 같았다.

네모난 집이 변함없이 버티고 있었다. 그 나무는 악마의 채찍처럼 휘청거렸다. 나는 차고를 지나쳐 온실 앞에 차를 세웠다. 핸드 브레이크를 작동하기도 전에 패멀라는 차에서 내려 집 모서리를 돌아갔다. 바위를 때리는 파도 소리가 밤하늘을 가득 채웠다. 차에서 내리자 바람이 사냥개 떼처럼 공격해왔다. 누군가 비명을 질렀다.

홱 돌아서니 아기방 창에 푸르스름한 빛이 보였고, 창문이 벌컥 열리더니 누군가가 달려 나왔다. 그러고는 미친 듯이 절벽으로 곧장 달려갔다.

나는 나무에 제때 닿지 못했다. 그녀는 나무를 붙잡더니 장난치는 아이처럼 절벽 끝을 넘어 날아갔다. 스텔라였다. 스텔라가 거기 매달려 고함쳤고, 나는 외쳤다. "꽉 잡아요!"

나는 멈추지 못하고 떨어질 뻔했지만 옆으로 밀려나면서 나뭇가지 하나를 잡았다. 잔가지가 얼굴을 때려 앞을 볼 수 없어서 손으로 더듬었다. 겨우 나무 몸통을 붙잡고 매달렸다. 스텔라는 내 오른팔이 닿는 곳에 있었다.

패멀라가 부르는 소리가 들렸다. "오빠, 오빠, 어디 있어?" 고함을 지르자 패멀라가 달려오기 시작했다. 나는 바람이 울부짖는 소리 사이로 천천히 오라고, 버틸 수 있다고 외쳤다. 패멀라는 튀어나온 바위에 발을 디딜 수 있는 나무 가까이 와서 스텔라를 잡아당겼다. 나는 뛰어올라 그들 옆에 섰고, 우리는 비틀거리며 집으로 돌아왔다.

드디어 실내, 불 켜진 복도로 들어오자 뭐가 뭔지 알 수 없고 어지러워 눈으로 피가 흘러내리는 걸 가만히 둔 채 서 있었다. 위험이 끝났다는 것 말고는 아무것도 알 수 없었다. 스텔라는 안전했다. 패멀라가 외쳤다. "오빠 눈! 눈이!"

눈은 다치지 않았다고 했다. 패멀라는 옷을 제대로 입지 못한 채 시신처럼 하얗게 질려 나무 상자에 앉아 떨고 있는 스텔라에게 외투를 벗어 덮어준 뒤 위층으로 올라가 계단참 전등을 켰다.

"스텔라를 데리고 올라와, 오빠."

스텔라는 말을 하지 못했다. 내가 부축해 계단으로 다가가자 위축되는 것이 느껴졌지만 스텔라는 기운을 내서 올라갔다. 패멀라의 방 소파에 앉고 나서야 스텔라는 손으로 얼굴을 가린 채 흐느꼈다. 패멀라가 달래주려고 했지만 스텔라는 자신을 압도하는 슬픔 말고는 아무것도 느끼지 못하는 듯했다. 패멀라는 나를 보더니 붕대를 꺼내 오고 이마를 씻어줄 따뜻한 물을 가지러 갔다.

나는 벽난로 선반을 움켜쥐고 서 있었고, 스텔라는 구슬피 울었다. 얼굴에서 손을 떼더니 검고 휘둥그레진 눈으로 날 보면서 헉헉댔다. "로더릭도 죽을 뻔했잖아요. 아, 죽을 뻔했어요!" 그러더니 쿠션에 얼굴을 묻고는 온몸을 떨며 숨죽여 흐느꼈다.

스텔라는 위로가 필요했는데, 나는 냉혹한 대답밖에 내놓지 못했다. "맞아요. 스텔라도 마찬가지였고."

나는 짜증이 치밀어 올랐고 비참함에 온몸이 굳었다. 스텔라는 광기에 사로잡혀 죽음을 향해 몸을 던질 뻔했다. 나도, 자신의 목숨도, 인간의 모든 욕구와 충동도 잊고 스텔라는 이 미신에 마음을 내준 것이었다. 그리고 나는 그녀에게 친구로서, 이 미친 계획에 의도치 않은 한편으로서만 존재했다. 그녀는 내가 알던 스텔라가 아니었다. 어둠을 뚫고 미친 듯이 달리고, 염려에 죽을 것 같던 시간, 절벽에서 그녀가 준 충격이 모두 쓰디쓴 장벽을 쌓았고, 나는 그 안에서 아무것도 느끼지 못했다. 위로도 할 수 없었다. 이 미친 집착과 경쟁할 생각이 없었다. 스텔라가 다시 본래대로 돌아가기 전까지는 내 사랑을 열쇠로 잠가놓기로 했다.

패멀라가 돌아와 내 머리에 붕대를 감아주고 서재에서 석유난로를 가져다달라고 했다. 난로를 가져와 불을 켰다. 술도 가지고 왔다. 1시 반이 다 됐다. 나는 창가에 앉아 파이프에 불을 붙였다. 패멀라가 스텔라에게 물 섞은 브랜디를 마시게 했다. 스텔라는 얼굴이 수척해져 마치 유령 같았다.

"절 미워하시겠죠." 스텔라가 말했다.

"아뇨." 패멀라가 대답했다. "이해하니까요."

"아무도 이해할 수 없어요." 스텔라의 음성에서 절망이 느껴졌다.

"어떻게 된 건지 알아요." 패멀라가 토요일 밤에 겪은 일을 설명했다.

스텔라는 열심히 듣더니 끝에 가서 속삭였다. "하지만 어머니를 못 보셨군요. 전 봤어요."

"봤다고요?" 내가 놀라 외쳤다.

스텔라의 얼굴이 떨렸다. 그녀가 절망한 얼굴로 말했다. "봤는데 달아났어요."

"그건 아무도 마주하지 못해요." 내가 당혹감에 일어나 걸어 다니며 외쳤다. "당연히 달아나죠."

"맞아요, 맞아. 잘했어요." 패멀라가 말했다.

"하지만 제 어머니인걸요! 오, 패멀라, 모르겠어요? 제 어머니가 절 원했어요. 어머니가 절 원하는 걸 알기에 왔는데, 어머니를 보고도 도저히, 도저히……." 스텔라는 참담함에 온몸을 굳히고 소파 가운데 앉아 손을 꼭 쥐었다.

나는 그 앞에 서서 초자연현상 앞에 인간의 신경은 긴장될 수밖에 없고, 달아나는 것은 현명했다고 다시 말했다.

하지만 스텔라는 듣지 않았다. 자기 경멸과 비참함에 배출구가 필요했다.

"15년이에요." 스텔라가 계속했다. "생각해봐요. 빈집에서 혼자 돌아다닌 시간을요. 누군가가 자신을 봐주고 자신의 이야기를 들어주길 간절히 기다리면서……."

스텔라는 그렇게 생각하고 충격을 받았다. 덜덜 떨었지만 우리가 달랠 순 없었다.

"사람들에게 자신이 거기 있다는 걸 알리려고 하지만 아무도 봐주지도, 들어주지도, 느끼거나 생각해주지도 않는다면, 그러다 마침내……."

스텔라는 자신을 죽도록 다그쳤고, 패멀라와 나의 충고는 쓸모없었다. 회한과 동정심이 폭풍처럼 스텔라를 몰아붙였다.

"사랑하던 자기 딸이 왔는데. 왜냐면……." 스텔라의 음성이 잦아들고 지쳐갔다. "어머니는 절 정말로 사랑하셨으니까요. 이제 알겠어요. 있잖아요……." 스텔라는 자기 말을 아무도 믿어주지 않는다는 듯 애원하는 눈으로 패멀라를 봤다. "전 사랑스러운 아기가 아니었어요. 홀러웨이 씨가 말하길 제가 짜증을 잘 내고 사람을 지치게 하고 예쁘지 않았대요. 그래도 어머니는 착하고, 어머니라서 절 조금 사랑한 줄 알았어요. 하지만 그게 아니에요. 마치 어머니가 제 존재를 기뻐하고, 제 사랑을 원하는 것처럼 정말 사랑하는 거예요. 어젯밤엔 처음으로 그랬어요. 그래서 전 용감해져야 했어요. 당장 어머니를 만나 이야기를 나눌 거라고 생각했어요. 그런데 갑자기 모든 게 멈췄어요. 마치 시계가 뚝 멈추듯이. 전 잠이 들었던 것 같아요. 가슴이 철렁해서 깨어났는데, 추웠어요. 제 평생 그렇게 으스스한 추위는 처음이었어요. 그러더니……."
스텔라의 음성이 떨렸다. "그러더니 어머니가 문으로 들어왔어요. 잠긴 문을 연기처럼 통과했어요. 침대 옆에 높다랗게 빛나는 구름이 여인의 모습 같았어요. 움직였어요. 눈도 있었는데, 전 도망쳤어요."

스텔라가 정신을 잃은 듯 몸을 앞으로 숙였고 패멀라가 붙잡았다. 패멀라가 놀란 목소리로 말했다. "오, 오빠, 어떻게 하지? 스텔라가 정신을 잃을 것 같아."

"집으로 데려가야겠어." 내가 말했다.

스텔라는 창백한 모습으로 소파에 축 늘어져 있었다. 너무 지쳐 울지도 못했다.

"따뜻한 걸 만드는 게 좋겠어, 오빠. 에그노그● 같은 걸로." 패멀라가 애원했다. "이 상태로는 갈 수 없어. 아스피린을 먹일게." 나는 그곳에서 벗어날 수 있음에 감사하며 주방으로 내려갔다. 불이 꺼져 있어서 난로에 냄비를 올렸다. 손이 떨렸다. 찬장에서 달걀을 꺼내 하나를 깨뜨렸는데, 그릇에 들어가지 않고 바닥을 더럽혔다. 요란한 소리를 내는 양철 쟁반에 재료를 어찌어찌 담았다. 온 신경이 악마가 흔들어대는 종처럼 울려댔고 집이 지옥처럼 느껴졌다.

유령이 나오는 집에 몰래 들어와 유령을 보고는 제정신을 잃을 정도로 겁을 먹은 여자를 어떻게 해야 할까? 아스피린

● 술에 달걀 등을 넣어 데운 음료.

을 준다고! 반미치광이 같은 내 웃음 소리가 들렸다. "피츠제럴드 양에게 아스피린이 있을 거예요." 스텔라가 그렇게 말했었다. 장터의 꽃들 사이에서 그 말을 하던 스텔라의 얼굴이 눈에 선했고, 명랑하고 따뜻한 음성이 들리는 듯했다. 카페에서 어떻게 해야 할지 조언을 구하던 스텔라는 너무나 다정하고 진지했다. 그리고 내가 오라고 했다. 나는 신음하며 손으로 머리를 짚었다. 다친 데가 쓰라렸다. 허공에 대롱거리며 흔들리는 나무에 매달려 생명줄을 붙잡던 스텔라가 다시 떠올랐다.

비참한 기분이 지나갔다. 음료를 완성했다. 스텔라는 죽지 않았다. 위층, 적절하고 자연스러운 장소, 내 집에 있었다. 그녀는 내 소중한 사람이고 나는 그녀를 사랑했으며 모두 잘되리라 믿었다.

쟁반을 가지고 올라가자 패멀라가 살폈다. "설탕도 없고 스푼도 없네."

패멀라가 내려갔다. 스텔라는 소파 한쪽에 쿠션을 깔고 담요를 덮은 채 누워 있었다. 비통한 표정은 지나갔다. 내가 불가에 서 있자 스텔라가 나를 올려다봤다. 나를 두려워하는 것 같았다. 냉혹하게 군 것이 부끄러워 최대한 부드럽게 물었다. "기분이 좀 나아졌어요?"

"네, 감사합니다." 스텔라는 작게 말하더니 덧붙였다. "절 경멸하시죠, 로디? 저도 제가 경멸스럽네요."

"아뇨, 오히려 영웅적이라고 생각해요. 하지만 난 당신이 영웅이 되길 원하지 않아요. 안전하길 원하지."

스텔라의 핼쑥한 얼굴에서 눈은 아주 컸고, 긴 속눈썹은 젖어 있었다. 뻣뻣하게 반항하는 표정은 사라졌다. 반쯤 열린 입술은 아이처럼 보드라워 보였다. 스텔라는 아쉬운 듯 한숨을 쉬었다. "사과의 뜻으로 뭐라도 하고 싶어요."

"우릴 놀라게 하는 일은 그만둬요, 스텔라. 패멀라와 나는 견뎌야 할 게 많아요. 유령은 어떻게 할지 알아보는 중이지만, 당신은 어떻게 해야 할지 모르겠어요. 또 이럴 건가요?"

스텔라는 고개를 저었다. "아뇨, 약속해요. 허락받기 전에는 다신 이러지 않을게요. 당신이 죽을 뻔했잖아요." 스텔라는 다시 고개를 돌리고 울었다.

내가 말했다. "패멀라가 스푼을 찾는 데 오래 걸리네요."

스텔라는 웃으려고 애쓰며 나를 돌아봤다. "제 생명을 구해 주셨어요."

"그걸 내던진다면 안타까울 거예요."

미소가 깊어졌다. 뺨에 따스함이 되돌아왔다. 기운이 없어 얼굴의 탄탄한 윤곽선이 느슨해졌다. 감정을 드러내지 않도록 훈련된 스텔라는 사라졌다. 스텔라는 나와 눈이 마주치자 얼굴을 붉혔다. 수줍음을 느끼곤 패멀라가 돌아올 때까지 입을 열지 않았다.

에그노그를 마시며 스텔라는 패멀라에게 미소를 지었다. "도둑처럼 집에 침입했는데도 친구가 돼주시네요."

"중령님은요?" 그제야 중령이 기억난 내가 물었다.

스텔라는 기어 들어가는 소리로 대답했다. "제가 자는 줄 아세요."

"당장 집으로 가요."

패멀라가 말렸다. "스텔라는 우선 좀 자야 해. 이제 와 한두 시간 늦는다고 달라질 건 없어. 나랑 한 침대에서 같이 자도 되겠어요?"

"오, 네! 혼자 자는 것만 아니라면요."

"그럼 두 시간 뒤에 가요." 나는 그러자고 하고 아래층으로 내려갔다.

아기방의 안쪽 문을 열고 불을 켠 것이 패멀라라고 생각했다. 창문과 문이 활짝 열려 있었다. 창문 한쪽이 앞뒤로 흔들리고 커튼이 마구 물결쳤다. 바깥의 덧창을 살폈다. 자물쇠는 잠긴 채 문틀에 걸려 있었고, 녹슨 고정 장치도 매달려 있었다. 나는 조심성 없이 그것을 무너지는 벽에 박아놓았었다. 스텔라가 그걸 잡아 뺀 것이었다.

그날 밤의 사건을 정리해보려고 했다. 스텔라는 어떻게 할 아버지를 속였을까? 그가 늘 외출하는 밤이었나? 금요일. 그렇다! 우리는 그날 집을 비우기로 했다! 스텔라가 어떻게 알 았을까? 우리가 계획을 세웠을 때 함께 있었나? 악마의 장난질인가, 우연인가? 게다가 나를 불러들인 것은 무엇이었을까?

스텔라의 외투와 드레스가 의자에 걸쳐져 있었다. 베레모와 구두도 있었다. 그것들을 챙겼다. 가벼운 짐의 무게에 행복감이 느껴졌다. 스텔라는 무사했다. 바위로 떨어져 죽을 수도 있었다. 물건을 내 서재로 옮겼다. 창가에 앉아 담배를 피우며 패멀라의 방문을 지켜봤다.

폭풍우가 치는 밤이었지만 따뜻했다. 바람이 지르는 비명도 잦아들었다. 텅 빈 곳에서 바람은 강하고 자유롭게 날뛰었다. 구름이 가린 동그란 달은 금빛으로 빛났다. 남쪽 등대는 그 혼란 속에서 변함없이 불빛을 밝혔다. 나는 그 회전수를 세다가 드디어 패턴을 알아냈다. 가끔 파도 거품에 그 빛이 반사됐고, 거품을 문 은빛 야수는 바다로부터 튀어 올랐다. 잠시 달이 빛을 발하면 바람과 바다의 전쟁이 보였다. 고함을 지르며 의기양양한 전투였다. 악마의 권능이 퍼져 있다 하더라도 굉장한 밤이었다.

문이 열렸다. 패멀라는 문을 닫더니 오른쪽을 흘끔거리면서 계단참을 재빨리 가로질러 왔다. "오빠, 날씨가 추워졌어?" 패멀라가 물었다.

내가 날카롭게 대답했다. "아니, 왜 그래?"

"그 으스스한 냉기가 내 방으로 스며들어."

나는 스텔라의 옷을 패멀라의 품에 안겼다. "스텔라를 데리고 나와! 옷 입을 필요 없어."

계단참에서 기다리는 동안 작업실 문을 지켜봤다. 전등 불빛이 이상하게 반사된 것인지, 둥그렇게 빛나는 안개가 보이는 것인지 알 수 없었다. 하지만 그것은 움직였다. 기어 올라가 문에 퍼졌다. 오싹하고 구역질이 나서 패멀라를 불렀다. 그들은 곧바로 나왔고 우리는 복도를 내달렸다. 스텔라는 외투를 입었지만 패멀라는 가운 차림이었다.

"옷장에서 외투를 가져와." 내 말에 패멀라가 달려갔다. 갑자기 스텔라가 헉 소리를 내면서 내게 몸을 던졌다. 나는 내게 보이는 것을 스텔라가 보지 못하도록 머리를 숙이게 했다. 패멀라에게 뒤쪽으로 나가라고 외쳤지만, 패멀라는 현관으로 달려가더니 우리가 나오도록 문을 열어주었다. 우리는 잔디밭에 서서 돌풍의 공격에 맞서 서로를 붙잡았다. 거기서도 나는 공포와 싸워야 했다. 일 분만 더 있었더라면 계단의 형체는 여자가 됐을 것이다. 얼음장 같은 눈을 한 키 큰 여자가.

차에서 우리 사이에 앉은 스텔라는 떨며 비참한 목소리로 말했다. "또 겁이 나버렸어요."

아무도 대답하지 않았다. 나는 빠르게 차를 몰았다. 속도를 늦출 만큼 정신을 차리기 전에 비들컴 교차로에 닿았다. 참나무 아래 집들이 보이는 곳에 차를 세우고 패멀라와 나는 담뱃불을 붙였다.

"뭘 봤어요?" 스텔라가 떨며 물었다.

"희끄무레하고 둥그런 안개요." 나는 스텔라에게 집에 들어가면 어떻게 될지 물었다.

"할아버지를 깨우지 않고 제 방에 갈 수 있을 거예요." 스텔라가 대답했다. 스텔라는 부끄러워하면서도 결심이 선 표정으로 어떻게 집을 빠져나왔었는지 말했다. "할아버지께 거짓말했어요. 머리가 아파서 자겠다고 했죠. 돌아오시면 절 깨우지 말라고 말씀드렸어요. 할아버지는 외출을 안 하겠다고 하셨어요. 제 두통이 염려되고, 할아버지도 몸이 안 좋으셨거든요. 하지만 바람이 불 때면 패스코 선장은 우울하고 외로워하셨어요. 배를 잃었으니까요. 그래서 할아버지는 패스코 선장에게 가기로 하셨어요. 저는 끔찍한 배신자예요. 저 같은 사람에겐 누구도 친절하게 대해줄 가치가 없어요."

집으로 가는 동안 스텔라는 말이 없었다.

패멀라는 윌름코트를 조금 앞두고 차를 세우는 게 좋겠다고 했다. "중령님이 돌아보고 계실지도 몰라." 그래서 나는 차를 세웠고, 패멀라는 살그머니 내렸다.

스텔라는 다시, 아주 조용히 울고 있었다.

"로더릭, 절 정말 용서하신 거죠? 앞으론 로더릭과 패멀라를 다시 괴롭히지 않겠다고 엄숙히 약속해요. 할아버지가 나아지시면 바로 떠날게요." 스텔라가 말했다.

"그러지 말아요, 스텔라. 가지 말아요! 그럼 언제 다시 만날지 알 수 없으니."

"하지만 제가 떠나길 바라는 줄 알았어요!" 스텔라의 놀란 목소리에서 기쁨에 가까운 기색이 느껴지는 것 같았다.

내가 뭐라고 한 건가? 그런 말은 할 생각이 없었는데. 도로 주워 담으려고 했다.

"아니, 그런 뜻이 아니었어요, 스텔라. 당분간은 떠나 있어야 해요. 하지만 아프지 말고, 위험한 짓도 하지 말아요. 견딜수 없으니까. 약속하죠?"

"약속해요, 로더릭."

패멀라가 돌아와 주위에 아무도 없다고 말했다.

스텔라는 살그머니 정원을 지나 현관문에 조심스레 열쇠를 꽂았다. 5개월 전 스텔라가 우리에게 그 문을 열어주던 모습이 생생히 기억났다. 그녀는 우리를 돌아보고 미소 짓더니 가만히 문을 닫았다.

집을 버려야 했다. 손을 놓아야 했다. 무엇이 중요하단 말인가? 그 집이 우리의 삶을 망치고 있는데. 스텔라와 패멀라와 내 삶을. 일찍이 그것을 깨달아야 했다. 그런데도 눈을 가리고 있었다.

바람이 몰아치는 잿빛 아침, 언덕에 올라 정신을 차렸다. 비는 그쳤지만 고사리는 젖어 있었다. 도끼를 가져가 나무와 덤불 사이에서 울타리용 나무를 잘랐다. 혼란스러운 마음을 정리해야 하는 사람에게 에이브러햄 링컨의 "앉아서 나무를 톱질하라"라는 조언보다 적당한 건 없다.

자작나무와 너도밤나무가 사람의 손길을 타지 않고 멋대로 자랐다. 키가 큰 묘목을 골라 깔끔하게 도끼로 내리치고 나무가 쓰러지면 몸통에서 가지를 잘라냈다. 유연하고 지속적이며 탄성이 느껴지는 톱질이 즐거웠다. 그것은 내 문제도 쓱쓱 잘라줬다. 할아버지란 무엇인가? 나이 차는? 수천 파운드나 집이 다 무엇인가? 내게는 일이 있었다. 풀 수 없는 문제는 단 하나, 스텔라였다.

스텔라라는 사람을 파악할 수 없었다. 그녀의 마음은 어디 있을까? 어떤 생각일까? 그녀를 사랑했다. 공기가 필요하듯 그녀의 사랑과 상냥함이 필요했는데, 그녀에게는 내가 이해할 수 없는 낯설고 불분명한, 변덕스러운 점이 있었다.

스텔라는 아이가 아니었다. 할아버지를 속이지도 따르지도 않겠다며 이곳으로 우리를 찾아왔을 때 스텔라처럼 결정을 내릴 줄 아는 아이는 없었다. 어젯밤 혼자 그런 계획을 실행에 옮긴 건 아이가 아니었다. 스텔라는 나름대로 성숙했고 매우 섬세한 성정을 지녔으며 거칠고 자유로운 성품에 엄격한 통제를 더한 조화를 지녔다. 어젯밤 스텔라의 눈에서 야생과 자유의 빛을 보았다. 살그머니 드러나더니 곧바로 감춰진 그 수줍은 빛은 무엇이었을까? 스텔라는 내게서 무엇을 보았을까? 젊은이들의 땅에서 벗어나 모험을 마친, 세상사에 통달한 남자? 말썽이 생기면 도와주고 적절한 조언을 해줄 지각 있는 오빠? 그렇다면 내 탓이었고 그걸 고쳐놓을 생각이었다.

이제 잘라놓은 나무처럼 나의 요구와 목적이 분명하고 깔끔하게 보였다. 스텔라를 언제쯤 다시 볼 수 있을까?

내가 나무 베는 소리를 듣곤 패멀라가 고사리 사이로 올라왔다. 그렇다. 패멀라와 패멀라의 집 지분이라는 문제가 있었다. 그 애는 집을 구하기 위해 싸우고 매달렸다. 나도 그렇기는 했지만 어떤 대가라도 치를 수는 없었다.

패멀라가 다가오며 불평했다. "꼭 자작나무를 골라야 했어?"

"너무 가까이 자라고 있어서."

"뭘 하려고?"

"아기방 앞에 울타리를 치려고."

"철조망은 보기 싫은데."

"나도 그래. 가시금작화를 심자."

"그건 좋아. 가시금작화 울타리."

패멀라는 담뱃불을 붙이더니 그루터기에 걸터앉았다. 4시쯤부터 푹 잤다고 했다. 나도 완전히 지쳐서 푹 잤다.

가시금작화 울타리! 클리프 엔드는 악마의 장난질이 가득하니 버려야 한다고 생각하면서도 동시에 울타리를 치려고 나무를 베다니! 대낮의 자아가 밤중에 일어난 일의 증거를 믿지 않는 건 참 희한했다.

일어나서 등을 펴고 파이프에 불을 붙였다.

"네게 제안할 게 있어."

"오빠, 꽤 상쾌해 보이네. 그렇게 못 자고도 그럴 수 있다니 부럽다."

"양보단 질이지. 나는 꿈을 안 꾸거든……. 들어봐, 패멀라. 내 말 듣고 바로 버럭 화내지 말고 잘 생각해봐. 런던에서 내 극이 성공한다면, 장기 공연을 한다면, 내가 집값의 절반과 수리비를 네게 줄 수 있는 상황이 된다면 받아줄래?"

"이렇게 빨리, 오빠?" 패멀라는 놀라고 조금 당황해했다. 그러더니 고개를 끄덕였다. "오빠가 살고 싶다면, 좋아."

나는 계속해서 톱으로 나뭇가지를 베어냈다.

"내 생각엔 집을 닫아야 할 것 같아."

"자본을 바다에 버린다고?"

"그런 셈이지."

"하지만 희곡 집필은 변동성이 심하잖아."

"알아."

"그 정도로 절망적인 건 아니야. 꼭 버릴 필요는 없어."

나는 망설이다 말했다. "이렇게 불확실한 상태를 너는 못 견뎌. 나도 마찬가지고. 작업을 망칠 거야."

"몇 주 더 지내는 건 가능해."

"몇 주는 몰라도 몇 달은 안 돼. 클리프 엔드에서 유령과 함께 겨울을 보내진 않을 거야. 게다가……." 당분간은 그 정도 이유로도 충분할 거라고 판단하고 물었다. "동의하니?"

"아니, 오빠 마음은 고맙지만 이건 공동투자였어. 내가 오빠보다 더 원했고. 한 사람이 그만두면 둘 다 그만두는 것이고 손실은 나눠야 해."

"네가 그런 상황이라면 내가 원하는 것보다 더 오래 버티라고 할 거잖아."

"아냐, 실패한다면 말이야. 그렇지만 아직 제대로 시작도 안 했어. 싸워보지 않고 그만둘 순 없어."

"동감이야. 하지만 그런 상황이 온다면 네가 방해하지 않는다는 확답을 듣고 싶어."

"염려 마. 그러지 않을게." 패멀라는 잠시 말없이 생각했다.

"오빠 의견이 옳다면, 환상이나 시간대의 교란이라면 우린 이 길 수 없고 떠나야 할 거야. 하지만 난 유령이 있다고 생각해. 유령이 비극을 무한 반복하는 걸지도 몰라. 그런 경우에 대한 이야기를 들었잖아. 그러면 역시 틀렸어. 하지만 목적을 가지고 찾아와 그 목적을 이룬 뒤 영면에 들 영혼이 있다면……."

"그렇지. 그게 우리가 바랄 수 있는 최선이야. 하지만 그 모든 것이 뒤섞인 게 아닐까 싶어서 절망적인 생각이 들어."

"나도 그런 느낌이 들긴 해. 지금까지 일어난 일을 전부 연대기로 적고 있어. 오빠의 도움이 필요해. 그러면 전체 이야기를 살펴보고 여러 가지 이론을 실험해볼 수 있지. 어젯밤 잠들기 직전에 좀 무서운 생각이 들었어. 두 영혼이 스텔라를 놓고 싸우며 경쟁하고 있다는 생각……."

"세상에!" 내가 외쳤다. "그건 아니면 좋겠다. 하지만……." 다시 생각해보고 이렇게 덧붙였다. "가능한 것 같아."

"카르멜 문제에 대해선 아직 제대로 생각하지 못했잖아."

사실이었다. 집으로 돌아와 아직 건드리지 않은 카르멜에 관한 실마리를 찾아보려고 머릿속을 뒤지다 맥스가 말한 그림과 사진이 떠올랐다. 그에게 엽서를 쓰려다 그의 강하고 안정된 음성을 듣고 싶었다. 해머스미스 몰의 작업실을 통해 전화를 걸었고, 기쁨과 따스함이 가득한 맥스의 음성이 들렸다.

"아카데미 사진은 잊지 않았지. 주디스가 그걸 찾아서 당장 보낼 거야. 흥미로울걸. 우린 재미있었어. 클리프 엔드는 좀 어떤가? 목소리가 그다지 좋지 않은데."

"약간 수면 부족이야." 내가 털어놓았다.

"아직도? 이봐, 로더릭! 설마."

내가 말을 잘랐다. "어이! 전화로 심한 말은 하지 마. 교환원이 충격받을 거라고."

맥스는 내 말뜻을 이해했다.

"그놈의 불면증이 전처럼 심하단 말이야?"

"더 심해졌어." 내가 대답했다.

"패멀라는 어때?"

"마찬가지야."

침묵이 흘렀다.

"내려갈까 생각 중이었는데."

"날씨가 엉망이야." 내가 간절한 목소리로 말했다. "자네가 기다리는 게 그거라면."

"잠깐만 기다려줘."

곧 맥스가 다시 말했다. "들어봐. 주디스가 안부 전해달래. 주디스 동생이 이틀 동안 와 있어서 바쁠 거야. 내가 목요일부터 토요일까지 신세를 져도 될까?"

나는 망설였다. 마음이 끌렸지만 아직 그렇게까지 양심을 잃지는 않았다. "이틀을 지내기엔 여기가 너무 멀고, 지금 좀 춥고 외풍이 심해."

"그럼 됐네. 목요일 저녁. 그때 봐."

내가 고맙다고 인사하거나 안 된다고 하기 전에 맥스는 전화를 끊어버렸다. 세상에, 마음이 가벼워졌다! 패멀라에게 큰 소리로 전했다. 패멀라 역시 안도했다.

정오에 돌아온 리지는 우리가 주방에서 먹을 것을 찾고 있는 걸 보곤 깜짝 놀랐다. 오후 티타임에나 돌아올 줄 알았던 것이다.

"하지만 뭐, 날씨가 놀기 좋진 않았죠. 이제 여름과 작별인 거 같네요. 제섭 부인이 보낸 선물이 있어요. 예쁜 오리 알 두 개죠." 리지가 말했다.

리지가 점심을 준비하는 동안 나는 리지를 따라온 찰리와 밖으로 나갔다. 만 끄트머리 안쪽에 짧은 울타리를 세우고 싶다고 했다. 찰리는 신이 나서 허벅지를 탁 쳤다.

"클리프 엔드에 필요한 게 바로 그거죠! 파킨슨 가족에게 여러 번 말했다고요. 집에는 울타리가 있어야 한다고. 안 그러면 자연과 정원이 마구 뒤섞이니까요. 두고 보세요. 보기만 하세요!"

찰리가 좋았다. 자기 일을 즐기고 그걸 표현하는 사람은 힘이 됐다.

패멀라가 일지 작업을 같이해달라고 했지만 오후에는 희곡을 수정해야 했다. 우리가 당면한 엄청난 문제는 풀지 않고 당혹스러운 상황과 그 해결책을 구하기 위해 온 힘을 다 쓰다니 미친 짓 같았다. 하지만 사진이 오고, 강하고 넓고 섬세한 마음을 가진 맥스가 온다고 생각하니 희망이 느껴졌다. 드디어 행동할 때가 온 것이다.

2차 원고를 쓸 파란 종이를 꺼내놓고, 1막을 수정하려고 앉왔다.

수정 작업은 즐거워야 한다. 글은 이제 나를 압도하는 산이 아니다. 내 손 안에 있다. 주제가 적절함이 밝혀졌고 형태가 잡혔다. 위기와 절정이 제자리에 있다. 인물들이 살아 있고 그들의 반응으로 어울리는 것과 어울리지 않는 것을 알 수 있다. 자신감을 가지고 줄거리를 감당하지 못할까, 인물들이 기능하지 못할까, 주제에 아무 의미가 없을까 염려하지 않아도 된다. 핵심과 분위기도 정해졌다.

단 한 번 극장에서 모험을 시도한 일을 울적하게 추억했다. 작은 좌익 단체와 함께 〈시련〉을 무대에 올렸을 때다. 리허설에서 엄숙한 비극은 의사 영웅 소극으로 바뀌었고, 당연히 극은 나아졌다. 하지만 그때는 그렇게 생각하지 않았다.

흠, 이제 1막을 잘라내야 했다.

하지만 파란 종이에 적은 것은 내 극이 아니었다. 스텔라에게 보내는 편지였다. 긴 편지. 그것을 쓰고 서명하고 날짜를 적고 넣어두었다. 그걸 보낼 때는 아직 오지 않았다.

굳은 결심으로 작업을 시작해 삭제하거나 줄일 부분을 표시했다. 패멀라가 방에 들어가는 소리가 들렸다. 옷을 갈아입으려는 것 같았다. 패멀라가 집에 찾아와준 사람들에 대한 답례로 그들 집에 방문하기 위해 차를 가지고 나가야 한다고 짜증 내는 소리가 들렸다. 그리고 밖에서 어린 시절 듣던, 말발굽과 마차 바퀴 소리가 들렸다. 그 소리는 현관에서 멈췄다. 골든 하인드의 윌리 모스가 모는 마차였다. 브룩 중령이 내렸다. 오랜 고통이 서린 얼굴로 서서 집을 살피다가 창가를 바라보고는 나와 눈이 마주쳤다.

나는 패멀라의 방문을 두드리며 중령이 왔다고 말했다.

"알아. 봤다고. 오빠, 우린 죽었어! 불쌍한 스텔라!" 패멀라가 슬프게 덧붙였다. "불쌍한 노인네!"

상황이 심각했다. 스텔라가 할아버지에게 어떤 일을 겪었을까? 또 그가 우리에게 무슨 말을 할까? 그 파란 눈이 휘두르는 칼날이 또렷이 기억났다.

하지만 만나보니 그 눈은 당혹감에 흐려져 있었다. 그는 방 가운데 서서 보는 것마다 새로운 고통을 일으키는 것 같은 표정으로 낯선 물건을 하나하나 살폈다. 처음에는 나도 낯선 존재처럼 바라보다가 곧 비통한 표정으로 나와 눈을 맞췄다.

"해명을 요구하러 왔소." 그가 말했다.

나는 기회를 주셔서 고맙다고 하고는 자리를 권했다. 그는 식탁 의자를 골랐다. 푹 꺼진 그의 뺨에 서서히 수치스럽다는 듯 새빨간 홍조가 떠올랐다. 스텔라가 얼마나 말했는지 몰라 나는 잠시 기다렸다. 중령은 누운 자리에서 나오기에는 너무 병자 같았다.

그가 무거운 어조로 말했다. "손녀 아이가 어젯밤 여기서 무슨 일이 있었는지 말했소. 2시에서 3시 사이에 그 애를 데려다주고 도둑처럼 몰래 들어가라고 했다고." 중령은 안간힘을 써서 흥분을 가라앉혔다. "당신 이야기도 요구할 권리가 있을 것 같소."

내가 대답했다. "물론입니다."

패멀라가 들어왔다. 나는 조금 놀랐다. 하늘색 드레스에 엄숙한 표정을 지은 그 애는 어머니를 닮았다. "스텔라는 잘 있나요?"

"전혀 잘 있지 않소." 중령이 대답했다.

그는 정식으로 인사하려고 일어났다. 둘 다 자리에 앉자 그가 엄격하게 말했다. "그 애는 몹시 부끄러워하며 뉘우치고 있소. 당연한 일이지만."

"무슨 일이 있었는지 말씀드렸나요?" 패멀라가 물었다.

"이번에는 사실대로 말한 것 같소." 중령이 씁쓸하게 대답했다.

"그랬겠죠. 중령님을 속인 것을 몹시 속상해했어요."

그가 내게 물었다. "무슨 일이었소?"

내가 집을 비우고 출타했다가 뭔가 일이 생겼다는 느낌에 갑자기 돌아온 이야기부터 했다. 스텔라 때문에 두려웠다는 말은 하지 않았다. 스텔라가 집에서 달려 나왔고, 기진맥진했다고 말했다. 그리고 쉬는 동안 악질적인 한기가 들었고, 계단 위에서 형체를 봤다고 이야기했다. 중령은 겁에 질린 표정으로 나를 봤다.

"생각보다 심각한 일이군."

"다행히 스텔라는 그 존재가 상냥하고 애정 어리다고 생각해요." 패멀라가 말했다. "그 덕분에 더 심한 충격을 받지 않았죠."

"그렇게 생각하는 건 나도 알고 있소." 중령이 말했다.

"이 모든 일을 이곳 사람들이 어떻게 해석하는지 아십니까?" 내가 물었다.

"너무 잘 알지." 그의 음성이 경멸로 떨렸다.

"알고 계신 정보로 저희를 도와주실 때가 왔다고 생각하지 않으십니까?" 내가 말했다.

그가 내 말을 잘랐다.

"어떤 도움도 줄 수 없소! 원칙 없는 침입자들과 내 사적인 기억을 논하는 건 절대 거부하겠소." 그가 잠시 후 뻣뻣이 말했다. "실례했소."

"힘든 밤을 보내셨죠." 패멀라는 마치 어머니처럼 말하며 중령이 안 한 사과를 먼저 했다. "오빠와 저는 두 영혼이 이 집에 나타나는 걸지도 모른다고 생각했어요. 스텔라의 어머니와 또 한 사람이요. 저흰……."

중령이 분노가 가득한 얼굴로 패멀라에게 말했다.

"이런 이야기를 믿을 만큼 미신을 믿는 거요? 내 딸처럼 흠 하나 없이 성녀 같은 영혼이 그렇게 끔찍한 운명을 겪는다고 믿을 만큼 냉소적인 거요? 그 애가 밤중에 돌아다니면서 제 딸을 비롯해 무고한 이들을 겁준다고? 영면에 들지 못했다고? 아니, 아니야, 아니라고!"

그의 파란 눈이 미치광이처럼 번득였다. 목소리는 강해지고 온몸과 행동거지가 변했다.

"내 똑똑히 말해두는데, 그런 환상은 무지하고 잘 속는 자들이 히스테리에 빠져 보는 착각이오. 악마의 짓거리거나! 내 딸은……." 그의 목소리가 갈라졌다. 얼굴 근육이 떨렸다. 고개를 숙이고 힘없이 말을 맺었다. "내 딸은 영면에 들었소."

나는 가만히 앉아 있었다. 패멀라가 나지막이 말했다. "영면하시길."

패멀라는 눈물을 글썽였다. 나 역시 괴로워하는 중령이 불쌍했다.

"따님처럼 칭송받고 많은 이가 기억하는 사람은 처음 봅니다." 내가 말했다.

"그런데 그 애 딸은……." 중령은 고개를 들지 않고 신음했다. "숨기는 게 많고 약삭빠르고 순종할 줄 모르는 사기꾼에……."

그가 고통에 멍해진 시선을 들더니 누군지 모를 상대를 향해 말했다.

"메리는 샘물처럼 맑고 수정 같은 아이였소. 평생 내게 거짓말 한 번 안 했어."

"스텔라도 정직해요. 큰 유혹이 있을 땐 아이처럼 속임수를 쓰지만 그다음에는 괴로워해요." 패멀라가 애원하듯 말했다. 중령은 고개를 저었다.

"그 애는 아비를 닮았어. 아비를 기억하고 있소. 그게 문제요. 그 자식이 보낸 선물을 가지고 있소. 그림을. 그자가 유명하단 걸 자랑스러워하고 있소. 생김새도 그자를 닮았소. 그자의 혈통의 영향력이 너무 커서 그걸 부수는 게 내 평생의 목표

였소. 신께 맹세코 철저히 임했소! 메리가 죽고 그 애에게 전넘하기 위해 퇴역했소. 메리의 딸을 메리가 원하는 사람으로 만들기 위해서. 메리가 믿는 유모에게 엄청난 급료를 지급했소. 스텔라에게 메리의 그림을 놓아주고, 메리의 책을 읽히고, 같은 학교에 보냈소. 희생이기도 했소. 메리가 보고 싶었으니까. 하지만 그 애가 1년 전 돌아왔을 때는 기뻤소. 그 애 엄마의 우아함과 매력, 아름다움은 없었지만 착한 아이였소. 진지한 아이였고 자기 할 일을 꼼꼼히 해냈소. 내 지시에 따라 공부도 계속했고. 그 앨 외국으로 데리고 나갈 생각이었소."

중령은 마음이 아파 말을 끊었다.

패멀라가 말했다. "제 생각엔 만족하셔도 좋을 것 같아요. 작은 속임수는……."

"'작은 속임수'라고! 그걸 그렇게 부르는 거요? 그런 기준을 갖고 산다는 말이오! 그런 생각을 스텔라에게 옮긴 거요! 아이가 갑자기 변했소. 이제 영문을 알겠군."

"그런 모욕을 의도하신 건 아니겠죠." 내가 말했다.

"내 의도는 두 사람과 의논하자는 게 아니었소." 중령이 퉁명스럽게 대답했다. "어쩌다보니 여기까지 온 것이지. 내 목적은 당신의 설명을 듣고 제안을 하는 거였소."

그는 그때부터 내게 말했다.

"이 집에서 불편을 겪고 있지 않소? 산 것을 분명 후회할 거요. 기대했던 대로 여동생의 건강이 좋아지지도 않았을 거요. 집을 판 값에 다시 사겠소. 수리하는 데 든 비용만 손실일 거요. 가능하면 보상을 제안하고 싶지만 그럴 상황이 아니오."

패멀라가 내게 경고의 눈빛을 보냈다. 나는 망설였다. 더 나올 이야기가 있다고 믿었다. 가능한 한 가장 어정쩡한 태도로 대답했다.

"굉장히 공평한 분의 제안이라고 생각합니다, 중령님. 방금 하신 말씀만 아니라면 말이죠."

"내 뜻을 너무 강하게 표현한 것 같소." 중령은 물러서지 않고 말했다. "하지만 명예에 관한 내 뜻은 아주 강하오."

"우리도 마찬가지예요." 패멀라가 나직이 말했다. "스텔라도 그렇고요. 스텔라가 겪고 있는 부자연스러운, 아니 초자연적인 압박과 부담을 고려하지 않으시는 거죠. 그리고 들으셨겠지만 스텔라가 어젯밤 여기 온 것에 저희는 아무 관련이 없습니다."

"스텔라도 그 사실을 강조했소." 중령은 건조하게 대답했다. "당신들의 무죄를 밝히려고 애쓰더군. 하지만 영향력은 책임을 불러오고, 당신들의 의도가 무엇이었든 책임감 있게 행동했다고 생각할 수 없소."

슬며시 사과하는 말투였다. 패멀라는 그를 향해 상당한 관용과 동정심을 느끼고 있었고, 그걸 드러냈다. 나는 그 애가 그렇게 인내심을 발휘하는 걸 본 적 없었다. 스텔라와 나를 위해 신중하게 싸우는 거였다.

반면 나는 그의 제안을 생각했다. 유혹을 느꼈다. 여러 해가 걸려야 회복할 수 있는 재정의 손실 없이 이 집에서 벗어날 수 있었다. 극작가로서 나는 베스트셀러 작가가 될 수 없었으니까. 그 점에 대해서는 확신했다. 돈벌이 능력은 우리 집안에 없었다. 팔아먹지 않으려는 것이 너무 많았다.

"동생이 동의하고 제안에 다른 조건이 없다면 생각해보겠습니다." 내가 말했다.

"결정하려면 몇 주 걸릴 거야, 오빠." 패멀라가 말했다.

"당연하지."

침묵이 흘렀다. 중령은 고개를 저었다. "이 제안을 하는 목적은 당신들이 이곳을 떠나게 하는 것이오. 당장."

서서히 분노가 차올랐다. "그럼 조건이 없는 게 아니잖습니까?"

"그렇소."

"또 다른 조건은 무엇입니까?"

"내 손녀와는 어떤 연락도 금지요."

침묵이 이어지자 그가 당황했다.

"이 모든 관계가 그 애에게 해악이 됐단 말이오! 그 애에게 해가 되는 모든 것이 없어져야 할 거요!" 중령이 외쳤다.

패멀라가 조용히 말했다. "브룩 중령님, 스텔라는 아이가 아니고 저도 그렇게 대할 생각이 없어요. 말씀드린 대로 이런 현상이 계속되는 동안 스텔라에게 찾아오지 말라고 일렀어요. 하지만 스텔라가 제 우정을 원한다면, 전 줄 거예요. 그건 파는 게 아니에요."

우리 모두 그대로 서 있었다. 중령은 굉장히 놀란 표정이었다. 머릿속으로 얼마나 고민했는지 모르지만 그는 이곳을 찾아와 제안하기로 마음먹었다. 1000파운드로 스텔라에게 가해진 영혼의 위협을 사버리기로 한 것이었다. 그런데 제안이 거부당했다. 그걸로 끝이었다. 그는 이제 할 수 있는 것이 없었다.

그가 애원하듯 내게 말했다.

"이런 터무니없는 소리에 찬성하는 거요?"

"그렇습니다."

중령은 도움이라도 구하듯 실내를 휘둘러봤다. 난로, 벽 장식, 문, 창문을 살폈다. 과거 여기서 찾던 위로가 더는 존재하지 않는다는 것을 믿을 수 없다는 표정이었다. 그는 무거운 발걸음으로 복도를 지나 밖으로 나갔다. "스텔라를 외국으로 보내게 하는군……. 그 앨 집에서 내보내는 건 당신들 때문이오." 그 생각에 적응하려는 듯 그가 되풀이해 말했다.

중령은 마차에 올라타더니 말 한마디, 시선 한번 없이 쓰디쓴 상념에 빠진 듯 떠났다.

분노가 사그라들었다. "세상에!" 내가 외쳤다. "불쌍하다. 중령은 환자야. 스텔라를 보내면 죽을 거야. 다시는 만나지 못할 거야."

"불쌍히 여길 사람이 너무 많아." 패멀라가 힘겹게 말했다. "모두 불쌍해. 나 자신도 불쌍하고."

패멀라는 아랫입술을 깨물더니 집으로 달려갔다.

제14장 카르멜의 보물

"노선을 잘못 잡았어."

패멀라의 연대기를 정리하자 확신이 들었지만, 그 이상은 알 수 없었다. 그보다 더 구체적인 말은 할 수 없었다.

패멀라는 꼼꼼히 작업했다. 자세하고, 정확하고, 객관적으로. 회고록 형태로 적기 시작해 날짜마다 모든 사건을 기록했다. 패멀라 자신, 주디스, 리지, 내 경험이 적혀 있었다. 메러디스의 이야기에서 들은 몇 가지 사건도 각각 다른 점을 세심하게 강조해 적어두었다. 소문 몇 가지도 전달한 사람의 이름과 함께 포함됐다. 우리는 타인의 기억을 통해 메러디스와 메리, 카르멜을 볼 수밖에 없는데, 인간의 마음이란 흠 없는 거울이 아니니 화자가 누군지가 중요했다. 우리는 자선심과 편견, 충성심과 질투, 증오를 모두 고려해야 했다.

패멀라는 열심히 작업했고, 토요일 아침 내게 건넨 파일에는 두툼한 원고 뭉치가 있었다. 그 노트와 패멀라, 내 탁자 위에 쌓여 리뷰를 기다리는 소설 더미를 번갈아 봤다. 오늘 밤에는 기사 초고를 써야 했고, 우선 읽어야 할 탐정소설도 있었다. 유일하게 정기적인 일을 망치지 않고도 상황은 충분히 힘든데, 우리에게 닥친 알 수 없는 문제 해결이 시급한 지금 피터 윔지와 그의 미스터리 소설에 어떻게 신경 쓸 수 있단 말인가?

"제발 이거 마칠 때까지 그건 좀 치워둬." 내가 말했다.

패멀라는 실망했다. 심한 말이었다. 내 시간을 아끼고 나를 도우려고 최선을 다하는데, 내가 일을 시작할 수 없다니.

내가 말했다. "이것 봐. 네가 원한다면 밤새 살펴볼 수 있지만 이것부터 마쳐야 해. 이런 식으로 빵을 바다에 내던지고 배를 불태우면 자갈밭에 나앉게 될 거야."

패멀라는 죽기 직전에도 헛소리를 들으면 벌떡 일어날 사람이다. "빵을 되찾으려고 불타는 배를 탄다고? 알겠어! 오빠의 논리는 반박 불가야. 어서 해!"

10시가 돼서야 준비가 됐다. 패멀라는 내가 경험한 것을 기록하게 한 뒤 스텔라의 이야기를 적도록 도와달라고 했다. 우리는 밤새 이 일을 마쳤고 다 끝난 뒤에 내가 할 말은 이것뿐이었다. "앞뒤가 맞지 않아. 말이 안 된다고. 노선을 잘못 잡았어."

"우리 둘 다 수면 부족으로 바보가 됐어." 패멀라가 대답했다. "푹 자고 내일 다시 보면 실마리가 보일지도 몰라. 제발 배 타러 안 가면 좋겠다."

일요일에는 비가 왔고, 드넓은 세상에는 빗줄기밖에 안 보였다. 다행이었다! 스콧과의 약속이 취소됐다. 나는 이 유령들을 해결하기 전에는 배도 수영도 아무것도 내키지 않았다.

그러나 스콧을 점심 식사에 초대하는 건 피할 수 없었다. 궂은 날씨도 그를 집에 가두지 못했지만, 그는 교사의 차를 빌려 가지고 올 수 없었다. 그 오래된 차는 왕진 때에만 썼다. 스콧은 방수모와 우비를 갖추고 황야를 건너 농장까지 자전거를 밀고 온 뒤 온실에 이것들을 조심스레 걸고 들어왔다. 뒤따라온 스코티가 우리 방에서 빗물을 털어냈다. 가련한 스콧! 만족하는 삶을 사는 듯했으니 가련히 여길 수는 없었지만, 그는 정말이지 너무나 불운했다. 배 타기를 그렇게 기다렸는데, 비가 와야만 했다니. 그는 평소보다 더 우울한 말투로 내 초대에 응했다. 전화로 들리는 음성은 시무룩했다. 설마 개 때문에 그때까지도 억울했던 것일까?

그날 아침 우리는 상쾌한 정신으로 일지를 봤다. 유령이 집 안에서 돌아다니거나 울었다 해도 우리는 밤새 모르고 잤다. 기록을 처음부터 끝까지 훑어보고 차이를 모두 뜯어보고 모든 조각이 맞아 들어가는 패턴을 찾으려 했지만 실패했다. 결국 내가 말했다. "중령의 말이 옳아. 내 생각도 늘 그랬어. 유령은 없어."

패멀라는 아무런 결과를 낼 수 없는 의견을 믿고 싶지 않기가 꺾인 표정이었다. "존재하지 않는 유령을 상대로는 싸울 수도 달랠 수도 없지."

"바로 그거야. 그래서 유령을 없애려면 집에 불을 내라고 하는 거지." 내가 대답했다.

패멀라는 고집을 부렸다. "영혼이 있다는 **느낌**이 든다고, 오빠. 오빠 말이 틀렸다는 증거는 없지만 내 믿음은 그래."

"음, 내가 믿는 건 이곳에 욕망과 감정, 떨쳐낼 수 없는 비극과 절망이 스며들어 있다는 거야. 예민한 사람은 여기 들어오면 환상이나 우울, 또는 그 둘 다에 시달리게 되는 거지."

"그렇다면 가망이 없네."

"그런 거 같아."

"오빠가 왜 그렇게 확신하는지 모르겠어."

"전체적으로 주관적인 요소가 너무 강해. 우리 모두 각자의 성정이나 기대, 기분에 따라 반응하고 있어. 잘 봐. 돌아가면서 하나씩 보자! 우선 주디스. 주디스는 당연히 외모를 염려하고 젊음과 미모를 유지하고 싶어 하지. 작업실이 주디스에게 어떤 영향을 줬지? 미모가 사라졌다고 생각하게 했어. 나는 작가로서의 미래에 몰두했어. 맥스가 그 이야기를 했거든. 내가 어떻게 됐지? 나 자신을 실패작으로 봤어. 그리고 리지를 봐. 리지의 머릿속에는 메리 메러디스에 관한 이야기와 묘사로 가득해. 그랬더니 키 크고 파란 눈의 금발 여인을 보게 됐어. 너는 가슴 아픈 울음소리를 들었지? 음, 그것 역시 네 기질에 해당해. 너는 아직도 다른 사람들이 힘들어한다고 생각해. 리지는 그런 울음소리를 듣지 못했고, 나도 거의 듣지 못했어."

"그럼 오빠가 계단에서 공포를 느낀 건 뭐 때문이었어?"

이렇게 기가 꺾인 와중에도 패멀라는 활기차게 물었다.

"내 극을 구상 중이었어. 몇 시간 뒤에 극이 나왔지. 웬디의 연기가 이미 씨앗을 심었어. 내 상상력은 이미 위험하고 사악한 아이디어로 가득했던 거지."

"그거참 기발하네. 계속해봐." 패멀라가 진지하게 말했다.

"그리고 스텔라." 나는 내 논리에 신이 나서 확신하며 말했다. "스텔라는 어머니 생각에 집착하고 어머니의 애정에 목말랐어. 자기 어머니가 밤에 찾아온다고 상상하고, 그걸 기억하고 꿈꿨지. 스텔라가 아기일 때 깊이 박힌 인상이었어. 계단참에서 심령적인 분위기가 스텔라를 압도했고, 그 시절 이후 처음으로 아기방에서 잤잖아. 환상이 일어날 수밖에 없었던 거지. 그 향을 기억하면서 시작됐을 거야. 냄새처럼 강력히 연상 작용을 일으키는 게 없거든. 메리도 그걸 썼거나 방에 미모사를 자주 꽂았을 거야. 스텔라는 그 냄새를 너무 생생하게 기억해서 일종의 텔레파시로 우리까지 느끼게 했어. 그 향이 메리의 모티프야. 곧 스텔라는 메리를 보기 시작해. 키가 크고 빛나는 모습을. 내게 그건 미끄러지는 안개였어."

패멀라는 한숨을 쉬었다. "오, 오빠, 정말 그럴듯하다. 믿을 수 없어. 내가 소망대로 생각하는 걸까? 똑바로 보고 싶은데 머릿속이 빙빙 돌기만 해."

우리가 여전히 미궁에 빠져 있는데, 스콧이 도착했다. 흠뻑 젖은 진흙투성이 보비를 데리고. 가련한 강아지는 미심쩍은 몸짓으로 집에 들어오더니 실내를 이리저리 돌아다니면서 커다란 머리로 구석구석 탐색하고서야 자리를 잡았다. 패멀라가 불안한 표정으로 녀석이 신경쇠약을 어떻게 극복했는지 묻자 스콧은 이제 거의 다 나았다고 했다. "하지만 녀석을 여기 맡기는 건 안 될 것 같군요." 스콧이 우울하게 말했다.

패멀라가 대답했다. "아직은 그렇네요." 어색한 침묵이 이어졌다. 물론 스콧도 개가 겁먹었던 이유를 나름대로 생각했지만 그 이야기를 하고 싶진 않은 것 같았다. 우리도 마찬가지였다. 스콧은 패멀라를 빤히 봤다. 패멀라는 여름의 피부색을 잃고 눈 밑이 퀭했지만 스콧이 동정이나 조언을 내놓을 처지가 아니었다. 스콧은 불행한 표정으로 식탁에 앉아 있었고, 우리는 그의 기운을 북돋우기 위해 최선을 다했다. 겨우 미들랜드와 데번 이야기를 하게 해서 그의 우울을 쫓았다. 스콧은 블랙컨트리에서 태어나 자랐고 그런 곳, 그런 삶에 공포가 있었다. 그는 얼마나 고생해서 의학을 공부하고 스태퍼드셔에서 벗어났는지 설명했고, 바다에 대한 열정을 이야기했다.

"비들컴에 처음 왔을 때 천국인지 알았어요." 그가 말했다. "그리고 지금도 내 생각이 틀렸는지 잘 모르겠어요. 어쨌든 6개월 전, 수입이 다섯 배나 되는 버밍엄의 개업의 자리를 거절했죠."

그는 씩 웃더니 다시 걱정스러운 표정으로 한숨을 쉬었다. 후회스럽다는 듯이.

"여기 처음 오신 건 언제였죠?" 패멀라가 물었다.

"5년 전이었어요. 러드 박사의 대리 의사로 왔죠. 그분이

은퇴한 뒤 저를 다시 조수로 불렀어요. 그게 1년 반 전이었어요. 그분이 놀아가시고 제가 병원을 계속했죠. 재미있는 일이고 병원이 아주 훌륭해요."

스콧은 약간 변명조로 말했다. 지역 사람들 사이에서 그의 평판이 좋다는 이야기를 하고 싶었지만 어떻게 말을 꺼낼지 몰랐다. 패멀라가 말했다. "왜 여기 계시는지 잘 모르겠지만, 계셔서 다행이에요."

스콧은 고맙다는 표정으로 패멀라를 보더니 힘주어 말했다. "저도 그렇습니다." 다시 이런 생각이 들었다. '가련한 스콧!'

패멀라가 웃었다. "이곳 사람들이 선생님을 지역 자산이라고 자랑하는 거 아세요? '여긴 훌륭하고 젊은 의사가 있잖아요!'라고. 저희 집에 손님들이 왔었거든요."

그 말에 스콧은 힘을 얻었다. 점심 식사가 끝나고 안락의자에 앉아 긴 팔다리를 늘어뜨리고 담배를 피우는 그는 훨씬 행복해 보였다.

예상보다 스콧이 많이 좋아졌다. 정신적으로나 신체적으로나 꾸밈없는 그의 성격은 진지하고 정직하고 집중하는 눈빛과 잘 어울렸고, 어색한 태도는 예민하고 요령 있는 면을 감췄다. 스콧도 비들컴의 다른 사람들처럼 우리 소문을 들었을 테지만, 클리프 엔드에 관한 계획이 거론되면 염려스러운 표정으로 입을 다물고, 패멀라가 지친 한숨을 지으면 불안한 표정으로 바라보는 것 말고는 아무 내색도 하지 않았다. 스코티의 행동을 보고도 그는 선을 넘지 않았다.

중령의 병이 중하다면 스콧이 맡았을 것이다. 그렇다면 스콧은 스텔라와의 사이에 남은 유일한 연결고리였다. 나는 그 상황을 이야기하고 그의 도움을 구하고 싶었다. 내가 망설이는 사이에 패멀라가 이렇게 말하고 방을 나갔다. "리지에게 손님이 오시면 없다고 말하게 하려고. 오늘은 낯선 사람들을 감당할 수 없어." 그러자 스콧은 간절한 표정으로 나를 봤다.

그는 떠오르는 말을 하나씩 삼키고 있었다. 도와주는 것이 옳았다.

내가 말했다. "다음에 배 타러 갈 기회를 주세요. 패멀라에게 큰 도움이 될 거예요."

스콧의 표정이 밝아지다가 다시 어두워졌다.

"지쳐 보이는군요."

내가 인정했다. "밤마다 힘드네요. 얘기 들으셨죠?"

"네."

"무슨 얘길 들으셨어요?"

"이 집에 유령이 나온다더군요. 스텔라 어머니의 유령이 돌아다닌다고도 하고. 헛소문이겠죠?"

"알 수가 없네요. 온갖 불쾌한 소란이 벌어지고 있어요. 원인을 모르겠어요." 내가 말했다.

스텔라의 감정에 대해서는 말할 수 없었다.

"참 불운한 일이군요!"

"네, 실망스럽네요. 그리고 스텔라에게도 영향이 있어요. 중령님이 스텔라가 여기 오는 걸 금지했어요."

"그건 너무하네요! 두 분이 여기 온 뒤로 스텔라가 굉장히 밝아졌는데. 제 생각엔…… 스텔라가 참 무기력한 시간을 보냈는데…… 제가 바란 건…… 참 아쉽습니다."

"그렇죠. 여기서 일어나는 일의 배후에 어떤 사건이 있었는지 알 수 있다면 뭐라도 하고 싶네요. 그걸 잠재울 수 있을 것 같은데. 하지만 중령님은 아무것도 알려주지 않아요."

"그분답군요." 스콧은 망설이다가 흥분해서 말했다. "저기, 피츠제럴드. 이 이야기를 굳이 하고 싶지 않았지만 해야겠어요. 도움이 될지 모르니."

패멀라가 돌아오자 스콧은 입을 다물었다. 스콧은 그것 때문에 내키지 않고 우울한 상태로 이 집에 도착한 것이었다.

"제발 부탁이니 아는 건 무엇이든지 말해주세요. 패멀라는 이 모든 일에 익숙해졌어요."

"뭔가 아실 줄 알았어요." 패멀라가 말했다.

"새로운 건 아니에요. 러드 박사가 하시던 얘기예요. 오래 전에 이 집에 환자가 있었대요."

"메리 메러디스 말인가요?" 내가 물었다.

"아뇨, 그들과 함께 산 여자요. 카르멘인가? 그런 이름이었어요."

"카르멜."

"맞아요. 그 여자가 여기서 죽었죠. 알고 있었어요?"

"몸이 쇠약해서 폐렴으로, 네."

"음, 다만 러드는 늘 그 여자가 죽지 않을 수 있었다고 했어요."

패멀라는 우리도 그렇게 추측했다고 말했다.

"러드는 그 일에 화를 내곤 했어요." 스콧이 계속했다. "그 여자를 돌본 여자의 간호사 자격을 박탈해야 한다고. 조사를 요구하려고 했지만 이 집에 관련된 문제가 너무 많았고, 자기 탓이 드러날까봐 못 했다더군요."

"그분이 카르멜을 진료했어요?" 내가 물었다.

"네, 카르멜을 발견한 사람들이 러드를 불렀대요. 그 여자가 구덩이에서 발견되지 않았나요? 러드는 여기 두어 번 왕진을 왔대요. 집안 상태가 엉망이었다고 하더군요. 메러디스도 하인들도 그 여자가 살았는지 죽었는지 신경 쓰지 않았고, 간호사는 목석같았다고. 하지만 그 여자의 살겠다는 의지가 무시무시해서 버틸 줄 알았다고 했어요. 죽었다고 해서 깜짝 놀랐다고. 잊을 수 없다고 했어요. 이 이야기를 해야 할 것 같았는데, 그다지 즐거운 이야기가 아니라서. 하지만 실마리가 될지 모르니까요."

잠시 아무도 입을 열지 않았다. 그렇다. 혐오스러운 이야기였다. 패멀라가 파랗게 겁에 질렸다. 잠시 후 패멀라가 말했다. "우리에게 알리고 싶지 않은데 이야기해주신 거 감사합니다……. 탁구 치실 분?"

스콧이 돌아갈 때 나는 우비를 입고 교사의 집까지 그와 함께 걸어갔다. 그의 자전거가 거기 있었다. 스콧은 말이 없었고 입을 열면 우울한 어조로 자신에 관해 말했다.

"젊을 때는 끔찍한 실수를 저지를 수 있죠." 그가 생각에 잠겨 말했다. "그리고 2년이 지나면 바로잡기 너무 늦어져요. 버밍엄의 자리를 잡았더라면 난 정착할 수 있었을 거예요. 탄탄한 입지를 얻고요. 그렇지만 버밍엄에 갔다면 여기 있지 못했겠죠."

나는 집으로 오는 길에 이 두서없지만 빤한 이야기를 계속 생각하다가 결론을 내렸다. 스콧은 패멀라에 대한 마음을 포기하는 중이었다. 그것이 소용없음을 깨달은 것이다. 그 정도 지각이 있다니 다행이었다.

패멀라가 결혼을 할지 가끔 궁금했다. 결혼을 안 한다면 아쉬울 것 같았다. 그 애는 함께하기 즐겁고 사람을 좋아했으니까. 하지만 그 애는 지독하게 플라토닉했다. 상냥한 성품, 따뜻하고 솔직한 태도가 벽이자 성채였다. 어떤 남자가 그것을 넘을 수 있을지 알 수 없었고, 패멀라는 직진해오는 접근에는 응하지 않을 것 같았다. 패멀라는 어떤 평범한 사람에게든 끌린다면 꽤 저항할 것이 틀림없었다. 그 애의 마음과 머리를 모두 만족시키는 남자여야 했다. 하늘의 가호가 있기를! "아가씨는 너무 까다로워요." 리지가 집에 필요한 물건을 사러 갔을 때 이렇게 말하곤 했다. 음, 패멀라는 '까다로울' 권리가 있었다. 가련한 스콧!

리지가 '제섭하러' 출타 중이라서 우리는 저녁 식사를 직접 준비했고, 위스키는 바구니에서 의심쩍은 눈초리로 우리를 무시하듯 거만하게 꼬리를 흔들었다. 그 움직임 때문에 위스키라는 이름이 붙었다고 했다. 위스키는 우리와 집에 대한 신뢰를 잃었다. 아기방을 좋아하지도 않았고, 우리 방에 아침마다 찾아오지도 않았다. 패멀라의 달걀을 얻으러 가지도 않았다.

터무니없는 말이지만 스콧의 개와 위스키의 반응이 내게는 패멀라나 내 의견보다 더 강렬하고 분명한 증거처럼 느껴졌다. 동물들은 자기암시의 영향을 받지 않으니까.

저녁을 대충 먹었다. 난롯가의 낮은 탁자에서 달걀, 토스트, 커피를 먹는 걸로 충분했다. 재빨리 식사를 마치고 치웠다.

스콧의 이야기에 우리 둘 다 좀 메스꺼운 느낌을 받았다. 불운한 여자의 거친 기질, 메러디스를 향한 광적인 사랑, 생에 대한 강한 집착, 무관심으로 인한 죽음. 이 집에서 고의적인 무관심으로 죽었다니. 그녀의 슬픔과 공포가 떠나지 않는다면, 이곳은 사람 살 곳이 될 수 없었다. 생각에 잠긴 내게 패멀라가 떨리는 음성으로 말했다.

"오빠, 이 집에 나타나는 건 카르멜이야. 여기서 지내고 싶지 않아. 무서운 느낌이 들어."

"이상할 게 없지."

"왜냐면, 카르멜이 원하는 게 그 여자에 대한 복수라면, 홀러웨이 씨에게 나타나겠지. 하지만 광적인 증오와 분노 가운데 죽어서 고생했던 곳, 온 세상에 복수를 원하는 것이 아닐까 싶어. 그 여자가 스텔라에게 하려는 짓이 두려워. 우리에게 무슨 짓을 저지를지 두려워."

"그런 기분이 든다면, 이제 그만둘 때야." 내가 대답했다.

"맥스가 올 때까지는 버티자." 패멀라가 말했다.

리지가 돌아오니 마음이 놓였다. 리지는 난롯가에 앉았다. 일요일 저녁의 잡담은 정해진 의식이었다. 우리는 누가 농장에 있었는지, 저녁으로 뭘 먹었는지, 무슨 이야기를 들었는지, 찰리의 친구 애인이 여주인을 찾아온 손님들에 대해 어떻게 생각하는지 들었다. 패멀라는 평소보다 반응이 없었고 리지는 이야기를 짧게 마쳤다.

"패멀라 아가씨, 피곤한 것 같으니 가서 자요. 어서. 미모를 위해서 자둬요." 리지가 일어나며 말했다.

좋은 생각이었다. 나도 맞장구쳤다. 패멀라가 나가고 나는 책을 들었다.

곧 리지가 다시 나타나 문 앞에서 어정거렸다.

"이야기 좀 해도 될까요, 로더릭 도련님?"

리지는 속삭이며 말하더니 음모를 꾸미듯 조심스레 문을 닫았다. 나는 책을 치웠고, 리지는 한숨을 쉬며 앉더니 껄껄 웃었다.

"또 안식일을 안 지키고 있네요. 뭐, 내가 방해하면 죄짓기를 막는 걸지도 모르겠어요. 하지만 로더릭 도련님처럼 일이 노는 거면 따로 허락이 필요 없겠지요."

리지의 익살은 억지스러웠다. 이런 소리를 하려고 온 게 아니었다.

"무슨 일이에요, 리지?" 내가 물었다.

"패멀라 아가씨 때문이에요." 리지가 대답했다. "제발 아가씨를 여기서 내보내요!"

"무슨 일인데요?"

"어젯밤에 아가씨가 엉엉 우는 소릴 들었어요, 로더릭 도련님. 제 방에선 위층 소리가 하나도 안 들리니 아가씨가 집 안을 돌아다닌 거예요. 일어나서 옷을 입고 보니 아가씨는 없어졌어요. 알잖아요, 도련님. 패멀라 아가씨는 울보가 아니에요. 이러는 건 처음 봐요. 어머니께서 돌아가셨을 때 말고는요. 그분 영혼이 편이 쉬시기를!"

나는 "아멘"이라고 답해 리지를 놀라게 했다. 어머니의 영혼이 쉬지 못하고 헤매며 돌아다닌다고 믿는다면, 얼마나 견딜 수 없을까. 스텔라가 미친 행동을 하는 것도 놀랍지 않았다.

이런 생각에 빠져 나는 멍하니 말했다. "그건 패멀라가 아니에요."

"설마 유령이란 말은 아니죠?"

내가 무슨 짓을 한 걸까? 하지만 돌이킬 수 없었다.

"정확히 유령은 아니에요, 리지. 이 집에 얽혀 있는 슬픈 기억 같은 거예요. 아무 해도 미치지 않았죠?"

이런 설명은 리지의 마음에 닿지 않았다. 리지는 고개를 저었다.

"패멀라 아가씨가 아니라면, 유령이 맞아요."

나는 유령이 무해할 수 있다며 설득하려고 했다. "메러디스 부인이 선하고 성녀 같은 사람이란 이야기는 들었겠죠. 그런 분의 영혼이 이 집에 있다면 왜 두려워하겠어요?"

"선한 영혼은 그런 식으로 영원을 보내지 않아요." 리지가 단호하게 말했다. 앤슨 신부의 시각! 일리가 있었다. "이 집에 유령이 있다면 지옥에서 찾아온 악마일 거예요. 그들이 영혼을 망가뜨리는 거 말고 뭘 원하겠어요? 제발 패멀라 아가씨를 데리고 떠나요, 도련님!"

"우린 안 가요, 리지. 어쨌든 아직은 아니에요. 힐리어드 씨가 올 때까지는 있을 거예요. 리지는 떠나고 싶어요?"

가엾은 리지는 울기 시작했다.

"여기서 지내는 건 내 양심을 거스르는 것이지만, 패멀라 아가씨를 두고 어떻게 가요? 도와줄 사람이 아무도 없는데. 아무도 여기서 지내지 않을 거예요."

"그럴 거예요." 내가 대답했다.

"그런 꼴은 못 보죠." 리지가 신음했다. "하지만 로더릭 도련님, 제발 부탁이니 신부님을 부르지 않을래요? 구마 의식은 무서운 일이긴 해요. 세 번 구마 의식을 하는 신부는 그것 때문에 죽는다고 해요. 하지만 앤슨 신부님은 부탁하면 해주실 거예요. 분명히."

나는 앤슨 신부와 다시 이야기하기로 약속했다. 그래도 리지는 돌아가지 않았다. 내가 해줄 일이 있는지 물었다. 리지는 끄덕였다.

"그 소리를 또 들을까봐 무서워요. 가슴이 두근거려 죽는 줄 알았어요. 혹시 부엌에서 자도 될까요? 내 침대 좀 옮겨줄 수 있어요?"

그건 곧바로 해결됐다. 이 집에서 침대를 몇 번 옮기는지 알 수 없었다. 리지가 푹 자길 바랐지만, 우리 중 누구도 그걸 기대할 수 없었다.

카르멜……. 그렇다. 클리프 엔드를 공포로 채운 건 카르멜 이라고, 나는 꺼져가는 난롯불을 보며 생각했다. 우리가 느낀 것이 그녀의 과거 고통에서 나왔든 실제 영혼의 존재에서 나 왔든 무시무시했고 견딜 수 없었다. 어쩌면 패멀라의 예감대 로 그녀의 적대적인 영혼이 복수를 원하며 나타나는 것일 수 도 있었다. 그 여자의 힘이 강해져 리지도 울음소리를 들을 수 있었을까? 그녀가 곧 완전히 모습을 드러낼까? 어떻게 생 겼을까? 검고 수척하며, 빰이 쑥 들어가고 눈은 텅 빈 얼굴이 떠올랐다. 주디스가 거울에서 본 죽음의 모습을. 하지만 그 여자에게는 눈이 있었다. 보는 사람을 불사르거나 얼어붙게 하는 눈이. 나는 그 힘을 느꼈었다. 그 무시무시한 형체가 완 전히 나타나면 인간의 이성은 버티지 못할 것 같았다.

불안에 짓눌려 맥스의 방문에 그 어느 때보다 감사해하고 불면의 밤을 예상하며 위층으로 올라갔다. 내 방으로 들어가 며 별다른 것은 보지도 듣지도 못했고, 삼십 분쯤 뒤척이다 잠들었다.

패멀라가 날 깨웠다. 그런 일은 처음이라 흰 가운을 입고 문 앞에 선 패멀라를 보고 놀랐지만, 그 애는 침착한 상태였 다. 조용히 이렇게 말했다. "여기로 나와줘."

패멀라는 나를 난간 옆에 세웠다. 보이는 것도 들리는 소리도 없었다. 패멀라는 설명하지 않았고, 잠시 후 무슨 일인지 알 수 있었다. 냄새였다. 미모사 향이 따뜻하고 부드러운 바람에 실린 듯 온 집에 퍼져 있었다.

"어디서 나는 건지 보자." 패멀라가 속삭였다.

우리는 아래층으로 내려갔다. 향은 복도에서 훨씬 강했지만, 놀랍게도 아기방에서는 약했다. 패멀라가 낮게 웃었다. 술래잡기 같았다. 식당 문을 열고는 깜짝 놀라 서 있었다. 구석의 찬장과 포장용 상자, 벽 쪽으로 돌려놓은 그림들, 말아놓은 카펫 말곤 비어 있었다. 이 방에는 전선도 없었다. 희미한 달빛 속에서 이상하게 고요하고 죽은 듯했지만 공기에는 미모사 향이 가득했다. 그것은 시공간에 마법을 걸었다. 잠시 나는 포르토피노의 언덕을 걸으며 꽃가루를 밟고 있었다.

"어지러워." 패멀라가 낮게 말했다. 패멀라는 상자 사이를 돌아다녔다. 상자 하나를 들여다보더니 깊이 숨을 들이마시고 내게 손짓했다. 그 애 옆에 서니 향이 거기서 가장 강하다는 확신이 들었다. 알 수 없는 느낌에 우리는 소리를 낮춰 말하고 누군가 방해하지 말아야 하는 사람이 있는 것처럼 살금살금 움직였다. 패멀라는 그 상자의 뚜껑을 들더니 조용히 내려놓았다.

패멀라가 깜짝 놀라 기절할 듯 상자 옆에 몸을 기댔다.

"대체 뭔데 그래?" 내가 옆에 서서 속삭였다. 쓰레기 말고는 아무것도 보이지 않았다.

"모르겠어? 우리 물건이 아니야." 패멀라가 반쯤 웃으면서 대답했다. "그들 물건이야. 작업실 벽장에 있던 것. 여기 무슨 의미가 있을 거야. 오빠, 빨리!"

내가 외쳤다. "작업실 벽장! 무슨 소리야?"

패멀라는 흥분을 억누르고 조용히 대답했다. "찰리가 치우기로 한 물건이야. 리지는 우선 확인하고 태우겠다고 했고, 우리가 치워뒀어. 전부 잊고 있었네. 지금 살펴보자!"

나는 깔개를 풀어 희미한 달빛이 비치는 창문 사이 바닥에 펼쳤다. 우리는 상자를 옮겨 왔다. 그 안에서는 온갖 잡동사니가 하나씩 나왔다. 패멀라는 무릎을 꿇고서 그것들을 바닥에 놓았다. 우리 둘 다 압도적인 향기에 놀랐다.

버리기 어렵거나 언젠가는 '쓸모가 생길' 수 있어서 쌓아두는 갖가지 허섭스레기였다. 벽지 두루마리, 가구 재료 조각, 지도, 아마 화가의 모델이 덮었을 얼룩 묻은 실크, 브로케이드, 싸구려 스탠드가 있었다. 찌그러지고 더러운 곰 인형, 머리가 없는 인형, 포장지에 그림이 있는 커다란 초콜릿 상자 등 흔한 잡동사니였다.

내가 패멀라에게 말했다. "미모사 향이 상상이 아닌 게 확실해? 지금도 나니?"

"지금도 나! 부채질하는 것처럼 냄새가 몰려와. 약간 어지러워."

패멀라는 고개를 숙이고 앉았다. 멍한 느낌이 들었다.

내가 말했다. "그냥 두고 나갈까? 이게 전부인데."

패멀라가 힘없이 말했다. "아니, 작은 상자를 열어봐."

어쩐지 그것을 만지기 싫었다. 패멀라를 데리고 나가고 싶었다. 메리는 우아하고 아름다웠을지 모르지만, 그녀가 이 달빛 비치는 방에 나타나는 건 싫었다. 나는 내일 열어보자고 말했지만 패멀라는 어지러움을 떨치고 초콜릿 상자를 집어 뚜껑을 열었다. 맨 위에는 싸구려 줄무늬 실크가 돌돌 말려 있었다. 가장자리가 엉킨 작고 네모난 숄이었다. 그다음에는 거즈로 만들어 시퀸으로 덮은 부채, 별갑 무늬 빗, 붉은색 인조 카네이션, 빈 병, 캐스터네츠 하나가 있었다. "카르멜의 보물이네." 패멀라가 숨죽여 말했다.

온몸이 떨렸다. 나는 우리가 이 방으로 와서 이 물건을 찾아낸 것이 누군가의 조종이라는 믿음과 맞서 싸웠다. 유령의 존재가 너무나 가까이 느껴졌다. 패멀라가 하는 말은 잘 들리지 않았다. 패멀라가 다시 말했다.

"레이블에 뭐라고 적혔어? 성냥 있어?"

내 가운 주머니에 성냥이 있었다. 하나를 켜서 하트 모양의 병에 붙은 빛바랜 레이블에 댔다. "미모사 향수." 내가 읽었다.

패멀라는 내 팔을 잡더니 휘청거리며 일어났다. 우리는 그 방에서 나와 문을 잠그곤 주머니에 열쇠를 넣었다. 패멀라가 나무 상자에 앉아 있는 동안 나는 현관문을 열어 밤공기로 환기했다. 문을 다시 닫자 향기는 사라졌지만 복도가 매섭게 추워졌다.

"뭐 본 거 있어?" 패멀라가 속삭였다.

"아니, 보고 싶지도 않아. 어서 가자! 네 방으로 올라가!"

아주 창백해진 패멀라는 망설였지만, 계단이나 계단참에 아무것도 없는 걸 확인한 우리는 달려 올라갔다. 벽난로 앞에 있던 석유난로를 켰다. 패멀라는 작은 병을 손에 든 채 떨고 있었다.

"이제 냄새가 안 나." 패멀라가 말했다. 사실이었다. 향수의 향은 조금도 남아 있지 않았다.

"이거 카르멜의 물건이지?" 불안하고 염려스러운 표정으로 패멀라가 말했다.

"그건 의심의 여지가 없는 것 같아. 스페인 무희의 표식이야. 카르멜은 메러디스에게 무희로서 모델을 섰어. 그래, 카르멜의 물건이야." 내가 대답했다.

갑자기 패멀라가 말했다. "내 손 좀 봐!"

패멀라가 작은 병을 쥐고 있던 오른손을 내밀었다. 손가락 셋이 잿빛이 돼 있었다.

"받아." 패멀라가 떨며 말했다.

병을 꽉 쥐었던 손가락에 감각이 없는 듯했다. 나는 억지로 손가락을 떼어내고 병을 치워야 했다. 오랫동안 그 애의 손을 문질러 피가 돌게 했다. 패멀라는 계속 문 쪽을 흘끗거렸다.

내가 경고했다. "심령적인 의미를 붙이지 마. 넌 긴장해서 병을 너무 세게 쥐고 있었던 것뿐이야."

"아냐, 오빠. 자연스럽게 일어난 일이 아니었어. 손이 그렇게 저리긴 처음이야." 패멀라가 저항했다. "그 냉기가 들어오는 게 느껴져. 그렇지 않아?"

"부자연스러운 현상인지는 모르겠다." 나는 침실 문을 열었다.

"아직 가지 마."

계단참은 회색 안개가 부옇게 끼어 있었지만 중심이 없었다. 전에 본 것같이 가운데가 빛나지 않았고, 한기는 북풍의 시리고 축축한 냉기와 별반 다르지 않았다. 창밖을 내다봤다. 가장자리가 삐죽삐죽한 구름이 달을 가리고 있었고, 땅과 바다는 어둠과 하얀빛이 뒤섞여 잘 보이지 않았다.

문을 닫고 패멀라에게 돌아갔다.

"안개도 있고 쌀쌀하지만 자연적인 걸 수도 있어."

패멀라는 고개를 저었다.

"금요일 밤, 스텔라를 데리고 달려 나갈 때랑 느낌이 같아."

"응접실로 내려갈래?"

"아니, 어떻게 되는지 지켜보자."

아무 일도 일어나지 않았다. 한 시간 가까이 패멀라와 함께 있었다. 이내 기온은 정상이 되고 안개도 걷혔다.

패멀라는 병을 화장대 서랍에 넣어둔 채 잠들 수 있다고 했다.

"하지만 생각할 게 엄청나게 많아. 그렇지? 오늘 밤엔 거기 목적이 있었어. 그리고 나는 손이 저린 법이 없었어. 모든 게 다 수수께끼 같아."

나도 그렇다고 했다.

제15장 화가의 모델

"방금 생각해봤는데……." 패멀라가 이렇게 시작했다.

"생각하고 있었던 건 나도 봐서 알아." 패멀라는 점심을 먹기 시작한 이후로 내내 이맛살을 찡그린 채 생각에 빠져 있었다. 종종 그랬듯이 그것이 그날 우리가 처음 모인 자리였고, 그런 때면 패멀라는 말이 많았다. "좀 먹지 그래." 내가 권했다.

패멀라는 코니시 페이스트리를 보지도 않고 먹었다. 그리고 놀라고 흥분한 표정으로 나를 봤다.

"어제 오빠가 미모사 향이 메리의 **모티프**라고 한 거 기억해?"

"응."

"메리가 그 말을 들었을 거라고 생각해?"

"누가? 메리가? 아!"

"응, 메리가 그 말을 들었거나 오빠 생각을 알 수 있었을까? 그래서 어젯밤에 그 향을 보낸 거지. 우리에게 자기가 있다는 걸 알리려고. 불가능한 건 아니라고 생각해. 오빠는?"

"앞으로는 어떤 일이든지 불가능하다고 말하지 않을 거야."

"메리가 우리에게 그 상자를 찾도록 한 게 분명해."

나도 그렇게 느꼈다. 아니, 분명하다고 느낀 건 아니었다. 이 환상적인 사건에 확신은 있을 수 없었지만, 아침에 일어나니 간밤의 사건 막후에는 목적이 있었다는 생각이 들었다. 밤중의 믿음은 낮 동안 쉽게 흔들리고 냉정한 이성의 판단으로 변하므로 이 믿음도 흔들릴 줄 알았지만 그렇지 않았다.

내가 대답했다. "응, 그런 거였다고 믿어."

"하지만 오빠, 이건 대단한 일이잖아!" 패멀라는 기뻐 어쩔 줄 몰랐다. 눈이 반짝였다. 전날의 침울함은 싹 가셨다.

"여러 가지 가능성을 열어줄게." 나도 맞장구쳤다.

성급한 결론을 내리지 않기로 했지만 큰 희망이 느껴졌다. 패멀라의 생각이 옳다면 우리는 죽은 현상을 상대하는 것이 아니라 적극적으로 도움을 주려는 지적 존재를 상대하는 것이었다.

"많은 의미가 있어." 패멀라가 즐겁게 말했다. "메리란 뜻이고, 메리가 잘못된 게 뭔지 알려주고자 한다는 뜻이고, 우리에게 연락을 취할 수 있다는 뜻이지. 마음이 전해진 거야. 그리고 무서울 게 없어. 오빠, 굉장하다!"

"다른 쪽도 잊지 마." 내가 말했다.

패멀라의 눈이 휘둥그레졌다. "다른 쪽이 혹시 간섭하려 들 수 있다고 생각해?"

"둘이 스텔라를 놓고 다툰다고 하지 않았어? 그럴 수도 있다고."

패멀라는 떨지 않으려고 애썼다.

"생각해봤어." 패멀라가 천천히 말했다. "마지막 날 저녁에 카르멜이 아기방에서 뭘 하려고 했을까. 작업실에서 그렇게 미친 듯 달려 내려갔을 때."

"아기를 훔치려고 했겠지. 어쩌면 복수로 죽이려고 했든가."

"무시무시한 생각이야. 오빠, 왜냐면, 왜냐면 카르멜이 그런 생각을 했다면, 그런 생각을 하면서 죽었다면……."

"그 충동이 계속될 수 있다고?"

"그렇지."

"그럴 수도 있을 것 같아. 금요일에 스텔라는 거의 죽을 뻔했으니까."

잠시 침묵이 이어졌다. 패멀라는 창백해졌다가 밝은 소리로 말했다.

"신경 쓰지 마! 메리가 우리 편이라면 우리가 이길 거야. 메리는 스텔라를 보호하는 거야. 그건 확실히 믿어도 돼. 우리는 메리의 감화력을 찾아 실마리에 따르기만 하면 돼."

"그리고 해석해야지. 쉬운 일이 아니야." 내가 덧붙였다.

"그렇지. 메리는 왜 카르멜의 상자를 열게 했을까?"

"그 안에 다른 건 없지? 편지 같은 건?"

"응, 모두 계속 살펴봤어. 아무 이유도 떠오르지 않아."

그렇다. 우리가 할 수 있는 일이 있었는데, 패멀라가 그 생각을 하는 건 원치 않았다. 나는 화제를 바꿔 리지와 간밤에 나눈 이야기를 처음으로 꺼냈다.

"그럼 해결됐네. 앞으로 리지는 농장에서 자야 해. 리지는 심장이 약하고 이 집에선 모두가 공포에 놀랄 수 있으니까." 패멀라가 잘라 말했다.

나도 그렇다고 했다. 어쨌든 맥스가 와서 지내는 이틀 동안 리지는 나가서 지내야 했다. 영혼이 우리와 소통하려 든다면 할 수 있는 일은 하나였다. 교령회를 여는 것이다.

생각만 해도 혐오스러웠다. 나는 어린 시절 이런 일의 파장에 대한 참혹한 기억이 있었고, 예민한 감수성과 활발한 상상력을 가진 패멀라가 그런 위험에 노출돼서는 안 된다는 걸 배웠다. 그렇게 말해야 할까? 그 문제가 머릿속을 떠나지 않고 아침의 낙관적인 기분을 망치고 작업도 방해했다. 결국 맥스와 의논하기 전까지는 패멀라에게 아무 말 않기로 했다.

오후는 서재에서 희곡을 망치며 보냈고, 저녁 식사 후 삼십 분 동안 라디오 드라마에 관한 기사를 썼다 지우며 보냈다.

내가 일하는 동안 떠드는 일이 드문 패멀라가 말을 걸었다. 패멀라 역시 집착하고 있다는 뜻이었다. 패멀라는 무릎 위에 카르멜의 상자를 올려두고 앉아서 내용물을 하나하나 만지작거리며 인상을 찌푸리고 있었다.

"메러디스가 향수를 사줬겠지." 패멀라가 말했다. "미모사 향은 아주 귀해. 메러디스가 파리에서 메리에게 사준 걸 거야. 메리가 그걸 카르멜에게 준 걸까, 아니면 카르멜이 훔친 걸까? 아니면 스페인에서 메러디스가 줬을까? 스텔라는 어떻게 미모사 향수를 구했을까? 메러디스가 나중에 보냈을까? 스텔라에게 물어보고 싶어."

"특이한 선물이었을 거야." 내가 말했다. "여섯 살짜리 아이에겐. 그가 죽었을 때 스텔라가 여섯 살 맞지?"

"다른 건 생각할 수가 없어."

"그럼 그만 생각해. 아니, 적어도 말은 그만해." 내가 무뚝뚝하게 요구했다. 패멀라는 미안하다고 말하더니 침묵으로 돌아갔다. 나는 어느 운문극에 대해 신랄한 평가를 썼다. 배우들이 운문을 두려워하지 않고 모음을 두 개 이상 제대로 발음할 줄 알았다면 재미있었을지도 모른다고 했다. 그리고 내 불안한 짜증에서 나온 말임을 깨닫고 모두 지운 뒤 다시 시작했다.

패멀라에게 쏘아붙인 것 때문에 나 자신에게 짜증이 났다. 그 모든 일이 패멀라의 신경을 예민하게 만드는데, 잠시라도 혼자라는 느낌을 줄 수 없었다. 나는 노트를 치워두고 패멀라를 향해 씩 웃었다.

"안 되겠다." 내가 말했다. "빈털터리가 되면 또 어때. '빵에는 버터 조금만 있으면 된다'는 말이 맞아. 왜 그래? 오늘 아침만 해도 카나리아처럼 밝고 가볍더니. 뭐가 잘못됐어?"

"오, 오빠." 패멀라가 대답했다. "전부 다! 우리 이론은 8자를 그리면서 뱅뱅 돌고 있어. 그리고 메리가 우리에게 뭔가 이해시키려고 하는데, 이해할 수 없다니 화나지 않아? 어째서 카르멜의 상자를 찾게 한 걸까? 그래도 오빠는 그 기사를 마쳐야 하지? 나는 잘래. 한 가지 제안할 게 있는데, 내일까지 기다려도 돼. 정말로 효과가 있을지도 몰라. 내 생각이 물레방아처럼 삐걱삐걱 소리를 내는 것 같아. 오빠는 평화롭게 일해. 안녕."

패멀라는 나갔지만 나는 평화롭지 못했다. 패멀라가 하려는 이야기를 알 수 있었다. 교령회를 열자는 것이다.

이튿날 아침 나는 근 일주일 만에 수영을 했다. 물은 차갑고 거칠었지만 즐거웠다. 전날 밤엔 푹 잤고, 다시 유령의 장난감이 아닌 나 자신으로 돌아온 느낌이었다. 아침을 먹은 후 리지와 함께 울타리 작업을 시작한 찰리에게 나가봤다. 거기서 우편물을 기다렸다.

그날이 화요일이었다. 스텔라가 패멀라에게 보낸 편지가 올 거라고 생각했다. 우리에게 할 이야기가 많았으니까. 무슨 일이 있었는지, 앞으로 무슨 일이 있을지. 작별 인사 없이 떠나지는 않을 거라고 생각했다.

찰리는 고집을 부렸다. "철조망을 구해서 묻어야 해요. 안 그러면 토끼들이 다 먹어치울 거예요." 울타리를 치는 목적이 농작물을 보호하기 위해서가 아니라 사고를 막기 위해서라고 말해도 소용없었다. 울타리는 울타리였다. 일은 일이었고. 대충 일하기를 기대한 나는 찰리의 자부심을 해친 셈이었다. "그런 일을 하라는 부탁은 안 받아요." 찰리가 분개하며 말했다.

집배원이 느긋하게 걸어왔다. 이렇게 드문드문 있는 집을 찾아다니려면 자전거가 필요하겠다고 생각했다.

"내 말대로 철사 세 줄로 해요. 토끼들이 바다에서 올라오진 않으니." 내가 찰리에게 퉁명스레 말하고 걸어갔다.

스텔라의 편지는 없고 맥스가 보낸 소포뿐이었다. 가슴이 철렁했다. 막아두었던 염려가 밀고 들어왔다. 스텔라는 그 노인과 단둘이 지냈다. 그가 스텔라에게 무슨 짓을 하는 걸까? 스텔라의 행동에 대한 그의 혐오는 강렬했다. 스텔라가 '크게 뉘우친다'고 했다. 스텔라를 꾸짖어 어떤 상태로 만든 걸까? 애정으로 꽃필 수 있는 스텔라의 모든 것을 말살하려는 걸까? 스텔라를 억눌러 다시는 나를 생각하지 못하게 만드는 걸까? 그렇게 잘라내지는 건 견딜 수 없었다.

맥스가 보낸 소포를 들고 있는데, 패멀라가 나왔다. "못 잤어? 난 잘 잤는데!"

나는 푹 잤다고 대답하며 소포 끈을 잘랐다.

중간에 표시를 해둔 책 두 권이 있었다. 패멀라가 하나를 집었다. 나는 다른 쪽을 열고는 얼어붙어버렸다.

그 사람이 카르멜일 리가! 카르멜의 어린 시절이라 해도 이럴 수 없었다. 그녀는 검고 독하고 대담한 얼굴을 가졌을 테니까. 그림 아래의 서명은 루엘린 메러디스였다. 그는 물론 다른 모델로도 그림을 그렸다. 하지만 이 여자는 술 달린 숄을 걸쳤고, 머리에는 커다란 장식 빗을 하고 있었으며, 목에는 카네이션을 달고 있었다. 제목은 '새벽'이었다. 앳되고 부드러운 눈빛, 보조개 있는 뺨과 입술을 조금 벌리고 수줍게 놀라는 듯한 미소를 지닌 밝은 소녀였다. 사랑이 밝아오는 새벽을 그린 그림이었다.

앤슨 신부는 카르멜이 예뻤다고 했다. 밝은 눈에 상냥한 미소를 가졌다고. 그림 속 여인은 사랑스러웠다. 카르멜이 분명했다…… 카네이션…… 숄…… 장식 빗……. 그런데 메러디스가 그녀를 악의적인 마녀로 바꿔놓은 것이다! 어떻게 그랬을까?

패멀라도 자기 책을 들여다보며 혐오스러운 표정으로 말을 잃었다. 그 책을 내게 건넸다.

"메러디스는 악마였어." 패멀라가 말했다.

한 페이지 전체가 그림이었다. 제목은 '화가의 모델'이었다. 그의 〈새벽〉이 벽에 걸린 액자로 그려져 있었다. 젊은 얼굴의 아름다움과 행복이 빛나도록 솜씨 좋게 그렸다. 그 그림으로부터 고개를 돌리며 고통스러워하는 몸짓의 여인이 있었다. 머리와 어깨만이 캔버스 대부분을 차지했다. 한눈에도 젊음과 늙음의 대조가 충격적이었다. 고통받는 여인의 얼굴과 소녀의 얼굴이 같은 각도였기 때문이다. 그리고 같은 얼굴임을 깨닫게 됐다. 같은 얼굴이고 나이가 든 것도 아니었다. 여전히 젊지만 수척하고 굶주린 얼굴에 파리한 피부가 뼈에 찰싹 달라붙은 끔찍한 캐리커처였다. 병든 소녀도 같은 숄을 걸치고 있었다. 손도 똑같이 가슴에 포개져 있었다. 쇠락을 자비 없이 묘사했다.

패멀라가 천천히 말했다. "카르멜은 계속해서 그를 미친 듯이 사랑했어. 그 없이 살 수 없어 돌아온 건데, 저런 짓을 했어."

기억이 났다. "지내게 해. 내게 쓸모가 있으니까. 아주 좋은 생각이 있어." 그가 메리에게 말했었다.

"카르멜이 자기 집에서 병들었을 때 그자가 저런 짓을 한 거야." 패멀라의 음성에서 혐오가 묻어났다. "식탁에서 저 여자를 보곤 작업실로 달려가서 그렸어. 홀러웨이 씨가 휘파람 소리를 들었다고 했어……. 그 마지막 날, 카르멜에게 이걸 보여준 거야. 작업실로 카르멜을 불렀어. 그걸 보는 카르멜의 얼굴을 지켜봤겠지. 그때 본 모습을 가지고 완성한 걸지도 몰라. 카르멜이 죽어가는 동안 완성한 거지."

"그리고 전시했어. 카르멜이 죽었을 때." 내가 덧붙였다.

패멀라는 공포에 질린 표정이었다. 나도 구역질이 났다.

패멀라가 거칠게 말했다. "절벽에 몸을 던지러 달려 나간 것도 당연하지! 그자의 아내를 밀친 것도 이상할 게 없어! 증오심과 복수심으로 가득 찬 채 죽어 영면에 들지 못한 것도 이상할 게 없다고!"

"메리에게 '다시는 오지 못할 거야. 약속해'라고 말한 것도 무슨 뜻이었는지 알겠다."

"그 생각은 틀렸어……. 주디스가 거울에서 본 게 뭐라고 생각해? 주디스는 '폭삭 늙은 망자의 얼굴'이라고 했어. 자신이라고 생각했지. 주디스가 본 게 카르멜이었을까, 이거였을까?"

"뭘 봤는지 모르지만 카르멜이 당시에 느꼈던 감정을 느꼈을 거야. 쇠락에 충격을 받은 거지. 그 감정이 이 방에 남아 있는 것 같아." 패멀라가 말했다.

"무서워!"

패멀라는 그 그림을 가만히 보면서 중얼거렸다. "'지옥을 내려다보는 것처럼요.' 리지가 계단에 선 여자를 보고 한 말이야. 리지가 카르멜을 본 거 같아. 카르멜의 머리카락과 눈이 검은 것만 빼면."

나는 그 점을 곰곰이 생각했다.

"아직 형체를 띤 것 같진 않아. 리지도 나와 비슷한 정도만 본 게 아닌가 싶어. 안개만. 리지의 상상력이 나머지를 만들어낸 거지." 내가 말했다.

패멀라는 그림 속의 무시무시한 얼굴을 보더니 천천히 말했다. "그렇다면 리지는 운이 좋았네. 이 모습을 보면 끔찍할 거야."

"게다가 증오로 생기를 얻고, 복수욕으로 살아나다니."

패멀라의 겁먹은 얼굴을 보고 소리 내 말한 것이 후회됐다.

"스텔라가 보지 않아서 다행이야." 내가 말했다.

"응."

한 가지 아이디어가 떠올랐다. 내키지 않지만 결국 인정했고, 이렇게 말하는 데 시간이 좀 걸렸다. "구마 의식이 카르멜을 쫓아낼지도 모르겠어."

"구마 의식은 전혀 고려하지 않았지만 가능한 것 같아." 패멀라가 잠시 깊이 생각하더니 말했다. "메리와 소통해서 구마 의식에 대해 물어보고, '그렇다'고 하면 스텔라도 동의할 거야."

나는 망설였다. "메리가 신호를 준다면. 하지만 그걸 바랄 순 없잖아."

"의사소통을 할 수 있다면……."

"절대 안 할 거 같은데……."

"오빠, 하도록 만들어야지. 부탁해서!"

"유령을 압박해?"

"응, 오빠. 교령회를 열자!"

나는 일어섰다. 서둘지 않을 생각이었다. 대답 없이 풀밭을 가로질러 찰리에게 가서 한동안 함께 일했다. 일하면서 생각했다. 우리에게 실현 가능한 방법은 이것뿐이었다. 우리 뜻대로, 우리가 정한 시각에 할 수 있는 것. 그걸 거절한다면 기다려야 했다. 이따금 나타나 실마리를 줄 수도 있고 안 줄 수도 있는 유령을 끝없이 기다려야 했다. 스텔라에게 온갖 방법을 다 써보겠다고 맹세했고 패멀라도 그러자고 했다. 위험에 대해 더 알고도 스텔라가 원한다면, 그렇게 하기로 했다.

패멀라를 불렀다. 우리는 집 앞을 걸어 바람을 막아주는 낙엽송 사이 오솔길로 접어들었다. 패멀라는 열성적이고 다급하게 덤볐지만 나는 그 애가 이 실험에 뛰어들기 전에 위험을 알릴 생각이었다. "러시 부인 기억나니?"

"어렴풋이." 패멀라가 놀라서 대답했다. "늘 까만 옷을 입고 어머니를 찾아와 미친 듯이 즐거워하다가 울음을 터뜨리던 여자. 애들을 잃었잖아. 그렇지? 그 부인에게 상냥하게 대해야 한다고 생각했는데, 보면 소름 끼치곤 했어."

"부인의 그전 모습은 기억 못 하지? 두 아이를 위해 파티를 열던 모습. 넌 너무 어려서 몰랐을 거야. 난 기억해. 늘 웃고 활기찬 사람이었어. 나도 매우 존경했지."

"아이들이 죽어서 그렇게 된 거야?"

"처음엔 아니었어. 아이들이 익사하고도 부인은 아주 용감하게 버텼어. 그러다 누가 교령회에 부인을 데려가기 시작했지. 어머니가 경고의 뜻으로 그 이야기를 해주셨는데, 네겐 말하지 말라고 하셨어. 러시 부인은 토미와 리타와 소통한다고 생각했고 황홀해했어. 그런데 영매가 사기죄로 걸렸어. 가련한 부인은 다른 영매를 찾았고, 고통스러워했지. 단번에 천국에 올랐다가 사기를 당한 걸 알고는 마음이 산산조각난 거지. 결국 실성했어."

"겁주려고 이야기하는 거야?"

"응."

"겁 안 나. 이건 소중한 사람과의 소통이 아니잖아. 우린 얽히지 않을 거야."

"그건 그래. 하지만 위험한 일이야."

"해봐야 해. 스텔라에겐 모든 게 너무 위험해졌어. 위험이 이 집에만 국한되지 않을 수도 있고."

패멀라가 결정적인 주장을 찾아냈다. "그렇지."

둘 다 그다음에는 어떻게 해야 할지 알 수 없었다. 첼시의 친구들과 장난치듯 탁자를 돌려본 것 말고 이런 일에 경험이 없었다. 영매를 구하는 건 싫었고, 이런 실험은 스콧의 일도 아니었다. 결국 맥스에게 의지했다. 맥스에게 긴 전보를 보내 전문 영매가 아니면서 교령회를 열어줄 사람을 찾아달라고 했다. 10킬로미터 거리의 전보 사무소에 가서 그걸 보냈다. 비들컴 전체가 클리프 엔드에서 악마를 불러낸다는 이야기를 떠드는 건 바라지 않았으니까.

맥스가 이 부탁을 보고 뭐라고 할지 궁금했다. 맥스도 그 그림을 보고 주디스가 작업실에서 본 환상이 카르멜과 기묘하게 연관돼 있음을 깨달았을 것이다. 흥미로울 거라고 말했으니까. 사실이었다. 맥스도 나만큼이나 교령회를 싫어할지 모르지만, 최후의 수단이라 짐작하고 도와줄 것 같았다.

스콧의 하숙집으로 찾아갔다. 윌름코트에서 무슨 일이 벌어지는지 궁금했고, 그는 알 거라고 믿었다. 전화로 직접 질문하는 건 소용없었다. 그는 예의를 따지면서 입을 꾹 다물 것 같았다. 그러나 만나서 이야기할 수 있다면 조금 협조적일 수도 있다. 하숙집 주인은 그가 급한 환자 때문에 출타했다고 말했다. 전화번호는 37이었고 하숙집 주인이 알려줬다는 건 비밀이었다. 주인은 저녁을 준비하는 중이라 직접 전화할 수 없었다. 클리프 엔드로 전화해달라는 메모를 스콧에게 전해달라고 말하자 주인은 유한부인으로 변해 긴 잡담을 나누고 싶어 했지만 나는 재빨리 도망쳤다.

37은 윌름코트의 번호였다. 패멀라와 나는 중령의 병이 심해진 것이라고 서로 안심시켰지만, 스콧의 전화를 기다리며 긴장해서 어쩔 줄 몰랐다. 스콧은 전화하지 않았다. 9시경, 그가 차를 타고 찾아왔다.

"스텔라가 걱정됐어요. 그리고 그녀가 잘 있는지 알려주시길 바랐어요." 패멀라가 솔직하게 말했다.

"잘 있는 것과는 거리가 멀어요." 스콧이 대답했다.

나는 스콧에게 술을 권했다. 술이 필요해 보였다. 하지만 그는 망설이며 잔을 빙빙 돌리기만 했고, 나는 그에게 따져 묻고 싶은 충동에 괴로워했다.

"중령님이 절 불렀어요." 스콧이 이맛살을 찌푸리며 말했다. "제가 이 이야기를 하는 걸 좋아하지 않으실 테지만, 스텔라가 간청하더군요. 따지고 보면 스텔라는 제 환자이고 어린 애가 아니니까요. 노인에게 방해받지 않으렵니다."

스콧과 그의 예의범절, 윤리관이 지긋지긋했다! 패멀라가 나직이 물었다. "스텔라에게 무슨 문제가 있나요?"

"불면증입니다."

"큰일이군요. 증세가 심한가요?" 내가 물었다.

"오늘이 화요일이죠. 금요일 밤부터 네 시간쯤 잤습니다. 토요일 아침에 조금, 일요일 밤에 두 시간, 어젯밤엔 전혀 못 잤답니다."

"어떻게 하고 계시나요?"

"약으로 재웠습니다."

"세상에!"

"달리 무슨 방법이 있을까요?"

패멀라가 화를 냈다. "할아버지에게서 스텔라를 떼어놔야죠! 중령님이 스텔라에게 견딜 수 없는 부담을 주고 있어요. 스텔라는 할아버지 생각만, 늘 할아버지의 찬성과 반대만 생각해요. 중령님이 스텔라에게 무슨 소릴 했는지 아세요!"

"그렇게 될 겁니다. 스텔라는 떠날 거예요."

"언제요?" "어디로요?" 패멀라와 내가 동시에 물었다.

"토요일. 간호사인지 원장인지 하는 여자가 더 일찍 올 수는 없고, 노인은 당연히 여행을 못 하니까요. 스텔라는 브리스틀의 무슨 휴식인지 치유인지 하는 곳에 간답니다."

"설마 홀러웨이 씨?" 패멀라가 기겁했다.

"그런 이름이었어요. 거기 원장이 스텔라의 예전 가정교사라던가요."

충격에 침묵이 이어졌다. 스콧은 경악한 우리의 표정을 보고 당황했다. "카르멜이 죽었을 때 맡았던 사람이 홀러웨이 씨예요." 내가 말했다.

스콧은 어안이 벙벙한 표정을 지었다.

"그러니까 하시려는 말씀은 중령님이 그걸 알고도……."

"그 여자가 딸의 친구였다는 이유로 믿는 거죠."

"스텔라가 그 여자를 **좋아하나요?**"

"아뇨."

패멀라가 끼어들었다. 속상한 얼굴이었다. "압박이 더 심해질 거예요! 홀러웨이 씨가 카르멜을 방치한 건 아닐지 몰라도 무시무시한 사람이에요. 돌처럼 냉혹한 사람이라고요. 스텔라를 비틀어놓는 사람이에요."

"그럼 그 사람을 만난 건가요?"

나는 짧게 대답했다. "네."

"스콧 선생님, 좀 말려주실 수 없을까요?" 패멀라가 애원했다.

스콧은 괴로운 표정으로 고개를 저었다. 스텔라의 청을 받아 싸우는 거라면 그도 마음으로는 원했을 것이다.

"불가능합니다. 중령님은 이 계획에 완전히 만족하고 계시고 어떤 말을 해도 그분을……."

스콧은 말을 끊었다. 중령에 대해 의사로서 비밀 유지의 의무를 지켜야 했다. 스콧은 이렇게만 말했다. "지금 그분을 염려시킬 순 없어요."

"스텔라가 전하라는 말은 뭐죠?" 내가 물었다.

"희한한 내용이라 전하는 게 의미 없지만, 약속은 약속이니까요. 여기 하룻밤 오고 싶어 해요. 여기 오면 잘 수 있다고 장담하고 있어요."

"안 돼요!" 내가 벌떡 일어나며 고함을 지르자 스콧이 놀랐다. 나도 짜증이 났다. "그러고도 알아듣지 못한 건가요? 미친 거예요? 지난 금요일 밤의 일을 잊었답니까?"

"생각도 할 수 없는 일이에요." 패멀라가 말했다.

스콧은 당혹한 표정으로 패멀라와 나를 번갈아 보고는 패멀라의 얼굴을 살폈다. "패멀라 씨도 제대로 못 자는군요."

"이 집에선 아무도 못 자요." 내가 화를 내며 말했다. "여기서 무슨 일이 벌어지는지 아시잖아요! 어째서 스텔라에게 당장 포기하라고 안 한 거죠?"

"그렇게 말했어요. 그랬더니 무시무시하게 화를 내더군요. 스텔라를 보고 깜짝 놀랐어요. 그전까지는 스텔라가 그런 행동을 하지 않으리라는 데 제가 가진 돈을 다 걸었을 거예요."

"무슨 말씀이세요?"

굉장히 부당한 일이지만 스콧에게 화가 났다.

"얼마나 변했는지 믿을 수 없었어요." 스콧이 말했다. "스텔라의 정확하고 예의 바르고 침착한 행동거지 아시죠? 음, 오늘 아침 처음 방문했을 때 스텔라는 그렇게 반듯하고 단정했어요. 사흘 밤이나 못 자고도 말이죠! 히스테리를 부릴 법도 한데. 스텔라는 단정한 작은 방에서 절 맞이했는데, 한 달은 앓은 사람 같았어요. 그래도 순종적인 태도와 좋은 몸가짐으로 무슨 조언을 해도 따를 자세였어요. 자신보다는 할아버지를 훨씬 더 염려했고요."

"중령님이 편찮으신가요?" 내가 물었다.

"손녀 때문에 겁에 질려 있어요." 스콧이 대답했다. "이유는 말씀하지 않아요. '그 애가 불운한 영향을 받았다'라고만 하시죠. 제가 보기엔 두 사람이 크게 싸웠고, 스텔라는 뉘우치고 사과하고 싶어 하는 것 같아요. 참 불쌍하죠. 거기 단둘이 남아 돌봐줄 사람이라곤 청소부 같은 사람뿐이니."

"왜 못 잔다고 하던가요?" 패멀라가 물었다.

"그건 알아내지 못했어요. '누구나 걱정거리가 있죠.' 이렇게만 말하더군요. 어이없는 소리! 스텔라는 제 질문을 피했어요. 어쩔 도리가 없더군요. 의사를 믿지 않는 환자는 고칠 수 없어요. 특히 이런 심리적인 문제에서는 말이죠. 약을 처방하는 방법뿐이었어요."

"하지만 난동이라도 부린 줄 알았어요." 내가 답답해서 말했다.

"그건 오늘 오후, 스텔라가 깨어났을 때였어요. 다시 올라가서 스텔라가 정신을 차리길 기다리자 4시 반쯤 깨더군요. 희한한 상태였어요. 아마 악몽을 꾼 것 같아요. 혼잣말을 중얼거리는데 제가 방에 있는 걸 모르는 눈치였어요. 스텔라는 '그분이 죽었을지도 몰라요! 그분이 죽었을지도 몰라요!'라고 필사적으로 중얼거렸어요."

"그러고는요?" 내가 재촉했다. 목소리는 심장보다 차분했다.

"아, 그리고 절 보며 엉엉 울기 시작하더니 외롭고 불행하고 견딜 수가 없으니 멀리 보내달라고 했어요. '여기선 더 못 견디겠어요'라고 하더군요. 그때 여기서 자겠다는 생각을 내놓았어요. 중령님이 허락하지 않을 거라고 했더니 흐느끼며 간청하고 고집을 부렸어요. 스텔라답지 않았어요. 결국 달래기 위해 여기 와서 전하겠다고 했죠. 그리고 진정시키기 위해 생각보다 훨씬 많은 약을 주사해야 했어요."

"무서운 일이군요. 스텔라에게 약물을 그렇게 쓰다니!" 내가 외쳤다.

"달리 도리가 없었어요. 스텔라가 무슨 생각을 하는지 알려주시면 도움이 될지도 모르겠군요. 이유 없이 이런 상태가 됐을 리는 없어요. 그 나이의 소녀가.”

패멀라가 날 봤다. “스콧 선생님께 모두 말하는 게 낫지 않을까?”

“그래, 우리가 바로 ‘불운한 영향’이니까.” 내가 대답했다. 혼란스러운 생각과 격한 감정에 사로잡힌 나는 패멀라에게 이야기를 맡기고 창가에 서서 밖을 내다봤다.

“그분이 죽었을지도 몰라요.” 스텔라가 괴로워하다가 가장 많이 생각한 건 그것이었다. “당신이 죽을 뻔했잖아요.” 스텔라는 내게 그렇게 말했고, 여기 다시는 오지 않겠다고 했다. 그때는 스텔라가 어떤 희생을 치르는지 깨닫지 못했다. 두려워도 어머니를 보고 싶은 마음이 가시지 않았던 것이다. 끈덕진 마음이었다. 나를 위해 그 마음을 억누르려고 했다. 불면증에 시달리며 우리의 도움을 간청하는데도, 나는 스텔라가 잠들 수 있는 유일한 방법이라 믿는 것을 거절해야 했다. 스텔라가 나를 필요로 하는데, 나는 만나러 갈 수도 십에 오라고 할 수도 없었다. 절망적인 고통 속에서도 강렬한 행복을 느꼈다.

우리는 싸우고 있었다. 이 모든 것이 지나갈 것이다.

스콧은 넋이 나간 채 패멀라의 이야기를 들었다.

“세상에!” 그가 외쳤다. “잠을 못 자는 게 당연하군요! 대체 어떻게 이 모든 이야기를 털어놓지 않은 걸까요?”

패멀라는 카르멜의 영혼이 클리프 엔드에 머물며 복수하려 들거나 영원한 섬망 속에서 스텔라에게 해를 끼치려는 것이 아닌지 두렵다고 했다.

스콧은 염려 때문에 앞뒤가 안 맞는 말을 했다.

"패멀라 씨에게 정말이지 괴로운 상황이군요! 건강이 안 좋아 보이는 것도 놀랍지 않네요. 개가 달아난 것도 놀랍지 않고요."

뜻밖의 결론에 패멀라는 웃음을 터뜨렸다.

"웃을 수 있다니 다행이네요." 스콧이 짜증을 내며 말했다.

"이겨낼 수 있다는 희망을 버리지 않았어요." 패멀라가 잘라 말했다. "제 편지를 스텔라에게 전해주실 수 있어요?"

스콧은 염려스러운 표정이었다.

"그건 할 수 없지만, 원하시는 건 뭐든지 말로 전할게요."

"드디어 희망을 찾았다고 전해주세요. 그리고 브리스틀로 편지를 보내겠다고도. 우릴 믿고 인내심을 가지고 왜 못 오게 하는지 이해해보라고, 사랑한다고 전해주세요." 패멀라가 말했다.

패멀라는 불행해 보였다. 가슴 아픈 대답이었으니까.

스콧은 윌름코트로 떠났다. 차까지 그를 배웅한 뒤 나는 정원을 가로질러 언덕을 올랐다. 촉촉하고 향기로운 바람이 부는 9월의 저녁은 시원했다. 비들컴의 계곡은 푸르스름한 안개로 가득했다. 집들은 금빛으로 반짝였다. 황야 여기저기 외딴 농장 주택들의 창문이 반짝였고, 해안선을 따라 모인 작은 불빛들이 마을을 나타냈다. 마을 반대편 산은 잔광을 배경으로 검게 보였다. 그 계곡은 좁았다. 스텔라와의 사이에 건널 수 없는 만이 있다는 것이 믿기지 않았다.

　스텔라는 잠 못 들고 누워 있을까? 나를 생각하고 있을까?
순진한 노랫말이 떠올랐다.

　　상냥한 천사들이 그대가 잠드는 모습을 지켜보길

　　밤새도록

　　몰래 들여다보는 해로운 것과 위험한 것들로부터 안전히

　　밤새도록

　　운명이 더는 거부하지 않고

　　영원한 사랑의 보상을 선사할 때까지…….

　클리프 엔드로 내려가는 동안 아래쪽 창문에서 따뜻한 불
빛이 반짝였다. 스텔라도 나처럼 이 집을 사랑했다. 이곳만이
우리 집이 될 운명이라고 믿었다.

제16장 경고

"샴페인에 취한 뒤에 다시 써보시오." 밸러스터가 조언했었다. 수요일 아침, 2막을 살피면서 그의 조언이 옳았다고 판단했다. 바버라가 악마적인 계획에 들떠 있으면서도 명랑하고 너그러운 여인으로 사랑받는 이 막에는 쾌활한 분위기와 해학, 재치가 필요했다. 분위기를 밝게 하는 건 배우들에게 맡길 수 있다는 걸 나도 알고 있었고, 내 생각이 옳다는 것도 훗날 확인했다. 그러나 이날 아침, 이 부분은 삽질로 퍼내야 하는 진흙처럼 무거웠다. 한 시간 동안 진땀을 빼며 두 개의 재미있는 대화와 하나의 말장난을 지어냈고, 원고에는 삭제와 삽입 표시, 긴 말풍선이 가득했다. 샴페인과 건배는 나중으로 미루고 마지막 막으로 갔다. 거기에는 내 기분과 더 잘 맞는 문제가 있었다. 우울하지만 무시무시하지는 않고, 예측할 수 없었지만 당연한 귀결로 느껴지는 바버라의 운명을 지어내는 것이었다. 그 운명은 바버라의 성격에서 비롯해야 하며 저지른 잘못에 적절한 처벌이 돼야 했다. 고민하고 있는데 전화가 울렸다. "스콧이군!" 나는 한달음에 아래층으로 달려갔다.

"피츠제럴드 양과 통화할 수 있소?" 불쑥 들려오는 긴장된 음성에 놀랐다. 브룩 중령이었다. 아기방 창문을 통해 패멀라를 불렀다. 패멀라는 찰리를 위해 들고 있던 철사를 두고 달려오면서 내게 옆에 있으라고 손짓했다. 중령의 이야기를 듣는 패멀라의 얼굴이 붉어졌다. 패멀라가 조용히 대답했다. "그러겠습니다. 네, 당장이요."

패멀라는 수화기를 내려두더니 휘둥그레진 눈으로 나를 보았다. "나더러 스텔라에게 와달래."

"상태가 더 심해졌다는 뜻인가?"

"그런 것 같아. 집중을 못 하는 음성이었어. 내가 거절할까 염려했어."

"무슨 일인지는 말 안 했어?"

"스텔라가 너무 간절히 청'했대. '당연히 그 애를 진정시킬 방법이 이것뿐이라고 여기지 않았다면 이런 요청을 안 했을 것이오'라고도 했어."

"내가 태워다줄까?"

"응, 오빠. 그렇게 해줘."

이 호출은 스텔라가 아프거나 히스테리 상태라는 뜻이었지만, 불안감보다는 안도감이 더 컸다. 이젠 완전히 갈라진 게 아니었으니까.

"스텔라와 연락을 취할 계획을 짜봐." 윌름코트로 가는 동안 내가 재촉했다. "내가 브리스틀에 있겠다고 전해줘. 도움이 된다면 나도 거기서 지내겠다고. 어쨌든 리허설을 하러 가야 하니까. 스텔라를 만날 방법을 찾아봐. 중요한 건 연락이 끊기지 않는 거야."

패멀라가 끄덕였다. "해볼게. 하지만 중령님이 말한 대로 스텔라가 '부끄러워하고 뉘우친다'면, 그런 말에 속상해할지도 몰라."

"그런 건 다 잊었을 거야. 스콧의 말에 따르면 스텔라는 어제도 거역한걸."

"어떤 일에 대해서도 스텔라의 뜻을 거스르면 안 될 것 같아. 스텔라의 기분이 어떻든지 내가 맞춰줘야 해. 잠을 자야 하니까."

"나도 절대적으로 동의해."

윌름코트 앞에 차를 두고 숲을 걸어 잔디 볼링장에서 기다리겠다고 했다. "스텔라를 흥분시킬 말은 하지 마. 무슨 일이 있더라도 '구마'라는 말은 입에 담지 말고."

"세상에, 안 되지!"

문이 열리기를 기다리는 패멀라는 초조한 표정이었다.

나는 덤불 반대편의 빈터로 걸어갔다. 거기 모래가 깔린 오솔길과 바다를 바라보는 좌석이 딸린 잔디 볼링장이 있었다. 전망이 좋고 소나무를 배경으로 하며 바다와 솔 향이 느껴지는 이 초승달 모양의 땅은 자연 상태로 마주친다면 신났겠지만, 길들여지고 가지를 치고 사람들이 다녀 지루한 곳이 됐다. 노신사 넷이 느긋하게 경기하는 모습을 제복 입은 간병인들이 지루한 표정으로 모여 앉아 지켜봤다. 또 다른 벤치에서는 어린아이들과 그들의 장밋빛 젊은 엄마들이 우스꽝스러운 농담을 나누고 있었다. 이곳은 비들컴의 세련된 지역이었다. 작은 개를 키우는 노부부들이 여기서 모였다. 키 큰 여자가 노인이 앉은 휠체어를 밀며 지나갔다. 검은 옷을 입은 통통한 여자 둘이 어두운 표정으로 걸어갔다. 다툰 사이처럼 서로 반대쪽만 봤다. 등에 배낭을 메고 반바지를 입은 젊은 남녀를 만난 것도 신선한 변화였다. 즐거울 수도 있었겠지만 신경이 너무 예민했고, 이리저리 돌아다니는 사이 불안감은 점점 커졌다. 중령과의 대화를 기억하면 기억할수록 상당한 위기감 때문에 이런 부탁을 한 거라는 확신이 섰다.

한참 만에 패멀라가 차를 몰고 왔다. 차를 세우고는 내게 다가왔고, 우리는 그늘진 숲속으로 걸어갔다. 상황이 좋지 않은 듯했다. 패멀라가 말했다. "스텔라는 작별 인사를 하려고 날 불렀어."

"상태는 어때?"

"침착하지만 지쳐 있어. 아주 쇠약하고 창백해. 약 기운에 많이 자긴 했어. 어제 그렇게 신경질적인 메시지를 보낸 걸 용서해달래. 우리 두 사람에게 늘 고마움을 느끼며 기억할 거라고 말해달래." 패멀라의 음성에서 어이없다는 기색이 느껴졌다.

"영영 작별이란 말인가?"

"그런 것 같아."

패멀라는 눈물을 글썽거렸다.

"세상에, 패멀라. 그 말을 진지하게 받아들이는 건 아니지? 스텔라는 협박을 당한 것뿐이야. 너무 쇠약해서 저항하지 못하는 거라고. 건강해지면 전혀 다른 이야기가 될 거야."

"잘 모르겠어, 오빠. 스텔라는 완전히 기가 꺾였어. 스러져버릴 것 같아. 정말이지 스텔라 같지 않아."

"하지만 패멀라, 정신 차려! 불면증을 생각해봐. 밤낮 못 자다가 약을 썼잖아. 당연히 평소와 다르지."

"알아. 하지만 그 정도가 아니야. 스텔라의 할아버지가 이겼어. 할아버지가 편찮으셔. 할아버지가 끔찍한 고통을 겪고 있고 수술을 받아야 하는데, 자기 때문에 안 받는다고 생각해. 스텔라는 그것 때문에 울었어. 그리고 중령님이 스텔라에게 무서운 말을 한 것 같아. 모든 걸 짓밟는. 스텔라는 계속해서 '할아버지께서 어떻게 절 용서하셨는지 모르겠어요'라고 말해."

"그래, 그렇지." 내가 대답했다. "이 모든 게 지금으로선 당연하지만 지나갈 거라는 걸 모르겠어?"

패멀라가 말했다. "무서워. 영향력이 너무 깊이 퍼지고 있어. 스텔라가 태어난 후로 평생 그랬어. 오, 오빠, 고의적인 압력이 스텔라를 비틀어 새로 만들고 있어! 스텔라의 방 말이야. 메리의 추모관이야. 그게 전부라고."

"너무 과장하는 거 아니야?"

"아냐, 그 방은 어머니를 기리는 제단일 뿐이었어. 스텔라가 경외감에 사로잡힌 목소리로 이야기했어. 하늘색 벽은 어머니가 제일 좋아하는 색. 커튼의 마거리트는 어머니가 좋아하는 꽃. 메리의 초상화. 피렌체 화풍의 마돈나들. 어린 시절 메리의 스케치. 그 앞에는 유리 화병에 꽂힌 흰 장미 한 송이. 심지어 어머니를 본떠 만든 흰 석고상까지. 이건 사이비 종교야. 아, 성스럽고 금욕적이고 순수하고 순결한 매력! 예민한 소녀라면 누구나 그 주문에 걸리고 말 거야. 그 주문을 깨뜨릴 남자가 태어나긴 할지 모르겠어."

"정말 그렇네."

"게다가 스텔라는 이제 홀러웨이 씨에게 간다고!"

"스텔라도 동의해?"

"모든 것에 동의해. 위축돼서 동의하는 거야. 스텔라의 자기 수련은 비정상적이야."

"확실히 그래."

"이건 포기고 항복이야." 패멀라가 침통한 표정으로 말했다. "자신은 죄를 지었으니 참회해야 한다고 말했어. 그렇게 말하면서 미소를 지었어. 메리가 그렇게 말하는 게 눈에 선해. 메리의 미소가 눈에 선하다고."

"스텔라 역시 순교자가 될 거라고?"

"응."

우리는 더 깊은 숲속으로 들어갔다. 나무들이 키가 크고 우거져서 공기가 답답했고, 향기가 너무 강했다.

패멀라가 하는 이야기가 싫었다. 내 안의 모든 것이 저항했다.

"봐, 오빠." 패멀라가 찾은 쓰러진 나무에 함께 앉았다. 패멀라가 가방을 열었다. "이것 봐, 스텔라가 줬어. 오빠 거야. '이걸 보고 절 기억해달라고 해주세요'랬어."

그건 스텔라 아버지의 작은 스케치북이었다. 스페인에서 성당의 문, 비틀어진 올리브 나무, 계단에 앉은 걸인을 연필로 그린 것이었다. 카르멜도 있었다. 젊고 명랑한 카르멜. 패멀라에게 준 작별 선물은 하트 모양의 병에 미모사 향수를 4분의 1 정도 채운 것이었다. 향기는 거의 나지 않았다.

"내 짐작이 맞았어." 패멀라가 말했다. "스텔라의 아버지가 세비야에서 보낸 거래. 죽기 전 마지막 선물이었대."

우울했다. 수녀원에 들어가는 소녀가 마지막으로 속세의 보물을 나눠주는 느낌이었다.

"답답하다. 나가자." 내가 말했다.

우리는 차로 돌아갔다. 패멀라에게 중령과 이야기를 했는지 물었다. "응, 스텔라 방으로 오더니 쉴 시간이라고 했어. 스텔라의 뺨에 눈물이 흘렀어. 작별 인사를 하는 동안 스텔라는 나를 끌어안더니 팔을 떼곤 가만히 누워 미소를 지었어. 견딜 수 없더라."

패멀라의 음성이 떨리더니 잠시 말이 멈췄다. "중령님이 날 배웅하면서 어떤 일이 있었는지 말해줬어. 스텔라가 거래를 제안했대. 히스테리 상태였지만 내가 와서 작별 인사를 하게 해주면 진정하겠다고 했대. '작별이오. 알겠소, 피츠제럴드 양? 저 애가 가는 곳은 방문도 편지도 받지 않을 거요. 저 애는 온전히 오래 쉴 것이고, 그다음에는 해외로 나갈 거요'라고 했어. 중령님은 정말 심하게 아픈 모양이야. 정중했어. '와줘서 고맙소. 굉장히 친절한 일이었소'라고 하더니 문을 열었어. 오빠, 중령님에겐 불굴의 뭔가가 있어. 포기하는 걸 상상할 수 없어. 그래서 절망스러워."

"이 일로 너무 강한 인상을 받았네." 내가 대답했다. 나는 그 시점에 절망하지 않을 생각이었다. 잠시 적들이 우세해졌지만, 그렇다고 끝나지는 않으리라 생각했다. 홀러웨이 씨의 '단호한 제한'도 난공불락일 리 없었다.

패멀라가 이 비참한 방문을 잊게 하려면 어떻게 해야 하나? "앤슨 신부님을 만나러 갈까? 홀러웨이 씨와 한 이야기를 전해야지." 내 제안에 패멀라가 좋다고 했다. 거의 1시였다. 신부를 집에서 만날 수 있을 것 같았다.

작은 성당의 붉은 첨탑이 왼쪽 언덕의 검은 나무들 위로 솟아 있었다. 작은 들판에 아무 장식 없이 네모나고 새것 같은 집이 보였다. 정원은 아직 정리되지 않은 상태였다.

"저기가 신부님 댁이네." 패멀라가 짐작했다.

짐작이 옳았고, 앤슨 신부는 집에 있었다. 가사도우미가 퉁명스럽게 맞이했다. 점심 식사를 차리던 중이 분명했다. 예쁘장하지도 않고, 교회법에 따른 나이인 가사도우미는 규정에 부합했다. 패멀라는 앤슨 신부가 우리를 만나는 것이 편하지 않다면 언제 오면 좋을지, 신부가 클리프 엔드로 차를 마시러 올지 알고 싶다고 말했다. 가사도우미의 표정이 밝아졌다.

"클리프 엔드라고요? 그럼 피츠제럴드 양인가요? 플린 부인을 며칠 전에 만나서 한참 얘길 나눴어요. 부인이 언제 또 찾아오려나요? 우리 둘 다 클레어 주 출신이거든요."

우리는 리지가 기뻐할 거라고 했고, 가사도우미는 우리의 메시지를 신부에게 전했다. 신부는 당장 응접실에서 나와 우리를 따뜻하게 맞이하고는 창가 의자에 앉혔다. 우리를 만나 반가운 듯 집에 관해 즐겁게 이야기했다. 교구 신도들이 얼마 전 지어준 집이었다. 클리프 엔드만큼 좋은 집은 아니지만 마음에 든다고 했다. 곧 정원 손질도 시작할 거라고 했다. 신부는 아일랜드 트위드 커튼과 손수 만든 카펫, 그 밖의 용품들에 관해 이야기하면서 내내 상냥하지만 예리한 눈으로 패멀라를 살폈다. 신부는 집에 위협이 닥친 이들이 이해를 기대할 수 있는 사람이었다. 찾아간 것이 다행이다 싶었다. 곧 신부는 말을 멈췄다.

"하지만 이런 건 내 걱정거리이고, 두 사람의 안부는 묻지 않았군요. 좋은 소식을 가지고 왔나요? 두 사람 생각을 많이 했어요. 걱정거리가 좀 줄었나요?"

패멀라는 불행하고 지쳐 있었고 신부의 상냥한 태도에 자제심을 잃었다.

"끔찍해요, 신부님." 패멀라가 말했다.

신부는 일어나 차근차근 열쇠를 찾더니 찬장을 열어 병 하나와 잔 둘, 냅킨을 꺼냈다. 그는 잔을 닦고 병의 먼지를 털더니 코르크스크루를 찾아 천천히 마개를 땄다.

신부가 말했다. "마데이라를 제대로 평가해주면 좋겠군요. 훌륭한 빈티지라고 들었어요. 불행히 내겐 낭비라서 대접하기 적당한 손님을 몇 달이나 기다렸죠. 자, 내 친구가 날 속인 건지 한번 봅시다. 어때요?"

나는 와인을 마셨다. 맛있었다.

"친구분은 정직한 분이군요, 신부님. 그분께서 장수하시길!" 내가 말했다.

"그리고 신부님도요." 패멀라가 미소 지었다.

"마시진 못해도 건배합시다." 신부가 낡은 가죽 의자에 편안하게 앉아서 말했다. "건강과 장수를! 집과 땅을! 사랑하는 부인을! 원래는 '아일랜드에서 죽기를!'로 끝나는데, 그건 하느님께 맡기도록 하지요."

신부의 눈이 반짝였다. 패멀라가 웃었다. 목표를 이루자 신부의 표정이 당장 진지해졌다.

"방문이 아무리 힘들어도 절망해서는 안 됩니다." 신부가 나직이 말했다. "교회는 절망에 맞서 싸울 방법을 알고 있어요."

나는 스텔라가 구마 의식이라면 기겁을 하고 굉장히 예민한 상태라고 말했다. 신부는 마음 아파했다.

"가엾은 아이! 가엾고 불쌍한 아이! 위로도 받지 못하다니. 신앙이 없으니! 어떻게 해야 할지 모르겠군요."

신부는 자기 일인 양 몹시 괴로운 표정이었다.

패멀라가 홀러웨이 씨에 대해 살짝 비꼬며 이야기하자 신부가 미소 지었다.

"자신의 기준으로는 필시 스스로를 올바르다 여기겠지요." 신부가 말했다. 말을 덧붙이면서 그의 눈가 주름이 더 깊어졌다. "하지만 주님은 회개하는 죄인을 가장 사랑하신다는 사실을 이해하기 쉬울 때가 있습니다."

신부는 홀러웨이 씨의 이야기에 도움을 받았는지 물었다. 패멀라는 카르멜의 정신 상태로 인해 우리가 집에서 느끼는 한기와 공포가 일어나는 것이 아닐까 여기게 됐다고 했다.

신부는 고개를 저었다.

"저라면 그렇게 믿기 어려울 것 같군요."

패멀라는 우리가 카르멜의 상자를 찾도록 인도받은 것 같다면서 메리가 클리프 엔드에 머물며 스텔라를 보호하고 우리를 도우려고 하는 게 아닐지 물었다.

신부는 그 말에 불편한 기색이었다. 그는 한참 생각하더니 말했다. "스텔라의 어머니가 딸을 돕는다고 생각할 수는 있지만, 이런 사안에서는 섣불리 가정하면 안 됩니다. 우리의 이해를 넘어서는 영역이니까요. 피츠제럴드 양, 상상력이 뛰어나군요. 상상력에 의지해 너무 멀리 날아가지 않도록 주의하세요. 위험한 곳이 있으니까요."

나는 카르멜을 위해 미사를 올리는 문제를 거론했다.

"매년 카르멜 성녀의 축일에 그 가련한 영혼을 기억하지만, 따로 미사를 올리도록 하지요." 신부가 미소 지으며 말했다.

"이런 제안을 하다니 기쁘군요. 피츠제럴드 씨는 절반쯤 이 단자이고 동생분도 그보다는 낫지만 마찬가지인데."

"그렇게 생각하시다니 저희가 너무 가식을 보인 것 같네요. 하지만 제게 이 사안에서 중요한 문제는 카르멜이 신자였다는 거예요." 패멀라가 대답했다.

신부는 더욱 흥미롭다는 표정으로 패멀라를 봤지만, 그 문제에 관해서는 입을 다물었다. 앞으로도 신앙의 문제를 더 이야기하고 싶지만 시간을 버는 것이 분명하다고 느껴졌다.

"말씀해보세요. 소란이 일어나면 굉장히 불안한가요?" 신부가 물었다.

우리는 금요일 밤의 일을 최대한 간단히 설명했다. 스텔라에게 일어난 무시무시한 일, 스텔라가 본 듯한 유령, 무서워 달아난 일……. "피츠제럴드 양, 그 집에서 당장 나오세요!" 크게 충격을 받은 신부가 패멀라에게 이렇게 외쳤다.

모든 것이 실패하면 그럴 생각이지만, 우리는 그런 공포에 대비해 마음의 준비를 하고 있고, 클리프 엔드에서는 아무도 혼자 잠들지 않을 것이며, 위험한 곳을 울타리로 막아두었다고 말했다.

"울타리라!" 신부가 엄격하게 외쳤다. "울타리나 사람이 있다고, 주의하거나 힘이 세다고 이런 문제를 막아낼 수 있다고 생각합니까? 지금 어떤 것을 상대로 하는지 잘 모르는군요! 죽을까봐 위험한 게 아니에요."

"이성이 받는 충격을 말씀하시는 건가요?" 내가 물었다.

"귀신 들리는 거 말입니다." 신부가 말했다.

패밀라가 진지하게 답했다. "알아요, 앤슨 신부님. 그 생각도 해봤어요. 아기방에서 자려다가 느낀 적 있어요. 악의적인 기운이 닥쳐와서 정신을 장악해요."

"의식하거나 믿으려고 들면 그런 일이 더 자주 일어나지요." 신부가 엄숙히 말했다. "정신병원에서는 그런 경우가 허다합니다. 과학자들은 다른 이름을 붙이지만요."

"실제로 아시는 사례도 있나요?" 내가 물었다.

"다행히 없어요. 하지만 친구 한 사람이 가까스로 피한 적이 있었지요. 골웨이에 사는 여자였습니다. 굉장히 어리석고, 심지어 악한 짓을 했습니다. 자기 집에서 교령회를 열었어요. 교회에서 금한 영역에 들어갔지요. 어느 날 밤, 낯선 사람 둘이 모임에 들어왔습니다. 그들이 얼마 전 죽은 친척과 소통할 수 있게 해달라고 졸랐지요. 그 둘만 이해할 수 있는 메시지가 몇 차례 오갔습니다. 그들은 만족했다면서 떠났습니다. 이튿날 제 친구가 집에 혼자 있었습니다. 4층짜리 집이었어요. 한 시간 가까이 그 친구는 꼭대기 층 창가에서 몸을 던지고 싶은 충동과 싸웠습니다. 나중에 알고 보니 그 두 사람의 죽은 친척이 그런 식으로 목숨을 끊었다더군요."

우리의 침묵이 속내를 드러냈을 것이다. 교령회를 열지 않겠다고 약속할 수 없었다. 신부는 입을 꾹 다물고 우리를 봤다.

"이만 가보세요." 신부가 강조했다. "제가 드린 경고를 잊지 마시고요. 스텔라 메러디스의 반대는 극복해야 해요. 클리프 엔드에서 구마 의식을 올려야 합니다. 당장 주교님께 허가를 신청하겠습니다. 기다리세요. 신께서 여러분을 축복하시기를."

우리는 별말 없이 집으로 왔다. 패멀라의 얼굴에 강한 고집이 서려 있었다. 교령회에 찬성한 것이 후회스러울 지경이었다.

맥스에게서 전보가 왔다. "잉그럼 동반 더블린 작가 인명사전 내일 막차."

우리는 잉그럼이 누군지 찾아봤다. 개릿 잉그럼, 아일랜드 변호사협회 회원, 30세에 이미 많은 업적을 이룸.

"본업이 헛갈릴 만큼 온갖 것을 해내는 더블린의 변호사가 또 있는 모양이네." 내가 말했다.

그는 아베이 극장에 올린 극을 썼고, 시를 발표했다. 워터퍼드 유리에 관한 논문을 썼고 (모친과 함께)《달리아의 색소》에 관한 논문도 썼으며《초심리학 현상: 분석》이라는 책도 썼다.

"또 내 말이 틀렸다는 사람이 아니면 좋겠네." 패멀라가 말했다. "이젠 '다 네가 지어낸 거야'라는 말은 그만 듣고 싶은데."

"맥스가 그런 사람을 데려오진 않을 거야." 내가 말했다. "어쨌든 이 사람이 교령회를 여는 법을 알 거야. 하지만 이젠 그걸 시도하는 게 옳은지 갈등돼."

"난 아니야, 오빠."

"그런 것 같았어."

"그래도 위험하다는 경고를 받은 건 좋아."

"너는 빠지면 좋겠어, 패멀라. 우리 셋에게 맡겼으면 해."

패멀라는 고개를 저었다. "그런 말은 하지 마, 오빠. 부탁이야."

"내가 싫어, 패멀라. 너는 교령회에 적합하지 않아."

"잘 들어, 오빠." 패멀라가 내 앞에 마주 서더니 얼굴을 빤히 봤다. "이 일에 대해서 오빠가 나를 책임질 건 없어. 나는 원하면 뭐든지 혼자서 할 수 있어. 가령 밤새 계단에 앉아 있을 수도 있어. 그러면 결과를 알 수 있을지도 몰라. 하지만 우리가 혼자서 움직이면 둘 다 더 힘들어질 거야. 우리가 함께 할 수 있다면 그러지 않겠다고 약속할게. 하지만 날 배제할 수 있다곤 생각하지 마."

나는 웃으면서 항복할 수밖에 없었다.

"좋아, 동지!"

패멀라의 용감한 태도에 기운이 났다. 그런 기세라면 그 실험으로 힘들어질 것 같지 않았다. 나도 힘을 냈다. 지력과 체력이 뛰어난 두 사람의 도움을 받아 전면 공격을 준비하니 마음이 들떴다. 교령회가 아무것도 하지 못한다 해도 주위의 심령 기운을 움직이긴 할 것 같았다. 밤새 둘씩 짝을 지어 지켜보면 뭔가 도움이 되는 것을 발견할 터였고, 패멀라 말대로 "이젠 심하면 심할수록 더 좋았"다.

오후는 패멀라와 함께 흙을 파며 보냈다. 땅 한쪽, 삽 하나 없는 사람들은 이런 시기를 어떻게 겪어낼까 싶었다. 몇 시간 그렇게 보내니 패멀라의 기분이 나아진 것 같았다.

"스텔라에 대해선 오빠 생각이 옳은 것 같아." 저녁을 먹은 후 패멀라가 말했다. "오늘 아침엔 몹시 우울했는데, 그게 윌름코트의 분위기인 것 같아. 거기서 벗어나면 스텔라는 예전으로 돌아갈 수도 있을 거야. 홀러웨이 씨에게 가지 않는다면 얼마나 좋을까!"

나는 모호하게 말을 얼버무렸다. "거기서 오래 지내지 않을지도 몰라."

머릿속에 탈출과 납치 장면이 떠올랐지만 말하지 않았다.

스콧이 낙관적인 분위기를 깨뜨렸다. 그는 지치고 흥분한 상태로 걸어오더니 의자에 털썩 앉아 패멀라에게 원망하듯 물었다. "대체 스텔라를 가만둘 순 없었습니까?"

우리는 충격을 받았다.

"제 진료를 다 망쳐놨잖습니까." 스콧이 말했다. "스텔라의 상태가 최악입니다. 노인도요. 이제 어떤 의사도 소용없습니다. 제 조언을 무시하고 진료를 거부하고……."

"스텔라가 진료를 청했어요?" 내가 끼어들었다.

"아직은요. 중령님 때문에요. 간호사를 보내야 했어요. 전……."

"스텔라는 어디가 안 좋은가요?" 내가 따져 물었다.

"저도 모릅니다! 또 감정이 격해졌어요. 전보다 더 심하게!"

"하지만 저랑 헤어졌을 땐 아주 침착했어요. 완전히 차분하게 모든 걸 체념한 상태였다고요!" 패멀라가 외쳤다.

"패멀라 씨가 간 게 잘못입니다!"

"중령님이 부탁했어요."

"저한테 먼저 전화했었어야죠!"

"선생님도 반대하지 않았을 거예요."

"스텔라를 자극하지 말라고 경고했을 거예요."

"자극하지 않았어요."

스콧이 말했다. "음, 제가 아는 건 오늘 아침 10시쯤에는 스텔라가 곤히 자고 있었다는 사실입니다. 중령님 말씀으론 스텔라가 일어나 울기 시작하더니 짜증을 내면서 패멀라 씨를 만나게 해달라고 졸랐대요. 같이 가세요. 안 그러면 저를 또 부를 것이고, 스텔라의 상태는 또 그럴 테니까!"

내가 물었다. "상태가 어떤데요? 아무 얘기도 안 했잖아요! 구체적으로 말해봐요! 한잔하겠어요?"

"고맙지만 됐어요. 어떠냐고요? 미친 애 같아요. 잠옷만 입고 방에서 서성거리고 있었어요. 약을 삼킬 수도 없고, 그 집에 있을 수도 없고, 홀러웨이 씨에게도 갈 수 없다고 했어요. 제가, 자기 방이, 할아버지가 무서운 것 같았어요. 할아버지가 들어가면 달려들었어요. 가엾은 노인은 완전히 당황했죠. 스텔라는 평생 할아버지에게 무례하게 굴지 않았을 거예요. 그런데 욕을 하곤 울었어요. 아, 정말 힘들었어요!"

"약으로 정신을 잃게 했군요!" 내가 외쳤다.

스콧이 받아쳤다. "그럼 약 안 쓰고 미치길 바라는 건가요?"

"패멀라가 찾아간 뒤에 잤다고 해요?"

"네, 세 시간이요."

"패멀라가 나온 뒤에 약 없이 잤대요?"

"중령님은 그랬다고 했어요."

"그런데 깨어나니 그랬다고요? 이상하군요."

"악마의 장난이에요."

스콧이 그렇게 막말을 하지 않았으면 싶었다.

"그런데 오늘 아침엔 너무나 얌전하고 고분고분했는데!" 패멀라가 믿을 수 없다는 듯 말했다.

스콧이 끄덕였다. "저도 압니다. 그런 모습은 처음이었어요. 어쩔 줄 모르겠군요."

"스텔라가 무엇 때문에 흥분했는지 말하지 않던가요?" 내가 물었다.

"모든 게 흥분시켰어요! 모두에게 반항하는 상태라고요. 제정신이 아니에요. 난폭한 스텔라를 상상할 수 있어요? 스텔라가 창밖으로 목걸이를 내던지는 모습이 떠올라요? 장식품을 낚아채서 바닥에 내동댕이치는 게?"

무시무시한 일이었다. 패멀라가 무슨 장식품인지 묻는 소리가 들렸다. 그게 뭐 중요하다고. 하지만 곧 이해했다.

"자기 어머니 모습을 본떠 만든 흰 석고상이었어요." 스콧이 말했다.

패멀라가 깜짝 놀란 표정으로 나를 보았다. "심각한 일 같네요, 스콧."

"지금까지 심각하다는 걸 몰랐단 말인가요?" 스콧이 화를 냈다. "그 결과가 바로 이겁니다. 이 방문! 스텔라의 마음속에서 줄다리기가 벌어지고 있어요. 한쪽에선 중령님과 그동안 배운 것이, 다른 쪽에선 그쪽 두 사람과 이 집이 스텔라의 삶에서 차지하는 의미가 당기고 있다고요. 그 무시무시한 심령경험까지. 세상에, 논리적인 결말은 하나뿐이라고요!"

스콧은 열을 내며 서성였다.

"무슨 결말이요? 무슨 소릴 하는 건가요, 스콧?" 내가 물었다.

"조현병이요."

내가 제대로 이해한 것인지 몰랐고, 힘겹게 되물었다.

"인격분열이요?"

"네."

그제야 깨달았다. 그 모든 상황의 논리적인 결말은 그거였다. 앤슨 신부님은 '귀신 들림'이라고 불렀을 것이다.

"아직은 아니에요." 내가 거칠게 반박했다. "짜증 좀 내는 걸 가지고 지나친 반응이에요. 균형감을 잃은 거라고요! 스텔라는 그런 상태가 아니에요!"

"그렇죠. 하지만 그렇게 될 수 있어요."

스콧의 말이 틀리지 않았다. 나는 사과했다. "조현병은 어떻게 치료하죠?"

스콧은 망설이다 말했다. "그 진단은 장담할 수 없어요. 전 정신과 의사가 아니니까요. 어찌 보면, 인격분열이라기보다는 인격 양분에 가까워요. 아니면 순환성 정신 질환에 가까운⋯⋯."

나는 화가 나서 불쑥 내뱉었다. "치료법 말입니다! 어떻게 해야 하죠?"

그의 대답은 모호했다.

"일반 의사의 일이 아니에요."

무슨 말인지 충분히 알 수 있었다.

"괜찮을 거예요. 이겨낼 거라고요." 패멀라가 떨리는 음성으로 말했다.

"그러길 바라야죠." 스콧이 대답했다. "할아버지를 위해서라도 나아야 한다고 했어요. 할아버지 병환이 중하다고. 그러니 효과가 있었어요. 진정하려고 애쓰더군요. 그 조각상을 보고 엉엉 울더니 사고였다고 말해달랬어요. 목걸이는 무사했어요."

"중령님에게 그 이야기도 했어요?" 내가 물었다.

"네, 하지만 사실대로 말할 수는 없었어요."

"스텔라를 돌볼 사람이 없나요?" 패멀라가 괴로운 음성으로 물었다.

"내일은 간호사가 올 겁니다."

"내가 가는 건 중령님이 허락하지 않겠죠?"

"절대 안 되죠!" 스콧이 외쳤다. "오, 죄송해요. 하지만 너무 지쳐서. 감당할 수가 없군요."

스콧은 식사도 못 했다. 리지는 농장에 가고 없어서 패멀라가 쟁반에 식은 고기를 차려 왔다. 스콧은 허겁지겁 먹어치웠다. 그러고는 술까지 마시고 나서야 긴장을 풀었다.

"이 이야기를 다 하다니 굉장히 규칙에 어긋난 짓을 했어요." 스콧이 염려하며 이맛살을 찌푸린 채 말했다. "이 줄다리기가 계속될 순 없다고 설득하려던 거였어요. 어느 쪽이 져야 해요. 제가 나올 때 스텔라는 차분하고 유순했어요. 그 상태가 유지돼야 합니다. 두 사람은 스텔라를 흥분시켜요. 두 사람은 당장 완전히 빠져야 합니다. 그래야 해요."

"알겠습니다. 그건 분명한 것 같네요." 내가 인정했다.

패멀라가 날 봤다. 어머니가 귓병을 앓던 날 보던 눈빛이었다. 그걸 멈추는 것이 세상에서 가장 중요한 일이라는 듯한 눈빛. 패멀라가 말했다. "스텔라는 의지가 강해요. 이겨낼 거라고 생각해요. 아침이 되면 제정신으로 돌아올 거예요."

"그럼 오후엔 다시 어떻게 될까요?" 스콧이 쓸쓸하게 말했다. "이 증세가 지독한 이유는 되풀이된다는 겁니다! 그렇게 변하는 게 두려워요. 이틀 동안 스텔라는 스테인드글라스에 등장하는 성녀가 됐다가 미친 집시가 되길 반복하고 있어요."

"성녀와 집시……." 패멀라가 힘없이 말하고는 식탁에 기댔다. 그 애가 기절하는 줄 알았다. 머릿속에서 전쟁의 북소리가 울렸다.

"아침에 전화드리겠습니다." 스콧이 일어났다.

기진맥진한 상태라서 하숙집까지 차로 데려다줬다. 패멀라도 나왔다. 그 애를 집에 혼자 두지 않을 생각이었다. 집으로 돌아가는 동안 패멀라는 조용히 울기 시작했다. 위로할 말이 없었다. 나도 두려움에 꼼짝할 수 없었다.

제17장 스펠링 글라스

패멀라가 우는 줄 알고 침대에서 튀어 나갔다. 울 이유야 많았지만 이렇게 쓸쓸하고 비참하게 흐느끼다니.

그 애 방의 문 앞에 가만히 섰다. 패멀라가 아니었다. 다행이었다! 소리는 더 먼 데서 났다. 작업실을 들여다봤다. 언제나 그렇듯이 텅 비고 삭막했다. 패멀라의 방으로 돌아갔지만 소리가 멈췄고, 그제야 산 사람이 아닌 기억 속의 소리 같다는 걸 깨달았다. 패멀라가 조용히 나를 불렀다. 아무 일 없었다. 스탠드가 켜져 있었고, 패멀라는 어깨에 취침용 재킷을 걸치고 앉아 소리에 귀 기울이고 있었다.

"들었어?" 패멀라가 물었다.

"물론이지. 네 소린 줄 알았어."

"잠깐만. 나도 내려갈게."

계단참에서 기다리는 동안 아래층에서 다시 소리가 들렸다. 현실에서 멀게 느껴져도 듣고 있자니 괴로웠다. 강한 반감이 서린 비통한 울음소리. 놀라 믿을 수 없는 심경이 담긴, 슬퍼하는 젊은이가 내는 소리 같았다.

귀를 기울이며 나온 패멀라가 내 곁에 섰다. "아기방이야." 패멀라가 속삭이더니 내려가기를 망설였다. 곧 음성이 바뀌었거나 울음소리의 성격이 바뀌었다. 지난하고 가망 없는 고통에 지친 듯 기운을 잃었다. 결국 한숨 소리만 남았다.

우리는 불을 켜며 조용히 내려갔다. 아기방과 식당은 비어 있었다. 잠시 공기가 떨리는 것이 느껴졌다. 혹은 그렇다고 상상했다. 그것마저 뚝 끊어지더니 정적만 남았다.

그 고요한 느낌이 좋지 않았다. 소용돌이 가운데 진공상태에 들어간 것 같았다. 심장박동과 맥박이 느려졌다. 공기가 없었다. 움직이기가 몹시 힘들었다. 우리는 거기서 벗어나 위층 내 방으로 내달렸다.

"이제 냉기가 올 거야." 패멀라가 말했다.

패멀라에게 담배를 줬다. 놀라 창백했지만 두려워하지는 않았다. 패멀라는 말을 하면서 두려움을 쫓았다.

"오빠도 드디어 또렷이 듣다니 다행이다. 자기 감각을 믿지 못하는 건 최악이야……. 오늘 밤엔 착각인 줄 알았어. 오빠도 착각이라고 했을걸."

한기가 실내로 스며들었지만 이 말로는 그 상황을 표현할 수 없다. 사실 들어오는 건 없었다. 오히려 공기와 몸속의 자연스러운 온기가 빠져나가는 것 같았다.

"어둠 속에서 그게 떠 있었어." 패멀라가 계속했다. "내 방

저쪽 구석에. 잠들 때랑 똑같았어. 물속에서 보이는 모습처럼 어렴풋해. 말을 하려고 했지만 웅덩이에 돌을 던진 것처럼 흩어져 사라졌어."

패멀라는 떨고 있었다. 밖에서 무슨 일이 벌어지는지 짐작할 수 있었다. 빛나는 증기가 기다랗게 흘러 들어왔다.

"하지만 이건 뭐였지?"

"그림 속의 얼굴."

"카르멜의 얼굴이 아니라? 그 무시무시한 얼굴 말이야."

"아니, 다른 쪽. 〈새벽〉."

패멀라는 침대 위에서 내 담요를 덮고 웅크렸다. 입술까지 새하얗게 질렸다. 말하기가 힘들었다.

"그것도 환영이 아니었어. 흔한 일이야. 망막이나 뇌에 영상이 남아 있는 거지." 내가 말했다.

"하지만 똑같지는 않았어."

"무슨 말이야?"

"표정이 슬퍼 보였다고. 젊고 부드럽긴 하지만 비극적이고 애원하는 눈빛이었어. 가지 않았으면 좋으련만."

"방금 잠들었단 말이야?"

"응."

"당연한 일이었어……."

"이 한기는 당연하지 않아, 오빠."

"나도 알아."

어떻게 견뎌야 할지 알 수 없었다. 기운이 빠지고 피가 다

얼어붙은 느낌이 또 들었다. 움직이기 싫어지는 무기력이 덮쳐왔다. 내가 나가서 무슨 일인지 알아보겠다고 하자 패멀라도 같이 가겠다고 했지만, 우리 둘 다 결국 꼼짝하지 않았다.

"곧 내일이 될 거야." 패멀라가 속삭였다. 패멀라는 온몸을 떨었고, 내 무릎도 가만있지 못했다. 이쯤이면 그것이 아래층으로 내려갈 거라고 생각했다. 그 얼굴을 보고 싶었다. 차츰 압박이 사라지고 한기가 지나갈 때까지 우리는 아무 말도 하지 않았고, 나는 부끄러워졌다.

밖을 내다보곤 모두 정상이 됐다고 패멀라에게 말했다.

"처음엔 향기, 그다음엔 한기. 처음엔 울음소리, 그다음엔 한기. 무슨 뜻인지 모르겠어." 패멀라가 방으로 돌아가면서 지친 목소리로 말했다.

나는 따뜻한 어둠 속에 누워 스텔라를 생각했다. 그 울음소리에 스텔라의 외로움과 슬픔이 떠올랐다. 상심한 채, 거의 두 동강 난 자아로 잠들지 못한 채 누워 있을 거라고 생각했다. 하지만 나는 뜬눈으로 밤을 지새우지 못했다. 지쳐서 곧 잠들었다.

오전 내내 집 안이 소란스러웠다. 패멀라는 딴 데 정신이 팔려 있었고, 리지는 곧 이사할 거란 생각에 '환경 미화'는 신경 쓰지 않았다. 하지만 손님은 손님이었다.

이번에는 아무 일 없는 체하지 않을 셈이었다. 작업실에는 아무도 재우지 않을 생각이었고, 아기방도 마찬가지였다. 그래도 두 곳 모두 불은 피웠다. 서재에 잉그럼 씨 침대를 놓았고, 맥스는 내 방을 쓰게 했다. 나는 응접실 소파에서 잘 예정이었다.

리지가 방을 '준비'하는 동안 패멀라는 늦은 저녁으로 파이와 수프를 만들었다. 스텔라를 염려하느라 패멀라는 말이 없고 긴장해 있었다. 스콧에게 전화를 걸었지만 출타 중이었다. 하숙집에 갔지만 귀가하지 않았다.

장날이라서 과일과 꽃을 사 오기로 했다. 화려한 달리아를 보니 마음이 아팠다. 스텔라에게 꽃도 보낼 수 없었다. 나는 '빠져야' 했다. 추억은 씁쓸하면서도 달콤한 친구였다. 부드럽고 간절하게 '피츠제럴드 씨'라고 부르던 스텔라의 음성과 수줍게 달아오른 얼굴이 떠올랐다.

이른 오후에 스콧이 전화했다. 급히 전하는 말에 큰 안도감이 느껴졌다. "패멀라의 말이 옳았어요. 스텔라는 회복하고 있어요. 단단한 사람이에요. 일요일까지 제가 아무 말 없으면 염려하지 말아요. 심각한 환자가 있어서요. 어제 걱정이 돼서 몰아붙인 건 미안해요."

스텔라가 회복하고 있었다. 지붕처럼 내려앉아 우리를 시커먼 두려움 속으로 밀어 넣던 공포는 사라졌고, 맑은 하늘과 함께 탁 트인 삶의 공간이 펼쳐져 있었다. 나머지는 중요하지 않았다. 스텔라가 돌아왔다. 어느 쪽의 스텔라일까? 우리를 '늘 고마움으로 기억'할 메리의 딸일까, 내가 죽을 수도 있었기에 울었던 내 스텔라일까? 그건 중요하지 않았다. 스텔라가 고통을 겪지 않는 것. 어제 그녀를 짓눌렀던 끔찍한 위협이 사라졌다. 나머지는 시간과 그녀 자신의 인내, 우리의 노력이 고칠 거라고 생각했다.

패멀라는 아무 걱정도 없다는 듯 집 주위를 뛰어다녔다. 헤엄을 치기에는 바람이 너무 셌지만 우리는 차를 몰고 남쪽 하틀랜드 포인트의 높은 절벽으로 갔다. 패멀라는 거기서 대서양이 부서지는 광경을 보고 싶어 했고, 그날이 적당했다. 강한 바람, 빠르게 움직이는 구름, 밝게 비치는 태양…… 기다란 파도가 몰려와 엄청난 굉음을 내며 바위에 부딪쳤고, 눈부신 물보라를 폭포처럼 일으켰다. 그 힘과 소음은 대단했다. 사람의 영혼까지 뒤덮고 악몽을 씻어내는 것 같았다. 패멀라의 얼굴에 혈색이 돌아왔다. 상쾌하고 안정된 기분으로 저녁일을 할 수 있게 됐다.

우리는 간식 시간에 돌아와 난롯가에서 가벼운 오케스트라의 음악을 들으며 말없이 간식을 먹고 쉬었다. 졸다가 깨어보니 석양이 비쳐 실내가 샴페인색으로 물들어 있었다. 평화의 빛깔 같았다. 앞으로도 오랫동안 이 의자에서 깨어 이런 광경을 보고 그 빛이 탁자 위를 지나며 화병의 꽃들을 쓰다듬는 걸 지켜보겠노라 생각했다.

하지만 어둠이 내려 커튼을 치고, 손님들이 도착할 시각이 다가오면서 점점 긴장됐다. 패멀라는 어쩔 줄 몰랐다. 앤슨 신부의 경고와 스콧의 '조현병'이란 말이 합동으로 공격했다. "어쩐지 교령회를 잘 진행할 수 있을 만큼 집중이 안 돼. 오빠는?" 패멀라가 말했다.

난로를 전부 다 활활 피워놓고 집을 비울 순 없었고, 패멀라를 혼자 둘 생각도 없었다. 패멀라에게 혼자 역으로 차를 몰아 다녀오라고 했다. 패멀라는 9시 30분에 출발했다. 리지는 이미 농장에 가고 없었다.

책 탁자를 치웠다. 낮은 원형 탁자라서 교령회에 필요할 것 같았다. 패멀라의 소파를 계단참에 밀어다놓고 복도에는 정원 의자들을 갖다뒀다. 난로에 땔감을 더 넣고 바구니는 장작으로 채웠다. 그리고 일지를 들고 앉았다. 최근에 있었던 일들, 우리가 도달한 결론과 여전히 알 수 없는 문제들을 적고 싶었다.

패멀라가 그날 밤의 경험을 이미 기록해두었고, 방에서 본 것을 묘사해놓았다. 그리고 이렇게 덧붙였다. "처음에는 환영인 줄 알았다. 지금은 잘 모르겠다. 그 얼굴과 울음소리는 같은 슬픔을 담고 있다." 무슨 말인지 궁금했다. 내가 추가했다. "나는 두 가지 울음소리를 들었다. 하나는 충격을 받아 우는 소리였다. 또 하나는 오랫동안 운 것처럼 절망에 지친 소리였다. 후자 쪽이 더 실재하는 소리 같다." 전자는 악몽 같았고, 잠든 상태였을 때 들었다.

희한한 생각이 들었다. 카르멜이 둘일까? 카르멜의 두 유령 혹은 기억이 집에 나타나는 것일까? 이 모든 것이 모종의 시간 충돌 탓일까? 던의 시간 이론에 통달한 건 아니지만, 그가 다른 시공간으로 들어갈 수 있다는 결론을 내린 것은 알고 있었다. 그리고 고대의 천체에 관한 믿음이 있었다. 카르멜이 극단적인 감정에 휩싸여 한 가지 유령을 내놓고, 또 하나를 내놓은 것일 수도 있을까? 전자는 순수하고 후자는 증오로 가득한? 그래서 클리프 엔드에 두 유령이 나타나는 것일까?

설득력 없는 가설이었다. 적지 않았다. 대신 체계적인 요약을 적었다.

"주의: 차가운 느낌과 함께 두려움이 찾아오고, 몸이 굳거나 정신을 잃거나 당황하게 된다. 항상 반쯤 실재하는 형체가 계단참에 나타나며, 가끔은 아래층으로 이동해 아기방에 들어간다.

의문: 복수하려는 카르멜일까? 리지가 착각한 것일까? 계단에서 리지가 올려다본 건 메리가 아니라 카르멜이었을까?

주의: 불빛과 향기는 한기나 두려움을 일으키지 않는다. 스텔라가 거기서 받은 영향을 보면 메리 같다.

의문: 메리의 목적은 카르멜로부터 스텔라를 지키려는 것인가? 메리는 왜 향을 이용해 우리를 카르멜의 상자로 안내했을까? 그 상자에 든 빈 병의 의미는 무엇인가?

주의: 작업실의 우울한 분위기는 쇠락과 연관된 것 같다.

의문: 그것은 카르멜이 그 방에서 겪은 충격과 관련이 있을까?

주의: 패멀라가 어둠 속에서 본 얼굴은 카르멜의 사망 당시 얼굴이 아니었다.

의문: 그것은 〈새벽〉을 본 것 때문에 생긴 환상이었을까?

주의: 울음소리는 한기나 두려움을 일으키지 않는다.

의문: 두 가지 울음소리 모두 과거에서 들려오는 메아리일 뿐인가? 혹은 (거친) 전자는 과거의 것이고 (지친) 후자는 계속되는 슬픔의 표현인가? 누가 우는 것인가? '메리는 울지 않았다.'"

마지막 질문이 가장 어려웠다. 그것과 카르멜의 상자 문제는 도무지 알 수 없었다. 그것 말고 나머지는 전부 '그렇다'라고 대답했을 것이다. 추론에 능한 잉그럼이라면 해답을 찾아내거나 영혼들이 대답해줄지도 모른다고 생각했……. 우리는 인간의 신경과 두뇌가 가능한 데까지 그 영혼들의 영향력에 마음을 열어야 했는데, 그중 하나는 해로운 것이었다. 이 밤이 어떻게 끝날까?

드디어 차 소리가 들렸다.

사람이 그렇게 반가운 적이 없었다. 두 사람은 방학을 맞은 아이들처럼 들어왔다. 맥스는 잉그럼을 데려올 수 있어 기뻤고, 잉그럼은 만면에 흥미를 감추지 않았다. 앉아서 저녁을 먹는 동안 땅이 굳건히 제자리를 잡고, 인간은 다시 우월한 존재가 된 느낌이었다. 몇 주 동안 사라졌던 패멀라의 활기가 돌아왔다. 검붉은 상의 덕분에 안색이 좋아 보였다. 얇은 은목걸이에 주디스에게서 받은 흰 옥 물고기 장식을 걸고 있었다. "중국 거예요. 악령을 몰아내준대요." 맥스가 웃으며 설명했다.

둘은 기차에서 식사를 했지만 파이와 케이크를 싹 비웠다.

맥스는 스텔라의 병에 관해 몰랐고, 그 이야기를 할 필요도 없었다. 그는 우리가 이 세상 것이 아닌 비극적 분위기에 휩싸여 있다는 걸 알고 그걸 몰아내기 위해 왔다. 그의 존재, 탄탄한 몸집, 강한 음성, 만족스러운 웃음만으로도 산 자가 망자보다 우위임을 확인했다.

잉그럼에게 우리의 문제는 그저 초자연적인 현상으로 인해 집값이 떨어지는 것일 뿐이었다. 그는 우리가 이 사안에 대해 지적 호기심에 빠져들었다고 여겼고, 유령이 나오는 집을 가진 우리를 부러워했다.

잉그럼은 내 또래이거나 더 젊었고, 호리호리하고 단단한 몸집을 지녔으며, 체어마트에서 한 달을 보낸 뒤라 몸 상태도 좋았다. 기민한 갈색 눈, 생기 있는 이마와 입매, 빳빳한 머리카락과 활기찬 움직임은 건강하고 자신만만한 느낌을 줬고, 그가 있을 때는 우울이 버틸 수 없을 것 같았다.

"멋진 기러기 쫓기가 될 것 같군!" 난롯가에서 진한 커피를 마시며 맥스가 웃어댔다. "열한 명에게 전화를 걸어 유령 사냥꾼을 아는지 물어봤으니 어떤 평판을 얻을지 모르겠어! 대부분은 영매를 안다고 했지만, 자네가 영매는 안 된다고 했으니까. 다들 심령연구회를 이야기했지만 사적인 추천을 원했지. 결국 잉그럼 씨를 잡은 걸 보면 운이 좋았어. 하필이면 타운사이드 부인이 이 사람 책을 최근 읽었다니. 부인이 편지를 써서 관심을 가질 만한 사건이 있다고 전했더니 새커리 호텔에서 정중한 답장이 왔지 뭔가!"

잉그럼이 말했다. "그렇게 기러기를 몰아넣어야죠. 영국 박물관 전시실로."

"어떻게 시간을 낼 수 있었죠?" 내가 물었다.

"시간은 없었어요." 잉그럼이 씩 웃었다. "토요일에 헬벨린에 가야 하고, 이틀 사이에 약속이 다섯 건 있었어요. 하지만 이런 모험을 어떻게 거부하겠어요? 게다가 유령 때문에 못 간다는데, 고모님들이 화를 내실 순 없지 않겠어요?"

잉그럼은 자신에 관해 많은 이야기를 했는데, 유쾌함과 신중함이 함께하니 새로운 손님이 주인을 즐겁게 하기에 괜찮은 방법이었다. 아일랜드인이 아일랜드인을 만날 때 주로 그렇듯이 우리에겐 공통의 친구가 있었다. 잉그럼이 더블린의 자기 방에서 지내지 않을 때는 어머니인 달리아 부인과 함께 살았는데, 그녀는 캐슬린 고모님과 오랜 친구이자 라이벌 원예가였다. 잉그럼은 승마 쇼와 원예 쇼에서 네스타를 만나기도 했다.

"고모님은 흙 없이 식물을 키울 계획을 갖고 계세요. 성공하길 바라고 있어요. 여기서는 그 기술이 필요하거든요." 패멀라가 말했다.

잉그럼이 수경 재배에 관해 열심히 설명하기 시작했지만, 맥스는 본래 화제로 돌아갈 기회를 놓치지 않았다.

"그런 와중에 어떻게 신비학을 연구할 시간이 있죠? 그쪽 연구는 어떻게 시작했어요?" 맥스가 물었다.

"폴터가이스트•들을 고소하고 싶었는데, 그들에게 면제권이 있다는 걸 알게 됐어요." 잉그럼이 엄숙하게 말했다. "그걸 바꾸고 싶었죠."

"어디서 있었던 일인가요?" 맥스가 흥미를 느끼며 물었다.

"도니골에서요. 한 의뢰인이 거기 집을 샀어요. 성급했죠. 집이 정상이 아니었어요. 벨이 울리고, 끊임없이 문을 두드리는 소리가 들리고, 물건이 아래층으로 떨어지고, 침대가 이리저리 밀렸죠. 집을 판 사람은 냉소적이었어요. 웃었답니다. 의뢰인은 신경쇠약에 걸려 노발대발하면서 재정적인 충격 상태로 절 찾아왔어요. 법적인 배상은 못 받는다고 말해야 했죠. 그 집에서 하룻밤을 보냈는데, 무시무시했어요. 그 사람이 사기를 당했다는 데 의심의 여지가 없었어요. 일반적인 이의 제기를 통해 할 수 있는 일은 다 했고, 그 사연은 사방에 알려졌어요."

"별로 만족스럽지 못했군요." 내가 말했다.

"네, 하지만 의뢰인을 위해 폴터가이스트의 존재를 믿어야 했고 그들이 존재한다는 사실을 증명해야 했어요." 잉그럼이 엄숙하게 결론을 내렸다.

패멀라가 웃었다. "공명정대하군요!"

"다행히도, 폴터가이스트는 존재합니다." 잉그럼이 잘라 말했다.

"그럼 법을 바꿀 건가요?" 내가 말했다.

"아일랜드에서 바꾸지 못한다면 죽을 각오로 임하고 있습

● 물리적인 소란을 피우는 유령 혹은 영혼.

니다! 물론 연구할 것이 끝도 없어요. 온갖 종류의 유령이 다 관련돼 있거든요."

"아일랜드는 즐거운 사냥터가 되겠군." 맥스가 말했다.

"너무 좋은 곳이죠! 하지만 그건 어디에나 존재하고 인류의 역사와 같이합니다. 의학과 심리학 모두 유령을 만나왔어요. 그저 모른 척하는 것뿐이죠. 분한 일입니다. 이건 우리 시대의 과학이 돼야 하는데, 몇몇 아마추어 모임 말고는 잘 속는 괴짜들이 설명하고 사기꾼들이 이용하게 돼 있죠. 과학적인 방법과 증거에 따른 철저한 관찰, 냉정한 조사자들이 필요한 연구인데 말이죠!"

"잉그럼 씨 같은 전문가 말이죠!" 맥스가 웃으며 말했다. "아일랜드 정치에 대한 잉그럼 씨의 견해를 들어봐야 해! 하지만 오늘 밤은 말고."

긴 여행 동안 둘은 그 이야기를 했던 것이다.

나는 잉그럼에게 그의 저서를 들어본 적 없어 아쉽다고 했다.

"제 책은 도움이 안 됐을 거예요. 제가 도움이 되길 진심으로 바랍니다."

잉그럼은 좀 더 진지한 어조로 패멀라에게 시선을 던지며 말했다. "전 영매 기질은 전혀 없어요. 패멀라 씨는 어떤가요?"

패멀라도 고개를 저었다. "다행히 그렇지 않아요."

"영매를 부르지 않은 이유가 궁금하네요."

"영매에 관해선 아는 게 없어요. 사기를 당할까봐 걱정됐어요." 내가 설명했다.

"그게 바로 문제입니다. 하지만 저는 일어날 수 있는 소통을 편견 없는 마음으로 해석하는, 타인이라면 누구나 드릴 수 있는 도움밖에 못 드릴 것 같네요."

패멀라가 물었다. "지금 이 집에 관련된 비극과 저희의 경험, 이론에 관해 말씀드릴까요, 아니면 나중에 말씀드릴까요?"

"나중에 말씀해주세요. 미리 암시를 받지 않는 편이 훨씬 쉬울 거예요. 이 교령회에선 그게 아주 까다로운 일입니다. 기대하는 대로 얻는 거요. 어떤 방법을 쓰고 싶은지 생각해보셨나요?"

그건 그에게 맡기겠다고 했다.

"그럼 우리가 넷이니 스펠링 글라스를 쓰도록 하죠. 알파벳 카드 한 팩을 가져왔어요. 실례합니다. 제 방에 있어요."

"재미있는 친구네!" 잉그럼이 나간 뒤 맥스에게 말했다. "이 모든 것에 아주 냉정하게 접근하고 있어. 분석적이고, 회의적으로. 하지만 지나치지 않게. 우리를 위해 저 사람을 찾아줘서 정말 고마워."

맥스가 환히 웃었다. "좋아할 줄 알았어. 아주 젊은 사람이지. 저 친구가 가발을 쓰고 법복을 입은 채 배심원들에게 말하는 모습이 상상되나? 애초부터 이 이야기를 미리 하지 말라고 경고했지. 그게 현명한 것 같아."

잉그럼은 카드를 가지고 돌아오더니 탁자 위에 순서대로 둥그렇게 늘어놓았다. 알파벳 사이사이에 '네'와 '아니오'라고 적힌 카드가 있었다. 그는 가운데에 와인잔을 뒤집어놓더니 준비가 끝났다고 했다. 찬송가를 부르지도, 실내를 캄캄하게 만들지도 않았다. 마음이 놓였다.

시계를 봤다. 자정이 지나 있었다. 집 안은 조용했다. 밖에서 둔중한 파도 소리가 규칙적으로 들려오고, 바람은 점점 더 높고 꾸준하게 불어왔다. 문과 창문은 다 닫아두었다. 무거운 커튼과 온실에 매단 칸막이 천이 바깥 소리를 대부분 차단했다.

우리는 탁자에 둘러앉아 뒤집어놓은 와인잔 받침 끄트머리에 손끝을 가볍게 올려놓았다. 아무 일도 벌어지지 않았다. 말없이 잠시 담배를 피우며 쉰 뒤 다시 시도했다. 우선 맥스가 방해하는 걸지도 모른다고 여겨 손가락을 뗐고, 그다음에는 내가 빠졌다.

"이렇게 느린 경우는 드문데." 잉그럼이 우울하게 중얼거렸다.

"작업실에서 해볼까요?" 패멀라가 제안했다.

"좋은 생각 같군요." 맥스의 대답과 함께 카드와 탁자를 그곳으로 옮겼다.

실내는 습했지만 냉기가 부자연스럽지는 않았다. 패멀라는 자기 방에 외투를 가지러 갔다. 패멀라 없이 시작했다. 잔은 또 꼼짝하지 않았다. 패멀라가 와서 손가락을 얹자 곧 한쪽으로 조금 기울어졌다. 다시 잠잠했다. 잉그럼이 나직이 말했다. "기다리는 겁니다."

서서히 미끄러지는 움직임이 시작됐다. 잔이 에워싼 글자 주위를 멈칫멈칫 움직이더니 다시 한번 반복하고는 멈췄다.

우리가 펼쳐놓은 글자를 이해하려고 더듬거리는 모종의 지적인 존재를 바라보는 듯한 굉장히 기이한 느낌이 들었다. 잔은 다시 기울어졌고 잉그럼은 또렷한 음성으로 낮게 말했다.

"우리와 소통하고 싶은 분이 계십니까?"

잔이 흔들리면서 매끄럽고 고르게 A의 반대쪽으로 움직이기 시작하더니 Y에서 멈췄다. 곧바로 탁자를 가로질러 '네'라고 적힌 카드를 밀었다. 거기서 멈췄다. 패멀라가 한숨을 내쉬었다.

제18장 메리

잉그럼의 표정이 변했다. 굳은 표정으로 집중했고, 생기는 눈에만 남았다. 판사의 얼굴 같았다. 그는 문을 등진 채 내 왼쪽에 앉아 있었고, 옆의 스툴에 공책을 두었으며 오른손엔 연필을 쥐었다. 잔에 얹은 왼손 세 손가락이 나와 패멀라의 손가락에 닿아 있었다. 나는 패멀라를 보기 위해 맞은편에 자리를 잡았다. 패멀라는 긴장한 표정이었다. 맥스는 상황을 침착하게 바라보다가 잔이 움직이자 기쁜 듯 내게 시선을 던졌다. 잉그럼이 부드럽게 말했다. "이름이 뭡니까?"

잔이 M까지 찬찬히 움직이다 잠시 더듬거리며 망설이더니 탁자를 가로질러 A에서 섰다. 이어서 재빨리 R와 Y로 가더니 멈췄다.

패멀라, 맥스, 나는 흥분에 차서 눈빛을 주고받았다. 잉그럼이 계속했다.

"클리프 엔드에서 돌아가셨습니까?"

잔이 너무 빠르게 움직여 내 손가락이 미끄러졌다. '네'에서 멈췄다.

"자연사하셨습니까?"

이번에도 움직임은 빨랐다. '아니오.'

"횡사하셨습니까?"

'네.'

"사고였습니까?"

잠시 후 잔이 '아니오'로 갔다. "그 죽음에 대해 누군가를 탓하십니까?"

'네'에서 멈출 줄 알았던 잔이 C로 갔다. '카르멜'의 철자가 나왔다.

패멀라가 숨을 몰아쉬었고, 잉그럼은 잔에서 손을 뗐다. 우리 모두 잠시 쉬었다.

"이 이름을 아십니까?" 잉그럼이 물었다. 그렇다고 했다. 잉그럼은 내 생각처럼 기뻐 보이지 않았다.

"질문을 맡으시겠어요?" 그가 말했다.

그러겠다고 했지만 무엇이 묻고 싶은지 떠오르지 않았다. 궁금한 건 너무 많았고, 의식과 지성을 지닌 메리 메러디스와 함께 있다고 생각하니 얼이 빠졌다. 나는 패멀라를 향해 고개를 끄덕였다. "네가 먼저 해."

"카르멜이 공격했나요?" 패멀라가 물었다.

'네.'

"카르멜이 죽은 걸 아시나요?"

'네.'

"카르멜에게 벌을 주고 싶으신가요?"

잔이 매끄럽게 '아니오'로 가서 멈추더니 원을 그리다가 F에서 멈췄다. 무슨 말이 나오려는지 알 것 같았다. '용서'라고 했다.

"메리답군요." 내가 말했더니 잉그럼이 미심쩍은 표정으로 나를 보고 경고했다. "대답을 예상하지 마세요. 손끝의 힘이 생각에 반응하니까요."

"아뇨, 잔이 내 손가락을 끌어가요. 절대 밀지 않아요!" 내가 대답하자 패멀라가 말했다. "나도 끄는 걸 느꼈어."

그때 질문할 것이 떠올랐다. "이곳에 계신 목적이 있습니까?"

'네.'

"뭔지 알려주실 수 있습니까?"

나는 몹시 지쳐갔다. 굉장한 부담이었다. 내 질문에 대답이 나오리라 생각하지 않았지만 잔이 움직였다. I로 향했다. 그다음에는 약간 혼동이 있었다. 탁자를 가로질러 F와 G 사이에서 멈추더니 다시 U와 V 사이로 갔다. 하지만 그다음에는 A와 R와 D로 매끄럽게 이동했다. 패멀라가 말했다. "나는 지킵니다."

놀라웠다. 대답의 내용에 놀란 것이 아니라 매끄럽게 대답했다는 사실에 놀랐다. 그러나 잉그럼은 입을 꾹 다물고 있었다. 잉그럼이 질문했다. "이 집을 모종의 위험에서 지킨다는 뜻입니까?"

'네.'

잉그럼이 계속했다.

"그 위험이 어디서 옵니까?"

'카르멜.'

패멀라가 재빨리 물었다. "그 사람이 다치게 하려고……."

잉그럼이 경고하는 눈빛으로 보더니 직접 질문을 고쳤다.
"누굴 다치게 하려는 겁니까?"

그때 우리는 처음으로 모두 깜짝 놀랐다. 잔이 우리 손가락
밑에서 확 빠져나갈 뻔했기 때문이다. L과 I와 다시 L로 달려
갔다. 거기서 멈추더니 심하게 흔들렸다.

"릴!" 잉그럼이 외쳤다. "릴이라는 사람을 위협하는 겁니
다!" 잔에 닿은 패멀라의 두 손가락 끝이 하얗게 질려 있었
고, 얼굴의 피부가 쪼글쪼글해진 것 같았다. 추운지 물었다.
패멀라는 짜증을 냈다. "신경 쓰지 마!"

잔이 찬찬히 다시 움직이더니 곧바로 S로 갔다. 스텔라였다.

"카르멜이 스텔라를 해치려 한단 말입니까?" 내가 물었다.

이때 뭔가 잘못됐다. 잔이 흔들리더니 불안한 듯 지그재그
로 탁자 위를 돌아다녔다. 잔이 쓰러졌다. 다시 세워두자마
자 곧바로 '네'로 이동했는데, 너무 거칠게 움직여 카드가 바
닥으로 떨어졌다. 잔에서 느껴지는 생기와 스텔라가 위험하
다는 확신, 얼어붙는 냉기가 합세하자 나는 꼼짝도 할 수 없
었다. 패멀라는 떨지 않으려고 이를 악물었다. 잉그럼은 글을
적고 있었다. 물건을 정리한 뒤 다음 질문을 한 사람은 맥스

였다. "그럼 릴은 실수였습니까?" 곧바로 잔이 '네'로 갔다.

"스텔라는 아직 위험합니까?"

다시 혼란과 흔들림이 있더니 '네'로 달려갔다.

나는 스스로를 다잡았다. 정신 차려야 했다. 알고 싶었던 것을 알아내야 했다. "우리가 어떻게 해야 합니까?"

대답이 차분히 나왔다.

'보내세요.'

패멀라는 숨소리가 고르지 못했지만 질문을 이어갔다. "그렇다면 스텔라를 집에서 내보내란 말인가요?"

'카르멜을 보내세요.'

패멀라는 감각이 없어진 오른손을 잔에서 떼고 왼손을 썼다. 패멀라는 아주 창백해졌고, 잉그럼은 불안한 표정으로 그 애를 봤다. 그의 구릿빛 얼굴도 하얘졌다. 내가 구마 의식에 관해 질문하려는데 잉그럼이 잔에서 손을 떼며 말했다.

"몸 좀 녹일까요?"

내가 말했다. "한 가지만 더 묻고요." 우리는 다시 잔에 손가락을 댔지만 패멀라가 곧바로 떨어져 나갔다. 패멀라가 힘없이 말했다. "너무 기운이 없네요." 우리는 당장 난롯가에 모였다.

불이 잦아들었고 땔감은 다 탔지만 숯은 여전히 까맸다. 나는 풀무로 열심히 불을 살려봤지만 잘 타지 않았다. 열기가 없는 파란 불꽃만 생겨났다. 포기했다.

"잠시 아래층으로 내려갈까요?" 맥스가 제안했지만 패멀라는 고개를 저었다. "이제 괜찮아요. 가장 중요한 질문을 아직 못 했잖아요." 패멀라가 탁자로 돌아가더니 잔에 손을 올렸다. 다른 사람이 손을 대기도 전에 잔이 당장 두 글자 사이를 오갔다. 'L I L I.'

"릴리, 또 릴리로군요!" 잉그럼이 말했다.

계속해서 패멀라의 손가락만 얹은 채 잔은 탁자 위를 빙빙 돌면서 카드들을 떨어뜨렸다. 그러더니 잔이 탁자 끝을 향해 내달려 바닥에 굴렀다.

패멀라가 심하게 떨었다. 우리 모두 작업실에서 나왔고, 맥스가 패멀라를 데리고 응접실로 내려갔다. "냉기가 심하군요." 맥스가 말했다.

잉그럼이 미소를 지었다. "냉기가 굉장히 흥미롭네요."

그는 자기 방으로 가더니 온도계가 든 깔끔한 상자를 들고 돌아와 그것을 작업실 가운데 의자에 올려놓았다. 우리는 맥스와 패멀라에게 갔다. 둘은 응접실 난로에 냄비를 올리고 핫초콜릿을 데우고 있었다.

맥스가 가장 먼저 회복했다. 주방에 가서 쟁반을 가져오고 핫초콜릿을 잔에 따르고 휘핑크림을 얹은 것도 그였다. 잉그럼은 생각에 잠겨 멍하니 그걸 마셨다. 안락의자에 축 늘어졌던 패멀라는 차차 정상으로 돌아왔다. 패멀라가 굉장히 기뻐했다. "이보다 더 좋은 결과는 없어. 그렇지?"

"내 예상보다 훨씬 더 좋군요." 내가 고마운 마음으로 잉그럼에게 말했다.

그는 서서히 고개를 저었다. "잘 모르겠군요."

맥스가 실망한 표정을 지었다. "이야기와 잘 맞지 않나요?"

"네." 잉그럼이 대답했다. "그건 알겠더군요. 한마디도 빠짐없이 예상 그대로였죠?" 그가 패멀라에게 물었다.

그의 어조는 건조했다. 빈정거림에 가까웠다.

패멀라가 당혹스러운 눈으로 잉그럼을 봤다. "잘된 게 아닌가요?"

"지나치게 잘됐죠."

들떴던 마음이 가라앉은 채 우리는 잉그럼의 설명을 기다렸다.

"말씀해보세요. 이 사람들, 메리와 카르멜에 대해서 많이 생각하고 말씀하셨나요?" 잉그럼이 물었다.

나는 그들에게 집착하다시피 했다고 대답했다.

"카르멜에게 강한 편견을 가지셨고요?"

"음, 네, 그런 것 같아요." 나는 인정했다. 하지만 놀랍게도 패멀라는 다르게 대답했다. "아뇨, 한동안은 그랬지만 마음이 바뀌고 있어요."

"언제부터? 무슨 이유로?" 내가 냉정하게 물었다.

패멀라는 한숨을 쉬었다. "이유는 없어. 그게 문제지. 설명할 수 없는 감정이 들었고, 그것 때문에 마음이 혼란스러워."

잉그럼이 적은 것을 건넸다.

"이 대답을 봐주세요. 말씀해보세요. 예상과 다른 말이나 글자가 하나라도 있나요?"

원칙적으로는 동의하면서도 그의 회의적인 태도에 짜증이 났다.

"당연히 있죠. 이 '릴리'가 무슨 말인지 모르겠어요." 내가 대답했다.

"네, 헛나온 말 같군요. 하지만 '스텔라'가 중요한 의미죠?"

스텔라가 내게 중요한 의미였을까? 그 질문에 허를 찔렸다. 가슴이 아팠다. 웃음거리가 될 뻔했다. 하지만 제때 정신을 차리고 냉정하게 대답했다.

"아, 네, 이 모든 일의 핵심이 스텔라 같으니까요."

"그렇군요. 예상 못 한 것이 또 있었습니까?"

사기죄로 유죄판결을 받은 기분이었다. "'지킨다'는 말도 있네요. '보호한다'를 예상했어요."

"하지만 잔이 G와 U 근처에서 멈췄어요. 정확히 그 앞에 멈춘 게 아니라. G U를 보면, 어떤 단어가 떠오르나요?"

맥스가 참견했다. "'안내하다'가 떠올랐어요."

"전 사실 '지키다'를 떠올렸어요." 내가 고백했다.

"저도요." 패멀라가 인정했다.

잉그럼은 만족한 검사처럼 어깨를 으쓱이며 내게 말했다. "그것 보세요!"

"모든 게 무의미하단 말인가요?"

패멀라가 한숨을 푹 쉬었다. "오, 이런!"

"아뇨, 아뇨!" 잉그럼이 갑자기 인간성과 동정심을 되찾으며 대답했다. "맹목적으로 증거로 받아들이면 안 된다는 말일 뿐입니다."

"냉기로 확신이 들지 않았어요?"

"작업실에 유령이 있다는 확신은 듭니다."

"그렇군요. 하지만 우리가 유령과 소통한 건 아니란 말씀인가요?"

"그렇죠. 이 교령회에서 제게 가장 흥미로운 점은 '릴리'의 반복과 불안한 움직임으로 카드를 내던진 거였어요. 거기서 유령이 손을 댄 것일지도 모르죠."

"그럼 나머지는 그저 자기암시에 불과하고?" 나는 실망을 감출 수 없었다.

잉그럼은 괴로운 표정이었다.

"그렇다는 말은 아니에요. 다만 가능성을 염두에 두시라는 뜻이죠."

패멀라가 없을 때는 두 번의 시도 모두 잔이 움직이지 않다가 그 애가 손가락을 대자 잔이 내달린 것이 기억났다.

내가 말했다. "네가 범인이야, 패멀라. 부정직한 무의식을 가진 탓이야."

"예민한 것일 수도 있죠." 잉그럼이 수정했다.

패멀라는 심각한 표정이었다. "그럴지도 모르겠어. 리지도 전에 말했듯이 나는 '지어내는' 편이잖아. 저 없이 해보셔야 할 것 같아요. 하지만 지켜보고 싶어요."

잉그럼이 망설이더니 조심스레 말했다. "텔레파시가 너무 강해서……."

패멀라가 미소 지었다. "좋아요. 저는 여기서 핫초콜릿을 마지 마실게요. 하지만 너무 오래 걸리진 마세요."

"식욕이 호기심을 이기네." 내가 말했다. 잉그럼이 미소를 지었다. 공감과 즐거움이 느껴지는 기분 좋은 미소였다.

"오히려 진정한 과학적 이타심이죠." 잉그럼이 잘라 말했다.

작업실의 냉기는 더 강해졌고 온도계의 온도는 뚝 떨어지기 시작했다. 불은 꺼졌다. 그곳에 앉아 있는 오 분이 이십 분처럼 느껴졌다. 잔은 움직이지 않았다.

맥스가 말했다. "패멀라가 필요한 것 같아." 우리는 포기하기로 했다.

"그렇군요." 잉그럼이 염려스러운 표정으로 맞장구쳤다. "패멀라 씨가 오늘 밤에는 교령회에 함께하면 안 될 것 같습니다." 아래층으로 내려가는 동안 그가 천천히 말했다.

"잔을 움직이는 게 그 애의 무의식이라고 생각하시기 때문인가요?"

"아뇨, 만약 그게 아니라면 오히려 패멀라 씨가 영향을 받을지도 모르기 때문입니다." 잉그럼이 대답했다.

실패했다고 하자 패멀라는 당장 다시 하고 싶어 했다. "제일 중요한 질문은 못 했잖아."

그렇다. 메리와 소통하게 됐으니 구마 의식에 찬성하는지 물어볼 수 있었다. 우리에게 신호를 줄 수 있을 것 같았다. 그러면 스텔라도 동의할 것 같았다.

그러나 잉그럼은 패멀라와 교령회를 계속하는 것을 주저했다. "쉬고 나면 더 잘할 수 있을 겁니다."

나는 밤이 지나가기 전에 계단참에 유령이 나타날 거라고 믿었다. 그러기를 바랐다. 이따금 밖으로 나가 무슨 일이 벌어지는지 확인했고, 불도 켜두지 않았다. 냉기가 집 전체에 퍼지고 있었다.

잉그럼은 패멀라의 일지 빈 페이지에 교령회에 관한 내용을 적어 넣었다. 그는 아직 그 기록을 읽지 않았다. "괜찮으시면 제 방으로 가져가서 아침에 살펴보겠습니다." 그가 말했다.

맥스는 '릴리'라는 단어를 놓고 생각하더니 말했다. "그게 열쇠인 것 같아."

나는 이 집에서 죽은 사람의 수를 지적하고, 앞선 시기의 존재가 끼어들 수 있는지 물었다. 잉그럼은 고개를 끄덕였다. "그럴 가능성도 있습니다."

졸음에 겨워 눈을 감았던 패멀라가 눈을 뜨고 중얼거렸다. "어째서 그게 이름이라고 생각하죠? 혹시 다른 영혼이 어떤 단어를 가지고 끼어들려고 하는 걸지도 모르잖아요."

'lili'로 시작하는 단어는 생각나지 않는다고 말하려는데, 한숨 소리가 들려와 우리 모두 숨을 멈추고 귀 기울였다. 길고 슬프고 절망적인 한숨이었다. 누군가 고통당하는 것처럼 또 들려왔다. 맥스는 나와 패멀라를 번갈아 봤다. 우리는 아무 말 없이 잉그럼의 반응을 지켜봤다. 잉그럼은 집중해서 듣더니 상당히 흥분한 음성으로 말했다. "바람 소리 같진 않군요."

내가 말했다. "네, 밤마다 들리는 소리예요."

잉그럼이 벌떡 일어났다. 나는 그와 함께 집 전체를 돌아다니며 방마다 들여다봤다. 한숨 소리는 멈췄다. 작업실은 냉기에 얼어붙듯 고요해졌고, 우리는 아래층으로 쫓겨났다. 우리는 불가에 웅크리고 앉아 각자 들었던 소리를 비교해보았다. 차이가 없었다. 우리 모두에게 그 소리는 사람의 것 같았고 가깝게 느껴졌다. 잉그럼은 그 소리가 다시 들렸는지 물어보고 원인에 대해 이야기하지 말라고 했다. 그는 소리에 강한 관심을 보였다.

"유령의 흔적이 보이지 않는 상황에서도 우는 소리가 들리곤 합니다. 에든버러에서도 들은 적이 있습니다. 하지만 그건 악몽 같은 소리였어요. 이렇지 않고." 잉그럼이 말했다.

"우리도 악몽 같은 울음소리를 들었는데, 이건 그것과 달라요." 내가 말했다.

그 말에 잉그럼이 기뻐했다. 두 종류의 소리가 한곳에서 들리는 것을 몹시 흥미롭다고 여겼다.

2시가 넘었다. 패멀라가 재촉했다. "다시 시도해야겠어요."

잉그럼도 동의했다. "아직 작업실이 춥다면 다른 곳에서 해도 됩니다. 우선 올라가서 온도계를 확인하겠습니다." 그는 주머니에서 작은 회중전등을 꺼내며 나갔다. "유령이 나타나도록 유도해야 하니 불은 켜지 않겠습니다. 사실 우리는 유령을 불러내고 있는 셈이죠."

맥스가 웃고 있었다. "저 친구, 책임감은 강하지만 흥분했군."

"내가 패멀라를 제대로 돌보지 않는다고 생각해." 내가 잘라 말했다.

"나에 대해선 안됐네." 패멀라가 씩 웃었다.

잉그럼이 곧 돌아왔다. "작업실은 켈트족의 지옥처럼 추워요. 저라면 차라리 불지옥을 택하겠습니다. 앉아 있긴 무리입니다."

패멀라가 일어났다. "어서, 오빠. 위층으로 가자."

우리는 몸을 떨며 작업실 앞을 지나 계단참의 창가에 모였다. 잉그럼이 말했다. "들어가보겠습니다."

"그러지 마세요. 그러면 방해될지도 몰라요. 여기서 기다려요." 패멀라가 그를 말렸다.

패멀라는 외투를 고쳐 입었다. "아무것도 도움은 안 되지만요." 패멀라가 중얼거렸다.

그랬다. 옷도 담요도 사람이 지닌 체온을 빼가는 그 냉기를 당할 수는 없었다. 계단참의 창가에 앉아 있는 동안에도 이미 그것이 느껴졌다. 패멀라와 맥스는 소파에 앉았다. 잉그럼은 걸어 다니며 계단을 내려다봤다. 신경이 무딘 사람이었을까? 아니면 처음 접하는 것이라 그다지 영향을 받지 않는 것처럼 보이는 걸까? 나는 이미 무거운 정적에 위축되고 있었다. 느릿느릿 뛰는 내 심박이 들렸다.

"들어보세요." 잉그럼이 속삭였다. 그는 난간에 기대 아래를 내려다봤다. 어려웠지만 나도 함께할 수 있었다. 신음이 다시 들릴 줄 알았는데 부드럽게 쉬쉬거리는 소리가 났다. 아기방에서 들렸고, 문틈으로 희미하게 깜빡이는 빛이 새어 나왔다. 스텔라가 거기서 자던 밤, 나도 그 빛을 봤고 그 소리도 들었지만 스텔라의 잠꼬대라고 생각했다.

"세상에, 저기 누가 있지?" 맥스가 곁에서 속삭였다.

패멀라는 움직이지 않았다. 그 애가 다급하게 말했다. "내려가지 마세요."

잉그럼은 이미 달려 내려갔다. 잠시 후 빛이 사라지고 속삭임도 멎었다. 그가 천천히 올라왔다. 그의 얼굴은 창백했고 식은땀에 젖어 있었다.

"괴상하군요. 계단에서요." 잉그럼이 말했다.

"압니다." 내가 대답했다.

"아무것도 보지 못했어요." 그가 낮은 소리로 말했다. "저기서 교령회를 열어야겠어요."

"저기, 작업실 문 좀 봐." 맥스가 숨을 죽이고 말했다.

패멀라의 어깨를 잡았다가 손이 떨려서 떼어냈다. 무릎도 후들거렸다. 나는 악의에 찬 카르멜의 얼굴을 보지 않기를 온 마음을 다해 바랐다.

견딜 수 없었다. 그럴 이유가 없었다. 하지만 마음속 깊은, 남모르는 곳에서 그 이유를 기억해내고 스스로에게 말했다. 스텔라에게 중요한 일이라고. 왜인지는 기억나지 않았다.

이번에는 바닥에서부터 퍼지는 것이 아니라 닫힌 작업실 문을 통해 나타났다. 미라 같은, 인광을 내는 형체가 낮고 또렷하게 생겨나고 있었다. 그것이 퍼지면서 서서히 둥그렇게 자라나더니 결국 자유로워졌다. 그것은 계단참에서 머무르며 키를 키웠다.

패멀라는 발작적으로 몸을 떨었다. 맥스는 눈을 휘둥그레 뜨고 패멀라의 손목을 잡은 채로 돌처럼 굳었다. 잉그럼은 창문 커튼에 기대서 숨을 헉헉 몰아쉬었다. 아래층에서는 구슬픈 신음이 계속됐다. 잉그럼은 고개를 아주 천천히 돌려 나를 봤다. 그도 그 소리를 들은 것이다. 이내 그의 눈은 다시 빛을 발하는 형체에 꽂혔다. 그로부터 십 분간 차라리 시력을 잃고 싶었지만 도저히 눈을 뗄 수 없었다.

그것은 매끄럽게 전진했다. 물결치는 흰색 수의는 가운이 됐고, 손이 보였다. 난간에 올려져 있었다. 긴 목덜미와 머리, 머리카락이 늘어진 머리가 보였다. 안개가 결정으로 변하는 것처럼 윤곽선이 차츰 또렷해지더니 결국 모습이 석고상처럼 분명해졌고, 희미한 빛을 발했다.

고전적인 이마가 보였다. 섬세하고 단호한 느낌을 주는 입술, 눈을 덮은 매끄러운 눈꺼풀. 그 여자는 대리석으로 깎은 승리의 여신처럼 뛰어내릴 자세로 아래를 내려다봤다. 고개를 숙이고 그 불쌍한 신음을 듣고 있었다. 두려움에 심장이 쥐어왔다. 다른 얼굴은 이보다는 덜 무서울 것 같았다. 누구의 숨소리도 들리지 않았다.

그녀는 귀를 기울이더니 내리깐 눈과 당당한 자부심을 드러내는 기묘한 자세로 고개를 서서히 들었고, 입술을 벌려 미소 지었다. 눈을 떴다. 얼음처럼 파랗고 커다란 눈에 권력과 목적의식을 드러내는 빛이 너무 강해 나는 눈을 감았다.

눈을 다시 뜨니 그 여자는 아래로 날아 내려갔다. 너무 가라앉아서 들은 것인지 의심되는 울음소리가 온 집에 퍼졌고, 곧 쥐 죽은 듯한 정적과 침묵이 내려앉았다.

잉그럼은 내가 할 수 없는 일을 했다. 움직였다. 그는 천천히 자동인형처럼 앞으로 걸어가 아래층으로 내려갔다. 나는 억지로 몸을 움직이면서 겨우 말했다. "맥스, 창문!" 그리고 온 힘을 다해 내 방에 닿았다. 무엇이 보일지 알 수 없었지만 밖을 내다봤다. 바람에 휘청거리는 나무는 미치광이 검은 악마 같았다. 다른 것은 보이지 않았다. 맥스가 나와 함께 기다렸지만 밖에서는 아무 일도 벌어지지 않았다. 우리가 다시 패멀라를 돌보러 갔을 때 패멀라는 욕실에서 나오는 중이었다. 패멀라가 기운 없이 웃으며 말했다. "토했다고 알려야 할 것 같네."

잉그럼이 위층으로 올라왔다. 얼굴은 잿빛이었지만 눈동자는 가만있지 못했다.

"지금은 아무것도 없군요." 잉그럼이 살짝 이를 부딪치며 말했다. "하지만 제가 여태까지 본 것 중 가장 완벽한 유령의 등장이었습니다! 굉장해요! 세상에, 놓쳤으면 어쩔 뻔했습니까!"

그는 패멀라를 봤다. 우리 모두 내 방 문 앞에 모였다.

"베개의 조언을 듣는 게 좋겠군요." 그가 엄숙하게 말했다.

패멀라가 끄덕였다. "네, 잘래요."

나는 남자들을 데리고 내려가 술을 주고 나도 한 잔 마셨다. 패멀라에게도 한 잔 가져다줬다. 패멀라는 아픈 모습으로 침대에 누워 있었다.

"또다시 제자리걸음이네." 패멀라가 힘없이 중얼거렸다. "하지만 적어도 잉그럼 씨는 즐거워했어. 밤새우지 마, 오빠. 푹 자!"

모두 잠자리에 들기로 했다. 아기방의 침대는 맥스를 위해 내 서재에 넣었다. "좀 작은 것 같네." 내가 말했다. 맥스는 대답하지 않았다. 몹시 염려스러운 표정으로 시계를 감았다.

"자네와 패멀라에게 끔찍한 일이군, 로더릭. 어떻게 견뎠는지 모르겠어. 더 일찍 알았으면 좋았을걸." 맥스가 말했다.

"이제 다 끝나가는 것 같아." 내가 말했다.

나는 옆방에 가서 잉그럼을 살폈다. 그가 침대 옆 탁자에 일지를 올려놓았다. 나는 나무를 보여주고, 그 나무가 앞으로 읽을 이야기에 등장한다고 설명했다.

잉그럼은 침대 가장자리에 앉아 여전히 살짝 떨고 있었지만, 흥분과 기쁨에 찬 눈으로 나를 봤다.

"분명하고 완전한 유령을 본 건 이번이 처음입니다."

내가 물었다. "정확히 뭘 봤습니까?"

"여자였죠! 천사처럼 아름답고 무서운 여자! 이 책에 그 여자가 나옵니까? 누군가요?"

"나옵니다. 그 여자가 메리입니다."

제19장 궁지

아침은 눈부셨지만 서쪽에서 거친 바람이 불어 뭉게구름이 몰려왔다. 햇볕은 오래가지 못할 것 같았다. 내려가보니 잉그럼이 절벽 <u>끄트</u>머리의 헤더 밭에서 바람을 맞으며 공기와 경치를 열심히 즐기고 있었다. 그날 아침, 아이처럼 웃는 그는 새로운 잉그럼이었다. 유식한 변호사와 유령 사냥꾼은 사라지고 없었다.

"정말 세상 꼭대기에서 사시는군요!" 그가 내게 인사했다. "굉장한 해안입니다! 케리● 같아요. 저 바다 좀 보세요!"

거대한 파도가 만으로 쑥 들어와 물마루를 내던지고 거기서 멋대로 몰아치며 폭포처럼 물을 쏟아냈다.

"동생분도 좋아하시죠?"

"네."

● 아일랜드 남서부의 주. 거친 해안선으로 유명하다.

"그 유령들을 필시 잠재워야겠군요!"

"가망이 있다고 보세요?"

"안 될 것도 없죠! 그러니까 이 일지와 이야기는 제가 본 것 중 가장 매혹적입니다." 잉그럼은 주머니에 일지를 넣어두었다. "여긴 심령학 연구자에게 천국이에요!"

"우리가 원하던 바는 아닙니다." 내가 건조하게 대답했다. 우리가 처한 끔찍한 상황을 그가 대놓고 즐거워하는 것에 짜증나기 시작했다. 잉그럼은 미안하다는 듯 씩 웃었다.

"용서하세요." 그가 순진하게 말했다. "하지만 제게 이곳이 얼마나 큰 행운인지 모를 겁니다. 피츠제럴드 씨의 불운 덕분에 이익을 보는 보잘것없는 자가 접니다……. 어릴 때 그 '보잘것없는 자'가 허수아비란 걸 아셨습니까? 전 알았습니다. 우리 허수아비는 폭풍우에 정말 우스꽝스러웠으니까요."

"아뇨, 전 불쌍한 바람이 아프고 아무 필요도 없다고 생각했습니다."

그는 일찍 일어나 일지를 모두 읽었고, 리지가 가져다주는 커피를 마시고 빵을 먹었다. 리지는 아일랜드 사람을 굶게 할 수 없다고 했다.

아침 식사 시각은 10시로 정해두었다. 맥스는 별로 못 잔 얼굴로 정시에 나왔다. 염려하는 것이 분명했다. 그는 패멀라가 들어오자 얼굴을 살폈다. 패멀라는 완전히 회복하고 우울에서 벗어난 모습이었다. 계단에 나타나는 유령이 메리였음을 알게 되고 내 이론이 날아가버리자 우울이 나를 짓눌렀다.

패멀라는 카르멜의 얼굴을 다시 봤음에도 겨울잠 자는 쥐처럼 푹 잤다고 했다.

"어둠 속에서 본 것 말입니까? 젊은 얼굴?" 잉그럼이 열심히 물었다.

"네, 훨씬 또렷이 봤어요."

"두려운 느낌이 들었어요? 냉기나?"

"아뇨, 곧바로 자러 갔어요."

"흥미롭군요……."

리지가 와플을 연달아 들고 들어오는 바람에 대화가 중단됐지만, 아침 식사 그릇을 치우자마자 우리는 작업을 시작했다. 기운이 충만한 잉그럼이 앞장섰다.

그는 일지에 관해서는 한마디 언급도 않고, 메러디스의 이야기를 하나하나 다양한 설명과 연결해서 순서대로 짜 맞추었다. 그 이야기를 듣지 못했던 맥스는 크게 놀랐다.

"대단한 삼인조로군!" 맥스가 외쳤다. "메리 메러디스가 그 여자를 다시 받아주다니 이해할 수 없어." 화가가 자기 재능을 이용해서 카르멜에게 그런 짓을 했다는 사실에 맥스는 몹시 기분 나빠했다. "그놈에게 익사는 너무 친절하군!" 잉그럼은 집중해서 그림들을 살펴보더니 말했다. "확실히 그렇군요." 그는 책들을 치워두고 말했다.

"괜찮으시다면 이제 상세한 질문을 하겠습니다."

나는 그러라고 했다.

잉그럼은 식탁을 둘러보며 미소 지었다. "부탁입니다만 격식은 완전히 생략하고 싶습니다. 여러분은 모두 적대적인 목격자이니까요. 진실은 여러분에게 있지 않으니 여러분 말씀은 전부 믿지 않겠습니다."

"좋습니다!"

그는 노트를 앞에 두고서 우리가 이야기하는 동안 그것을 지우거나 더했다.

우선 잉그럼은 우리 모두에게 계단참에서 본 것을 정확히 묘사해달라고 했다. 맥스가 먼저 말했다. 그는 유령이 점차 형성되는 과정과 자세, 움직임을 내가 본 그대로 설명했고, 파란 눈이 꿰뚫는 듯한 위력을 발휘하는 걸 느꼈지만 얼굴은 흐릿했다고 했다. 패멀라와 나는 얼굴을 또렷이 봤으며 월름 코트의 초상화에서 본 얼굴이었다고 했다.

"반면 저는 아름답고 금욕적이며, 강하고 어쩐지 압도적인 느낌을 받았지만 오늘 아침에는 얼굴이 하나도 기억나지 않았습니다. 그리고 제가 볼 때 그 여자는 대리석처럼 아무 색이 없었습니다. 눈까지도요." 잉그럼이 말했다.

"눈은 파란색이었어요." 패멀라가 주장했다.

잉그럼은 짓궂은 미소를 지으며 우리를 봤다. "자, 처음부터 암시의 힘이 어떤 것인지 잘 보여주고 계시는군요. 두 분은 메리 메러디스의 초상화를 보셨고, 두 분께는 얼굴 모습이 또렷했고 그 여자의 것이었던 반면, 힐리어드 씨와 제겐 흐릿했습니다. 조심하세요!"

맥스가 고개를 저었다. "표정은 뚜렷이 못 봤지만 눈은 파랬다고 장담해요. 난롯불에 구리를 넣을 때 생기는 불꽃색이 었어요."

"그림을 못 보셨어요? 아니면 메리의 생김새에 대해서 많이 생각하시거나? 그렇다면 그건 증거가 됩니다. 그럼에도 당분간 이 유령을 A라고 불러도 될까요?" 잉그럼이 말했다.

"그럼 카르멜은 B인가요?" 패멀라가 미소를 지으며 물었다.

맥스가 웃었다. "B가 카르멜이냐는 말이죠?"

"네, 패멀라 씨의 방에 나타난 유령은 B라고 부릅시다. 그 얼굴은 완전히 나타나지 않았나요?" 잉그럼이 말했다.

패멀라가 대답했다. "잠시 또렷이 보였지만 눈에 초점이 안 맞는 것처럼 흐려졌어요. 제가 '카르멜!'이라고 불렀더니 다시 나타나기 시작했지만 흩어졌어요."

"그 그림을 보셨죠. 〈새벽〉이라고 했나요?"

"아, 네!"

"강한 인상을 받았나요?"

"아주 강한 인상을 받았죠."

"그렇군요." 잉그럼이 흥미롭다는 듯 미소를 지었다. "유령 B라고 부를 수밖에 없겠죠? 패멀라 씨의 생각이 그 얼굴을 만들어냈을 수도 있어요."

패멀라는 평소와 달리 고분고분 말했다. "좋아요. 하지만 우는 건 B라고 생각해요."

"그렇다는 증거가 있습니까?"

"메리가 계단에 있는 동안 아기방에서 울음소리가 들렸어요." 내가 말했다.

"그렇다면 A가 아니라는 것 이외에는 아무것도 증명하지 못합니다."

"그게 '릴리'일 수도 있지." 맥스가 말했다.

"클리프 엔드에서 언젠가 죽은 누군가도 될 수 있죠."

잉그럼은 즐기고 있었다. 그는 판사이고 배심원이며 주인공이었다.

그가 계속했다. "의식을 지닌 영혼이 아니고 집에 남아 있는 인상이 일으키는 파동일 수도 있어요. 혹은 최후의 비극을 영원히 반복하는 유령이거나 목적이 있는 지적인 존재이거나 또는 그 모두일 수도 있죠."

"혼란스럽군요!" 맥스가 말했다.

"굉장히 혼란스럽고 당황스럽죠. 얼마나 주의해야 하는지 이제 아시겠죠. 자, 이 유령들을 메러디스의 이야기와 연결할 만한 충분한 증거가 있는지부터 확인합시다." 잉그럼이 말했다.

맹렬한 회의주의였다! 내가 맞받아쳤다. "세상에, 당연하죠! 온갖 증거가 다 있는데!"

"메리의 얼굴, 카르멜의 얼굴이요!" 패멀라가 외쳤다.

"그 초상화를 기억하세요. 강한 연상 요소가 있다는 걸."

"교령회요." 내가 말했다.

잉그럼은 패멀라를 조심스레 봤다. "당분간 교령회에서 제외한다면 불쾌하실까요?"

"오빠, 오빠도 나와 함께야. 우리 의견은 무시당하고 있어."

패멀라가 슬픈 미소를 지었다.

"아뇨, 아니에요." 잉그럼이 부인했다. "교령회를 결국 인정하게 될 수도 있습니다. 우선 확실한 증거가 있는지 확인하고 싶은 것뿐입니다."

"물론이죠." 패멀라가 재빠르게 동의했다. "하지만 증거는 있다니까요. 분명 있어요."

"작업실이 주는 느낌은 메러디스의 잔인한 성격이 일으킬 만한 것이에요." 맥스가 주장했다.

잉그럼이 끄덕였다. "네, 그건 거의 받아들여도 될 것 같습니다. 카르멜이 받은 정신적 고통이 남아 있는 거예요. 주디스, 힐리어드 부인이 받은 인상이었죠."

그는 그 방에서 밤을 보내며 느낀 바에 대한 나의 솔직한 기록은 교묘히 언급하지 않았다.

"그리고 불빛도요." 패멀라가 말했다.

잉그럼은 고개를 저었다. "아기방에 촛불을 몇 개나 켰죠?"

"냄새도 있었어요!"

잉그럼은 드디어 동의하며 고개를 끄덕였다.

"그렇죠. 확실한 연결고리가 있군요. 스텔라는 같은 향수를 갖고 있습니다. 그것을 어머니의 기억과 연결하고, 그 생각이 옳다는 걸 의심할 이유는 없습니다. 이것이 과연 연결고리, 실마리입니다. 어젯밤 미모사 향을 맡았다면 메리를 봤고, 그 향이 그녀의 모티프라고 동의하겠습니다."

"그 향은 냉기와는 함께 나타나지 않아요." 내가 말했다.

"그게 가장 희한한 요소입니다." 잉그럼이 잘라 말했다. "하지만 이해할 수 있는 것 같습니다."

패멀라가 열심히 물었다. "그럼 상자는요? 왜 메리는 카르멜의 상자를 찾게 한 걸까요?"

"한 가지 가능성은……." 잉그럼이 대답했다. "가능성으로서 제시할 뿐임을 기억하세요. 메리가 카르멜이 위험의 근원이라는 걸 두 분께 의식적으로 알리고 싶어 한다는 겁니다."

"그런 생각은 못 했는데!" 패멀라가 외쳤다.

잉그럼이 애원하듯 말했다. "약간 설득력 없는 가설입니다."

"탁월한 설명이라고 생각해요. 하지만 빈 향수병은 어떻게 생각하세요?" 내가 말했다.

"그게 메리에게 연결고리를 줄 겁니다. 형체가 나타나는 현상에는 미묘하고 별난 법칙이 있는 듯합니다. 아직은 다 이해할 수 없습니다만, 메리가 나타나기 위해선 카르멜, 그리고 여러분과 연결고리가 필요했고 빈 향수병이 그걸 제공했을지도 모르겠습니다."

"그렇군요!" 패멀라가 감동해서 말했고, 맥스도 자신이 그 이론을 세운 것처럼 독창적인 논리에 기뻐하며 끄덕였다.

"그럼 메러디스 이야기와의 연결은 인정하는 건가요?" 내가 물었다.

잉그럼이 확실하게 대답했다. "네."

"그럼 우리가 본 게 메리라고 가정해도 될까요?" 패멀라가 물었다.

"그렇게 가정해도 되겠습니다." 잉그럼이 동의했다.

"감사하네요." 패멀라가 조금 건조하게 말했다.

잉그럼이 씩 웃었다. "변호사들이란! 1킬로미터 전진하려고 지구를 한 바퀴 돈다니까요."

맥스가 일지를 살펴보다가 인상을 찌푸렸다.

"궁금한 게 있는데, 어째서 전설적인 상냥함을 지닌 메리 메러디스가 그렇게 무서운 냉기를 불러오는 거지?" 맥스가 말했다.

"바로 그거야." 맥스는 우리를 매번 좌절시켰고, 패멀라의 말대로 이론을 제자리걸음하게 만드는 문제를 제시했다.

잉그럼이 재빨리 말했다. "제가 설명할 수 있을 것 같습니다."

그는 우리의 반응을 보려고 앞으로 다가왔다.

"여러분은 모든 추론에서 한 가지 근본적인 실수를 하셨습니다. 냉기와 공포의 감각이 영혼의 고의적인 악의 탓이라고 가정하셨죠. 그 여성이 사망한 때의 기분이나 속성에서 비롯된다고. 그렇지 않습니까?"

"확실히 그랬죠." 내가 대답했다.

"하지만 반드시 그런 건 아닙니다."

잉그럼은 우리가 집중하도록 말을 멈췄다. 확실히 우리 모두 집중했다.

"심령체라는 문제를 무시한 겁니다." 잉그럼이 말했다. "형체를 지니기 위해서 영혼은 가까운 인간의 몸으로부터 뭔가 끌어낸다고 여겨지는 걸 아시죠? 어젯밤, 그것이 일어났다고 생각하지 않습니까?"

"난 확실히 뭔가 빠져나가는 느낌이었어요." 맥스가 말했다.

"그 느낌이 신체에 공포의 증상을 일으키고, 따라서 정신적인 효과도 일으키죠." 잉그럼이 계속했다. "극심한 공포에 압도되는 느낌이랄까. 동의하시죠? 하지만 이를 유령이 악의를 지녔다는 증거로 받아들여서는 안 될 것 같습니다."

"나도 극심한 공포를 느꼈어요." 내가 말했다.

패멀라가 고개를 저었다. "저도요. 하지만 그 냉기가 사악하게 느껴지는 건 어쩔 수 없네요, 잉그럼 씨."

패멀라가 그 점에 대해 고집을 부리는 것이 놀라웠다. 잉그럼의 설명은 탁월했고, 모든 생각의 갈래를 방해했던 특이점을 해결해줬는데 말이다.

잉그럼이 경고했다. "느낌이란! 그걸 믿어서는 안 됩니다."

패멀라는 대답하지 않았다. 쉽게 물러설 기미가 안 보였다.

"해결한 것 같군요. 굉장히 도움이 되는 설명이네요." 내가 말했다.

맥스는 곰곰이 생각했다.

"하지만 왜 다른 유령 현상에는 냉기가 느껴지지 않죠? 가령 메리가 처음 아기방에서 스텔라를 찾아갔을 때는요?" 맥스가 이의를 제기했다.

"스텔라의 반응은 제외해야 할 것 같습니다. 그 방의 암시가 굉장히 강했을 겁니다."

"많은 걸 제외하는군요!" 내가 가볍게 말했다.

맥스가 웃었다. "신경 쓰지 마. 유령을 제외하지 않는다면야."

잉그럼은 아무 말도 하지 않았다. 기분이 상했나? 아니다! 그는 좀 걱정스러운 표정으로 패멀라를 보더니 부드럽게 말했다. "제가 유령을 제거하겠다고 약속하지 못하는 걸 이해해주시겠습니까?"

"네, 물론이죠." 패멀라가 따뜻하게 대답했다. "우리가 이해하도록 도와주시는걸요. 제가 바라는 것도 그거고요. 나머지는 우리가 해야죠."

"그럼 이해된 것이군요, 잉그럼?" 맥스가 말했다. "하지만 이 문제로 돌아갑시다. 메리가 상자로 인도했을 때 식당에서는 냉기가 느껴지지 않은 이유가 뭘까요?"

"메리가 형체를 가지려 하지 않았다는 걸 모르겠습니까?" 잉그럼이 열심히 대답했다. "아무 형태도 보이지 않았죠? 제 말이 그겁니다! 메리가 보이지 않는 동안에는 두려움이나 냉기를 일으키지 않지만, 형체를 가지려는 순간 무섭고 위험해지는 겁니다."

"대단해요!" 나는 굉장히 흥분했다. 근사한 이론이었다. 데이터에 꼭 맞았다.

"음, 정교하고 회의적인 온갖 연구자들 가운데서 이렇게 독창적인 이론은 처음 듣는군!" 맥스가 기뻐하며 외쳤다.

"너무 독창적인데." 패멀라가 중얼거렸다.

"그럼 영혼이 둘은 아니군요." 내가 추측했다. "계속 메리였어요. 카르멜은 제외되는 거죠? 머리가 빙빙 도는군요."

잉그럼이 웃었다.

"'극심한 혼란'●이로군요! 여길 보세요. 저도 냉기에 관한 생각은 방금 떠오른 겁니다. 아직 잘 소화하지 못했어요. 괜찮으시다면 좀 더 생각한 다음에 말씀드리겠습니다."

나는 찬성했다. 숨 돌릴 틈이 필요했다. "그 문제는 내버려 둡시다. 오늘 저녁에 다시 이야기하죠. 한 시간쯤 해가 날 거예요. 밖으로 나갑시다."

우리가 일어서자 잉그럼이 좀 아쉬운 듯 말했다. "죄송합니다. 제가 너무 부정적인 말만 한 것 같군요. 교령회와 일지까지. 굉장히 멋진 작품이고 이론에도 일관성이 있습니다. 그걸 모두 부수긴 아까운 것 같네요."

"우리가 세운 이론에 완전히 빠져 있는 건 아니에요." 정원으로 나가면서 패멀라가 잉그럼을 달랬다. 맥스와 잉그럼에게 황야를 보여주고 땔감으로 쓸 떨어진 나뭇가지를 모으면서 한 시간을 보낸 뒤 점심을 먹으러 갔다. 암묵적 동의에 따라 우리 문제는 이야기하지 않았다. 잉그럼이 무한한 믿음을 지니고 있는 아일랜드의 미래에 관해서, 그리고 스페인 전쟁에 관해서 이야기했다. 식사 후 드라이브나 산책을 하자고 제안했지만 패멀라는 정원에서 쉬겠다고 했고, 잉그럼은 글을 좀 쓰고 싶다고 했다.

"글로 쓰기 전까지는 제 생각을 잘 모르겠거든요." 잉그럼

● 밀턴의 《실낙원》에 등장하는 구절.

이 설명했다.

맥스와 나만 '악귀들' 바위로 출발했다. 구름 연대 셋이 몰려와 태양은 전투에서 지고 있었고, 돌풍이 우리의 발걸음을 재촉했다. 남쪽 황야를 지나 가파르고 좁은 길로 내려간 뒤 자갈 해변까지 수레 도로를 따라 5킬로미터를 더 가야 했다. 맥스는 챙 넓은 모자를 꽉 쥐고 성큼성큼 걸었다.

"세상에, 이게 바로 내가 원한 거야!" 맥스가 말했다. "런던은 참으로 큰 실수야! 다른 곳에선 할 수 없는 일이 너무 많은 것이 아쉽군." 맥스는 실험적인 작가들을 모아 대여 전시 시리즈를 기획 중이라고 했다. "문제는 새로운 것을 의심적어하는 '얼간이 대중'이 아니라 모호하다는 이유만으로 범상하기 짝이 없는 것들에 '할렐루야'를 외쳐대는 말 잘하고 무식한 속물들이지." 그의 분노가 하늘을 가렸지만, 갑자기 화제가 바뀌었다. "참, 자네 젊은 친구 케리에게선 새로운 소식 없나?" 맥스가 관심을 가지고 물었다. 없다고 했지만, 내가 〈살로메〉에 관해 한마디 보탠 기사가 나오면 하루 이틀 뒤에 그나 웬디에게서 전화가 올 것 같다고 했다.

"크리스토퍼 페넌트에게서 소식 들었는지 궁금하네." 맥스가 말했다. "그의 작업 이야기를 했거든."

"와! 페넌트에게?"

"응, 던세이니의 극을 올리고 있거든. 무대 디자인을 맡아줄 사람을 찾아 헤매면서 쓸 돈이 얼마인지 이야기하던데. 조명으로 시도해보고 싶은 것들도 이야기했고. 흥미롭더군. 시적인 분위기와 그로테스크를 혼합한 게 케리의 스타일과 맞을 듯했어. 내가 이야기했더니 페넌트가 반가워하면서 직접 브리스틀에 간다더군."

"와, 맥스, 케리가 좋아하겠어!"

"잘되면 좋겠네."

내 희곡 이야기도 했다. 맥스는 굉장히 기뻐하며 주제가 마음에 든다고 했다. "하지만 바버라에게 설득력을 부여하기 쉽지 않을 거야. 흔한 주제가 아니지 않나?"

"드문 주제를 탐구하고 싶어. 그리고 여자들의 권력욕이 기괴하게 왜곡됐다고 생각하고. 너무 억압돼 있어. 현대적이고 복잡한 사람은 자신의 동기도 잘 모르지. 겹겹의 동기가 있으니까. 게다가 심리학자들이 열어놓은 무시무시한 정글을 봐!"

"진지하고 스트린드베리●적인가?" 맥스가 물었고, 나는 가볍게 만드느라 고생 중이라고 했다. "상황이 순조롭지 않았겠네." 맥스는 동정하는 투로 말했다. 우리는 말없이 한동안 걸었고, 나는 바버라의 추락에 대해 고민했다. 맥스는 클리프엔드에 집중하고 있었다.

맥스는 스텔라가 그 모든 상황에 예상대로 심한 충격을 받았는지 물었다. "그렇게 무시무시한 생각이 아이 머릿속에 들어가다니! 빈집에 그런 식으로 오다니 몹시 흥분했군. 하지만 대단한 용기야! 별 탈 없을까?"

● 요한 아우구스트 스트린드베리(1849~1912). 스웨덴의 극작가이자 소설가.

"아무도 모르지." 내가 대답했다.

맥스가 말했다. "수디스는 잠자는 숲속의 미녀가 깨어나는지 알려달라더군. 우리 둘 다 스텔라에게 마음이 가. 솟구치는 생명력과 애정을 그렇게 세심하게 막아놓은 사람이라니."

맥스에게 스텔라에 대해 많은 이야기를 했고, 그가 추론을 더했다. 말하지 않은 것도 한두 가지 있었다. 스콧이 염려한 최악의 경우는 말할 수 없었다. 내가 말한 내용만으로도 맥스는 대경실색했다.

"참 무서운 상황이군!" 맥스가 외쳤다. "과연 어서 끝을 내야겠는데? 구마 의식에 동의하도록 설득할 수는 없어? 앤슨 신부님이 해주실까?"

"그런 위험은 무릅쓰지 않으려고." 내가 말했다.

"왜, 로더릭?"

"스텔라가 물러설 순 있지만 만족하지는 않을 테니까. 평생 내가 자기 어머니의 영혼을 어둠 속으로 몰아낸 게 아닐까 의심할 거야."

"자네에겐 극악한 딜레마로군."

"그렇지."

'악귀들'에 도착하자 해는 구름에 가려졌고 기괴한 형상의 바위와 작은 섬들은 최고의 모습을 선보이지 못했다. 그럼에도 맥스는 신나서 그 사이를 돌아다녔다. "세상에, 동쪽에서 해 뜰 때 저 친구 모습을 상상해봐! 저 위의 가고일도! 폭풍이 부는 날 일출 때라면…… 정말이지 꼭 시도해봐야겠어!"

"다행이군! 우리도 그때 여기 있으면 좋겠어."

돌아올 때는 언덕에 희미한 빛이 비치는 광경을 볼 수 있었다. 전투에서 패배한 태양이 작별 인사로 히스와 가시금작화 밭을 비췄다.

우리는 꼭대기로 올라가 집을 내려다봤다. 그것 역시 달아나는 햇빛이 흠뻑 적셔두었지만 아주 잠시였다. 어둠이 몰려왔고 집이 움츠리며 줄어드는 것 같았다.

"최악의 상황이 된다면, 다른 모든 것이 실패한다면, 구마의식과 클리프 엔드 중에서 하나를 포기해야 한다면 어떻게할 건가?" 맥스가 물었다.

"집을 포기할 거야."

"그렇군." 맥스가 천천히 말했다. "상대가 주디스라면 나도그렇게 하겠지." 잉그럼이 잔디밭의 바위 사이를 돌아다니면서 손짓을 섞어가며 떠들어대는 것이 보였다. 패멀라는 큰 관심을 가지고 뒤따랐다. 우리가 내려가자 패멀라는 나를 한쪽으로 이끌었다. "봐! 잉그럼 씨가 여기 용담을 키울 수 있을거라고 해서. 골웨이에서 자라는 걸로. 고산식물을 많이 심어서 절벽으로 흘러 내려가게 하면 진짜 바다 정원을 가꿀 수있다고 했어. 어머니 친구분이 하우스에서 그렇게 하셨대."

"독특한 정원을 가꿀 수는 있지만 일이 상당히 힘들 겁니다." 잉그럼이 대답했다.

패멀라가 클리프 엔드를 더 사랑하게 만들기 딱 좋은 때라고 생각했다.

패멀라는 간식을 많이 먹고 저녁은 늦게 먹은 뒤 우리가 그 길 치우자고 했다. 그다음 모여서 회의를 하고, 그사이에는 낮잠을 자자고. 반대하는 사람은 없었지만 일찍 퇴근하겠다고 한 리지는 의심쩍은 표정이었다. 리지의 눈빛이 대놓고 물었다. 나를 치워놓고 무슨 수작을 꾸미려는 거죠?

잉그럼은 잘못했다는 뉘우침에서 벗어났다. 패멀라가 카르멜을 봤고 카르멜의 울음소리를 들었다는 확신을 포기하라고 설득하는 데 실패했다고 말했다. 잉그럼의 도전을 받았지만 패멀라는 여전히 그렇게 믿는 이유를 대지 못했다. "제가 너무 직관에 의존한 것 같네요." 패멀라가 털어놨다. 잉그럼은 미소를 지으며 프랑스어로 파스칼을 인용했다. "마음에는 이성이 모르는 이유가 있습니다."

잉그럼은 기분이 좋아 보였다. 간식 시간은 즐거웠다. 맥스가 우리를 놀렸다. "잉그럼 씨와 로더릭에게 조사는 금지해야 해요. 둘 다 희곡을 쓰니까요. 패멀라와 나는 정직하고 극적인 것과는 거리가 먼 사람들이죠."

"옳은 말씀이에요, 맥스!" 패멀라가 말했다.

잉그럼이 내게 물었다. "제가 너무 무식한 건가요? 희곡을 쓰시는지 몰랐습니다."

우리는 극작가 일에 관한 이야기를 시작했고, 잉그럼은 자기 희곡에 대해 솔직하게 털어놓았다. "성공하지 못했어요. 아일랜드 사람들은 모두 대화하려고 태어나니까 대화에는 문제가 없었는데, 진지함을 유지할 수 없었어요. 계속 소극이 돼

버리는 거예요. 그러더니 배리 피츠제럴드와 모린 딜레이니가 가져가선……." 잉그럼이 씩 웃었다. "리허설을 마치기도 전에 프로듀서가 말했어요. '우리 작가들이 죽었으면 하네.' 제가 대꾸했죠. '안됐지만 극작가들조차도 상심으로 죽진 않아요.' 하지만 그들은 훌륭했어요. 굉장히 재미있었어요."

우리는 웃고 하품했다. 패멀라가 좀 흥분한 기색을 보였다. 방으로 가려고 일어났다. 패멀라가 물었다.

"제가 7시까지 안 나오면 누가 문을 세게 두드려주시겠어요? 약 기운 때문일 거예요. 루미날 드실 분? 몰래 모아둔 게 있어요."

우리는 모두 거절했고 잉그럼이 힘주어 말했다. "오, 그러지 마세요, 패멀라 씨." 나는 자리를 뜨면서 그가 열렬히 말하는 것을 들었다. "주의하세요! 심령적인 감화력이 작용할 때 약을 드시는 건 좋지 않습니다."

약! 약……. 나는 새롭고 매혹적인 생각에 빠져 계단을 천천히 올랐다. 그게 바버라에게 적당한 최후일까? 마약중독. 그렇다. 그리고 바버라의 희생자인 제니퍼는 무고한 도구이고…… 가망 없는 중독자가 약을 구하지 못해 지옥 같은 금단증상에 시달리다 스스로 만든 지옥에 떨어지는 것이다. 완벽한 복수가 될 것 같았다. 웬디가 연기할 수 있는 설정이었다. 웬디의 힘도 의미도 없는 몸짓, 멍한 눈빛과 두서없는 말, 피로와 고통이 눈에 선했다……. 계단참에서 그 이야기를 하려고 돌아서니 미소를 머금은 패멀라가 계단을 오르고 있었다.

"네가 반대한 결말 말고, 바버라의 파멸에 대한 아이디어가 떠올랐어."

"그래, 오빠?" 패멀라가 모호하게 말했다.

"응, 마약. 어떨까?"

"마약? 방금 약에 대해 훈계를 들었는데, 좋네. 그러면 될 것 같아."

패멀라는 자기 방으로, 나는 서재로 갔다. 패멀라는 내 희곡에 흥미가 없었다. 이상한 일도 아니라고 생각했다. 오늘밤의 교령회는 그 애에게 큰 시련이 될 터였다. 하지만 패멀라는 그것에 몰두하는 것이 아니었다. 재미있다는 듯 살짝 띤 그 미소는 무슨 영문일까?

나는 가만히 있지 못하고 다시 내려가 스콧에게 전화를 걸었다. 온종일 외출 중이라고 했다. 무소식이 희소식이었다. 다시 서재로 가서 3막 수정 사항을 대충 적었다.

저녁을 먹은 후 리지는 커피와 샌드위치를 잔뜩 차려두고 핫초콜릿은 냄비에, 케이크는 쟁반에 준비해두었다. 우리가 사탄을 불러내는 게 아닐까 의심하기는 했지만, 리지는 그저 아일랜드인을 굶기지 않을 생각이었다. 리지는 잉그럼에게 호감을 보였고, 맥스는 오래전부터 리지의 마음에 들었었다.

난롯가에 자리를 잡자마자 잉그럼은 노트를 들고 결론을 이야기하려고 준비했다. 명랑함은 사라졌다. 너무 싹 사라져서 문득 그가 풀 죽은 것을 감추려고 억지로 명랑하게 군 것이 아닐까 의심될 정도였다.

"조금 걱정스러운 말씀을 드려야 할 것 같습니다." 잉그럼이 입을 열었다. "일지에는 없지만 다시 읽어보니 알게 된 부분이 있습니다. 메러디스 양, 스텔라에 관한 부분입니다. 이름을 부르는 것을 용서해주세요. 이 집에 스텔라가 찾아올 때마다 유령 현상이 강해지는 걸 아셨습니까?"

"우리도 느낀 것 같아요." 패멀라가 말했다. 확실히 그랬다.

"스텔라와 직접 관련이 있다고 생각해요?" 맥스가 묻자 잉그럼이 그런 것 같다고 엄숙하게 대답했다.

내가 무엇을 바랐는지 모르겠다. 잉그럼이 그 무시무시한 사실을 바꿔줄 거라고는 상상도 할 수 없었다. 하지만 실망감에 입이 떨어지지 않았다. 맥스가 말했다. "그럼 이론을 세운 건가요?"

잉그럼이 대답했다. "두 가지가 있습니다."

"두 가지!" 패멀라가 외쳤다.

"네, 불행히도 말입니다. 당연히 둘 중 어느 것도 완전히 만족스럽지 않다는 의미입니다. 하지만 우리가 본 유령이 메리 메러디스라는 여러분의 가정을 이용합니다."

"그렇게 본다니 기쁘군요." 내가 말했다.

"두 경우 모두 '릴리'는 외부의 무의미한 침입이거나 단순히 우연한 움직임이었다고 간주합니다."

패멀라는 반대하려는 듯하다 자제했다. 잉그럼이 말했다. "메리가 극심한 고통을 겪었고, 굉장히 큰 행복과 평화에 대해 알았다는 사실을 생각해야 합니다. 이런 극단적인 경험이 여성을 타인에게 매우 민감하게 만든다고 믿고 싶습니다. 타인의 행복을 구하고 자신이 겪은 일을 타인이 겪지 않도록 염려하는 것이죠. 그리고 아버지에 대한 메리의 믿음은 남성을 이상화하게 만들었을 겁니다. 아마도 메러디스에게 낭만적인 환상을 가졌겠죠. 메러디스는 그것을 부쉈을 뿐 아니라 이 집을 망쳐놓았습니다. 메리의 집을 침범한 것이죠. 두 가지 이론 모두에서 이 점을 기억해야 합니다." 잉그럼은 낮은 목소리로 말하곤 생각에 잠겨 난롯불을 응시했다.

"첫 번째 이론은 교령회를 무시하는 겁니다." 잉그럼이 말했다. "유령은 하나뿐이라고 상정합니다. 사실 이미 말씀드렸습니다. 메리는 생전과 마찬가지로 죽은 뒤에도 상냥했습니다. 그녀의 영혼은 다정합니다. 스텔라에 대해 슬퍼하고 스텔라가 외로울 거라 여겨 위로하고 싶어 합니다. 아기방에서 스텔라를 찾아와 '소중한' 존재라고 느끼게 했습니다. 유령 같은 빛을 발했습니다. 달콤한 꽃향기를 만들어냅니다. 여러분을 카르멜의 상자로 인도해 향수병을 찾게 하고 그녀가 여기, 의식이 있는 존재로서 있다는 걸 깨닫게 하고 스텔라에게 이 이야기하도록 만듭니다. 그녀는 스텔라가 그 향을 기억하기를 바랍니다. 스텔라가 어머니를 보고 싶어 하는 것을 알고 딸과 연결되기를 고대합니다. 스텔라가 여기 있을 때 찾아왔고, 다시 찾아왔는데, 없으면 웁니다. 하지만 이건 메리의 비극입니다……"

잉그럼이 패멀라를 봤다. 패멀라는 여전히 조금 반대하는 듯한 표정이었다. 맥스는 이 이야기에 넋을 놓은 듯 앉아 있었고, 나는 감동하고 확신했다. 잉그럼이 동정 가득한 긴장된 어조로 계속했다.

"죽은 뒤에도 비극적인 운명이죠. 스텔라의 눈앞에 나타나려면 무서운 존재가 돼야 하고, 그것 때문에 스텔라는 겁에 질려 죽을 뻔합니다. 그리고 앞으로도 그럴 겁니다. 형체를 얻은 메리는 늘 으스스한 존재일 겁니다."

침묵이 이어지다가 내가 말했다. "그런 것 같군요."

"굉장히 설득력 있군." 맥스가 말했다.

"다른 이론은 뭐죠?" 패멀라가 물었다.

"커피 한 잔 더 마셔도 될까요?"

잉그럼은 미소를 지었다. 지쳐 보였다. 이 일에 큰 노력을 들이고 있었다. 그 사람을 제대로 가늠할 수 없었다. 어디까지가 지어낸 것이고 어디까지가 진심일까? 진심으로 우리를 돕고 있음은 확실했다.

"두 번째 이론은 첫 번째와 상충하는 것이 아니라 그것을 보충하는 겁니다." 잉그럼이 몇 분 뒤 말했다. "형체를 드러내는 효과에 관한 생각은 똑같습니다. 하지만 교령회를 인정합니다. 우리는 저곳 작업실에서 메리와 소통했습니다. 누군지 몰라도 다른 존재들이 참견하려고 했지만, 메리의 말은 이해할 수 있었습니다. 메리는 스텔라를 보호하고 자신을 죽인 여자를 용서합니다. 클리프 엔드의 모두를 위험에서 구하고 싶어 합니다. 카르멜이 가하는 위험이 있습니다."

잉그럼은 말을 멈췄다. 우리가 몰입해서 듣자 그가 자극받았다. 의식적이든 아니든 그는 효과를 극대화해 이야기했다.

"카르멜은 이야기에서 본 것처럼 제대로 배우지 못한 천방지축이었습니다. 메러디스를 미친 듯이 사랑했고요. 두 사람은 연인으로서 스페인에서 살았죠. 메러디스는 카르멜을 행복하게 했지만 메리가 그를 빼앗았습니다. 카르멜은 파리의 **코코트***가 아니라 사랑을 깊이 하는 남쪽 여자였습니다. 약은 사람이죠. 그 결혼을 파탄 내기로 결심합니다. 너그러운 행동에서 기쁨을 찾는 메리를 이용해 하녀 자리를 잡습니다. 이 집에서 카르멜은 주도권을 줍니다. 메러디스는 다시 연인이 됐고, 메리는 그걸 알고 병듭니다. 집안이 분열되자 카르멜은 영리하게도 메리에게 매달립니다. 아직 메리를 끝까지 망가뜨리지 않았으니까요. 스텔라가 태어나고 카르멜은 아이에게 영향력을 미칩니다. 드디어 메리가 단호하게 행동합니다. 메리는 카르멜을 파리로 보내고 스텔라를 데리고 돌아옵니다. 그다음 일은 알고 있습니다. 카르멜은 아마도 연인이 그리워서 혹은 구걸하거나 협박하려고 돌아왔습니다. 이유는 정확히 알 수 없지만 메러디스가 무슨 짓을 했는지는 압니다. 어떤 여자라도 그런 짓을 당하면 증오로 가득 찰 겁니다. 카르멜의 복수욕이 광기를 부릅니다. 그녀는 울고 날뛰고

● '암탉'이라는 뜻의 프랑스어로, '매춘부'를 가리키는 은어로도 쓰인다.

죽고자 합니다. 하지만 죽는 과정에서 두 사람 모두에게 복수하죠. 그녀는 그들의 아이도 망가뜨릴 겁니다. 아직은 그러지 못했지만…… 메리가 막았죠. 메리를 죽였습니다. 카르멜은 죽을 때까지 복수를 이루지 못해 미쳐 있습니다. 아마 아직도 스텔라를 죽이려고 영원한 섬망 상태에 있을 겁니다."

패멀라는 창백한 얼굴로 의자에 기댔다.

"오빠, 전화했어?" 패멀라가 숨을 몰아쉬었다.

"응, 스콧은 외출 중이야." 내가 대답했다.

침묵이 흘렀다. 맥스가 술을 따라 모두에게 돌렸다. 스콧에게 다시 전화를 걸었다. 계속 외출 중이었다.

"윌름코트에 전화할래." 패멀라가 말했다.

"안 돼. 스텔라가 받을지도 몰라. 스콧이 한 말을 기억해. 그러면 안 되는 거 알잖아." 내가 말했다.

"응, 알아. 하지만 견딜 수 없어."

"스텔라가 더 나빠지면 스콧이 전화할 거야."

패멀라는 곧 울 것 같은 표정으로 잉그럼의 얼굴을 봤다. 그는 너무나 비참한 표정이었다. "어떻게 용서를 구할지 모르겠군요."

패멀라는 겨우 미소를 지었다. "우리 잘못인걸요. 다 털어놓아야 해요. 이야기를 반만 한 게 잘못이었어요. 스텔라는 여기 왔던 날부터 내내 잠을 못 자요. 하지만 어제는 훨씬 나았대요. 실은 걱정할 게 없어요. 갑자기 당황한 것뿐이에요."

"저 자신을 용서할 수 없군요." 잉그럼이 말했다.

맥스는 다시 대화를 이어나가려고 했다.

맥스가 말했다. "보세요, 잉그럼. 두 가지 이론 모두 이 집에서 사람이 살 수 없다는 뜻으로 들려요. 해결책이 없어요."

잉그럼이 대답했다. "그겁니다. 그래서 이렇게 걱정스러운 겁니다. 카르멜의 유령이 나타난다면 악한 목적에서죠. 메리는 돕고 보호하려는 생각 때문에 너무나 위험한 존재가 됩니다. 꼼짝달싹할 수 없는 궁지에 몰린 것 같군요."

내가 말했다. "우리가 바랐던 일은 할 수 없다는 말씀이군요. 영혼들을 쉬게 할 방법을 찾는 건."

패멀라가 슬피 말했다. "이젠 희망이 보이지 않아요. 오늘 밤의 교령회에서 희망을 찾을 수 없다면 말이죠."

잉그럼이 간절한 목소리로 말했다. "한 가지 할 수 있는 게 있습니다. 내키지 않지만 효과가 있어요. 이 집에서 구마 미사를 올리는 겁니다."

내가 말했다. "그건 배제했어요. 오늘 밤 일어나는 일로 가능해진다면 모를까. 스텔라가 거기에 찬성하지 못해요. 어머니를 숭배하잖아요."

잉그럼은 당혹스러운 표정을 지었다. "하지만 그런 경우라면 정말 궁지에 몰린 겁니다. 아무것도 할 수 없으니까요."

패멀라가 말했다. "집을 포기할 수 있어요."

침묵이 흘렀다. 패멀라답지 않게 풀 죽은 모습이었다.

"늦어지네요. 시작해요." 패멀라가 말했다.

제20장 스페인어 단어

아기방을 이렇게 써야 하다니 유감이었다. 민들레 빛깔의 커튼과 침대보, 녹색 매트와 스탠드 갓, 노란색과 흰색 도자기로 꾸민 화장대, 낮은 의자와 동그란 탁자를 둔 그 방은 매혹적이었다. 어린 스텔라가 여기서 티 파티를 여는 모습이 눈에 선했다. 작은 난로가 활활 타고 있었고, 실내는 따스했다. 미모사의 달콤한 향이 희미하게 나는 것 같았지만 잉그럼 앞에서는 말하지 않았다. 그 방을 보니 마음이 아팠다.

카드를 펼쳤다. 패멀라와 나는 구체적인 답변을 꼭 받고 싶은 질문이 있는데 우리 둘 중 하나는 참여하지 않는 게 좋겠다고 잉그럼에게 말했다. 내가 빠진다면 노트를 맡겠다고 했다. 그도 동의했다. 그들은 잔에 손가락을 댔다. 긴 기다림 끝에 잔이 불현듯 움직였다.

전처럼 둥글게 펼쳐놓은 글자들을 살폈다. 잔이 멈추었다가 흔들렸고, 잉그럼이 패멀라에게 시작하라고 신호했다.

"당신은 누구입니까?" 패멀라가 물었다.

'메리'라는 답이 곧바로 나왔다.

"어젯밤에 본 게 당신이었나요?"

'네.'

"우리를 겁주고 싶었나요?"

잔이 N과 O로 갔다. '당신은 아니었어요.'

"누군가를 겁주고 싶었나요?"

'네.'

"누구요?"

'카르멜.'

움직임이 차분하고 느긋했다. 잔이 머뭇거리지도 의심하지도 않고 글자로 이동했다. 패멀라가 계속 물었다.

"카르멜이 클리프 엔드를 떠나길 바라나요?"

'네.'

"그녀를 보내기 위해 우리가 할 수 있는 일이 있나요?"

'아니오.'

패멀라는 긴장한 표정으로 날 보더니 문제의 질문을 했다.

"구마 의식을 해야 하나요?"

잔이 곧바로 '아니오'로 향했다.

우리는 대답을 얻었다. 잠시 상실감이, 물에 빠진 듯 캄캄한 느낌이 들었다가 안도감이 느껴졌다. 결정됐다는 의미였다. 더는 괴로워하며 망설일 필요도, 진실을 거부할 필요도, 스텔라가 내게 지니는 의미와 내 집을 구하고 싶은 마음을 견줄 일도 없어졌다. 너무 오랫동안 갈등했다. 이제 끝났다. 후련했다.

나는 패멀라를 봤고, 패멀라는 미소를 띠며 내 시선을 가만히 마주했다.

영문을 모르는 잉그럼이 패멀라에게 물었다. "원하던 대답이 아니지 않습니까?"

"네, 하지만 모르는 것보다는 훨씬 낫죠." 패멀라가 대답했다.

"그렇다면……."

잉그럼은 충동적인 질문을 하려다 꾹 눌렀지만, 패멀라가 대답했다. "네, 집을 폐쇄할 거예요."

"이 아름다운 집을!" 잉그럼은 효율성과 평정심을 다 잊고 괴로워했다.

맥스가 반대했다. "아니, 안 돼! 아직은 포기할 수 없어! 다시 물어보세."

"소용없어." 내가 말했지만 맥스는 버텼다. 패멀라는 한숨을 쉬었다. 지친 것이었다.

"패멀라 없이 해보자." 나는 맥스의 미련에 부응하기 위해 이렇게 제안하고 잉그럼과 함께 손가락을 잔에 얹었다. 패멀라는 의자에 등을 기댔다. 교령회에 흥미를 잃은 것 같았다. 얼굴에는 음악에 빠져들던 사람의 멍한 표정이 떠올랐다.

잔은 오랫동안 움직이지 않았다. 살짝 흔들리기 시작하자마자 맥스가 말했다. "메리, 어떻게 해야 할지 알려주세요."

대답은 '가세요'였다.

내가 물었다. "클리프 엔드를 떠나야 한다는 말인가요?"

잔이 '가세요'라고 세 차례 반복했다.

"왜 가야 하죠?"

'위험.'

"무엇으로부터 말인가요? 누구로부터 위험한 건가요?"

잔이 빠르게 C A R M까지 갔지만 E에 닿기 전에 쓰러져 굴렀다. 다시 시작하자 전날 밤과 똑같이 L과 I 사이를 오가더니 다시 쓰러졌다.

맥스가 외쳤다. "이건 의미가 있어!" 잉그럼이 이맛살을 찡그리며 말했다. "우연일 리 없습니다."

다시 맥스가 잔을 세웠고 우리는 질문했다. 맥스가 말했다. "신부를 부르면 도움이 되겠습니까?"

야단법석이 났다. 글자 사이에서 미끄러지며 카드를 전부 떨어뜨리던 잔이 바닥에 떨어져 깨졌다.

"신부님의 인기가 없네." 맥스가 허리를 숙이고 떨어진 카드들을 주웠고, 잉그럼과 나는 회중전등의 도움을 받아 깨진 잔 조각을 주웠다. 패멀라는 이 법석을 알아차리지 못하고 의자에 늘어져 잠들어 있었다.

내가 날카롭게 외쳤다. "패멀라, 일어나!"

잉그럼이 내 팔을 잡고 다급하게 말했다. "그러지 마세요!"

맥스가 패멀라를 감싸 안고 어깨를 끌어당겼다. 고개가 힘없이 떨어졌다. 깨어나지 않았다. 맥스가 놀라 잉그럼을 봤다. 나는 떨고 있었다.

"제발, 잉그럼, 패멀라를 깨워요!" 내가 말했다.

잉그럼은 창백해졌지만 조용히 대답했다. "안 깨우는 게 훨씬 낫습니다. 충격을 줄 수 있어요. 가수(假睡) 상태입니다. 해롭지 않아요."

"패멀라!" 나는 다시 크게 불렀다. 맥스가 패멀라를 다시 눕히며 말했다. "잉그럼의 말을 들어."

잉그럼은 침착하려고 애썼지만 나는 잉그럼의 상태를 알 수 있었다.

"이런 증상은 자주 봤습니다. 지나갈 겁니다." 잉그럼이 말했다.

"깨워야 해요." 내가 말했다.

"부탁이니……."

패멀라가 한숨을 쉬었다. 선잠을 자듯 천천히 깊은 숨을 쉬었다. 얼굴이 더 창백해지는 않았다. 맥스가 옆에 앉아 맥을 짚었다. 그가 나를 향해 고개를 끄덕였다. "괜찮을 거야."

패멀라의 호흡이 더 깊어지더니 입술이 벌어졌다. 미소를 짓는 듯했다. 잠시 후 눈을 반쯤 떴다. 깊은 한숨이 나왔지만 나는 가만히 서 있었다. 곧 패멀라가 말했다.

패멀라가 내놓는 음절이 낯설었다. 말할 때의 음성, 가볍고 즐거우며 부드럽고 경쾌한 음성이 그 애의 본래 목소리와 전혀 달랐기 때문이다.

"모르는 언어인데요." 잉그럼이 속삭였다. "아시나요?" 그가 내 노트를 빼앗아 가더니 쓰기 시작했다. 맥스가 고개를 저었다. "라틴어도 이탈리아어도 아니군요."

"스페인어일 거예요." 내가 말했다.

부드러운 소리가 자꾸만 반복되는 걸 들었다. 패멀라는 미소를 지었다.

카르멜이라고 생각했다. 카르멜이 메러디스와 나누는 밀어. 카르멜이 다시 젊음을 누리고 있었다. 귀신 들리는 것으로 끝날 수도 있었다.

내가 잉그럼에게 말했다. "못 참겠군요! 패멀라를 깨워야 해요! 패멀라를 희생해서 빌어먹을 연구를 할 순 없어요! 카르멜이 자살을 시도한 미치광이에 살인자라는 걸 기억하라고요!"

패멀라가 비명을 질렀다. 무시무시한 비명이었다. 그러더니 신음하기 시작했다. 소름이 끼쳤다. 버려진 것이 슬퍼 울었다. 너무나 자주 들려왔던 서글픈 흐느낌이었다. 듣고 있으니 심장이 얼어붙는 것 같았다. 나는 두려움에 온몸이 굳고 냉기에 떨었다. 잉그럼의 얼굴에 두려움이 떠올랐다.

갑자기 맥스가 문을 열었다. 밖을 내다보더니 다시 들어와 곧바로 문을 닫았다. "정원으로 패멀라를 데리고 나가. 어서."

창문과 반쪽짜리 문에서 빗장을 풀고 격자문을 여는 데 오래 걸렸다. 내가 문을 여는 사이 맥스와 잉그럼이 패멀라를 옮겼다. 밖으로 나가 온실을 통해 다시 집으로 들어온 뒤 응접실 소파에 패멀라를 눕혔다. 신음이 멎었다. 패멀라가 눈을 떴다.

"괜찮습니까?" 잉그럼의 음성이 떨렸다.

"네, 물론이죠!" 패멀라가 대답하더니 외쳤다. "오빠, 왜 그래? 왜 그렇게 창백해? 무슨 일 있었어? 내가 기절했던 건 아니지?"

패멀라의 음성이었다. 본래대로 돌아왔다. 나는 안도감에 속이 메슥거리는 듯해 털썩 주저앉았다. 잉그럼이 말했다. "다행이군요!" 그러더니 밖으로 나갔다. 맥스가 대답했다. "아뇨, 가수 상태였어요."

패멀라는 몹시 흥미로워했다. 맥스는 무슨 일이 있었는지 알려줬다. 패멀라가 단박에 말했다. "카르멜이었어요!"

"하지만 메리가 오고 있었어. 겨우 제때 피했어." 내가 말했다.

패멀라가 내 팔을 붙잡았다.

"잉그럼 씨는 어디 계셔? 오, 맥스, 부탁이에요!"

복도로 나간 맥스가 잉그럼과 함께 돌아왔다. 두 사람 모두 창백했고, 잉그럼은 몸을 떨고 있었다. 그는 덜덜 떠느라 말도 못 하고 의자에 앉았다.

맥스가 말했다. "메리는 아기방으로 사라졌어. 수의를 걸친 유령 같은 모습으로. 지금 거긴 안개가 꼈고 몹시 추워."

"매우 위험해요." 잉그럼이 말했다.

패멀라가 우리 넷 중 가장 침착했다. 그 애는 잔이 '릴리'라고 한 뒤 무슨 일이 있었는지 기억하지 못했다.

"정말 가수 상태였나요?" 패멀라가 잉그럼에게 물었다.

잉그럼이 대답했다. "네, 깊은, 영매의 상태와 비슷한 가수 상태였습니다……. 두통이 있나요?"

"네, 조금요. 하지만 신경 쓰지 마세요. 제가 뭐라고 했는지 알려주세요."

잉그럼은 노트를 보면서 패멀라가 말한 음절을 반복해보려고 했다.

"스페인어일 거예요. 한마디도 모르는 언어인데!" 패멀라가 외쳤다. "평생 스페인어는 들어보지도 못했어요. 물론 카르멜이었겠죠."

그 음절을 이해할 수 없었고, 집에는 스페인어 사전도 없었다.

잉그럼이 말했다. "소통으로 의도한 말 같지 않다는 느낌을 받았습니다." 나도 그렇다고 했고, 카르멜이 연인과 함께한 순간을 되풀이하는 느낌이었다고 말했다.

맥스가 말했다. "굉장히 행복한 음성이었어요. 그렇다고 잉그럼 씨의 이론에 영향을 주진 않을 것 같군요. 그렇죠?"

"제가 궁금한 건……." 패멀라가 잉그럼의 노트를 보며 생각에 빠졌다.

아무도 대답하지 않았다. 우리는 모두 가만히 앉아 담배를 피우고 술을 마셨다. 모두 우리가 한 일에 놀라 간신히 달아난 것에 안도했다.

"제가 이걸 갖고 필사해서 드릴게요." 패멀라가 노트를 일지에 넣으면서 말했다. 그리고 미소를 지었다. "음, 여기서 조사는 끝나는군요! 끝나서 기뻐요. 진실을 결국 밝혀내진 못할 것 같지만, 적어도 어떻게 해야 할지는 알았으니까요."

맥스가 졸랐다. "내일 두 사람 모두 함께 런던으로 가세. 여기선 하룻밤도 더 지내지 마."

내가 말했다. "런던은 아니야, 맥스. 여기 일을 마무리하면 나는 브리스틀로 가야 해. 내 희곡 때문에."

"아, 그렇지. 희곡을 잊었군."

"그렇지만 분명한 건 오늘이 네가 클리프 엔드에서 보내는 마지막 밤이라는 거야." 내가 패멀라에게 말했다.

패멀라가 대답했다. "알았어, 오빠. 걱정하지 마. 골든 하인드는 언제나 있으니까."

패멀라가 자러 가려고 일어났다. 잉그럼은 잠시 기다리라고 하더니 복도와 계단을 살피러 나갔다. 잉그럼이 위층에서 불렀다. "괜찮습니다."

"잉그럼 씨는 좀 힘들겠어." 패멀라가 나가며 말했다. "기운을 북돋워줘."

패멀라의 위로를 받았는지 잉그럼은 훨씬 밝은 얼굴로 돌아왔다. 참회하는 표정으로 내게 말했다. "제게 많이 화나셨죠."

내가 대답했다. "아니에요. 그렇게 터무니없이 고함을 지른 건 용서하세요. 저 자신에게 화가 난 거니까."

잉그럼이 고개를 저었다. "패멀라 씨에게 경고했어야 하는데."

"경고는 하셨죠. 패멀라는 어떤 위험이 있는지 알고 있었어요."

"그렇다고 하더군요. 재미있었다고 하네요! 정말 용감무쌍한 여성입니다……."

말문이 막혔는지 잉그럼이 입을 다물었다.

맥스가 단호하게 말했다. "무슨 걱정이에요? 패멀라가 무사한데."

하지만 잉그럼은 끈덕졌다. "제 생각보다 여러분에게 훨씬더 중요한 일이었습니다." 잉그럼이 후회하며 말했다. "친구분, 메러디스 양의 개입이 중대했고, 이 아름다운 곳과 귀신들릴 위험……. 그런데 저는 무심하게 추상적인 문제로 취급했습니다. 얼마나 후회스러운지……."

내가 대답을 찾기 전에 맥스가 끼어들었다. "내가 한 일이에요, 잉그럼! 가능한 한 당신을 속였으니까요. 로더릭과 패멀라가 여기서 유령 때문에 고생하고 있었어요. 당신이 찾아와 숨을 틔워주면 좋을 줄 알았죠. 정말 큰일이라는 걸 알았다면 그렇게 기운을 북돋워주지 못했을 거예요. 그렇지 않나, 로더릭?"

"물론이지." 그제야 잉그럼의 활기가 얼마나 신선했고 남들을 위로하려 드는 태도가 얼마나 싫었는지 깨달았다. 그 사실을 납득시키려고 했다. "그리고 우리가 원한 일도 해주셨잖아요. 결정을 내리는 데 도움을 주셨으니."

잉그럼은 벽난로의 선반에 팔꿈치를 대고 난롯불을 들여다보다가 한숨을 쉬었다. "다른 결정이라면 좋을 텐데요." 그러곤 작별 인사를 하고 나갔다. 괴로운 표정이었다.

"잉그럼에게 미안하네." 내가 말했다.

맥스가 대답했다. "그러지 마. 매력적인 친구지만 이렇게 깊은 물에도 몸을 던져야 한다고 생각해. 얕은 데서 너무 즐겁게 놀았으니까. 허우적거리며 빠져나가면 좋을 거야. 마음에 드는 친구네."

"나도."

"패멀라는?"

"모르겠어."

우리는 맥스가 담배를 마저 피울 때까지 앉아 있다가 각자 방으로 갔다.

나는 술에 취한 듯 잤다. 내키지 않는 기분으로 깨어보니 서재엔 햇살이 가득했고 리지가 비난하는 얼굴로 버티고 서 있었다. "패멀라 아가씨 몸이 좋지 않아요."

나는 서서히 정신을 차렸고, 그날이 토요일임을 기억했다. 스텔라는 브리스틀로 떠날 것이고 우리는 클리프 엔드를 떠날 것이었다.

"무슨 일이에요, 리지?"

"패멀라 아가씨 상태가 좋지 않아요."

"왜요?" 불쑥 물었다. 겁이 났다.

"두통 때문에 쉬어야 할 것 같다고 도련님에게 전해달랬고, 로더릭 도련님은 신사분들에게 미안하다고, 전날 밤 때문은 아니라고 전해야 한댔어요."

패멀라다운 말이었다! 안도감에 웃음이 나왔다. 리지가 불길한 표정으로 말했다. "그렇게 말하라고 했어요."

"그러면 엘리자베스, 다른 의견이 있나요?"

교과서적인 전략이었다. 리지가 무섭게 굴면 '엘리자베스'라고 부르는 것. 그래도 리지의 우울은 그대로였다. 걱정과 비난이 가득한 음성으로 리지가 따져 물었다. "아기방에서 뭘 한 거예요?"

"세상에, 아무도 정리를 안 했어요?" 내가 신음했다.

리지가 말했다. "강령술이었죠? 이교도나 하는 사악한 짓을. 악마들을 지옥에서 불러내려고! 신부님이 그런 강령술을 어떻게 생각하는지 알아요. 내가 그런 짓을 하는 사람들이 사는 집에서 지낸다면 신부님이 뭐라고 할지도 안다고요."

"솔직히 악마는 못 봤다고 말할 수 있어요, 리지."

"뭘 보거나 무슨 소릴 들은 거죠." 리지가 잘라 말했다. "안 그러면 패멀라 아가씨의 눈이 왜 저렇게 퀭한 거예요? 아뇨, 로더릭 도련님. 의심은 했는데 이제 알겠어요. 그리고 참지 않겠어요. 최후통첩이에요."

"무슨 뜻인가요, 리지?"

"무슨 뜻이냐면, 난…… 난……." 리지는 돌아서더니 괜히 커튼을 당겼다. "로디 씨, 부끄러운 줄 알아야 해요." 리지가 목멘 소리로 말했다.

"부끄러운 줄 아는 것 같아요."

리지는 슬프고 당황스러운 표정으로 돌아서서 애원했다. "앤슨 신부님께 기회를 안 드려요?"

"그 이야기는 그만해요, 리지."

"하지만 신부님이……."

"난…… 들어봐요, 리지. 걱정할 거 없어요. 계획에 큰 변화가 있을 거예요. 리지에게 고질적인 수다병이 없다면 더 이야기할 텐데. 곧 알려줄게요."

리지는 미덥지 않다는 표정으로 그 말을 받아들였다.

바람 부는 잿빛 아침이었다. 아직 아무도 내려오지 않았다. 나는 울타리 작업을 마무리하고 있던 찰리에게 나갔다. 그가 울타리 옆에 아름다운 느릅나무를 심겠다는 얘기를 꺼냈다. 나는 느릅나무를 싫어하고 가시금작화로 할 거라고 말했다. 그러다 기억났다. 산울타리를 만들 필요가 없음이.

내가 말했다. "놔둬요. 가서 리지를 도와줘요." 찰리는 놀라고 기분이 상해서 갔다.

북쪽 곶 위로 희미한 빛이 보였다. 곶은 반짝이는 섬처럼 수증기를 발산하는 바다에서 떠다녔다. 축복받은 이들의 섬 티르-나-노그. 한여름 혹은 흐린 겨울 이외에는 여기서 이틀 연속 같은 경치를 볼 수 없었다. 날씨와 계절, 시각, 조수와 바람이 바다와 땅, 하늘에 주는 변화는 무한했다. 온종일 변화하는 아름다움에 마음이 흥분됐다. 담벽만 내다보느니 황야의 양치기 오두막에서 살겠다고 생각했다.

바람보다 앞서 내륙으로 날아가는 갈매기들이 호를 그리면서 요란한 소리를 지르곤 절벽 아래 뭔가를 뒤쫓았다. 그들의 떠들썩한 싸움 소리를 들으면서 스텔라가 묘사한 여명의 갈매기들을 떠올렸다. "마법 같았죠." 스텔라가 말했었다.

홀러웨이 씨가 운영하는 시설의 삭막한 작은 방에 도착하면 스텔라는 기분이 어떨까. 울적하고 칙칙한 여자들 사이에서, 강철 같은 의지를 지닌 원장의 지배를 받으면서 산다면. 친구도 없이 갇힌 죄수가 된 느낌일까?

우리는 스텔라에게 친구의 존재를 상기시켜줄 수 있었다. 웬디에게 줄 장미를 산 브리스틀의 꽃집 이름이 뭐였더라? 이름 없이 보낸 꽃다발이 해로울 리 없었다. 스텔라는 아마 짐작하겠지만 쓰진 않을 것이다. 그러면 몰려드는 고적감을 피할 수 있을 것 같았다. 혹은 그것이 겨우 얻은 평화를 깨뜨릴까? 비참한 생각이 들었다. 어떻게 해야 할지 알 수 없었다.

들어가서 스콧의 하숙집에 전화를 걸었다. 짜증이 난 주인이 이번에도 피츠제럴드 씨라면, 스콧이 친구는 나아졌고 오늘 오후에 떠난다는 말을 남겼다고 했다.

무엇을 기대했을까? 스텔라는 나아졌다. 그걸로 충분해야 했는데, 여전히 산더미 같은 걱정이 나를 짓눌렀다. 어떻게 나아졌다는 걸까? 기운이 났다는 건가, 체념했다는 건가? 적어도 노발대발하다가 성녀가 되는 일은 없는 모양이라고 여겼다. 그 무시무시한 운명의 위협은 지나간 모양이었다.

꽃집 이름은 위더스였다.

브리스틀의 전화번호를 찾아내 전화를 걸었다. 따뜻한 목소리의 여자가 받았다. 내 주문을 받곤 이름이나 메시지 없이 장미를 보내주겠다고 약속했다.

맥스가 내려왔고, 우리는 발코니에 섰다. 내가 한 일을 이야기했다. 불안한 마음에 스텔라가 겪게 될 일에 대한 염려를 털어놨다. 맥스는 생각에 잠겼다.

"그걸 오래 견디진 못할 거야, 로더릭." 맥스가 잘라 말했다. "기운찬 사람인걸. 반항할 거야."

"그러고 싶다 해도 무슨 일을 할 수 있겠어?"

"패멀라에게 편지를 쓰겠지."

"편지 쓰는 걸 막을 거야."

"거기가 무슨 감옥인가!"

"'조화와 치유'라는 핑계로."

"할아버지에게 편지 쓰는 건 허락하겠지."

"할아버지에게 불평하진 않을 거야. 편찮으시니까."

"뭔가 할 거야. 도망칠 거라고."

"어디로? 여기로는 오지 말라고 했고, 할아버지가 속상해할 일은 안 할 텐데."

"로더릭, 스텔라는 열여덟이라고! 호텔도 있잖아. 우리 주소를 보낼 거야."

"받지 못할 거야."

"어딘가 친구가 있겠지."

"친구는 하나도 없을 거야. 게다가 돈도 빼앗았을 거고."

맥스가 놀란 표정을 지었다. "정말로 그럴 거라고 생각해?"

"홀러웨이 그 여자는 무슨 짓이라도 할 수 있어. 그 여자가 카르멜을 죽였다고 믿어."

비관론의 멋진 폭발이었다. 부끄러웠다. 맥스는 우리가 클리프 엔드를 포기한다는 것만으로도 충분히 우울해했는데, 이 이야기를 듣고는 더 괴로워했다. "상황이 심각하군."

잉그럼이 도착하자 숨이 트였다. 그는 기분 좋은 흥분으로 눈을 반짝이며 아침처럼 가볍게 달려 내려왔다. 패멀라가 쉬고 있다는 소식에 크게 동요했지만, 교령회 때문에 아픈 게 아니라는 패멀라의 주장은 반겼다. 그는 아침 식사를 하면서 계획을 이야기했다.

"동생분이 더블린의 친척 댁에 가신다면 기분 전환이 될 겁니다. 그렇죠? 비행기로 여행하는 걸 좋아하지 않을까요? 브리스틀에서 두 시간이면 됩니다. 그 길은 아주 잘 알고 있고, 그럴 핑계가 필요했습니다. 동생분과 함께 가도 괜찮을까요? 그러니까 지금부터 여드레 후에 갈 수 있다면 말이죠?"

잉그럼이 어찌나 즐거워하던지 패멀라는 아직 아일랜드에 갈 뜻이 없다고 말하기 미안했다.

맥스는 스페인어 사전을 바로 보내주겠다는 약속으로 침묵을 깨뜨렸다. 그는 잉그럼이 적은 노트의 복사본을 원했지만 그건 패멀라가 일지와 함께 가지고 있었다.

청소하러 나온 리지는 패멀라가 아직 잔다고 했다. 나는 스콧의 메시지를 전하며 패멀라가 일어나자마자 알려주라고 했다. 11시, 잉그럼을 기차역에 데려다줄 시각에도 패멀라는 자고 있었다.

잉그럼은 활기를 되찾지 못했다. 차에 앉아, 학교로 돌려보내지는 아이처럼 아쉬운 눈으로 집을 보고 있었다. 맥스 역시 우울해했다.

잉그럼의 브리스틀행 열차는 11시 35분 비디퍼드역에서 떠난다. 런던으로 돌아가는 맥스는 오전 시간을 기차에서 낭비하지 않겠다고 했다. 그는 역까지 걸어가 펍에서 점심을 먹고 3시 15분 기차로 떠날 계획이었다. 그는 차 뒤에 가방을 실었다. 바로 그때 전화가 울렸다. 피터 케리가 페넌트의 방문을 받고 들떠 있었다. 시간이 없다며 맥스에게 내 전화를 건넸다.

"행운을 비네, 로더릭!" 맥스가 말했다. "주디스와 함께 골든 하인드에서 만날 수 있어." 그가 스텔라를 역에서 만날 수도 있겠다는 생각이 들자 그를 통해 메시지를 보내고 싶다는 유혹과 스텔라를 성가시게 굴면 안 된다는 확신 사이에서 갈등해야 했다. 결국 나는 아무 말도 하지 않았다. 반갑게 웃으며 피터의 말을 듣는 그를 두고 출발했다.

잉그럼은 역으로 가는 내내 별말이 없었다. 집에 관한 말만 했다.

"유령이 나타나도 해가 되는 경우는 거의 없어요. 이따금 아이나 하인을 놀라게 할 뿐이죠. 하지만 이 경우는 너무 강렬하고 패밀라 양도 너무 예민해요. 가능하고 유일한 일을 하시는 거라고 믿습니다."

바위산을 넘을 때 나는 잠시 차를 세웠다. 경치가 너무 좋았다. 납빛의 바다에 은빛 파도가 빛났고 런디 섬에 은빛 테두리가 생겼다. 태양은 넓은 먹구름이 뒤덮었는데, 그 아래쪽 가장자리는 새하얬다. 거기서 퍼져 나오는 빛의 축이 곶을 비추고 히늘에 솟은 자수정에 불이 붙은 듯했다.

"와, 맥스가 좋아하겠군요!" 내가 감탄했다.

"힐리어드 씨가 좋아할 것 같군요. 이곳은 한겨울에 굉장히 아름다울 거예요." 가만있던 잉그럼이 동조했다.

"크리스마스에 클리프 엔드로 초대할 수 있으면 좋을 텐데요." 내가 말했다. 잉그럼은 고마워하는 표정이었다.

"며칠 함께 할 수 있는 처지라면 초대해도 될까요? 아일랜드에서 만나는 게 아니라면 말입니다."

이렇게 묻는 잉그럼은 처음으로 소심한 기색을 드러냈고, 나는 다정하게 대답할 수 있었다.

몇 분 동안 잉그럼은 조사 중에 마주친 기묘한 장소와 사람들에 대해 활발하게 이야기했다. "유령들이 이번 방문에서처럼 큰 기쁨을 줄지 몰랐습니다. 동생분께 제 인사를 꼭 전해주세요. 앞으로 어떻게 되는지 알려주겠다고 약속했어요. 감사하다고 전해주시고요. 이렇게 상냥하게 용서를 받는다면 또 죄를 짓게 될 거라고 전해주세요."

기차가 떠나자마자 나는 그가 그리워졌다. 그의 활기가 자극이 됐다. 집으로 돌아가면 맥스 역시 떠난 뒤일 테고, 패멀라와 나는 여인숙에서 잘 예정이었다. 스텔라는 150킬로미터 떨어진 곳에 있을 것이고.

기차역에서 시간표를 봤다. 오후 기차는 5시 50분에 출발했다. 역에 갈 수는 없었다. 도로를 따라 차를 몰아 윌름코트를 볼 수도 없었다. 곧장 집으로 향하다가 골든 하인드를 지나치며 망설였다. 오늘 밤 방을 예약해야 할까? 패멀라가 밖으로 나오지 못할 상태일 수도 있었다. 전화로 예약하기로 했다.

패멀라는 훨씬 나아졌다. 두통은 거의 나았고, 반쯤 어두워진 방에서 베개에 기대앉아 있었다. "머리가 쪼개지는 것 같았어. 5시까지 깨어 있었어. 잉그럼 씨에게 미안하네……. 오빠, 하룻밤만 집행유예를 원해!"

"좋아. 이 방에만 있겠다는 조건부로 허가할게." 내가 대답했다.

"너무 바빠서 나가지도 못해. 생각만 하고 싶어. 우린 그동안 너무나 정신 나간 착각을 했어."

"아니, 패멀라. 또 처음부터 시작하는 건 반대야."

"하지만, 오빠. 그럴 거야. 희망이 있어……."

"그 문제로 머리를 괴롭히지 마, 패멀라! 아무것도 소용없을 거야. 우리 둘 다 지치기만 하지."

"알았어. 확신이 설 때까진 이야기하지 않을게. 소식 알려줘! 참, 맥스가 오더니 피터 이야기를 했어. 맥스 같은 사람이 또 있을까?"

나는 잉그럼이 남긴 인사를 최선을 다해 전달하곤 나 때문에 품위가 좀 떨어진 게 아닐지 염려했다. 패멀라는 미소를 머금고 들었다. "그런데 죄와 용서라는 건 무슨 소리야?" 나는 궁금해서 물었다.

"아, 어제 속상했을 때 말인가보다. 잉그럼 씨에겐 정말 힘든 일이었는데, 오빠는 예의 바르게 행동하지 않았어."

"음, 그거 마음에 드네! 싸증이 나는 길 꾹꾹 참고 있었는데!"

"그러지 않았거든! 잉그럼 씨가 우리를 그렇게 돕는데, 오빠는 그 사람을 마치…… 마치……."

"마치 뭐? 말 좀 해봐!"

패멀라가 웃었다. "아, 마치 잭 인 더 박스•처럼 취급했잖아. 그 사람이 튀어나오면 머리를 밀어 넣었어."

"안 그랬어! 게다가 잉그럼 씨는 좀 자주 튀어나왔고."

"계속해봐, 오빠. 오빠 때문에 머리가 아프기 시작했어!"

"아, 알았어. 네 발톱 뾰족하게 만드느라 필요한 거 있으면 날 불러."

패멀라는 위엄 있는 표정으로 나를 노려봤다.

"오빠를 부를 때는 굉장히 중요한 발표를 위해서일 거야."

• 뚜껑을 열면 인형이 튀어나오는 장난감.

제21장 귀환

우울한 오후를 보냈다. 혼자 점심 식사를 한 뒤 서류들을 파기하고 원고를 모았다. 그러고는 일 관련 편지를 쓰고 집을 폐쇄하는 데 필요한 숱한 일들을 목록으로 정리했다. 이곳은 창고로도 쓸 수 없었다. 도둑이 들기 쉬우니까. 짐은 전부 내보내야 했다. 어디로? 어디서 살게 될까? 몇 주 동안은 브리스틀의 가구 딸린 방에서 지내겠지. 하지만 책과 서류 없이는 갈 수 없었다. 그다음에는 어디가 될까?

이 온갖 문제와 처리해야 할 일 가운데 마감에 맞춰 희곡을 어떻게 마칠 수 있을지 알 수 없었다. 하지만 해야 할 일이었다. 패멀라는 기다려주겠지만, 리지는……. 리지와 함께 지낼 여유는 없을 것 같았다. 리지에게 무리였다.

리지는 차를 내오면서 말했다. "패멀라 아가씨가 저녁으로 오믈렛만 먹겠다네요. 커틀릿 괜찮으세요?"

"아뇨, 리지. 나도 오믈렛으로 할게요. 그리고 내가 만들게요. 치즈오믈렛으로. 패멀라 것도 내가 만들게요. 패멀라의 건강이 안 좋은데, 리지에게만 요리를 맡기지 않을래요."

리지가 껄껄 웃을 줄 알았는데 아니었다. 리지는 부처상처럼 엄숙한 표정으로 서 있었다.

"오늘은 안 나가요." 리지가 선언했다.

"아, 하지만 리지, 나가야 해요! 여기 있으면 불안할 거예요."

"어쩌면 두려움에 뻣뻣이 굳어서 죽은 채 아침에 발견될지도 모르죠. 그럼 도련님 탓이에요."

"세상에, 왜 안 간다는 거예요?"

"도련님을 믿을 수 없으니까요. 내가 안 보는 사이에 무슨 짓을 할지 믿을 수 없어요."

그게 문제였다. 리지는 나가지 않고 지옥에서 풀려난 악마들로부터 우리를 지킬 셈이었다.

"리지, 무슨 말인지 알겠어요. 오늘 밤에는 신부님이 허락하지 않는 일은 절대 안 한다고 내 명예를 걸고 약속해요. 그러니 가겠어요?"

리지는 크게 안도의 한숨을 내쉬었다.

"신께서 축복하시기를, 로더릭 도련님. 그럴게요!"

나는 응접실로 내려가 책을 골랐다. 늘 쓰는 방들에는 유령이 나타나지 않는 것이 희한하다고 생각했다. 이 예쁜 방에서는 아무 일도 없었다. 패멀라가 다시는 망설이지 않기를 바랐다. 소용없는 일이고 기운만 빠졌다. 내 결심은 번복할 수 없었다. 서평을 쓰기 시작해 해 질 무렵 마쳤다.

폭우가 쏟아지는데 밖에서 발소리가 들려서 놀랐다. 스콧인가? 일요일에 온다고 했는데. 내다보니 앤슨 신부가 양손으로 큰 우산을 붙잡고 거센 바람에 비틀거리고 있었다. 나는 급히 문을 열었고 신부는 바람에 떠밀렸다. 숨을 몰아쉬었고, 불안하고 소심한 기색이었다.

신부가 물었다. "들어가도 될까요? 몸은 괜찮아요? 시간이 있습니까?"

나는 진심으로 만나서 반갑다고 말할 수 있었다. 하지만 그의 불안한 표정은 가시지 않았다. 그가 쑥 들어간 눈으로 내 안색을 살폈다. 그러더니 진지하게 물었다. "피츠제럴드 양은 잘 있습니까?"

나는 두통 때문에 누워 있긴 하지만 나아졌다고 했다. 신부는 안도한 표정으로 앉았다.

"아프지 않다니 다행이군요." 신부는 미소를 지었다. "제가 무례하다는 말을 듣게 된다면 피츠제럴드 씨와 단둘이 있을 때 듣고 싶군요."

"그런 말씀 들으실 일 없어요."

"두 분이 신자라면 신부로서 방문하는 게 의무였을 겁니다. 하지만 상황이 이런 만큼 친구의 방문으로 받아들여주지 않는다면 제 방문은 침입이나 다름없을 겁니다."

"감사합니다, 앤슨 신부님. 지금 동생과 저는 친구가 필요해요."

"그럴 것 같아요. 그럴 것 같아……"

웃지 않을 수 없었다. 우리의 '사악한 모임'에 관한 소문이 그의 귀에 들어간 것이 분명했다. 나는 아침에 있었던 일을 떠올렸다.

내가 말했다. "신부님 생각처럼 심각한 건 아니에요. 설명하고 싶지만 우선 저부터 이해해야겠죠. 리지가 찰리에게 말했고, 찰리가 제섭 부인에게 말했고, 부인은 그걸…… 음, 그러니까……."

"식료품점 소년에게 말했지요. 소년은 제 가정부에게 전했고요. 그래서 제가 알게 됐어요." 앤슨 신부가 미소를 지으면서 알려줬다.

그러더니 불쑥 진지한 표정으로 말했다. "제가 경고했는데도 그걸 했습니까?"

"마지막 수단이었어요."

"그래서 영혼들을 쉬게 할 방법을 찾았습니까?"

"아뇨."

"어떻게 그럴 수가? 하지만 이제 제가 도와드릴 방법을 구했습니다. 주교님의 허가가 떨어졌어요."

신부의 고집이 당황스러웠다. 나는 결국 구마 의식은 제외됐다고 분명히 밝혔다. "주교님께 괜히 연락하셨네요, 신부님. 저……."

신부는 손짓으로 내 말을 막았다.

"압니다! 허가를 좀 더, 피츠제럴드 씨에게 더 중요하게 보이는 곳에서 받아야 한다는 걸 알고 있어요. 다음에는 그런 것을 받아낼 생각입니다." 그가 아주 살짝 미소를 지었다.

"스텔라 메러디스는 오늘 브리스틀로 떠납니다." 내가 말했다.

"브리스틀까지 가는 게 제 능력 밖의 일은 아니지요."

"고마운 말씀이지만, 신부님. 제 말 믿으세요. 스텔라가 잊게 하는 편이 최선이에요. 게다가 이제 유령에 대해선 아무조치도 필요 없어요. 집을 포기하기로 결정했거든요."

"힘든 결정이군요."

"달리 방법이 없어요."

신부는 잠시 고개를 숙이곤 생각에 잠겼다. 나는 신부가 화제를 바꾸리라 생각했지만 그러지 않았다. 그는 아주 진지한 표정으로 나를 봤다.

"미안하지만 피츠제럴드 씨, 이 사안에 대해서 제가 좀 집요하게 굴 생각입니다. 이 아름다운 집을 잃는다는 게 슬픈 일이긴 하지만, 이 집만 생각해서가 아니라 불행한 아이를 생각해서입니다. 그 아이가 이 집에 자기 어머니의 영혼이 머물러 있다는 생각에, 그 무시무시하고 불경스러운 믿음에 짓눌려 평생 살아야 할까요?"

신부는 얼굴을 붉히며 강한 어조로 말했지만 곧 다시 유순해져서 말했다.

"저도 스텔라의 어머니를 압니다. 감히……." 신부는 망설였다. "감히 친구 사이였다고 말할 수도 있지요. 그 사람의 아이와 연락이 끊어지다니 제 의무를 다하지 못했습니다. 스텔라를 찾아가야겠습니다. 그럴 생각입니다. 그리고 제가 만약 그 아이에게 구마 미사를 설득할 수 있다면 두 분이 동의하실지 알고 싶습니다."

아쉬웠다. 앤슨 신부에게 마음이 끌려 그와의 우정을 유지하고 싶었지만, 뭐라고 한단 말인가? 대답을 한다면 진심이어야 했다. 노인의 두 눈은 오래전 인간의 본성과 약점을 이해하는 듯했다. 어떻게 합리화를 해도, 어떤 허구의 핑계를 들이대도 그는 원죄를 저지른 아담의 아들을 알아볼 것 같았다.

나는 맥스에게 그랬던 것처럼 스텔라의 상태를 설명했다. 스콧의 말도 되풀이했다. 놀란 신부는 고개를 숙이고 입술을 움직이며 기도했다.

"주께서 저를 용서하시기를. 제가 너무 늦은 겁니까?" 신부가 쉰 목소리로 말했다.

"신부님은 이 일에 아무 책임이 없으시죠." 내가 부인했다. 신부는 대답하지 않았다. 그의 주의를 끌기 위해 교령회에 대해 이야기하기 시작했다. 패멀라가 가수 상태에 든 이야기를 하는데, 리지가 만족스러운 표정으로 들어와 앤슨 신부님이 떠나기 전에 만나고 싶다는 패멀라의 말을 전했다. 우리는 곧장 위층으로 올라갔다.

패멀라는 우아한 레이스 재킷을 걸치고 앉아 있었다. 스탠드를 켜고 커튼을 쳐서 바깥의 어둠을 막아둔 방은 아늑했다. 침대 위에 원고가 흩어져 있었다. 스텔라는 앤슨 신부에게 반갑게 인사하고는 자신이 많이 회복됐으며 하루 일을 모두 마쳤다고 했다.

"스페인어를 아세요, 신부님?" 패멀라가 물었다. 그러고 보니 어쩌서 그 가능성을 생각지 못했을까?

"전에는 알았지요."

패멀라가 잉그럼의 노트를 내게 건넸다.

"오빠, 어떤 소리였는지 기억나? 읽어줘. 앤슨 신부님, 어젯밤 제가 가수 상태에서 한 말이에요."

신부는 책망하듯이 고개를 저었다. 그럼에도 그는 흥미를 느끼며 눈을 반짝였고, 내가 최대한 음절을 따라 반복하는 동안 열심히 들었다. **니냐 미아, 치카, 과파** 등등.

신부는 내게서 종이를 받아 갔다.

"이건 그저 애칭입니다. '내 사랑', '내 아가', '내 사랑스러운 딸아' 같은 말이죠. 어머니가 아이에게 하는 말입니다."

패멀라의 눈이 초롱초롱해졌다. "그럴 줄 알았어요." 패멀라는 신부의 얼굴을 똑바로 보며 물었다. "카르멜에게 아이가 있었나요?" 신부는 못 들은 것처럼 종이만 보더니 잠시 후 모호하게 대답했다. "카르멜은 스페인 출신입니다. 제가 아는 건 카르멜의 인생에서 겨우 몇 달이지요. 자기 나라에서 제게 이야기하지 않은 많은 일이 있었을지 모릅니다."

패멀라가 미소를 지으며 종이를 치웠다.

"음, 이 질문에는 대답을 거부하실 수 없을 거예요. 카르멜을 처음 만나셨을 때, 그녀는 유순하고 따뜻한 성품의 여자였죠?" 패멀라가 말했다.

"정말 그런 줄 알았죠."

"카르멜의 기질, 불같은 성격이 사람들 말처럼 대단했나요?"

신부는 미소를 지었다. "카르멜이 제 가정부와 있을 때 화를 내는 걸 한 번 본 적 있습니다. 화를 내고 짜증을 내며 우는 아이 같았지요."

리지가 느릿느릿 올라오는 소리를 듣고 무거운 쟁반을 들어주러 나갔다. 패멀라의 수다가 상당히 짜증났다. 이제는 아무런 의미도 없는 이야기였다. 카르멜이 스페인에 아기를 버린들 내게 무슨 상관이랴? 우리를 쫓아내는 건 카르멜과 카르멜의 울음소리가 아니었으니까.

리지가 앤슨 신부에게 차와 샌드위치, 버터를 듬뿍 넣은 감자케이크를 가지고 왔다. 신부는 시장했던 모양이었다. 리지가 쟁반을 내려놓자 기쁜 기색을 감추지 않았다. "저, 리지." 신부가 눈을 반짝이며 말했다. "방금 소문 퍼뜨린 것을 속죄하는 무서운 방법을 새로 생각해냈지만, 당신을 사면하기로 하지요."

리지가 웃었다. "찰리로군요! 음, 신부님, 어떻게 오셨는지 모르겠지만 제가 한 짓을 후회한다고는 말씀드릴 수 없네요. 감자케이크 조심하세요. 버터가 뚝뚝 떨어지니까. 보세요. 냅킨도 가져왔어요. 무릎에 깔고 드세요."

앤슨 신부가 간식을 즐기는 동안 패멀라는 열심히 질문했다. 패멀라는 굉장히 흥분한 상태로 내키는 대로 말했다.

"오빠, 우리는 박쥐처럼 아무것도 못 보고 있었어! 카르멜은 단순하고 따뜻한 마음을 가진 정 많은 여자였고, 메리는⋯⋯." 패멀라의 음성에 혐오가 서렸다. "메리는 냉정하고 독하고 독선적인 도덕군자였다고!"

앤슨 신부가 경고하는 눈초리로 말했다. "피츠제럴드 양, **데 모르투이스**⋯⋯•"

"신부님도 동의하시는군요!"

"세상에, 패멀라. 무슨 말을 하려는 거야?" 내가 말을 잘랐다.

"모두가 메리를 우러러보는 건 '우상숭배에 가까운'•• 수준이야!"

신부가 고개를 끄덕였다. "메리 메러디스는 강한 감정을 불러일으켰지요."

패멀라의 얼굴이 굳었다. "메리 메러디스는 오만하고 위선적인 이기주의자였어."

앤슨 신부가 깜짝 놀랐다.

"어째서 그렇게 심하게 생각하는 거지요?"

"신부님, 아이를 어둠 속에, 두려움에 울도록 내버려두고 불도 켜주지 않는 여자를 어떻게 생각하세요?"

"자신만의 훈육 방법이 있었던 겁니다."

"바로 그거예요. 훈육 방법! 다른 사람들에게 강요하는 법칙! 그 여자는 사람들의 성품을 훈련하는 방식이 있었고, 그

• '죽은 자에 대해서는 좋은 점만 말하라'라는 라틴어 경구의 앞부분.

•• 벤 존슨(1572~1637)의 시 〈셰익스피어에 대하여〉에 나오는 구절.

들의 영혼을 구원하는 계획이 있었어요! 참 좋은 방법이었죠. 아기를 공포에 시달리게 하고, 젊고 정열적인 소녀는 유혹에 시달리게 하죠. 자신이 지켜보고 안내하고 구원의 천사 역을 하려고! 남편을 지옥에 보내 자신의 '한없는 너그러움'을 과시하려고!"

나는 어안이 벙벙했다. 하지만 가장 놀라운 점은 나도 마음 한구석에서 메리에 대해 오랫동안 그렇게 느껴왔다는 사실이었다. 패멀라가 어떻게 그걸 알아냈을까?

"그게 바로 '앙심'이지." 내가 말했다.

패멀라는 기진맥진했다. 베개를 베고 누워 앤슨 신부의 질책하는 얼굴을 향해 미소 지었다.

"가수 상태에서 완전히 회복한 게 아닌 것 같군요." 신부가 진지하게 말했다. "오, 피츠제럴드 양, 정말 위험하고 그릇된 생각입니다! 그러니 이제 여기 앉아 그렇게 격한 이야기를 듣고 있을 수 없군요. 제가 이 맛있는 샌드위치를 다 못 먹고 가야겠습니까?" 그는 미소를 지었다.

"알겠어요. 그만할게요. 하지만 마음으로는 제게 동의하신다고 믿어요."

앤슨 신부는 찬찬히 말했다. "동의하는 건 여기까지입니다. 메리도 여러 순결하고 고귀한 여인처럼 이따금 인간 본성에 부적절한 압박을 가하곤 했다고 생각합니다."

"그거면 충분하네요." 패멀라가 말했다.

신부는 간식을 다 먹고 일어났다. "걸인 역할을 맡아야겠군요. 얻어먹고 떠나는 것 말이지요."

그가 너무 지쳐 보여 차로 태워다주고 싶었지만, 그에게 패멀라를 혼자 두기에는 너무 늦은 시간이라고 설명했다.

"그건 안 될 일이지요." 신부도 맞장구쳤다.

신부는 침대 옆에 서서 패멀라의 손을 잡고 앞으로는 교령회에 참여하지 말라고 애원했다.

"열정적인 영혼과 활기찬 상상력을 갖고 있기 때문에 그런 일은 굉장히 위험합니다." 신부가 말했다.

"곧 다 끝나길 바라고 있어요." 패멀라가 대답했다. 그리고 와준 것과 염려에 감사하다고 따뜻하게 인사했다.

리지는 복도에 앉아 출발을 기다리고 있었다. 두 사람이 함께 어두운 폭우 속으로 걸어가는 모습을 지켜봤다. 앤슨 신부의 거대한 우산이 둘을 함께 보호했다. 그리고 나는 위층으로 달려갔다.

패멀라의 방문이 닫혀 있었다. 두드렸다.

"이봐, 아가씨, 그게 다 무슨 이야기야?"

"저녁 먹으면서 이야기할게. 이제 일어나려고! 목욕물 좀 받아줘. 내가 종을 치면 오믈렛 만들기를 시작해!" 패멀라가 말했다.

내가 만든 오믈렛이 봉긋하고 예쁜 모습으로 파란 접시에 담겨 우리 사이에 놓여 있었다. 조심스레 잘라도 가라앉지 않았다.

"맛있어, 오빠! '노란 파도 거품'처럼 바삭하네." 패멀라가 말했다.

　붉은 드레스를 입고 장밋빛 갓을 씌운 전등 불빛에 혈색이 오른 패멀라는 별로 아파 보이지 않았지만, 그래도 그 애의 눈에 흥분이 깃든 것은 이해할 수 없었다. 그 애가 결국 실패할 희망에 또 한 번 들뜨는 건 보고 싶지 않았다.

　"그렇게 스스로에게 만족스러운 표정인 데에 뭔가 합리적인 이유가 있길 바란다." 내가 말했다.

　"오빠, 나 자신에게 만족하는 게 아니야. 실은 굉장히 초조하다고." 패멀라는 아주 진지한 표정을 지었다.

　"초조해? 왜?"

　"이 일을 어떻게 말해야 할지 몰라서. 오빠가 믿어주기를 간절히 바라거든. 믿어주면 모든 게 바뀔 거야."

　"패멀라, 정신 차려! 뭐가 바뀔 수 있겠어? 나는 의심하는 쪽이지만, 네가 카르멜과 카르멜의 울음을 이해했더라도 오래전 버려진 애를 찾아 스페인, 프랑스, 영국의 보육원을 뒤질 순 없어. 그리고 어쨌든 중요한 건 카르멜이 아니야. 메리지. 메리의 영혼이 나타나는 걸 견딜 수 없다는 사실은 아무것도 바꾸지 못해."

　패멀라는 당혹스러운 표정으로 나를 봤다. 그 애는 충동적인 흥분으로 가득 차 있으면서도 요령 있게 접근하려고 주의했다. 패멀라가 한숨을 쉬었다. "오빠가 직접 찬찬히 생각해본다면 좋을 텐데!"

　"뭘 생각해?"

"카르멜에 대한 편견이 완전히 불공평하다는 걸 오빠도 이해하면 좋겠어."

"그게 중요해?"

"아주 중요하지. 오, 오빠, 카르멜은 심한 중상모략을 당했어. 이 무지한 사람들에게! 명랑한 외국인이고 한 번 유혹을 당했다는 이유만으로! 제섭 가족은 짐작했을 거야. 카르멜은 유혹을 당했지만 충실했어. 메러디스를 끝까지 사랑했으니까. 하지만 사람들은 카르멜을 가벼운 여자라고 여겼던 거야."

"물론 그랬겠지."

"그리고 홀러웨이 씨. 카르멜에 대한 질투심에 사로잡힌 홀러웨이 씨는 제정신이 아니었어. 메리도 전혀 자비심을 지니지 않았고."

"하지만, 이것 봐. 카르멜이 메리를 죽였다고. 그런 거 아니었어?"

"아니야, 오빠! 그건 나무였어. 나무가 메리를 친 거야. 오빠를 친 것처럼."

"이런! 왜 그 생각을 못 했지? 나무에 내 눈을 맞아놓고."

"홀러웨이 씨는 그걸 알고 있었어. 알고도 거짓말을 한 거야. 자신에게도 거짓말을 해서 카르멜의 죽음에 대한 양심의 가책을 덜려는 거지. 메리도 알고 있는데 거짓말을 하는 거야. 지금까지도."

"유령들이 거짓말(lie)을 한다는 거야?"

"L I L I.' 카르멜이 끼어들어서 하려는 말이야. 영어 철자를 몰랐던 거야."

"와, 천재적인데."

"간단해. 메리가 카르멜이 스텔라를 해치려 든다고 할 때마다 그 글자가 나왔잖아. 아무도 스텔라를 해치려 하지 않아."

나는 일어나서 실내를 서성거렸다. 그제야 관심이 생겼다. 도움이 안 된다고 해도 흥미로운 이야기였다. 패멀라는 완전히 흥분한 상태로 내게 간청하는 표정을 지었다.

"카르멜에 대한 모든 편견과 중상모략을 마음에서 지워봐. 친절하고 충실하고 상냥한 여자였다고 생각해보라고! 느껴지지 않아, 오빠?"

"〈새벽〉의 얼굴은 매력적이야." 내가 인정했다.

"내가 보는 얼굴도 그래. 그 얼굴이 마음에 들었어. 그리고 앤슨 신부님도. 신부님은 카르멜을 알았고 좋아했어."

"그래, 그랬던 것 같아."

"그리고 외로운 울음소리도. 목소리가 부드럽고 불쌍하지 않아?"

그렇다. 확실히 그렇다는 생각이 들었다. 더군다나 패멀라가 가수 상태에서 애칭을 말할 때의 음성은 내가 들어본 음성 중에서 가장 부드럽고 상냥했다. 하지만 어째서 패멀라가 거기 그렇게 집착하는 것인지 궁금했다.

"그리고 카르멜이 어떤 고통을 겪었는지 생각해봐! 스페인에서 살던 카르멜을 생각해봐. 젊고 사랑에 빠져 즐거워하던 소녀를. 메러디스는 거기서 카르멜을 행복하게 했어. 그러다 냉정하고 영국적이고 예리한 메리가 등장하지. 돈도 많고 집도 있는 여자가. 메러디스가 떠돌이 생활에 지쳤던 것 같아. 그래서 둘은 결혼해. 카르멜이 상심했을까? 어쨌든 카르멜은 메러디스를 용서했어. 그 남자를 못 보니 메리의 하녀가 됐지. 착하게 살 생각이었을 거야. 그다음엔 메러디스의 모델 일만 하려고 했어. 하지만 메러디스가 유혹해. 그리고 소중한 아기를 빼앗기고 돌아오자……."

"잠깐, 패멀라!"

나는 우뚝 섰다. 세상이 거꾸로 빙빙 돌았다.

"대체 무슨 말을 하는 거야? 아기를 빼앗겨? 스텔라가? 카르멜의 아기라고?"

"응, 오빠. 모르겠어?"

생각해보려고 했지만 그럴 수 없었다. 아무것도 알 수 없었다. 스텔라도, 카르멜도, 메리도 더는 알 수 없었다. 모든 논리가 혼돈에 빠졌다. 바람이 우울하게 신음하고 비가 온실 지붕에 퍼부으며 스텔라가 150킬로미터나 떨어져 있다는 것 말곤 알 수 없었다. 난로에 땔감을 넣고 의자에 앉아 이 모든 것을 살펴보려고 했다. 그것이 진실일 수 없는 이유가 수십 가지 있었다.

"홀러웨이 씨가 알아냈을 거야. 게다가 그 사람이라면 카르멜의 아이와 10년이나 함께 지내진 않았을 거야." 내가 말했다.

"'엄청난 급료'를 위해서라면 했을 거야! 하지만 홀러웨이 씨는 모르는 것 같아."

"하지만 파리에선!"

"아기는 홀러웨이 씨가 오기 전에 젖을 뗐어. 그때까지는 메리와 카르멜만 있었고."

"세상에! 앤슨 신부님은?"

"카르멜은 아기를 가졌다고 고해했을지 모르지만, 메러디스의 아기라고는 말하지 않았을 거야. 모르겠어. 신부님이 그동안 알고 있었을 것 같지는 않지만 지금은 짐작하신 것 같아."

"그래서 스텔라에 대해서 갑자기 염려하는 거로군."

"그렇지."

나는 말없이 앉아서 한참 동안 생각했다. 패멀라는 커피 주전자 밑에 다시 불을 피웠고, 모든 걱정거리가 끝났다는 듯 고양이처럼 의자에 편안하게 웅크리고 앉았다. 빗발이 약해졌지만 바람 소리는 계속됐다. 밤이 깊어졌다. 패멀라가 말했다. "계단참에 아무 일도 없으면 해보고 싶은 일이 있어. 거기 석유난로를 가져다놓고 온기가 냉기를 쫓아낼지 보고 싶어. 확인 좀 해줄래?"

나는 계단참으로 올라갔다. 냉기도 안개도 없었다. 옅은 신음이 집 안에 울렸다. 바람 소리일 수도 있었다. 나는 다시 내려와 패멀라에게 아무 일 없다고 말했고, 패멀라는 잠시 나를 방에 혼자 뒀다.

그 이야기를 믿고 싶었다. 마음에 들었다. 스텔라가 메리의 성품을 닮지 않았다면, 그 엄격하게 거리끼는 태도가 모두 주

입된 것이라면, 따뜻하고 충동적인 남쪽 지역의 성정을 지녔다면…… 〈새벽〉이라는 그림을 다시 봤다. 매혹적인 얼굴이었다. 검은 두 눈에 깊은 사랑과 상냥함이 보였다…… 아주 잠시, 스텔라가 패멀라의 방 소파에 앉아 있었을 때 수줍고 부드러운 표정을 지었었다…… 그리고 귀의 모양과 입술의 곡선에도…… 패멀라가 돌아왔을 때는 나도 환희에 차 있었다. 난로로 유령을 쫓겠다는 패멀라의 생각을 놀렸다.

"어쨌든 타고 있어." 패멀라가 명랑하게 대답했다. "오빠도 믿어?"

나는 그렇게 쉽게 항복하지 않을 생각이었다. 방 안을 서성거렸다.

"완전히 한 편의 멜로드라마야." 내가 잘라 말했다. "다른 여자가 낳은 남편의 아이를 받아서 키우는 여자는 없어. 너무 설득력이 없다고."

"메리는 설득력 없는 여자였어. 그 여자가 할 만한 일이었다고."

"동기를 모르겠어."

"당연히 메러디스를 붙잡아두려는 거지. 메러디스는 염증을 느꼈어. 스페인이 불렀어. 카르멜이 그를 소중히 여겼고, 그는 아이를 좋아했어."

"그럼 메리는 남자를 잡아두려고 그랬던 거야?"

"그거지."

"하지만 카르멜이 아이를 내놓았을까?"

"그 부부에게 버림받는다면 카르멜에게 무슨 미래가 있겠어? 아마 외모도 이미 예전 같지 않았을 텐데. 애 딸린 모델이라니. 메러디스는 편들지 않았을 거고 메리는 봐주지 않았을 거야. 설득하는 장면이 떠오르지 않아? '너처럼 가난하고 집도 없는 것이 아이를 위해 뭘 할 수 있겠니? 우린 아이에게 아름다운 삶을 줄 수 있는데!'"

"희곡은 네가 쓰는 게 좋겠다."

"극적이라고 해서 사실이 아닌 건 아니야."

"아, 나도 그렇게 생각해."

"그래, 오빠?"

"거의."

"자자 우리의 식사 시간이네. 그렇게 어정거리지 마. 정신사나워."

"아, 알겠어." 나는 커피 탁자를 사이에 두고 패멀라의 맞은편에 앉아서 말했다. "괜찮다면 반대신문을 할게."

패멀라가 웃었다. "가엾은 잉그럼 씨! 이걸 보면 실망할 거야."

"잉그럼은 다시 기운을 차릴 거야! 자, A, 메리의 평판. 어떤 여자가 성녀라는 별명을 얻는 데는 이유가 있어."

"메리를 우러러본 사람들이 누구였지? 전부 우러러보고 싶었던 사람들이었어, 오빠. 제섭 가족을 봐. 그들은 이 집안과 잘 지내고 싶었고 아름다운 얼굴과 우아한 몸가짐, 부인의 후한 씀씀이에 감동했을 거야. 메리는 정말로 손 큰 여자였을 테니까."

"아, 그럼 메리에게 좋은 점이 있다는 건 인정해?"

"죽음에 이르는 일곱 가지 미덕●을 모두 갖췄겠지. 냉정하고, 자의식 강하고, 자기중심적인 모든 것!"

"그래, 제섭 가족은 그렇다 치고. 홀러웨이 씨는……."

"홀러웨이 씨는 메리와 같은 유형이지. 독선으로 가득한 같은 족속. 두 사람의 인성을 다 합쳐도 놀란 아이를 달래주진 못했지."

나는 씩 웃었다. "그게 내내 걸렸던 거지."

"맞아. 그래서 갑자기 추측하게 된 거야. 음, 이것 봐! 홀러웨이 씨가 메리를 처음 만났을 때 어떤 존재였지? 새로 지어낸 이론과 야망을 품은 괴짜였지. 하지만 그걸 실현할 돈은 한 푼도 없었어. 메리는 그 여자의 이론에 동참했고, 돈도 있었어."

"물론 그건 이해해."

"그러니까 오빠도 알겠지? 홀러웨이 씨는 메리를 사랑하고 우러러보고 싶었던 거야. 스스로를 돈이나 뜯어내는 존재로 보진 않았을 거라고. 고결하고 아름다운 핑계가 필요했어. 개인적인 충성심, 바로 그거라니까!"

"어린 냉소주의자 같으니!"

"늙어 앞 못 보는 회의론자 같으니!

● 기독교에서 정한 '죽음에 이르는 일곱 가지 죄악'에 대한 말장난.

"그럼 중령은 어떻게 처리할 건데?"

"불쌍한 노인네! 소망대로 생각한 거지!"

"그렇군. 중령은 아름다운 딸인 메리가 완벽하다고 여기고 싶었던 거야."

"딸 말고는 아무도 없었으니까. 게다가 메리는 아버지의 기준에 맞았어. 어느 지점까지는. 메리 나름의 얼음처럼 냉혹한 방식으로 우러러볼 만한 존재였으니까."

"그럼 냉기는 유령의 기질에서 나온 거라는 생각으로 돌아가는 거야?"

"응."

"그럼 메리가 '복수심에 미쳐 날뛴다'고 할 거야?"

"아, 아니, 용서는 메리가 즐긴 거니까."

"메리를 정말 괴상한 유형으로 만들고 있구나. 너무 많은 걸 지어내는 거 아냐?"

"아니야, 오빠. 우리가 메리에 대해 아는 것들을 생각해봐. 모든 걸 알고도 카르멜을 집에 둔 것……. 그 상황이 계속되길 원한 게 분명해. 카르멜이 필사적인 상태로 돌아왔을 때 메리가 어떻게 했는지 생각해보라고. 난간에 기대서서 그 망가진 얼굴을 보고 어떤 짓을 할 수 있는지 깨닫고는 미소 짓는 그 여자의 모습이 안 보여? 아니, 이미 보지 않았어? 카르멜을 쫓아내지 않고 들였지. 메러디스가 그리게 하고. 메러디스가 그 죽음의 얼굴을 보고 또 보게 했어. 그리고 그 마지막 날 저녁, 카르멜을 작업실에 불러 메러디스가 그린 걸 보여준

게 메리였다는 걸 기억해? 알고 있어?"

패멀라의 목소리가 잦아들었다.

"네 말을 들으면 메리가 악마 같아."

"파괴자야. 오빠의 바버라랑 비슷하지."

"와, 그렇네. 정말 놀랍다!"

"잘 모르겠어. 어쩐지 이상하더라. 오빠가 예전에 하던 작업과 완전히 다른 작업에 그렇게 뛰어들다니."

"이 집의 분위기 탓이라고 생각해?"

"글쎄……. 하지만 그건 다른 동기지."

"아니, 그렇지 않아. 메리의 권력욕도 다른 성격의 권력인 것 같아."

"바버라는 파괴하는 재미를 좋아해. 메리는 구하는 걸 즐기고. 그것뿐이야."

그사이 커피가 끓어오르면서 꽤 진해졌다.

나는 커피를 따르고 패멀라를 향해 잔을 들었다. "네가 잉그럼보다 뛰어난 탐정이구나."

"그 사람은 카르멜을 몰랐잖아. 카르멜을 보지 못했고. 어젯밤 나처럼 카르멜이 되지도 못했어."

"두 사람이 여기 있으면 좋겠다. 잉그럼과 맥스가."

"오빠, 그들에게 말할 순 없어."

우리는 잠시 말없이 앉아 이 모든 일의 의미를 곰곰이 생각했다. 시계가 10시 30분을 알렸다. 밖은 더 조용해졌지만 슬퍼하는 가련한 카르멜인지, 바람인지 알 수 없는 낮은 신음이 들렸다.

내가 말했다. "중령이 이런 의심은 한 적 없었으면 좋겠다."

"오, 오빠, 그런 일은 절대 없길." 패멀라가 말했다.

"잔인한 일일 거야."

"모든 게 잔인해. 스텔라가 태어난 후부터 겪은 잔인한 일들을 생각해봐. 스텔라에게서 카르멜의 성정이 보이지? 충동적인 즐거움, 애정과 따스함? 그 모든 걸 옥죄고 비틀고 억압했어."

비통하게 말하던 패멀라가 부드러워진 표정과 음성으로 말을 이었다. "스텔라가 알면 놀라운 해방감을 느낄 거야."

"스텔라에게 말할 수 없어!" 내가 외쳤다. 패멀라가 휘둥그레진 눈으로 나를 봤다.

"말 안 한다고?"

"물론이지! 그동안 내내 메리를 어머니로 알고 숭배했는데, 무시무시한 충격이 될 거야."

"하지만 그런 거짓말을 믿고 살게 할 순 없어!"

"말할 수도 없어."

"스텔라 앞에서 그 구역질나는 거짓말을 계속할 수 있어, 오빠? 게다가 그렇게 사람의 성정을 왜곡시키고 재단하고……."

패멀라의 말이 들리지 않았다. 그 신음이 커졌다가 작아졌다가 멀어졌다가 길고 낮은 울음소리로 변하며 들려왔기 때문이다. 바람 소리가 아니었다.

나는 벌떡 일어났다.

"들어봐!" 내가 날카롭게 외쳤다. "우리가 다 알게 됐어! 하지만 그게 무슨 소용이야? 그렇다고 어떻게 되는데? 잘 들어보라고! 우리가 뭘 할 수 있는데?"

패멀라도 몸을 조금 떨며 일어났다. "스텔라에게 말해야 해. 카르멜은 스텔라에게 알리고 싶은 거야. 자기 아이가 엄마가 누군지도 모른 채 이 모든 중상모략과 거짓말을 믿고 사는 걸 견딜 수 없는 거라고! 그래서 카르멜이 못 떠나는 거라고 확신해. 물어봐, 오빠! 잔으로 다시 해보라고! 어쩌면 내가 가수 상태가 될 수 있을지도 몰라. 카르멜에게 물어보면 나를 통해 대답할 거야!"

내가 버럭 고함쳤다. "안 돼! 스텔라에겐 말 안 할 거야. 잔을 만지지도, 네가 가수 상태로 들어가게 두지도 않을 거야. 내일 이 집을 떠날 거라고!"

"하지만 그럴 필요가 없잖아. 이제 이 일을 끝낼 수 있어. 오, 오빠, 모르겠어? 메리는 카르멜 때문에 못 떠나고 있는 거야. 카르멜이 사실을 밝힐까봐. 그건 확실해. 아주 확실하다고. 카르멜을 만족시킬 수 있다면 카르멜도 떠나고 메리도 사라질 거야."

놀라운 생각이었다. 이 모든 것의 열쇠가 정말 우리 손에 있는 것일까? 그렇다면 그 열쇠를 쓸 수 있을까? 나는 이 새로운 매듭을 풀어보려고 생각에 잠겼다. 그때 전화가 울렸다.

스콧이 아니었다. 맥스였다.

"방금 집에 도착했어. 패멀라는 좀 어때?" 맥스가 물었다.

"잘 있어. 전화해줘서 반갑네. 패멀라가 방금 놀라운 의견을 내놓았거든. 하지만 진즉에 집에 도착했어야 하는데, 왜 이렇게 늦었어?" 내가 대답했다.

전화로 짧고 어색한 웃음소리가 들려왔다. "그 구름 때문이지. 맥스, 기차를 놓친 거로군!" 내가 말했다.

맥스는 기분 좋게 말했다. "구름을 보느라 기차를 놓쳤어. 하지만 놓칠 생각이었다고. 스텔라 생각도 많이 했지."

"스텔라를!"

"응, 로디. 내가 좀 터무니없는 짓을 해버렸어. 자네가 뭐라고 할지 모르겠어."

나는 그 말을 불안한 표정으로 옆에 서 있던 패멀라에게 전했다. 패멀라가 고개를 끄덕였다. "나도 들려."

"음." 맥스가 계속했다. "스텔라를 배웅하면 좋을 것 같았어. 그녀는 3시 15분 기차를 타러 오지는 않았지만, 나는 다음 기차를 타면 톤턴에서 갈아탈 수 있어서 다음 기차 시간까지 기다렸지. 스텔라가 그 원장이란 사람과 왔어. 상태가 굉장히 안 좋아 보였어."

"아파?"

"그보다는 겁에 질린 것 같았어. 겁에 질리고 어쩔 줄 몰라 절망한 것 같았지. 내가 만나서 다행이다 싶었어."

"말을 걸었어?"

"응, 날 보더니 달려오더군. 그 여자가 고르곤●처럼 가로막았지만 스텔라의 외투 주머니에 돈을 좀 찔러 넣을 순 있었지."

"맥스! 돈이라고?"

"응, 우리 주소랑. 미리 준비해뒀어. 나도 돈이 없어 고생한 적이 있어서 도움이 될 거라고 생각했거든……."

"자네 평생 가장 명석한 생각이었군!"

"찬성해주니 기쁘네! 그 여자가 달려들어서 '3파운드입니다'라고 속삭일 시간밖에 없었어. 스텔라가 울까봐 겁이 났지만 그러지 않았어. 오히려 차분히 우리를 소개했지."

"그럴 사람이지!"

"할아버지가 병원에 있다더군. 오늘 아침 일찍 충수염 수술을 받았대. 그분을 몹시 걱정하는 듯하더군. 그 이상은 이야기할 시간이 없었어. 그 여자가 열차 칸에 '숙녀 전용' 차표를 붙여놔서 나는 흡연실로 갔어. 나중에 복도에서 스텔라를 만나겠거니 했지만 그러지 못했어. 로디, 스텔라가 뛰어내렸어! 열차가 출발하기도 전에 도망쳤다고!"

나는 웃었다. 웃지 않을 수 없었다. 안도감. 스텔라가 아직 윌름코트에 있으며 맥스가 선동자 역할을 했고 홀러웨이 씨가 크게 실망했을 것을 생각하니 견딜 수 없었다. 맥스는 삼분 더 통화하겠다고 요청하더니 이렇게 불평했다. "내겐 그렇게 재미있지 않았다고."

"어떻게 됐는데?" 나는 웃느라 겨우 물었다.

● 그리스 신화에 나오는 머리 셋 달린 괴물.

"음, 그 원장이 스텔라를 찾지 못하니 나를 찾아왔어. 내게 열차 안을 뒤지는 건 도와달라고 했어. 경비원들을 설설 기게 만들고 다음 정거장에서 전보를 보내고 난리를 치더군. 톤턴에서 그 여자의 손아귀에서 벗어나기 전까지 그랬다고! 이런 일엔 익숙하지 않아."

"진정한 구출이었어, 맥스."

"자네가 여인숙으로 간 줄 알았는데."

"패멀라가 여기 있자고 했어. 자네랑 통화하고 싶대."

나는 수화기를 패멀라에게 건네고 위층으로 올라갔다. 가만있을 수 없었다. 내 침실의 창문이 열려 있었고 물건들이 흔들리고 있었다. 창문을 닫았다. 패멀라의 유령 방지 난로는 꺼진 뒤였다. 난로에는 기름이 가득 차 있었고 붉은 문이 닫혀 있었다. 바람이 불어 꺼진 것이 아니었다. 계단참, 패멀라가 난로를 둔 곳에는 바람이 불지 않았다. 그것을 조금 옆으로 치우고 다시 불을 붙였다. 메리가 오늘 밤 찾아올 것 같았다. 올 테면 오라지! 스텔라는 감옥에 갇혀 있지 않았다. 월름코트에 있었다. 어떻게든, 어디서든, 곧 스텔라를 만날 수 있었다.

초인종 소리는 듣지 못했지만 문고리를 세게 당기는 소리는 들렸다. 패멀라가 달려가 문을 열었다. 스텔라가 들어왔다.

제22장 일대일 전투

나는 한순간 너무 놀라 계단에 얼어붙어 있었다. 스텔라는 밀려드는 광풍에 숨을 몰아쉬며 불안한 표정으로 복도에 서 있었다. 나는 겨우 말했다. "스텔라, 스텔라, 스텔라가 맞아요?"

스텔라가 떨리는 음성으로 말했다. "할아버지가 돌아가실 거예요……." 그리고 패멀라에게 말했다. "잠깐만 이야기를 나눌 수 있을까 싶어서요……. 하지만 생각보다 너무 늦었어요……. 밖에서 마차가 기다려요. 전…… 전 가볼게요."

"가지 말아요. 다시 사라지지 말아요!"

내가 스텔라의 손목을 잡았다. 정신이 나가 스텔라를 다시 잃는 위험 말고는 어떤 위험도 생각하지 않았다. 패멀라의 말이 들렸다. "스텔라를 내보낼 수 없어요."

스텔라는 여전히 꼿꼿한 자세로 떨면서 패멀라의 품에 안겼고, 어깨에 머리를 파묻었다.

문을 여니 고삐를 쥔 월리 모스가 있었다. 마차의 불빛에 호기심으로 눈을 휘둥그렇게 뜨고 머리가 마구 헝클어진 그의 모습이 보였다. 그는 내가 준 쪽지를 빤히 보더니 말했다. "와, 참 놀라운 밤이군요!"

"밝고 근사한, 별이 환한 밤이군요, 월리." 나는 이렇게 대답하고 날 미쳤다고 생각하든 말든 들어왔다.

패멀라가 슬리퍼와 스타킹, 솔과 빗을 들고 내려와서 말했다. "오빠가 병원에 전화해서 우리 번호를 알려주면 좋겠다는데, 중령님은 스텔라가 여기 있는 걸 아시면 안 돼." 패멀라가 잠시 말을 멈췄다. "오, 오빠, 스텔라는 마을에서 윌름코트까지 달려왔대!" 패멀라는 응접실로 들어갔고 나는 병원에 전화했다.

환자 이송 직원으로부터 "최대한 버티고 계신다"라는 판에 박힌 대답을 들은 후 겨우 야간 당직 간호사와 통화할 수 있었다. 간호사는 중령이 혼수상태이고 하루 이틀 더 버틸지 모른다고 했으며, 변동이 있으면 전화하겠다고 약속했다.

"그분이 손녀를 찾으시면 제 동생이나 제가 곧바로 데리고 가겠습니다. 하지만 그분이 손녀가 병원에서 잔다고 생각하시도록 하면 염려를 덜하실 겁니다." 내가 말했다.

"잘 알겠습니다. 하지만 아무도 찾지 않으실 것 같고, 메러디스 양은 그분을 만나지 않는 편이 낫습니다. 아주 많이 변하셨어요. 물론 전화는 드리겠습니다." 간호사가 대답했다.

분별력 있는 사람 같았다. 다행이었다.

패멀라는 부엌으로 달려가며 말했다. "수프를 좀 데울게."

스텔라는 내가 희곡을 낭독했을 때 입었던 노란 상의를 입고 난롯가의 작은 의자에 앉아 있었다. 그때보다 더 창백하고 야윈 모습이었다. 눈은 그늘졌고 불을 쬐는 손은 조금 떨렸다. 심한 고생을 한 것이었다. 스텔라는 나를 짧고 소심하게 보더니 시선을 돌렸다.

나는 긴장한 목소리로 말했다. "다시 만나게 될지 몰랐어요."

스텔라는 고개를 돌리지 않았다.

"전화 감사합니다. 무슨 변동이 있나요?"

"아뇨, 변동이 생기면 알려준다고 했고, 스텔라는 거기서 잔다고 할 거랍니다."

"제가 병원에서 자도 된다고 했는데 방이 없었어요."

"방이 없었어서 다행이네요."

스텔라는 굳은 모습이었고 말도 띄엄띄엄했다. "하지만 제가 여기 오는 걸 싫어하시잖아요."

"내 평생 그것처럼 간절히 바란 건 없어요."

스텔라는 천천히 고개를 돌렸고 놀란 눈으로 나를 봤다.

내가 외쳤다. "오, 스텔라, 스텔라! 바라는 것과 현명한 것은 서로 아무런 관계가 없다는 걸 아직 모르겠어요? 당신을 위해 현명하게 행동하려고 했지만, 그러다가 죽을 뻔했어요."

스텔라가 낮은 소리로 말했다. "저도 죽을 뻔했어요."

나는 스텔라의 차갑고 작은 손을 쥐었다. "현명하게 구는 건 포기할까요, 스텔라?"

스텔라는 대답하지 않았다. 살짝 짓는 미소가 너무 상냥하고 행복해서 숨이 멎을 것 같았지만, 수줍게 피하는 작은 몸짓도 보여서 의자로 돌아가 패멀라가 들어올 때까지 입을 다물고 있었다.

스텔라 옆에 수프를 차려주며 패멀라가 가볍게 물었다. "불쌍한 홀러웨이 씨를 어떻게 했나요? 그 얘기 좀 해봐요."

"홀러웨이 씨는 냉정한 사람이에요." 스텔라가 힘주어 말했다. "그 여자는 다시 보고 싶지 않아요."

내가 열렬한 목소리로 호응했다. "나도 마찬가지예요."

"어느 유명한 의사가 저녁을 먹으러 온다고 저더러 출발하게 했어요. 믿을 수 있어요? 할아버지는 혼수상태였고 간호사는 제가 자리를 지킬 수 있도록 해줬어요. 그 여자, 홀러웨이 씨는 할아버지가 살아 계시든 돌아가셨든 토요일에 절 데리고 가라는 명령을 서신으로 받았다고 하면서 다음 기차를 기다리지 않겠다고 했어요. 그런데 병원에서 싸울 순 없잖아요. 역에서 빠져나갈 생각이었지만, 그 여자가 무슨 짓을 했는지 아세요? 제 가방을 가져가서 돈을 빼앗아버렸어요. 아무것도 할 수 없었죠. 그때 정말 기적 같은 일이……."

스텔라의 눈이 휘둥그레졌다. "맥스가 가끔 기적 같은 일을 해요." 패멀라가 이렇게 말하자 스텔라의 눈이 더 커졌다.

"하지만 정말 그런 일이 벌어졌다니까요!" 스텔라가 감탄했다. "어떻게 알았어요? 아, 그분이 말씀하셨군요. 전화하셨군요!"

스텔라는 자신을 찾느라 벌어진 소동과 맥스가 홀러웨이 씨로부터 겁먹고 달아난 이야기를 듣고는 명랑하게 웃었지만, 곧바로 병원으로 간 이야기를 할 때는 울먹였다. 혼수상태가 깊어졌고 다시 의식을 회복하기 어려울 거라는 말만 듣고 할아버지를 만나지 못했다. 간호사는 집으로 가라고 했다.

"하지만 월름코트에는 아무도 없잖아요?" 패멀라가 물었다.

"네, 그걸 잊었어요. 간호사에게 그 말을 했다면 병원에 있으라고 했을지 모르는데요."

"수프를 들어요, 스텔라."

스텔라는 고분고분 먹었다. "배가 고팠어요."

"빈집에 혼자 있었어요?" 패멀라가 물었다.

"네."

"세상에, 얼마나요?"

"7시쯤부터요. 전…… 할아버지 서재는 견딜 수 없었고." 스텔라가 떨리는 목소리로 말했다. "제 방도 견딜 수 없어서 부엌에 앉아 있었어요. 그냥 거기 앉아서…… 애를…… 정말 애를 썼어요. 오지 않으려고."

패멀라가 슬프게 말했다. "소중한 스텔라! 내가 알았더라면. 왜 전화를 안 했어요?"

"전화도, 전기도 전부 다 끊겨졌어요. 할아버지가 준비하신 것 같아요." 스텔라의 음성이 떨렸다. "돌아오지 못한다고 생각하시고. 게다가 연락 안 하기로 약속했잖아요……. 결국 그 약속을 다 어겼지만. 그냥 집에서 달려 나와버렸어요."

그렁그렁한 눈물이 막 쏟아질 것 같았다.

"그 빗속에서?" 내가 외쳤다.

"거의 그친 뒤였어요. 네, 바람 탓에 혹은 너무 오래 누워 있었거나 진정제를 너무 많이 먹어서 몸이 약해졌어요. 더 걸을 수 없었어요. 그래도 운이 참 좋았어요. 덴들 부인의 집에 갔어요. 저희 빨래를 해주는 친절한 분이거든요. 부인이 아들을 보내 월리 모스를 데려왔어요."

"끔찍한 하루였네요." 패멀라가 말했다.

스텔라는 고개를 저었다.

"오늘은 어제보다는 나았어요. 견딜 수 없었을 때는 스콧 선생님이 할아버지께서 돌아가실 것 같다고 했을 때였죠. 무슨 이유인지 이젠 그것도 견딜 수 있을 것 같아요. 할아버지가 살아 계신다고 행복하실 리 없겠죠? 완전히 쇠약해지셨어요. 그리고 오늘은 힘겨워하지 않으셨어요. 어젯밤에는 너무 고통스러워하셨죠. 정신이 가물가물하고 힘겨운 상태였어요. 할아버지는 내가 어머니인 줄 알고 어머니가 거짓말을 했다고 하셨어요."

패멀라가 놀란 표정으로 나를 봤다.

"무슨 거짓말인지 알아요?" 내가 물었다.

"아뇨, '메리, 거짓말한 건 아니지? 아니라고 말해다오'라고만 계속 말씀하셨어요. 그래서 제가 말씀드렸어요. '아버지, 한 번도, 제 평생 한 번도 거짓말하지 않았어요.' 그랬더니 할아버지는 다시 평온해지셨어요."

나는 안도했다. 그런 식으로 스텔라가 진실을 알게 된다면 끔찍했을 것이다. 어쩌면 패멀라의 생각대로 진실을 알려야 할지 몰랐다. 하지만 그때는 아니라고 여겼다.

"이제 자야 하지 않을까요?" 내가 물었다.

"오, 부탁이에요. 아직은요!"

자정이 다 된 시각이었지만 바람 소리 말고는 실내가 조용했다. 벽난로에 땔감을 더 넣었다. 패멀라는 스텔라의 의자에 쿠션을 쌓아주고 편안하게 해주려고 했지만, 스텔라는 우리에게 말하고 싶어 잔뜩 긴장한 상태였다. 가끔은 행복에, 가끔은 눈물에 눈이 반짝였다. 목소리가 이따금 떨렸다.

"말씀드릴 일이 있어요." 스텔라는 이렇게 말하고 망설였다. 얼굴에 쓸쓸한 기색이 떠오르더니 눈에서 빛이 사라졌다. "제 어머니 일이에요. 로디 말이 옳아요. 전 아이처럼 어리석게 굴었어요. 아기방에서 만난 건 제 어머니가 아니었어요. 모두 다 상상한 거죠."

이해할 수 없는 말이었고, 스텔라는 그렇게 말하며 가슴 아파했다. 내가 재빨리 물었다. "왜 그렇게 생각해요?"

스텔라가 힘겹게 대답했다. "할아버지가 말씀하셨어요. 아기방에서 있었던 일을 말씀드렸거든요. 패멀라가 찾아온 뒤였어요. 할아버지가 친절하게 허락하신 일이라 이해하실 수 있도록 최선을 다해보자고 여겼어요. 그곳의 향기와 편안함, 다정한 말을 말씀드렸어요. 할아버지가 기뻐하실 줄 알았는데 제 평생 본 것 중 가장 심하게 화를 내셨어요. 할아버지는 제가 상상한 거라고 하셨어요. 왜냐면 그게……." 스텔라는 마음을 굳게 먹고 말했다. "어머니는 그런 분이 아닌 것 같아요. 할아버지는 '그 애는 네게 다정하게 굴지 않았다. 아기를 귀하게 여기는 사람이 아니었다'라고 하셨어요."

스텔라는 갑자기 얼굴을 손으로 감쌌고, 눈물을 흘렸다. 죽어가는 노인에게 욕을 퍼붓고 싶었다. 그는 스텔라에게서 그 누구도 되돌려줄 수 없는 것을 빼앗았다. 하지만 그런 것이 아니라는 게 떠올랐다. 우리는 진실을 알고 있었으니까.

내가 재빨리 말했다. "스텔라, 그 말씀은 틀렸어요. 그분은 모든 걸 착각하고 계셨어요. 메리는 정말로 거짓말을 했고, 중령님은 그 거짓말을 믿으셨으니까요."

스텔라가 불신으로 가득한, 그러나 희망을 붙잡은 듯한 표정으로 나와 미소 짓는 패멀라를 번갈아 봤다.

패멀라가 스텔라 곁에 무릎을 꿇고 앉아 얼굴을 가린 손을 떼어내며 말했다. "스텔라, 그건 상상이 아니었어요. 우리가 진실을 찾아냈어요. 침착하게 들을 수 있다면 이야기하고 싶어요. 하지만 스텔라를 울게 하고 싶진 않아요."

스텔라는 긴 한숨을 내쉬더니 차분히 말했다. "말씀해주세요."

"스텔라의 어머니는 스텔라를 정말 사랑하셨어요. 소중히 여겼고. 스텔라를 쓰다듬고 어르고 촛불을 들고 방에 몰래 들어가셨죠. 그렇게 사랑받은 아기는 없을 거예요. 그리고 계속 사랑하셨어요. 하지만 모두 다 기이한 착각을 했어요."

스텔라는 패멀라의 얼굴을 가만히 보더니 날 봤다. "두 분도 착각하신 건가요?"

"네, 모두 그랬어요."

"뭔가 잘못됐다는 생각이 들었어요." 스텔라가 천천히 말했다.

패멀라가 계속했다. "아기방에서 함께하며 스텔라를 행복하게 해준 건 어머니였어요. 하지만 메리 메러디스가 아니었죠. 그게 거짓말이었어요. 스텔라는 메리 메러디스의 아이가 아니에요."

스텔라는 잠시 난롯불을 보며 눈물을 몇 방울 떨어뜨렸지만, 괴로움에 흐르는 눈물이 아니었다. 그리고 낮은 소리로 말했다. "가끔 정말 궁금했어요. 전 그분과 너무나 다르니까요. 그리고 병든 뒤부터, 할아버지께서 그 말씀을 하신 뒤부터 그분을 제대로 사랑할 수 없었어요. 마치 절 속인 느낌이었어요. 모든 것에 속은 느낌이었어요. 그분을 사랑하면서 동시에 미워하게 됐어요."

"그건 누구에게나 지옥이죠." 내가 말했다.

"할아버지를 위해서 잊으려고 했지만 그럴 수 없었어요."

스텔라는 일어나더니 당혹스럽다는 듯 양손을 벌렸다.

"왜 기쁠까요? 왜 날아갈 듯한 기분이 들까요?"

"왜냐면 이젠 메리를 흉내 내지 않고 자기 자신이 될 수 있으니까요."

"제 어머니가 누군지 아세요?"

나는 머뭇거렸다. 불안했다. 스텔라가 카르멜의 울음소리를 듣는다면 그 밍힐 딜레마에 또 시달릴 것 같았다. 그걸 생각하고 이 집에서 벗어날 때까지 기다려야 했다. 패멀라도 머뭇거렸지만 스텔라가 우리의 표정을 읽어버렸다.

"아시는군요! 그럼 카르멜인가요?" 스텔라가 말했다.

그걸로 끝났다. 나는 사진집을 찾아 스텔라에게 건네고 〈새벽〉을 펼쳤다.

스텔라는 초상화를 한참 들여다보며 부드러운 미소를 지었다.

"아버지의 스케치에서 이 얼굴을 보고 늘 좋아했었어요." 스텔라가 중얼거렸다. "사악한 사람이라고 하지만 물론 그건 사실이 아니죠. 아기방에서 들린 음성처럼 자애롭고 상냥한 얼굴이에요."

패멀라가 내게 말한 대로 카르멜에 대해 이야기했고, 메리와 메러디스의 부분은 조금 생략했다. 스텔라는 들으면서 진지하게 동정하는 표정을 지었다.

이런 반응을 보이다니 훌륭했다. 그래도 나는 죄책감을 크게 느꼈다. 울음이 시작된다면 큰일이었다. 나는 집 안을 돌아다니며 불을 켰다. 그렇게 무엇이든 하면 그걸 피할 수 있다는 듯. 석유난로가 여전히 타고 있는 것을 보고 안도했다.

돌아오니 스텔라가 슬픈 목소리로 말했다. "할아버지를 생각해보세요. 내내 속고 사셨다니. 전 그분이 경멸하는 여자와 혐오하는 남자의 자식인데, 제게 모든 걸 주셨어요."

내가 말했다. "운이 좋은 분이죠. 배려심 많고 충성스럽고 다정한 벗을 두셨으니. 메리와 메러디스의 딸은 그러지 못했을 거예요. 그리고 중령님은 사실을 모르실 것이고."

"네." 스텔라가 단호히 말했다. "할아버지는 모르실 거예요. 할아버지께서 회복하시면 제가 정말 잘해드릴 거예요……. 하지만 그런 생각이 어리석은 게 아닐까 싶어요……. 폭풍이 심해지고 있죠? 바람이 나무들에게 화가 난 것 같네요."

바람이 거세지고 악령 떼처럼 황야를 휩쓸고 있었다. 우리를 지키는 낙엽송들이 싸우며 신음했다. 그렇게 요란한 소리가 계속되면 아무도 잘 수 없었다. 스텔라는 눈이 말똥말똥했다.

불안한 듯 돌아다니던 패멀라가 말했다. "우리 너무 조금밖에 못 먹은 것 같지."

사실 그랬고, 스텔라는 아래층에 있는 편이 더 나을 것 같았다.

"말이 나왔으니 말인데, 배고파서 죽을 것 같아." 내가 말했다.

"자정에 모둠 구이를 먹으면 어떻게 될까 궁금하네."

"요리한 사람을 축복하고 푹 자겠지."

"내가 주방에 차릴게." 패멀라가 날 흘낏 보더니 나갔다.

나는 뒤따라갔다. 패멀라는 옷방에서 러그와 외투를 꺼내고 있었다.

"오빠, 이걸 뒷문 쪽에 두는 게 좋겠어. 일이 잘못되면 차고로 피신할 수 있게. 차에서 잘 수 있잖아. 메리가 오늘 밤 찾아올 것 같아. 최악의 난동을 부릴 것 같아."

"나도 그런 느낌이야." 내가 덧붙였다.

"주머니에 차고 열쇠를 넣어둬. 나는 저녁을 준비하면서 오며 가며 확인할게. 가능하면 스텔라에게 불안한 모습을 보이지 마. 이미 너무 힘든 하루였으니까. 갑자기 무슨 일이 벌어지면 온실을 통해서 스텔라를 데리고 나가. 염려하지 마. 내가 알려줄게. 스텔라를 돌봐줘."

"훌륭한 정찰병이다, 패멀라." 내가 대답했다.

스텔라는 지쳤지만 평온하게 내 큰 의자에 기대앉아 초상화를 무릎에 얹고 있었다.

스텔라가 말했다. "불쌍한 카르멜을 생각하고 있었어요. 얼마나 큰 상처와 학대를 받은 걸까. 연인과 아기를 모두 빼앗기고 자기 아이가 어머니도 모른 채 남에게 애정을 다 주다니!" 스텔라의 음성이 갈라졌다. "스페인어로 '어머니'가 뭐죠?" 그러더니 이렇게 외쳤다. "아, 기억나요. '마드레'예요! 사랑스러운 말이죠."

"어떻게 알아요?"

스텔라가 웃었다. "학교에서 스페인어를 조금 배웠어요. 카스티야의 부잣집 딸이 비밀 편지를 받았거든요. 그 애가 우리 셋에게 스페인어를 가르쳐줬는데, 실은 얼마나 멋진 연애편지를 받는지 자랑할 구실일 뿐이었죠."

내가 불쑥 말했다. "스텔라, 나는 클리프 엔드를 포기할 생각이에요. 곧 작고 초라한 공동주택이나 누추한 단층집에 살게 될 거예요."

스텔라는 나를 한번 흘끗 보더니 잠시 시선을 돌렸다. 그 얼굴의 선이 얼마나 섬세하고 단호하던지. 야윈 후로 더 성숙해진 얼굴이었다. 스텔라의 말을 기다리는 동안 가슴이 두근거렸다.

스텔라가 조용한 목소리로 말했다. "집에 대해서는 유감이에요, 로더릭. 하지만 그게 꼭 필요한 건 아니잖아요? 행복하실 거예요. 두 분은 서로가 있으니까요. 가장 중요한 건 사람이잖아요."

"스텔라가 이 집을 그렇게 좋아했는데."

"너무 철없이 굴었죠?"

"그럼 '철없는 것들은 치워두기로' 한 건가요?"

스텔라가 미소를 지었다. "몇 가지는요."

"작고 초라한 집에서 행복할 수 있어요?"

스텔라는 차분한 목소리로 굉장히 조심스럽게 시선을 피한 채 말했다. "물론 있죠."

"미모사 향수를 뿌렸어요?"

그런 말을 할 생각은 아니었다. 훨씬 더 중요한 말을 하려고 했지만, 향기가 몰려드는 바람에 놀라버렸다. 너무 강한 향이었다.

"아, 아뇨. 향수는 패멀라에게 줬거든요. 어디서 나는 거죠?" 스텔라가 기대감에 들떠 일어났다. "이 방에서도 나는 건가요? 그게 무슨 뜻이죠?"

사실이 아닌 말을 해봐야 소용없었다. "스텔라, 진정해요. 이 향기가 날 때는 조금도 무서운 일이 벌어지지 않아요. 카르멜이 주위에 있다는 뜻 같아요."

스텔라의 얼굴에 두려움의 흔적은 없었다. 진지하고 차분했다. 내 옆에 서서 내 팔에 손을 얹고 귀를 기울였다.

"카르멜이 우는 소리인가요?"

그랬다. 바람 소리와 혼동할 수 없었다. 어떤 인간의 음성도 그보다 더 또렷할 수 없었다. 카르멜이 깊은 그리움이 담긴 외로운 한숨을 내쉬고 있었다.

스텔라가 낮게 말했다. "어쩌면 내 말을 들을 수 있을지도 몰라요. 그분이 이해할 수 있을지도 몰라요."

스텔라는 누군가의 비통함을 위로하려는 듯 문 쪽으로 다가갔다. 내가 잠깐 기다리라고 말하고 복도로 나갔다.

냉기도, 뱀처럼 솟아오르는 안개도 없었다. 계단참에 둔 석유난로의 붉은 불빛이 또렷했다. 복도와 아기방의 전등을 끄고 사악하게 빛나는 안개 흔적이 있는지 확인했다. 없었다. 그래도 아기방에서 구슬픈 소리와 꽃향기가 흘러나왔다.

"지금 아기방에 있네요." 스텔라가 말했다.

스텔라는 응접실에서 흘러나오는 불빛 속에 서서 나를 봤다. 아름다운 얼굴과 자신의 힘을 밝고 침착하게 믿는 기색에 내 두려움도 가라앉았다. 스텔라가 말했다. "로더릭, 지금 혼자서 아기방에 들어간다면 평생 더 행복하게 살 수 있으리라 생각해요. 하지만 당신의 뜻대로 할게요."

내 얼굴에 안 된다는 기색이 떠오르자 스텔라의 표정이 어찌나 변하던지 그러는 건 비인간적이라는 느낌이 들었다. "문을 열어둔다면 들어가도 좋아요." 내가 말했다.

스텔라는 조용히 어두운 방으로 들어갔고, 나는 밖에 서 있었다. 스텔라의 다급한 숨소리와 카르멜의 흐느끼는 한숨 소리가 들렸다. 마치 그 방에 두 여인이 있는 것 같았다. 스텔라가 입을 열었다. 띄엄띄엄 스페인어로, 짧은 단어와 구절로 말했다. 하지만 말이나 언어는 중요하지 않았다. 너무나 다정한 음성이었다. 그 소리가 마치 아이를 달래는 어머니처럼 부드럽고 설득력 있게, 동정과 애정을 담은 시처럼 솟아올랐다가 내려갔다. **마드레 미아, 마드레 카리시마."**• 스텔라가 말을 마치자 아기방이 고요해졌다. 바람 소리만 들려왔다. 한숨이 그치고 향기도 사라졌다.

"편히 쉬시길." 스텔라가 부드럽게 말하더니 잠시 후 내 이름을 속삭였다.

"떠났어요. 오, 로디, 어머니가 떠난 것 같아요. 평화롭게."

스텔라는 떨고 있었다. 나는 스텔라를 품에 안았다. 내가 그때까지 본 것 중 가장 용감하고 다정한 일이라고, 세상 그 누구도 그럴 수 없으리라고, 세상에 당신 같은 사람은 없으리라고 했다. 스텔라가 나를 사랑할 수 없다면 어떻게 살아갈지 모르겠다고 했다.

• '내 어머니, 사랑하는 어머니'라는 뜻의 스페인어.

"하지만 알잖아요. 분명 알 거예요." 스텔라가 속삭였다. "오, 내 사랑, 진 죽었을 거라니까요……."

패멀라가 여러 차례 불렀고, 그제야 나는 부르는 까닭을 깨닫곤 문을 열었다.

갑작스러운 냉기에 깜짝 놀랐다. 패멀라를 스텔라와 함께 아기방에 밀어 넣고 패멀라가 켠 복도 전등을 껐다. 무엇과 싸워야 하는지 보고 싶었다. 까짓것, 어디 한번 덤벼보라지!

보이지 않는 압박감과 싸우며 계단 아래로 가서 그녀를 올려다봤다. 그녀는 전보다 더 높이 버티고 서서 희미하게 빛나는 형체를 넓혀가고 있었다. 나를 향해 서서히 몰아치며 떠오르기 시작했다. 얼굴이 모였다. 눈빛이 강렬해졌다. 스텔라에게 그 눈을 보이고 싶지 않았다.

나는 두 번째 계단에 서서 등 뒤로 난간을 꽉 쥐고 있었다. 무릎이 덜덜 떨렸지만 그렇게 하면 쓰러지지 않을 수 있었다. 온몸이 떨렸다. 뼈는 얼음처럼 차가웠고 살은 움츠러들었다. 목에서 소리가 나오지 않았다. 나온 말은 속삭임이었고 웃음은 쉰 소리였다.

나는 웃었다. 너무 어이없어서 웃음이 나왔다. 카르멜의 유령을 휘감고 있었던 두려움과 공포에 비교하면 그녀의 영혼이 얼마나 무해하고 순수했는지. 스텔라가 얼마나 간단히 그 영혼을 달랬는지. 스펠링 글라스로 거짓말을 하고 밤에 형체를 얻는 메리도 따지고 보면 웃어넘길 만한 존재였다. 가엾은 유령 같으니. 그녀는 평생 사랑의 기쁨과 아름다움, 무모한 용기에 대해 알기나 했을까?

　내가 한 걸음 한 걸음 올라가면서 칼과 화살처럼 조소를 퍼붓는 동안 그녀는 거기 서서 흔들리고 있었다. "가련한 거짓말쟁이 같으니. 당신은 끝장이야! 다 드러났다고! 당신의 가면극과 허식은 끝났어. 이 천박한 사기꾼아!"

　형체는 위축돼 줄어들었고 윤곽선과 빛을 잃었다. 중심은 빛을 발하는 희끄무레한 연기 기둥이 되더니 구부러졌다. 내가 전진하는 사이 그것은 반으로 접혔다. 목이 얼어붙은 듯 소리가 나오지 않았지만, 생각은 도리깨처럼 그것을 내리쳤다. 그것이 웅크리더니 위에서 내리치는 바람을 맞은 연기처럼 휘청거리고 비틀거렸다.

　내가 조롱했다. "당신에게 남은 건 없어, 메리. 비웃을 이야기, 부엌에서 하녀들이 키득거리면서 주고받을 이야기뿐이지. 가서 까마귀들이나 쫓아!"

　속이 메슥거리고 정신이 혼미했다. 구름은 차가웠다. 하지만 빛을 발하던 중심이 죽었다. 가늘어지면서 점점 옅어지더니 위로 올라가 지붕을 통해 스며나간 듯했다. 더는 싸울 수 없었다. 기운이 남지 않았다. 계단참에서 휘청거리다가 작업실 문에 기댔다. 문이 밀리면서 그 안으로 쏟아져 들어갔다. 어둠과 냉기에 압도돼 쓰러졌다.

제23장 아침

정신을 잃은 건 한순간에 불과했을 것이다. 눈부신 불길에 나는 마법처럼 정신을 차렸다. 스텔라와 나는 문에 불이 번지지 않도록 쿠션으로 때렸고, 패멀라는 계단참에서 소화기를 휘두르며 쉭쉭 포말을 뿜었다.

문 바깥의 카펫이 타오르고 문틀에도 불이 붙었다. 나는 침대에서 매트리스를 들어 올려 불길을 덮었다. 스텔라가 끌어온 또 다른 매트리스를 패멀라에게 던져주자 패멀라는 그것을 불붙은 기름에 내던졌다. 불꽃이 죽었다. 이제 버릇없이 날름거리는 불꽃과 탁탁 튀는 불똥만 처리하면 됐다. 패멀라가 젖은 수건과 담요를 던졌고, 나는 그걸로 타오르는 불꽃을 전부 꺼뜨렸다. 우리는 숨 막히는 연기 속에서 미치광이처럼 매트리스를 밟고 춤을 췄다.

곧 패멀라가 외쳤다. "지붕으로 올라가자!"

스텔라는 목이 막힌 듯 기침했다. 나는 스텔라의 등을 끌어

다가 허리를 숙이게 했다. 창문이 뻑뻑했지만 결국 열어젖혔고, 우리는 몸을 내밀고 신선한 공기를 들이마셨다.

다시 공격으로 돌아가야 했다. 바람이 매트리스 끄트머리에 닿아 불꽃이 일어났다. 패멀라가 물을 뿌려 껐다. 사악하게 쉭쉭거리며 불길이 죽었다.

"꺼졌어!" 패멀라가 외쳤다.

"괜찮아?"

"응, 이쪽으론 오지 마. 탔을지도 몰라. 사다리를 가지고 올게."

패멀라가 아래층으로 내려가는 소리가 들렸다.

스텔라는 미친 듯이 나를 부르고 있었다. 연기가 자욱해 서로 보이지 않았지만 스텔라의 팔을 잡아 납작한 지붕 위로 기어 나갔다. 스텔라는 나를 잡고 매달리며 숨이 막힌 듯 기침했다. 겁에 질려 쓰러질 지경이었다.

바람이 몰아치고 연기가 날아올랐다. 나는 스텔라를 벽에 밀어붙이고 최대한 그것을 막아줬다. 모든 일이 끝나자 스텔라는 충격과 공포에 어쩔 줄 몰라 했다.

"오, 어떻게 그럴 수 있었어요. 어떻게?" 스텔라가 숨을 몰아쉬었다. "너무 무서운 유령이었는데 당신은 계속 올라갔어요! 소리도 못 질렀어요! 당신이 바닥에 쓰러져 있는데 깨울 수 없었고, 불길이…… 불길이……."

나는 온 힘을 다해 스텔라를 진정시켰다. 몰아치는 바람 속에서 얼마나 웅크리고 있다가 패멀라의 음성을 들었는지 몰랐다.

"사다리가 너무 무서워. 못 하셨어." 패멀라가 외쳤다.

집 안의 연기가 옅어졌다. 우리는 안으로 들어갔다. 피해는 크지 않았다. 문이 검게 그을렸고 문틀과 계단참의 바닥 일부가 타버렸다. 노출된 기둥이 탔지만 구멍을 뛰어넘기는 쉬웠다. 우리는 주방으로 내려가 굴뚝 청소부처럼 새카매진 패멀라와 마주쳤다. 패멀라는 우리를 보더니 웃었다. 그 덕분에 스텔라의 충격이 가셨다. 스텔라도 나를 보더니 웃었다. 자신도 검댕에 뒤덮여 있었다. 우리는 개수대에서 돌아가며 씻었다.

"어떻게 된 건지 알려줄 사람?" 내가 물었다. "내가 석유난로를 걷어찬 건가?"

"오빠가 그런 건 아니라고 봐." 패멀라가 잘라 말했다. "오늘 밤에 오빠가 미친 짓을 하긴 했지만, 그건 아니었어. 오, 오빠, 우리 모두 미치는 줄 알았어! 오빠를 보고 있으니 너무 무서웠다고. 하지만 믿을 수 없는 건 성공했다는 거야! 성공한 게 분명해. 메리는 돌아오지 않을 거야! 내일 우리는 이 일을 전혀 믿지 못하겠지! 메리는 비웃음을 사고 불타 없어졌어. 샴페인이 있으면 좋으련만!" 패멀라는 승리로 패기만만해졌고 불을 끄는 정신 나간 쾌감에 여전히 사로잡힌 채였다. 나도 마찬가지였다. 하지만 스텔라는 리지의 의자에 기진맥진해 기대 있었다.

"저녁 식사는 망했네." 패멀라가 불평했다. "스크램블드에그나 해야겠어."

위스키는 늦은 시각의 침입자들을 우아하게 반겼다. 한 사람씩 다가가 몸을 비비며 갸르릉거렸다. 위스키는 스텔라의 무릎에 자리를 잡더니 손을 핥기 시작했다. 가장 큰 존중의 표시였다. 스텔라는 위스키를 쓰다듬으며 옆에 놓인 쟁반에 차려진 저녁을 먹으려고 애썼다.

"리지가 이번에야말로 악마를 불렀다고 생각하겠어." 패멀라가 말했다. "오빠 담요가 탔고, 난롯가의 러그도 탔고, 아름다운 계단 카펫도 탔어. 엄청난 참사야!"

"상관없어. 모두 보험에 들었으니까." 내가 말했다.

패멀라가 웃었다. "악의에 의한 손해는 포함되지 않는데, 이건 악의가 분명해."

"메리의 작별 인사? 보험사 직원들이 그걸 증명하려 드는 걸 보고 싶네."

"잉그럼 씨에게 조언만 구하지 않으면 돼."

내가 차를 좀 더 달라고 잔을 내밀며 말했다. "말이 나왔으니 말인데, 이제 잉그럼이 크리스마스에 올 수 있겠네."

홍차가 접시에 넘쳤다. 패멀라가 주전자를 내려놓고 나를 빤히 봤다.

"잉그럼 씨가? 크리스마스에? 대체 무슨 말이야?"

"내가 말 안 했나?"

"안 했어."

"그래? 우리가 여기 있는데, 그 친구가 어떻게 한겨울에 여기 오라는 초대를 받은 거지? 멋진데!"

"그런 얘긴 지금 처음 들어!"

"잘됐네! 그리고 그 친구가 너랑 같이 비행기를 타고 아일랜드로 가자고 한 것도 얘기 안 했지?"

"설마."

"진짜라니까."

"내가? 아일랜드에? 그 사람이랑? 음, 내가 말해두는데, 머리가 굳어버린 늙은이 오빠, 적어도 메시지는 남길 수 있었잖아!"

"메시지가 아니었어." 나는 그의 생각을 중요하게 여기지 않았다고 변명해보려 했다. 패멀라가 안 갈 것이 분명했으니까.

"오, 그건 전혀 중요하지 않지." 패멀라가 인정했다. "토스트 더 먹을래?" 패멀라는 일어나더니 리지에게 쪽지를 썼다. "모두 무사해요. 하지만 누가 전화하기 전까지는 아무도 깨우지 마세요." 패멀라가 말했다. "중요한 건 이것뿐이야." 희한하게 즐거워 보였다.

스텔라를 돌아보니 의자에서 잠들어 있었다.

위층은 아직 연기가 자욱했다. 우리는 이불을 가지고 내려와 응접실 소파에 스텔라의 잠자리를, 캠핑용 의자로 패멀라의 잠자리를 만들었다. 패멀라가 말했다. "오늘은 빨랫줄 위에서도 자겠어." 우리가 깨우자 스텔라는 비몽사몽간에 움직였다.

나는 아기방에서 잤고, 꿈을 꿨다. 드문 일이었다. 빛나는 바다에서 헤엄치는 꿈이었다.

위스키가 나를 깨웠다. 녀석이 이불 위를 걸어 내 가슴까지 올라오자 살짝 무게가 느껴졌다. 녀석의 커다란 눈이 의기양양하게 내 눈과 마주쳤다. 녀석은 갸르릉거리며 금색 꼬리를 흔들었다. 내가 기억하는 일들이 정말 일어난 건가 의아한 느낌으로 녀석을 봤다. 하지만 나는 아기방에 누워 있었다. 그 방에 발도 들이지 않던 위스키가 만족해하며 들어와 있었고, 검댕이 묻은 내 옷도 그대로였다. 사실이었다, 모두가, 모두가. 카르멜, 메리, 불, 스텔라의 키스까지.

나는 햇빛 속에서 화재로 입은 손해를 살펴보려고 침대에서 벌떡 일어났고, 위스키가 뒤따랐다. 리지는 이미 눈물을 흘리며 빗자루와 들통을 들고 일하고 있었다. 위스키를 보더니 리지의 슬픔이 기쁨으로 바뀌었다.

"녀석이 거기 있을 줄이야!" 리지가 외쳤다. "무서워서 집을 나가 다시는 못 볼 줄 알았네요!" 리지가 위스키를 품에 안고 천천히 일어났다. "이 녀석을 탓할 수도 없지요. 이 집은 고양이는커녕 기독교인이 살기에 적당치 않으니까요. 패멀라 아가씨는 어디 있어요? 어떻게 된 거예요?"

"리지, 이 집은 기독교 세계에서 가장 훌륭한 집이에요." 나는 목욕하러 가면서 말했다.

옷을 입는 동안 스텔라와 패멀라가 다가오는 소리가 들렸다. 다시 한번 믿을 수 없었다. 빗물에 씻겨 반짝이는 세상을 내다봤다. 바람에 흩어진 구름 사이로 햇볕이 내리쬐었다. 창문을 열었다. 히스 향기와 종달새 노랫소리가 섞인 공기가 들어왔다. 스텔라를 구한 나무가 가지를 흔들었다. 상냥한 나무였나. 이곳에서 즐거운 삶의 시작과 이전에 도사리고 있었던 검은 그림자, 너무 반짝여 아직은 제대로 볼 수 없는 새로운 희망에 대해 생각했다.

잠시 후 패멀라가 문을 두드리고 들어왔다.

"몸은 좀 괜찮아, 오빠? 스텔라는 목욕했어. 오빠는? 내 방 침대에 제대로 눕혔어. 병원에 전화 좀 해줄래? 할아버지에게 갈 생각이 아니라면 스텔라는 종일 누워 있는 편이 낫겠어. 정말 많이 지친 것 같아."

"스텔라가 어젯밤에 뭘 했는지 알아?"

"오빠를 찾아서 불꽃 사이를 한걸음에 뛰어넘었지! 아, 오빠 때문에 얼마나 무서웠는지."

나는 아기방에서 무슨 일이 있었는지 말했다. 패멀라는 내 옆에 서서 밖을 내다봤다.

"그럼 스텔라가 어머니를 보냈구나. 이젠 유령을 사랑할 필요가 없어서." 패멀라가 중얼거렸다.

"그래, 스텔라는 이제 유령을 사랑할 필요가 없어."

"아, 다행이다!"

"정말 다행이라고 생각해?" 내가 물었다.

"그렇고말고. 몇 년 만에 이렇게 행복하긴 처음이야. 나도 목욕할래."

전화하러 내려가면서 자연이 노인에게 잔인하게 굴 수 있다고 생각했다. 중령은 이 행복에 함께할 수 없었다. 그는 명예롭고 충직하고 헌신적인 삶을 살았는데, 그의 죽음을 오직 상실로만 여길 사람이 누가 있을까? 메리가 짜놓은 검은 거미줄이 결국 그를 희생자로 만들었다. 그가 불쌍했다. 하지만 자연과 생명은 이제 나와 스텔라의 편이었다.

그는 점점 더 쇠약해지고 있고 의식을 되찾을 가능성은 없다고 했다. 의사가 함께 있었다. 그들은 스콧 선생을 기다리고 있었으며, 그에게 전화를 부탁한다는 내 메시지를 전하겠다고 했다. 우리는 스콧에게 할 이야기가 있었다.

나는 바이킹처럼 배가 고팠다. "리지! 패멀라의 방에 아침 식사 삼 인분 부탁해요!"

나는 패멀라의 방으로 달려가 문을 두드렸고, 스텔라가 들어오라고 했다. 패멀라의 큰 침대에 앉아 있는 스텔라는 아주 작아 보였고, 크림색 레이스 재킷을 입고 있으니 더 창백했다. 할아버지의 소식을 전하자 스텔라는 눈물을 글썽거렸다.

"조금만 더 사신다면. 이제 제가 다 이해했는데. 그래도 할아버지를 속였겠죠. 그리고 할아버지는 거짓말을 들으니 돌아가시는 편을 택하실 분이에요." 스텔라가 아쉬운 듯 말했다. 눈물을 흘리는 스텔라를 최선을 다해 위로했다. 내가 아침 인사 키스를 하자 스텔라도 아이처럼 수줍게 키스해주었다. 스텔라는 미소를 짓더니 이내 한숨을 쉬었다. "행복해요. 이렇게 행복하다니 제가 매정한 걸까요?"

패멀라가 들어오자 나는 또 한 번 소식을 전했고, 패멀라는 스콧이 금지하지 않는 한 스텔라를 병원에 데려다주기로 약속했다. "거기만 갔다가 다시 돌아와서 쉬어요." 패멀라가 말했다. "휴식과 요양이 필요한 것 같아요. 하지만 '소화를 통한 치유 센터'는 여기여야 해요."

스텔라가 웃었다. "왜 그렇게 우스운 이름을 지었을까요? 그 이름만 들으면 늘 웃음이 났는데, 홀러웨이 씨는 어찌나 엄숙하게 말하는지! 참, 그분만 만나면 저는 버릇없는 아이 같은 느낌이 들었어요."

리지가 쟁반을 들고 와 방 한가운데 탁자에 올려두더니 우리를 돌아가며 비난하는 듯한 눈초리로 봤다.

"들어와보니 집은 절반쯤 불에 탔고, 방들은 난리가 벌어졌고, 부엌에는 공들인 요리가 다 망가져 있고, 위스키는 안 보이더군요. 그런데 올라와보니 메러디스 양이 기도 책의 그림처럼 자고 있고, 패멀라 아가씨는 웃고 있고, 위스키는…… 저 녀석 한번 볼래요? 계단에 발도 안 대던 녀석이 달걀을 얻어먹겠다고 찾아왔고, 로더릭 도련님은 좋아서 싱글벙글이네요! 대체 이게 다 무슨 일인가요?"

"비밀 좀 지켜줄 수 있어요, 리지?" 내가 물었다.

패멀라가 웃었고 리지는 부끄러운 표정으로 웅얼거렸다. "괜한 약속으로 내 영혼을 위험하게 만들진 않겠어요."

스텔라는 패멀라의 손을 잡더니 미소를 지었다. "얘기해주세요, 로디! 리지에게 알리고 싶어요."

내가 말했다. "그건 말이죠, 리지. 메러디스 양이 나와 결혼하기로 했고, 우리는 클리프 엔드에서 살 것이고, 유령들은 모두 사라졌다는 뜻이에요."

리지가 눈물을 글썽거렸다.

"음, 세 가지 소원을 빌 수 있다면……." 리지가 목멘 소리로 더듬더듬 말했다. "패멀라 아가씨…… 메러디스 양…… 오, 로디 도련님!" 다정한 미소를 머금은 리지의 얼굴이 우리를 향해 환하게 빛났다. "우리 모두를 축복하소서!"

감춰진 목소리

―19세기 고딕소설의 현대적 재해석

　도러시 매카들을 소개하려면 우선 아일랜드 독립운동의 역사 속에서 그녀의 활동을 짚어봐야 한다. 도러시 매카들은 아일랜드의 독자적 문화와 가톨릭에 대한 영국의 차별과 억압이 여전히 극심하던 19세기 말, 잉글랜드인 어머니와 던도크의 매카들 무어 양조장을 운영하던 아버지 사이에서 태어났다. 부유한 가톨릭교인이었던 부부는 아일랜드와 영국의 통합과 아일랜드의 자치에 모두 동조했다. 그러나 매카들은 더블린의 알렉산드라 칼리지와 유니버시티 칼리지에서 공부하며 당시의 저명한 독립주의자들로부터 영향받았고, 부모의 반대에도 아일랜드가 공화국을 설립해 통일을 이루고 영국으로부터 독립해야 한다는 믿음을 갖게 됐다. 대학을 졸업한 뒤 교사와 극작가로 일하는 동안 매카들은 게일어연맹에 가입해 아일랜드어의 보존과 교육을 위해 힘쓰며 정치 활동을 시작했다. 이어서 아일랜드 여성평의회의 일원으로서 공화주의자 여성들과 함께 독립운동 조직을 결성했으며, 영국-아일랜드 조약의 체결을 두고 벌어진 아일랜드 내전에서 조약의 반대파를 지원하며 옥고를 겪기도 했다. 이 경험을 바탕으로 매카들은 아일랜드 공화국의 태동과 독립운동, 영국-아일랜드 조약과 아일랜드 내전으로 이어지는 역사를 기록한 《아일랜드 공화국》(1937)을 출간했다. 아일랜드의 독립운동 과정을 기록한 가장 권위 있는 텍스트로 꼽히는 이 책은 방대한 자료 조사를 바탕으로 한 1000페이지가 넘는 역작이며, 매카들의 정치적 신념이 잘 드러나 있다.

하지만 정치운동가로서 매카들의 이력에는 명암이 존재한다. 매카들은 게일어연맹에서 훗날 아일랜드 자유국과 공화국의 대통령, 제헌의회 회장과 총리를 역임하는 에이먼 데벌레라를 만났다. 정치적 견해를 함께한 그들은 매카들이 세상을 떠날 때까지 친구이자 동지로서 교유했으며, 이러한 관계로 인해 매카들은 데벌레라의 대변인이자 조력자로 평가받았다. 하지만 데벌레라의 제헌의회가 통과시킨 1937년 헌법이 "여성은 가정 안에서 삶을 통해 국가를 지지한다"라는 조항으로 여성의 입지를 가정에 국한시키자 매카들은 크게 실망하고 소리 높여 반대했다.

이와 같은 배경을 고려하면, 1941년에 출간된 첫 소설 《초대받지 못한 자》는 매카들의 경력에서 전환점이자 새로운 도전을 알리는 작품이라 볼 수 있다. 런던 생활에 지친 피츠제럴드 남매가 바닷가에 자리 잡은 아름다운 전망의 전원주택을 사들이며 시작하는 이 소설은 언뜻 보면 정치사회 활동으로부터 벗어나 문학에서 위안을 찾으려는 작가의 소망이 내놓은 결과처럼 보이기도 한다. 그러나 기존의 '유령 소설'들이 지니는 장르 전통에 차근차근 도전하며 전개되는 이 소설을 읽다 보면, 이 역시 매카들의 정치적 소신의 표명이며 투쟁의 연장 선상이었음을 알 수 있다. 매카들의 새로운 시도는 성공적이었다. '불편한 부동산 소유권(Uneasy Freehold)'이라는 제목으로 영국에서 처음 출간된 이 소설은 1년 만에 지금의 제목으로 미국에서 출간됐고, 1944년에는 할리우드 영화로도 제작돼 장르 클래식으로 남았다. 소설 역시 2015년에서 2016년 사이 아일랜드 전역에서 일어난 여권운동 '페미니스트 깨우기(#WakingTheFeminists)' 시기에 재출간돼 세련되고 당당한 매카들의 목소리를 21세기 독자들에게도 전하고 있다.

《초대받지 못한 자》는 전원생활에 대한 낭만적인 선망과 함께 시작한다. 연애에 실패하고 기자 일에도 회의를 느낀 로더릭 피츠제럴드는 여동생인 패멀라와 함께 런던이 아닌 자연 속에서 구상 중인 책을 쓰고 여유를 즐길 계획으로 전원주택을 구한다. 빠듯한 예산 탓에 원하는 집을 구할 수 없을 거라고 체념하려는 순간, 영국 남서부 데번 주 바닷가의 흠 잡을 데 없는 조용한 집 '클리프 엔드'가 나타난다. 그것도 저렴한 가격에! 거래 과정에서 남매는 집주인인 스텔라에게 호감을 두게 된다. 남매는 스텔라에게 간절히 필요한 친구가 돼주고, 스텔라는 남매에게서 지역사회와의 연결고리가 돼줄 교유 관계를 엿본다. 10대 소녀이지만 예의 바르게 시골 저택의 여주인 역할을 하는 스텔라와 지역 유지로서 권위를 가진 그녀의 할아버지 브룩 중령, 그리고 그들을 존중하는 주민들은 구세대의 가치와 질서에 대한 향수를 불러일으키는 측면이 있다.

그러나 클리프 엔드에서 초자연적인 현상이 일어나며 이야기는 새로운 국면을 맞이한다. 15년이나 비어 있다가 헐값에 팔린 집에는 과연 치명적인 결함이 있었다. 이때 피츠제럴드 남매의 대응이 흥미롭다. 그들은 크게 당황하지도, 공포에 질리지도 않는다. 이 기현상에 실질적인 피해나 폭력성이 없음을 확인한 남매는 공존의 가능성을 염두에 둘 정도로 담담하고 합리적이다. 로더릭과 패멀라는 마치 탐정이 범인을 추리하듯 차근차근 이 현상의 원인에 대한 가설을 세우고 이성적인 해결책을 모색한다.

초자연적 현상이 일어나는 '유령의 집' 이야기가 전개되면서 로더릭과 스텔라의 관계도 발전한다. 어릴 적 어머니와 함께 살던 클리프 엔드에 그리움을 느끼던 스텔라는 그곳에서 나타나는 존재에게 모성을 감지하고 행복해한다. 그러나 클리프 엔드에 유령이 나타난다는 소문이 퍼지자마자 브룩 중령은 스텔라를 더욱 엄격하게 통제한다. 스텔라는 어머니 영혼과의 교감도, 피츠제럴드 남매와의 교제도 금지당한다. 순종적이던 스텔라는 판단력을 잃은 채 스스로를 위험에 빠뜨리고, 브룩 중령은 급기야 손녀를 집과 기숙학교, 결국에는 수용 시설에 감금하려 든다. 이제 로더릭은 브룩 중령의 집착과 스스로의 혼란으로부터 스텔라를 구출하기 위해서라도 클리프 엔드의 비밀을 풀어야 한나.

이렇게 클리프 엔드의 어린 상속인 스텔라는 문학사 속에서 거듭 등장해온 '곤경에 빠진 여성'의 대열에 자리 잡는다. 소설은 1930년대를 배경으로 하지만, 일찍 부모를 여의고 재산 관리를 할아버지에게 맡긴 채 어려서는 냉정한 가정교사에게 양육되고, 자라서는 엄격한 기숙학교에서 교육받은 스텔라는 앤 래드클리프의 《우돌포의 미스터리》(1794)나 샬럿 브론테의 《제인 에어》(1847) 등 이른바 '여성 고딕' 소설의 여주인공들과 그 맥락을 같이한다. 그녀는 타고난 자질과 재능을 억압당하고 신체적·정서적 자유를 빼앗길 뿐만 아니라 권위에 의해 규정된 기준에 미치지 못한다는 좌절에 시달린다. 그런 스텔라가 운신의 제한과 심리적인 억압에서 벗어나려면 또 다른 남성의 도움이 반드시 필요해 보인다. 그러고 보면 스텔라는 이름부터 16세기 시인 필립 시드니가 쓴 영국 최초의 연작 소네트 《애스트로필과 스텔라》의 여주인공을 연상시킨다. '별'을 의미하는 이 이름은 낭만적 연애의 구도 속에서 남성 자아를 규정하기 위해 동원되고 대상화되는 여성의 입지를 상기시킨다는 점에서 몹시 적절하다.

피츠제럴드 남매가 클리프 엔드의 내력을 조사하면서 스텔라의 아버지 메러디스의 정체가 드러난다. 화가였던 메러디스와 그의 젊고 아름다운 모델 카르멜이 클리프 엔드에서 함께 살았다는 사실은 이상적인 부부나 화목한 가정의 모습에 충분히 수상쩍은 그림자를 드리운다. 그러나 스텔라의 어머니 메리는 이들의 사이를 용인하고 갈 곳 없는 카르멜을 받아들일 뿐만 아니라 폭풍우가 치던 날 카르멜과 함께 절벽에 있다가 실족사한 것으로 알려진다.

메러디스의 부도덕성은 남편으로서의 불성실에 그치지 않는다. 예술가로서도 그는 카르멜을 철저히 이용하고 모욕하는 작품을 남긴다. 이는 메러디스가 인간으로서, 예술가로서 실패했음을 나타낼 뿐만 아니라 남성 예술가와 여성 뮤즈라는 전통적인 관계의 이면을 조명한다고 볼 수 있다. 영감의 원천으로 미화되는 여성은 사실 남성의 예술가적 자아를 위해 착취당하고 희생되는 셈이다. 이처럼 이 작품은 기존의 서사 구조에서 당연시하는 남녀 관계나 성 역할에 대한 전제를 지적하고 전환한다.

뮤즈만큼이나 오랜 전통을 가진 여성상이 있다면 구원자와 유혹자라는 두 가지 유형으로 여성을 재현하고 양분하려는 시도일 것이다. 남성을 구원하는 정숙한 여성과 타락으로 이끌어 파멸시키는 여성, 성모 마리아와 하와, 가정의 천사와 팜 파탈의 두 가지 여성상은 남성 중심의 담론 역사 속에서 편리한 서사 장치로 활용돼왔다. 메리는 일견 아내와 어머니로서 이상적인 여성상을 대표하는 것처럼 보인다. 지성과 미모, 화가 남편의 모델인 젊은 여성 카르멜을 도와주는 너그러운 마음씨와 희생적인 태도에 그녀는 지역사회 주민들 사이에서 성녀로 받들어진다. 그러나 흠잡을 데 없는 메리의 면면은 닿을 수 없는 모범이 돼 딸 스텔라에게 부담을 준다. 순종 직이고 성숙했다는 어머니의 자취는 스텔라를 옥죄는 시대 착오적인 기준이 된다. 이야기의 후반부, 남편이 카르멜에게 가하는 학대를 방조하고 완벽한 가정의 이상을 구실로 저지른 짓이 밝혀지면서 메리의 비정하고 독선적인 본모습이 드러난다. 물론 메리를 에워싼 신화의 붕괴는 여성을 성녀 혹은 마녀라는 이분법적 구도로 분류하는 전통에 대한 문제 제기이기도 하다. 어느 모로 보나 후자에 속하는 것처럼 보였던 카르멜에게 모성의 핵심으로 평가받는 온화한 성품과 진실한 애정이 있었다는 사실이 그것을 방증한다.

카르멜은 메리와는 모든 면에서 정반대의 자질을 가진 팜 파탈 계열의 여성이다. 사랑에 모든 것을 거는 정열적인 카르멜은 남의 이목이나 평판, 윤리적 잣대에 연연하지 않는다. 그러나 그녀 역시 이분법적 구도를 흐트러뜨리는 데 일조한다. 작품 속에서 카르멜의 모든 행동이 옹호받지는 않지만, 긍정적인 측면을 인정받는 것도 분명하다. 재미있는 것은 카르멜이 유럽의 남부 스페인 사람으로 설정되면서 냉혹하고 엄격한 메리의 자질이 자연스럽게 영국과 연결된다는 점이다. 아일랜드 독립운동가의 이름을 물려받은 패멀라가 온 집을 얼어붙게 만드는 '냉기의 화신' 메리의 정체를 밝히고, 카르멜이 내지 못한 목소리를 전달한다는 설정은 작가 매카들의 민족주의 성향을 환기시키는 장치이기도 하다.

《초대받지 못한 자》가 현대의 여성 고딕소설로서 이룬 가장 소중한 성취는 패멀라의 활약이다. 6년 동안 아버지의 병간호를 도맡았던 패멀라 역시 가정의 의무에 헌신한 여성이었으며, 화자이자 주인공인 오빠의 조력자에 그치는 숱한 여성 조연 중 하나처럼 보일 수도 있다. 그러나 기자이자 작가인 로더릭, 신부, 초자연현상 연구자 등 여러 권위 있는 남성 인물 사이에서 가장 결정적인 단서를 알아내고 문제를 해결한 사람은 패멀라다. 그녀는 사실을 꼼꼼히 기록하고 이를 근거로 논리적으로, 그리고 편견 없이 추론함으로써 가려진 진실을 밝혀낸다. 합리적인 사고와 경청하는 능력을 지니고, 연애와 결혼을 거부하며 자기 재산을 소유한 경제 주체인 패멀라는 그 자체로도 전통적인 여성상에서 벗어나는 인물이지만, 스스로 그러한 여성상의 문제를 지적한다는 점에서도 특별하다.

매카들은 자신을 "후회도, 부끄러움도 없는 선동가"라고 규정했다. 문학 전통, 특히 19세기 고딕소설의 전통 속에서 여성의 위치를 예리하게 인식하고 치열하게 문제 제기 한 이 작품을 보면, 스스로 규정한 그 정체성은 소설가로서의 이력을 시작한 후에도 변함없었던 것 같다. 데벌레라의 그림자에 가려졌던 정치 운동가로서의 업적과 달리, 매카들의 문학적 성취는 재조명되고 평가받기에 충분하다. 《초대받지 못한 자》가 시대를 넘어 전하는 동시대적 통찰과 공감이 그 눈부신 증거다.

이나경

휴머니스트 세계문학 005

초대받지 못한 자

1판 1쇄 발행일 2022년 2월 7일

지은이 도러시 매카들
옮긴이 이나경

발행인 김학원
발행처 (주)휴머니스트 출판그룹
출판등록 제313-2007-000007호(2007년 1월 5일)
주소 (03991) 서울시 마포구 동교로23길 76(연남동)
전화 02-335-4422 **팩스** 02-334-3427
저자·독자 서비스 humanist@humanistbooks.com
홈페이지 www.humanistbooks.com
유튜브 youtube.com/user/humanistma **포스트** post.naver.com/hmcv
페이스북 facebook.com/hmcv2001 **인스타그램** @boooook.h

편집주간 황서현 **편집** 이성근 이은서 김선경 **디자인** 김태형
조판 이희수com. **용지** 화인페이퍼 **인쇄** 청아디앤피 **제본** 민성사

ISBN 979-11-6080-790-5 04840
　　　979-11-6080-785-1 (세트)